AF284735

Uwe Goeritz

Eine sächsische Revolution

Bibliografische Information der Deutschen Nationalbibliothek:

Die Deutsche Nationalbibliothek verzeichnet diese Publikation in der Deutschen Nationalbibliografie; detaillierte bibliografische Daten sind im Internet über http://dnb.dnb.de abrufbar.

© 2020 Uwe Goeritz

Coverbilder: Enrique Meseguer und DarkWorkX auf Pixabay

Covergestaltung: Uwe Goeritz

Herstellung und Verlag: BoD – Books on Demand, Norderstedt

ISBN: 978-3-7528-8679-5

Inhaltsverzeichnis

Eine sächsische Revolution...9

Der glühende Atem..10

Teuer erkaufte Zukunft..14

Kaffee und Gespenster...19

Die Chance einer Möglichkeit...24

Menschenleben..29

Apfelkuchenträume..34

Hassliebe...38

Mägdezeit..43

Doppelschichten...47

Lohn des Schweißes..51

Michelangelos David...55

Drei Mädchen..59

Am Hungertuch...64

Unter Druck...68

Engelsgleich...72

Rosen aus Stahl...78

Ein Gefühl puren Glücks...82

Gefunden ohne zu suchen...89

Frauenseelen...94

Zwei Bräute...98

Das Schicksal eines Rappen...102

Die Lüge einer Dienstmagd..107

Ordnung im Chaos...111

Trotzkopf und Raufbold 116

Ohne Rücksicht auf Verluste! 120

Angst und Mut.. 124

Glückauf!... 128

Schwarzer Schnee 132

Dampffahnen... 136

Frauendinge 140

Eine verhängnisvolle Bitte 144

Dem Tode so nah! 148

Verkaufte Seelen, verkaufte Körper................................. 152

Frauenschicksale 156

Im Zorn... 160

Mit vertauschten Rollen 164

Tumult im März 169

Männer und Frauen 174

Sommerwind 178

Ängste und Gewalt.. 182

Hilfe in der Not 186

Freundinnen? 190

Bankgeschäfte 194

Die treue Zofe... 200

Fünfundzwanzig Silberlinge 204

Rache oder Liebe?... 208

In letzter Minute 212

Wilde Flucht.. 216

Entwisch? 220

Liebesnot und Freiheitsdrang 225

Wilde Pferde 229

Noch eine Revolution? 233

Schaufelräder und Dampfsäulen........................237

Ein schneller Ritt 241

Barrikadenkämpfe 246

Im Pulverdampf..250

Segen und Fluch 254

Ängste und Träume 259

Die Nadel im Heuhaufen 263

Im Rausch der Geschwindigkeit........................267

Bittersüße Schokolade 271

Neue Träume 275

Das leidige Geld 280

Neue Hoffnung, neue Furcht 284

Mausetage...289

Männergespräche..294

Ein Wald auf dem Wasser 298

Große und kleine Schiffe....................................302

Rattenwege 307

Weite Wasser..312

Kind oder Geld 316

Goldene Zukunft..320

Zeitliche Einordnung der Handlung:.................323

Eine sächsische Revolution

In den Jahren 1848 und 1849 ist auch in Sachsen Revolution! Für jeden der Beteiligten dieser Geschichte ist diese Revolution aber etwas anderes. Für Maria, die Magd, ist es das freundschaftliche Verhalten ihrer Herrin Clara ihr gegenüber. Clara hingegen rebelliert gegen die Unterdrückung durch die Obrigkeit und ihren strengen Mann. Und für Heinrich, den Schmied, ist es die Industrialisierung Sachsens. Dampfmaschinen und Lokomotiven bestimmen zunehmend den Alltag.

Alle drei stehen an einem Wendepunkt und bemerken es erst, als es für sie fast zu spät ist. In den Wirren der Kampfhandlungen zwischen die Fronten geraten, müssen sie um ihr Überleben kämpfen. Gleichzeitig kämpfen sie für den Fortschritt, für Menschenrechte und für Frauenrechte. In einer Zeit, in der Frauen nichts zu sagen haben, engagiert sich Gräfin Clara zunehmend für die rechtlosen Arbeiterinnen und stellt sich damit gegen Familie und Öffentlichkeit.

Die handelnden Figuren sind zu großen Teilen frei erfunden, aber die historischen Bezüge und Ereignisse sind durch Dokumente und Überlieferungen belegt.

1. Kapitel

Der glühende Atem

Mit einem Krachen schlug der schwere Dampfhammer zu. Der Hallenboden bebte und Heinrich hatte alle Mühe, das Eisenstück mit der langen Zange festzuhalten. Immer und immer wieder schlug der Hammer von oben herab und dabei dachte der Mann daran, wie sein Großvater noch mit Hammer und Amboss kleine Eisenstücken zu Hufeisen geschmiedet hatte. Damals, im heimatlichen Dorf, war alles noch Handarbeit gewesen, hier übernahm die Maschine fast die ganze Tätigkeit. Nur festhalten, kontrollieren und herausnehmen des glühenden Eisenstückes waren noch Handarbeit.

Er arbeitete nun schon einige Jahre in der Firma „Götze & Hartmann" in Chemnitz. Heinrich war fünfundzwanzig und der beste Arbeiter des Werkes. Selbst der Meister und die Ingenieure suchten seinen Rat, denn mit Eisen kannte sich keiner so gut aus, wie er. Friedrich vielleicht noch, der kleine Schmied, der neben ihm an einem kleineren Hammer stand. Es war das Jahr 1847 und der Direktor, der Herr Hartmann, plante, aus dieser Schmiede ein Maschinenbauunternehmen zu machen. Dafür entstanden gerade einige neue Hallen auf dem Firmengelände, diese waren viel geräumiger, als diese ersten zwei Häuser. Der Direktor wohnte auch direkt nebenan in einem Haus, das durch einen kleinen Garten von den Hallen getrennt war. Nicht so, wie die vielen anderen reichen Familien, die am anderen, besseren Ende von Chemnitz wohnten.

Durch den dröhnenden Lärm der Hämmer hörte er Fritz aufgeregt etwas rufen. Es klang nach dessen breitem Dresdner Dialekt, das hier kaum einer verstand, weswegen sich Fritz angewöhnt hatte, das beste hochdeutsch zu sprechen, das Heinrich jemals gehört hatte. „Gugge hier!“, hörte er wieder und stoppte seinen Hammer, indem er den Auslöser losließ. „Was ist?“, brüllte er die zwei Schritte hinüber und Fritz sah zu ihm herüber. „Dieser Junge macht mich noch verrückt!“, brüllte er zurück und zeigte auf einen sicher erst vierzehnjährigen Hilfsarbeiter. „Der hat seine Hände immer da, wo er sie nicht haben sollte!“, brüllte Fritz weiter und Heinrich zog wieder den Auslöser. Ein Dampfstrahl schoss aus dem Hammer, der sich wieder dröhnend in Bewegung setzte.

Erneut wackelte der ganze Fußboden und Heinrich konnte sich kaum vorstellen, wie das die Familie des Direktors wohl aushielt. Jeden Tag diese Erschütterungen zu erleben, das war nicht mal für ihn etwas. Wie sollten da Frauen und Kinder damit umgehen? Ein Schrei ertönte und Heinrich zuckte zurück. Der Hammer stand und die meisten anderen auch. Schlagartig war Stille in der Halle, bis auf das Schreien. Der Junge hing mit einem Arm in der Führungsbahn des kleinen Hammers. „Jetzt haben wir die Bescherung!“, brüllte Fritz und fing den umkippenden Jungen auf. Ein blutiger Stumpf war das, was noch vor ein paar Augenblicken eine Hand gewesen war. Zu zweit banden sie den blutenden Arm ab.

Einer der Ingenieure und der Meister kamen gelaufen, um zu sehen, was wohl passiert war. Der Ingenieur wurde kreidebleich und musste sich übergeben. Heinrich nahm den Jungen auf die Arme, trug ihn aus der Halle und legte ihn auf die schmutzige Wiese vor der Hallentür. Ein Arzt kam gelaufen, besah sich den Stumpf und schüttelte den Kopf. Da war nichts mehr zu retten, aber dafür brauchte man ja auch kein Arzt zu sein. Der Mann säuberte die Wunde und begann sie zu nähen. Der Junge war kreidebleich geworden. Wimmernd sah er auf die Arbeit des Arztes. „Dein erster Tag heute?“, fragte Heinrich ihn, um den Jungen davon abzulenken und er nickte. Der Meister beugte sich herab und sagte, „Und vermutlich dein letzter. Zumindest hier. Ohne rechte

Hand bist du hier nicht mehr zu gebrauchen." Dann drückte er dem Jungen den Lohn für den Tag in die noch verbliebene Hand und legte noch zwei Münzen, vermutlich aus der eigenen Tasche, dazu.

Erst jetzt begann der Schmerz zurückzukommen und der Junge brüllte los. Heinrich musste ihn festhalten, damit der Arzt sein Werk fortsetzen konnte. Schließlich taumelte der Junge zum Ausgang der Firma und Heinrich ging wieder zurück zu seinem Hammer. Ein anderer Junge arbeitete nun bei Fritz. Heinrich nahm sein nun schon erkaltetes Werkstück und schob es in den Schmiedeofen. Ein glutheißer Atem schlug ihm durch die offene Feuertür entgegen. Der Blasebalg dieses Ofens wurde ebenfalls von einer Dampfmaschine angetrieben. Eine Ähnliche wie die, für die dieses Teil irgendwann mal die Schubstange eines Kolbens sein würde. Immer wieder drehte Heinrich das Eisenstück, bis es die richtige Farbe hatte. Er konnte den Stahl lesen. An der Farbe, dem Geruch, ja selbst am Geräusch beim Schmieden konnte er erkennen, was in dem Eisenstück vor sich ging.

Nicht auszudenken, was wohl passieren würde, wenn das Eisen eine Schwachstelle hatte. Er hatte vor einem Jahr erlebt, wie ein Dampfhammer buchstäblich in tausend Teile zerplatzt war. Ein Teil davon hatte seinen Kopf nur um Haaresbreite verfehlt. Das sollte mit seinem Geschöpf nicht passieren. Er dachte wirklich „Geschöpf", denn das war es für ihn ja auch. Das Eisen hatte eine Seele und das später daraus zusammengesetzte Objekt, die Maschine, hatte damit natürlich auch eine Seele. Genau so, wie sein Dampfhammer. Er bewegte sich und atmete heißen Dampf aus, der in der Maschinenhalle erzeugt und mit Druckrohren bis hierher geleitet wurde.

Am liebsten würde Heinrich aber mal an einer Lokomotive arbeiten. Er hatte schon viel von diesen Wunderwerken der Technik gehört. Nur direkt vor sich gesehen hatte er noch keine. In Gerüchten hatte er gehört, dass Direktor Hartmann plante, in einer der neuen Hallen Lokomotiven zu fertigen. Seit einigen Jahren fuhren sie schon zwischen Dresden und Leipzig, aber meist waren das Lokomotiven aus England. Wie die „Adler", deren Bild er in einer Zeitung gesehen hatte. Wenn dann diese faszinierenden Maschinen auch hier in Chemnitz gebaut wurden, dann wollte er unbedingt dabei sein. Vielleicht konnte er auch mal mit einer fahren. Auch, wenn viele Menschen Angst vor ihnen hatten. Fahren ohne Pferd! Was kam wohl als Nächstes? Fliegen wie ein Vogel?

Die Farbe des Werkstückes änderte sich in ein dunkles Kirschrot und damit wurde es Zeit für eine neue Wärmebehandlung. Der Gluthauch schlug ihm wieder entgegen. Zeit zum Träumen von großen Dampfmaschinen, die sich selbst bewegen konnten. Und weiter ging es, Zeit für den Hammer und für höchste Konzentration. Sonst konnte man hier schnell ein Körperteil oder sogar das Leben verlieren. Unerbittlich schlug der Hammer zu und vollendete den Kolben. Dann fiel das Stück glühendes Eisen zum Abschluss der Schmiedearbeiten in ein Wasserbad. Der Gluthauch entließ ein neues Stück Eisen für Heinrich.

2. Kapitel

Teuer erkaufte Zukunft

---

in paar Mal drehte sich die junge Frau um, ob ihr auch niemand folgte, dann verschwand Maria in der Abstellkammer und setzte sich erleichtert auf den dort befindlichen Hocker. „Geschafft!", dachte sie und zog die erbeutete Zeitung unter ihrer Schürze hervor. Vorsichtig legte sie das Zeitungspapier auf den kleinen Tisch, an dem sie die Näharbeiten für die Herrschaft verrichten musste. Zeit für eine kleine Pause! Maria war vor wenigen Tagen sechzehn geworden und seit mehr als einem Jahr in dieser Villa beschäftigt. Eigentlich gefiel es ihr hier ganz gut, aber es war nicht das, weswegen sie ihr Dorf im Norden Sachsens verlassen hatte. Von früh bis spät rutschte sie auf Knien durch die Räume. Schrubbte Fußböden, wischte Staub und machte auch sonst alle Arbeiten, die ihr aufgetragen wurden.

Allerdings wollte sie Köchin werden! Das war ihre wirkliche Liebe. Etwas in einen Topf werfen und dann etwas anderes, wohlschmeckendes daraus hervorzuzaubern. Das hatte ihr die Großmutter beigebracht und auch ein kleines Heft mit Rezepten hatte die Großmutter ihr zum Abschied mitgegeben. Maria hatte schon ein paar eigene Rezepte hineingeschrieben. Diese hatte sie von Helga, der Köchin des Hauses, erhalten, mit der sie sich ganz gut verstand. Ihre beiden Zimmer befanden sich im Dachgeschoss, unmittelbar nebeneinander und manchmal redeten sie bis tief in die Nacht miteinander. Allerdings wollte Helga die Arbeit nicht aufgeben und eine zweite Köchin würde die Herrin niemals beschäftigen. Daher diese Verzweiflungstat mit der Zeitung.

Maria hatte sie beim Aufräumen im Rauchersalon gefunden. Der Herr hatte sie gelesen und beim Verlassen des Raumes achtlos

14

auf dem niedrigen Tisch liegen lassen. Schnell hatte Maria den kostbaren Schatz aus Inseraten unter ihrer Schürze verschwinden lassen und nun saß sie hier und horchte nach draußen. Mittag war es und Ruhe im Haus. Noch vor dem Ende der Pause musste das Papier zurück! Marias Blick glitt über die Einrichtung der Kammer. Viel war hier nicht drin. Der große Ankleidespiegel für die Herrschaft, Tisch, Stuhl und ein bisschen Stoff für Reparaturen. Auf dem Tisch lag die Schere und daneben stand die Kiste mit dem Nähzeug.

Und jetzt lag da auch diese Zeitung. Sie zog das Papier vorsichtig zu sich und schlug behutsam die erste Seite auf. Nur dieses kostbare Stück bedrucktes Papier nicht beschädigen! Schließlich würde sie es ja wieder zurückbringen müssen, damit das Verschwinden der Tageszeitung nicht auffiel. Das Rascheln der Papierseiten beim Umblättern war erschreckend laut in ihren Ohren und es dauerte eine Weile, bis Maria endlich die Seite mit den Stellenangeboten gefunden hatte. Jeder, der hier in Chemnitz eine Köchin suchte, der würde hier inserieren. Mit dem Finger glitt sie über die Anzeigen und sie war vollkommen in ihre Lektüre vertieft, als sich die Tür öffnete.

„Habe ich dich!", sagte der Herr und Maria sprang von ihrem Stuhl auf. Dabei fiel das Papier zu Boden. Leugnen war vollkommen unnütz, sie hatte ihm den Beweis ja direkt vor die Nase gelegt. Würde eine Entschuldigung etwas bringen? Zumindest musste sie es versuchen! „Ich wollte nur ...", begann Maria und der Herr unterbrach sie sofort mit den Worten „Meine Zeitung stehlen! Ja. Ich sehe es!" Schuldbewusst senkte die junge Magd den Blick zu Boden und der Herr schloss hinter sich die Tür.

„Was mache ich bloß mit einer Diebin?", fragte er drohend und kam einen Schritt auf sie zu. Erschrocken zuckte sie zusammen. Alle Zukunftsaussichten von Maria lösten sich gerade in Luft auf, denn wenn der Herr in ihre Papiere schrieb, dass sie stehlen würde, dann erhielt sie nirgendwo mehr eine Anstellung. Einen weiteren Schritt kam der Herr näher, dann stand er direkt vor ihr und sie konnte den Zigarrenrauch in seinem Atem riechen.

Was würde nun kommen? Der Herr schob sie Rückwärts gegen den Tisch und sagte „Strafe muss sein!" Mit einer Hand griff er sich einen ihrer Arme, drehte sie herum und drückte sie mit dem Oberkörper auf den Tisch. Ihren Arm hatte er dabei so verdreht, dass dieser auf ihrem Rücken lag und der Herr sie mit der linken Hand damit gegen den Tisch drückte. Mit der anderen Hand raffte er ihren Rock und den Unterrock nach oben und schon erhielt sie den ersten klatschenden Schlag mit der flachen Hand auf den nackten Hintern. Es brannte wie verrückt und Maria schrie „Aua!" „Halt still!", sagte der Herr und der zweite Schlag traf die lädierte Hinterbacke. Tränen schossen Maria in die Augen. Dann ein dritter Schlag. Ein vierter, ein fünfter! Es klatschte in einer Tour.

Im großen Spiegel konnte sie sehen, wie der Herr zum nächsten Schlag die Hand erhob und sie schloss die Augen, doch nichts passierte. Worauf wartete der Herr? Als sie die Augen wieder öffnete, sah sie, wie der Herr sich seine Hose öffnete. Er wollte doch nicht etwa? „Nein Herr! Bitte! Bitte nicht!", flehte Maria und versuchte ihren Hintern zur Seite zu bewegen, um ihm auszuweichen, doch er sagte wieder nur „Halte still!" Die nun freie Hand schob sie wieder zur Mitte zurück und sie wagte nicht mehr, sich ihm zu widersetzen. Zu nahe war sie nun schon an einem Rauswurf.

Sie spürte, wie er stochernd den Weg in ihr Inneres suchte, dann schob er mit den Knien ihre Beine auseinander und nun fand er den Zugang zur noch jungfräulichen Enge. Mit der Gewalt eines seiner Dampfhämmer brach er ihren Widerstand und rammte sich mit dem ersten Stoß tief in sie. Sie spürte, wie in ihrem Schoß etwas zerriss und ein Schmerz durchzuckte sie. Maria schrie auf, jammerte, klagte und flehte, doch der Herr machte mit unverminderter Kraft immer weiter. So, als ob er ihr das Becken brechen wollte.

Marias von Tränen verschleierter Blick fiel auf die glänzende Schere vor ihr. Ihre Hand krampfte sich um das kalte Metall, doch wenn sie das wirklich tat, was sie im Moment tun wollte, so wäre wirklich alles aus. Dann würde sie als Mörderin im Gefängnis landen oder am Galgen ihr Leben beenden. Weinend schob sie die Schere vom Tisch. Das Klirren des Metallteiles, als es auf den Boden fiel, vermischte sich mit dem Stöhnen des Mannes, der zuckend in ihr kam und sich aus ihrem Schoß zurückzog.

Schnaufend schloss er sich die Hose und sagte „Lass dir das eine Lehre sein! Niemand bestiehlt mich!" Nach einem letzten schallenden Schlag mit der flachen Hand auf ihren Hintern verließ der Mann das Zimmer und Maria richtete sich wieder auf. Die Röcke rutschten herab und sie rieb sich das schmerzende Hinterteil. Maria blickte zur Tür und fragte sich, ob das die ganze Bestrafung war? Würde der Herr den Diebstahl in ihren Papieren vermerken? Sie betete, dass dies nicht geschehen würde. Dann fiel Marias Blick auf den Boden zu ihren Füßen. Der Herr hatte die Zeitung vergessen! Schnell hob sie diese auf und wischte sich die Tränen ab.

Im Stehen blätterte sie schnell durch die Anzeigen und stieß auch wirklich auf etwas Vielversprechendes. Sollte die teuer erkaufte Zeitung also doch von Nutzen sein? Noch ein Blick zur Tür, dann schrieb sich Maria die Adresse mit einem Bleistift ab, säuberte den Raum und brachte dann die Zeitung, fein säuberlich gefaltet, zurück in den Salon.

Mit einem Knicks legte sie das Papier vor den Herrn auf den Tisch zurück. Der Herr winkte nur mit der Hand und Maria verschwand. Nun musste sie schnell weiter arbeiten. Mit Wischlappen und Eimer kniete sie kurz darauf im Esszimmer und säuberte das kostbare Mosaik auf dem Boden. An ihrem nächsten freien Tag würde sie die Adresse aufsuchen und sich dort vorstellen. Die junge Magd betete darum, dass diese Stelle dann noch frei sein würde und sie den begehrten Platz als Köchin erhielt. Langsam klangen auch die Schmerzen ab.

3. Kapitel

Kaffee und Gespenster

Sie saß in einem kleinen Café und rührte gelangweilt in ihrer Tasse. Ihre Freundin hatte sie versetzt. Schon wieder! Clara nahm einen Schluck des Getränkes und stellte die Tasse zurück. Sie war die Tochter eines Stofffabrikanten und würde in ein paar Monaten achtzehn werden. Dann würde der Vater sie sicherlich verheiraten, denn das hatte er ihr schon mehrmals angedroht. Manchmal im Scherz und manchmal im Ernst. Und wenn dem so war, dann wäre dies also ihr letzter Sommer in „Freiheit". Sie ließ ihren Blick über den kleinen Park schweifen, an dessen Rand die Tische unter Sonnenschirmen standen. Es war ein schöner Tag und sie genoss die Wärme der Sonne auf ihrem Gesicht. Ein Kellner kam und brachte ihr ein Stück Torte. Nun würde es doch noch ein schöner Tag werden. Genüsslich verspeiste sie das köstliche Backwerk. „Die war sehr gut!", sagte sie, als der junge Mann das nun leere Geschirr holte und die Rechnung brachte.

Clara zahlte und gab ihm eine Münze extra, was der Kellner ihr mit einer tiefen Verbeugung und einem breiten Lächeln dankte. Sie erhob sich, richtete mit einem kontrollierten Griff ihre Kleidung und wollte gerade aufbrechen, als sie ihren Bruder Gregor auf dem Gehweg in der Nähe sah. Sie winkte und er kam zu ihr herüber. Einen Augenblick später machten sie sich gemeinsam auf den Weg und folgten der Straße. In ein Gespräch vertieft merkte sie erst nach einigen Dutzend Schritten, dass sie den falschen Weg einschlugen, doch sie hatte ja Zeit und begleitete den Bruder.

Gregor erzählte von der Firma des Vaters, von der er, nach seinen Worten, gerade gekommen war und ihre Gedanken flogen zu diesem düsteren Ort. Nur ein einziges Mal war sie in der Halle gewesen und hatte die Frauen gesehen, die dort für Vaters Reichtum schuften mussten. Wie Gespenster hatten sie ausgesehen. Leere Augen, zerlumpte Kleidung und mit müden Bewegungen. Auch Kinder waren dort für Hilfsarbeiten gewesen und die sahen nicht viel besser aus, als ihre Mütter.

Eigentlich wollte Clara nicht daran denken, doch jede Bemerkung von Gregor oder jede ausgegebene Münze, wie die vorhin für die Torte, lenkten ihre Gedanken wieder zur väterlichen Stoffmanufaktur zurück. Es war eine von wenigen Spinnereien hier in Chemnitz. Die anderen Betriebe verarbeiteten Erz aus dem nahen Erzgebirge, wie ihr Gregor immer wieder erzählte. Vermutlich hätte der Bruder auch gern eine Schmiede geführt, aber er würde die Weberei in ein paar Jahren vom Vater übernehmen.

Der Großvater hatte sie mit zehn Angestellten einst gegründet, nun waren es ein paar hundert und vielleicht schon bald einige tausend Arbeiterinnen, denn ihre Stoffe waren begehrt. Selbst ihr Kleid war aus diesem Stoff gemacht und seit sie vor ein paar Monaten in der Fabrik gewesen war, fühlte sich Clara irgendwie schuldig, wenn sie es anzog. Es war schon ein großer Unterschied zwischen ihr und der Frau, die diesen Stoff gewebt hatte. Aber so war es nun mal und sie hätte nicht gewusst, wie sie an deren Stelle hätte leben können.

Gregor hatte sie untergehakt und so gingen sie den Weg entlang, bis sie begriff, dass sie zum Werk gingen, wo sie ja eigentlich gar nicht hinwollte. Der Bruder bemerkte ihr Stocken und sagte schnell „Ich habe dort was vergessen. Lass es mich nur schnell holen!" Missmutig ließ sie sich von ihm weiterziehen. Schritt für Schritt näherten sie sich dem Platz, den sie nie wiedersehen wollte.

Fast sträubten sich ihr die Haare im Nacken bei diesem Gedanken und dem Anblick, der noch in ihrem Kopf war.

Die besseren Häuser lagen schon bald hinter ihnen und vor ihnen stieg der dunkle Rauch der Schornsteine in einen grauen Himmel. Vor diesen qualmenden Schloten, sozusagen zwischen den Wohnblöcken der Arbeiter und den Toren der Gießereien, lag die große Halle. „Ich will da nicht rein!", sagte Clara. „Und ich kann dich hier nicht alleine stehen lassen! Zu gefährlich!", entgegnete Gregor. Clara setzte in Gedanken hinzu „Zu gefährlich für eine Frau!" Doch sie wusste, dass hier hunderte Frauen beschäftigt waren, die an den Webstühlen arbeiteten. Sie waren geschickter als die Männer und darum hatte der Vater immer mehr von ihnen eingestellt.

Gregor schob das Tor vor ihr auf und der Lärm der rüttelnden Gestelle durchstieß ihre Ohren. Clara zuckte zusammen, riss ihre Hände nach oben, versuchte sich die Ohren zuzuhalten und wurde gleichzeitig von Gregor ohne Rücksicht hinter ihm her in den Raum gezogen. Sie stolperte mehr an den Webstühlen entlang, als dass sie ging. Dann waren sie endlich in der Meisterstube und Gregor nahm seinen Hut vom Tisch.

Entgeistert sah sie den Bruder an. „Wegen deines Hutes sind wir hier?", brüllte Clara erzürnt gegen den Lärm an und der Bruder setzte ihn sich auf. Das durfte doch nicht wahr sein! Er hatte dutzende Hüte zu Hause. Sie warf noch einen kurzen Blick in den Raum und folgte dann ihrem Bruder schnell wieder hinaus. Als sie endlich wieder auf der Straße waren, zeigte er mit dem Daumen hinter sich, dann sagte er „Da kommt dein Geld her." Doch das wusste sie selbst und brauchte nicht auch noch von ihm daran erinnert zu werden.

Wütend hakte sie sich bei ihm unter und endlich führte sie der Weg wirklich nach Hause. Allerdings waren ihre Gedanken noch in dem Lärm der Halle geblieben. Wie hielt das jemand den ganzen Tag nur aus? Die Frauen waren zwar sicher froh, dass sie mit den verdienten Münzen ihre Kinder durchbringen konnten, aber immer mehr setzte sich die Erkenntnis bei Clara durch, dass dies nur ein Hungerlohn für eine schwere Plackerei war, denn sie kannte den Vater nur zu gut und er war sparsam, fast schon geizig. Fragend sah Clara ihren Bruder von der Seite an. War er anders als der Vater? Gregor blickte streng nach vor. War er zuvor noch sehr gesprächig gewesen, so kam nun kein Wort mehr über seine schmalen Lippen und sie versuchte in den Gesichtszügen des jungen Mannes zu lesen. Waren vielleicht alle Männer so?

Was würde da erst nach der Hochzeit auf sie zukommen? Der Bruder war drei Jahre älter und der Vater hatte am gestrigen Tag wieder einmal so eine Bemerkung gemacht, die sie aufhorchen lassen hatte. Dabei hatte er von Hochzeiten geredet! So, als ob sie beide heiraten würden.

Mit Erleichterung stellte sie fest, dass die Gegend endlich wieder besser wurde. Schneller setzte sie ihre Füße auf die Platten des Gehweges. Nur fort von dieser schmutzigen Fabrik. Sie folgten dem Fußweg neben der stark befahrenen Straße und es war schon bald nicht mehr weit bis zum elterlichen Haus, welches sie nach der Hochzeit für immer verlassen würde. Gregor würde es in ein paar Jahren, zusammen mit seiner Frau, übernehmen.

Schon war das Haus zu sehen. Eine Gruppe von Mädchen und Frauen stand am Dienstboteneingang. Sicher wollten sie alle die Stelle der Köchin haben. Gedankenverloren glitt ihr Blick über die jungen Frauen, als sich eine davon aus der Gruppe löste und auf sie zugelaufen kam. Noch bevor Clara wusste, was geschah, stieß die junge Frau sie zur Seite in den Straßenstaub. „Eine Verrückte!", dachte Clara, da erfasste eine Kutsche, die von hinten kam und halb auf dem Gehweg fuhr, die junge Frau, die nun vor ihr gestanden hatte, und schleuderte diese zur Seite. Im Flug krachte sie mit der Seite gegen den Mast der Straßenbeleuchtung. Das konnte die Frau unmöglich überlebt haben! Gregor lief zu der Frau und drehte sie um, während Clara sich langsam vom Gehweg erhob.

„Das hätte mein Ende sein können!", dachte sie und klopfte sich verwirrt den Staub von der Kleidung. Einen Moment später schritt sie zu ihrem Bruder, der immer noch neben der jungen Magd kniete. Die Frau schien nicht schwer verletzt, was einem Wunder glich.

„Trage sie hinein", bat sie Gregor, als die Frau dann vor ihren Füßen zusammenbrach. Schnell schickte sie nach einem Arzt und folgte dann ihrem Bruder in das Haus. Dieser hatte die Frau auf eines der Sofas in der Eingangshalle abgelegt. „Bringe sie bitte in das Gästezimmer!", sagte Clara, wobei sie sah, dass Gregor ihr ihren Wunsch eher widerwillig erfüllte. Die verletzte Frau war bleich und hatte die Augen geschlossen. Ausgestreckt lag sie in dem Bett.

Clara stand neben ihr und blickte zur Zimmertür. Nach endlosem Warten traf endlich der Arzt ein.

4. Kapitel

Die Chance einer Möglichkeit

Maria hatte extra noch einmal nachgefragt, wie sie die Adresse finden würde und nun war sie auf dem Weg. Der Herr hatte darauf verzichtet, den Diebstahl der Zeitung zu vermerkten und so waren ihre Papiere makellos. Nur eben nicht die einer Küchenhilfe, sondern einer Putzmagd. Darum hatte Maria auch ihr Rezeptbuch mitgenommen, um es eventuell vorzeigen zu können. Alles, was sie hatte, würde sie für diese Chance brauchen, denn noch einmal konnte sie keine Zeitung stehlen. Selbst jetzt noch, fünf Tage später, brannte ihr Hinterteil von den Schlägen. Zusätzlich bangte und hoffte sie, dass der Übergriff des Herrn folgenlos bleiben würde. Sonst würde sie in ein paar Wochen viel Geld für die Kurpfuscherin brauchen. Ein bisschen mulmig war Maria da schon alleine bei dem Gedanken daran, denn zu viele Schauergeschichten hatte sie davon schon gehört. Aber nun verscheuchte sie erst einmal diese dunklen Vorstellungen, denn dieser Termin hier war wichtiger.

Sie trug ihr schönstes Kleid, was bei zweien auch keine schwere Wahl gewesen war. Normalerweise zog sie es nur am Sonntag zum Gottesdienst an. Mit schnellen Schritten eilte sie an der Straße entlang. Sorgsam strich sie sich dabei immer wieder den Rock glatt und zupfte alle paar Schritte am Hutband. Alles saß! Der erste Eindruck sollte doch schließlich stimmen!

Mit dem kleinen Korb unter dem Arm, in welchem das Rezeptbuch der Großmutter lag, folgte sie der Wegbeschreibung ihrer Freundin. Für einen Tag mitten in der Woche war hier ganz schön viel los. Es war ein Viertel der Reichen und so sah sie hier auch nur wenige Arbeiter. Die wohnten alle am anderen Ende der Stadt, in schmutzigen Mietskasernen. Vor einem Jahr war sie bei ihrer Ankunft in Chemnitz durch dieses Viertel gelaufen und erschrocken, über die Zustände dort. Auch die Manufakturen befanden sich da und gerade sah Maria den Rauch dort aufsteigen. Bedrohlich wie eine schwarze Wand zog er über den Horizont.

Von diesem Viertel hier war er aber weit entfernt. Nicht einmal, wenn der Wind ungünstig stand, konnte man hier den Kohlenrauch der Fabriken riechen. Höchstens den der herrschaftlichen Kamine. Im Moment heizte aber niemand, da der Sommer gerade begonnen hatte. Immer größer wurden die Villen am Straßenrand und immer wieder sah Maria auf den Zettel. Dann hatte sie endlich die Nummer gefunden. Am Hintereingang, den das Personal zu nehmen hatte, stand eine Gruppe von etwa fünfzig Frauen. Marias Herz krampfte sich zusammen. Alles aus! Da wäre sicher mehr wie eine Frau dabei, die bessere Referenzen hatte, als eine ungelernte Putzmagd. Zweifelnd überlegte sie sich, ob sie sich dennoch anstellen sollte?

Eine ganze Weile lang stand sie unentschlossen einfach dort herum. Abseits der Gruppe grübelte sie über Sinn und Unsinn nach, denn hier hatte sie die Chance eines Stückes Butter auf der heißen Herdplatte. Eine gegen fünfzig!

Überlegend und zweifelnd beobachtete sie die Straße und sah die Kutschen, die der Straße folgten. Immer wieder blieb eine davon in der Nähe stehen und entließ ihre Fahrgäste. Andere Herrschaften stiegen ein. Sie erblickte vornehme Kleider und elegante Anzüge der Herren. Hier in der Stadt lagen die Villen direkt an der Straße. Auf dem Weg von ihrem Dorf hatte sie die vornehmen Anwesen auf dem Lande gesehen. Dort waren sie von kleinen Parks umgeben gewesen.

Staunend sah sich Maria die schönen Kleider der wohlhabenden Frauen an, die manchmal nur zwei Schritte neben ihr liefen. Die Damen sahen die Magd vermutlich nicht einmal, aber das war Maria gewöhnt. Auch beim Putzen in der Villa war sie mehr ein Möbelstück, als ein Mensch.

Ihr Blick ging zu den anderen Mägden zurück. Die Gruppe verkleinerte sich Zusehens. Immer mehr Frauen aus der langen Schlange betraten das Gebäude und kamen schon kurz darauf wieder zurück.

Irgendwann waren nur noch zehn Frauen übrig und Maria beschloss, sich nun doch noch zu bewerben. Was hatte sie schon zu verlieren? Die junge Magd wendete sich der Gruppe wieder zu und ging zur erlösenden Haustür hinüber.

Zehn Schritte vor dieser Tür sah sie eine junge, vornehm gekleidete Frau auf dem Gehweg auf sich zukommen. Hinter der Frau raste eine Kutsche heran, auf deren Bock kein Kutscher mehr saß. Bestimmt waren die Pferde durchgegangen und würden die Dame schon in wenigen Augenblicken streifen. Der Gedanke, den ihr die Herrin immer wieder eingebläut hatte, sauste durch ihren Kopf. „Schütze die Herrschaft!"

Maria ließ den Korb fallen und stürzte sich auf die Frau, die sie ziemlich entsetzt ansah, als sie die feine Dame in den Staub des Gehweges warf. Zum selbst zur Seite springen reichte aber die Zeit nicht mehr. Die Kutsche streifte Maria und die junge Magd flog durch die Luft. Aus dem Augenwinkel sah sie den Laternenpfahl auf sich zurasen, neben dem sie die ganze Zeit gewartet hatte.

Es waren sicher nur drei Schritte Entfernung, doch sie schien unendlich lang zu fliegen, dann prallte sie mit der Seite gegen das Hindernis und hörte ihre Knochen krachen. Mit einem Schmerzensschrei fiel sie zu Boden und blieb liegen. Das Gesicht zum Boden gedreht hielt sie sich im Liegen die schmerzenden Rippen. Sie bekam kaum Luft, aber nun tat wenigstens der Hintern nicht mehr weh.

Sie erhob sich mühsam auf alle viere. Keuchend versuchte sie zu Atem zu kommen und sah den Boden des Gehweges unter sich, dann drehte sie jemand an der Schulter um. Sie sah das Gesicht eines jungen Mannes, der sich über sie beugte. Hinter ihm zogen weiße Wolken über den blauen Himmel. War es schon so weit, aufzubrechen? Nun beugte sich die junge Frau über Maria. Sie schien besorgt zu sein.

Erst jetzt merkte Maria, dass sie nichts mehr hören konnte, sondern nur sah, wie sich die Münder öffneten. Mit der Hand zeigte auf ihre Ohren und schüttelte verzweifelt den Kopf. Das Leben kam zu ihr zurück, die Stille blieb! Mühsam setzte sie sich auf und der Mann zog sie auf die Füße.

Schwankend stand sie dort und sah das zerfetzte Kleid an. Verwirrt versuchte Maria, den Staub davon zu bekommen, doch es war sicherlich nur noch als Putzlappen zu verwenden. Das weiße Unterkleid war durch den Rock hindurch zu sehen. „Ist dir was passiert?", hörte sie leise eine Männerstimme, die lauter wurde. „Alles gut. Nur das Kleid", sagte sie laut und hielt sich dabei die schmerzenden Rippen. Die Geräusche der Welt kamen immer mehr zu ihr zurück.

„Danke dir", sagte nun die vornehme Dame und klopfte sich den Straßenstaub vom Kleid. Maria hielt sich an dem Mast der Gaslaterne senkrecht. Der junge Mann hatte ihren Korb geholt und hielt ihn ihr hin, doch sie hätte den stützenden Pfahl loslassen müssen, um ihn zu ergreifen. Wenigstens eine Hand? Doch noch bevor sie eine Entscheidung getroffen hatte, gaben ihre Beine nach. Maria rutschte in sich zusammen und die junge Dame fing sie geistesgegenwärtig mit beiden Händen auf.

„Entschuldigung", stammelte Maria und wurde von den Zweien zu einer Bank geführt. Erst jetzt bemerkte sie, dass sich eine große Menschenmenge um sie herum gebildet hatte. Maria wischte sich über den Mund und der noch am Morgen weiße Handschuh bekam eine rote Spur. Blut! Also war sie doch schwerer verletzt worden.

Nun begann auch ihr ganzer Brustkorb zu brennen, als ob er ihn Flammen stand. Jeder Atemzug tat weh. Sie hörte das Rasseln ihres Atems und spürte, wie alles um sie herum verschwamm. Kraftlos rutschte sie, auf der Bank sitzend, in sich zusammen. Vor Angst zitternd begann die junge Magd ein Gebet, welches die vornehme Dame sofort unterbrach.

„Wir bringen dich schnell von hier fort!", sagte sie und der junge Mann schob seine Arme unter ihre wackeligen Beine. Dann hob er Maria an und trug sie auf seinen Armen zum Vordereingang des Hauses, an dessen anderen Eingang sie die ganze Zeit gewartet hatte. Kurz vor dem Hause wurde es Schwarz um Maria herum. Ruhe und Dunkelheit hüllten sie ein. Der Schmerz war fort! War das das Ende?

5. Kapitel

Menschenleben

Sie hatte daneben gestanden, als der Doktor die bewusstlose Magd zuerst entkleidete, das machte er zusammen mit Cornelia, der Zofe, und danach die junge Frau sorgfältig untersucht hatte. Sie sah die dunkelblaue Seite der Frau und sagte sich immer wieder in Gedanken „Das hätte ich sein können, die jetzt dort liegt!" Clara hätte den Kopf über ihren Bruder schütteln können. Diese Frau hatte ihr vermutlich gerade das Leben gerettet und er wollte sie nicht in dieses Bett legen, nur weil sie zum Personal gehörte. Trotzdem war sie doch aber ein Mensch! Clara sah die junge Frau an. In all den Jahren war sie hier mit den Mägden aufgewachsen und sie kannte es nicht anders, als das ständig jemand in der Nähe war, um ihr jeden Wunsch zu erfüllen oder hinter ihr her zu putzen.

Doch nach den beiden Besuchen in der Fabrik hatte sie schon erkannt, dass dies nicht selbstverständlich gewesen war. Ihre Gedanken flogen zu ihrer Kindheit zurück. Als Kind war das schon schön gewesen, denn man sagte nur „Kuchen!" und die einzige Antwort war „Wie viele Stück und welcher?" Und nun hatte sie, wie als wenn es ein zusätzliches Zeichen gewesen wäre, eine Magd gerettet. Vielleicht sollte sie an dieser Frau all das wieder gut machen, was sie in all den Jahren Gutes von ihrem Personal erfahren hatte.

Der Arzt sagte ihr, dass die Magd noch länger schlafen würde, aber dass es der Frau, den schmerzhaften Umständen entsprechend, gut ging. Clara begleitete den Mann hinaus und sah Cornelia in dem Zimmer verschwinden, wo sie nun sicher schnell aufräumte. Insgeheim mochte Clara dieses flinke Mädchen und hätte sie gern als Freundin gehabt, auch wenn sie zum Dienstpersonal gehörte.

Gregor sah das alles natürlich ganz anders. Immer wieder hatte sie aus den Worten des Bruders geschlossen, dass es für ihn nur drei Sorten von Menschen gab: Männer, Frauen und Personal. O-der: Männer, Personal und Frauen. Die Reihenfolge wechselte oft, nur die Männer waren für ihn immer oben. Und je mehr einer besaß, desto höher war seine Position.

Bei den Frauen sah er das ganz anders und so behandelte er sie auch. Sie und Mutter mal ausgenommen. Meist zumindest! Aber war denn ein Frauenleben weniger Wert als ein Männerleben? Beides waren Menschenleben! Zumindest in Claras Augen. Und nun hatte Gregor wieder einmal gezeigt, was er von Frauen hielt. Grübelnd sah sie zur Treppe hoch, über die Gregor gerade nach oben stieg. Ihr Blick ruhte auf seinen Schultern und sicherlich hatte er die Magd schon längst wieder vergessen.

Clara wendete sich zurück und ging langsam in das Zimmer hinein. Cornelia hatte die fremde Frau, oder besser, das fremde Mädchen, sorgfältig zugedeckt. Im Korb, der neben dem Bett auf dem Boden stand, lagen ihre Papiere und Clara sah hinein. „Informiere die Herrschaft der Frau, dass sie noch etwas bei uns bleiben wird", sagte sie zu Cornelia und hielt ihr den Ausweis hin. Doch noch bevor die Magd zugreifen konnte, sagte sie „Nein. Ich mache es selbst" und steckte den Ausweis ein.

Sie ließ sich ihre Jacke bringen und brach auf. Der Weg war etwas weiter, aber es war ja ein schöner Tag. Am Eingang der Villa öffnete ein Diener mit einer Verbeugung und sie schilderte ihr Anliegen. Schnell saß sie auf einem Sofa im Empfangssaal und nach einer Weile erschien eine ältere Dame, die fein angezogen war. Offensichtlich die Hausherrin. Clara stand auf, ging auf sie zu und machte einen Knicks, den die Frau wohlwollend mit einem Nicken quittierte.

Wieder erzählte Clara von dem Mädchen und die andere Frau winkte ab. „Da suche ich mir eben eine Andere", sagte sie schließlich und Clara wusste nicht, ob das wohl im Sinne des Mädchens war. Doch sie wollte sich ja vorstellen, also suchte sie schon eine neue Anstellung. Nach einer Tasse Kaffee und einem Stück Kuchen war sie dann auch wieder auf dem Heimweg. Das Mitgefühl der fremden Frau für die verletzte Magd hatte sich in Grenzen gehalten. Was sagte das wohl über deren Umgang mit dem Personal aus? Sicher waren deren Vorstellungen mit denen der Mutter identisch. Personal, das sich nicht bewegt, war nutzlos. Und krankes Dienstpersonal wurde eben ersetzt.

Langsam folgte sie der Straße, die sie wieder zurück zu ihrem Elternhaus führen würde. Sie ging dabei betont weit von der Kante der Straße entfernt, denn das Erlebnis mit der Kutsche steckte ihr noch in den Gliedern. Mit zunehmender Wegstrecke merkte Clara, dass sie hungrig wurde und das trotz des Kuchens, den sie gerade eben erst gegessen hatte. „Hoffentlich haben wir nun wieder eine gute Köchin", dachte sie und betrat die Eingangshalle. Verlockender Bratenduft schlug ihr schon entgegen, doch vor dem Essen wollte sie noch einen Blick auf das Mädchen werfen.

Immer noch ziemlich bleich lag sie dort, fast so weiß, wie das Laken des Bettes. Cornelia erklärte ihr, dass sie noch nicht wieder erwacht war, dann eilten sie beide hinaus. Das Essen stand an. Clara wechselte ihre Sachen, dann wartete sie gespannt im Esszimmer auf die kulinarischen Künste der neuen Köchin.

Nach dem Essen sagte Gregor „Nicht schlecht!" und das war das beste Lob, dass eine Frau vom Personal überhaupt von ihm bekommen konnte. „Es war hervorragend!", setzte Clara dagegen und tupfte sich mit der Serviette den Mund ab. Vermutlich würde dies die einzige Anerkennung für die Köchin bleiben. Anschließend erhoben sie sich und während Gregor und der Vater im Raucherzimmer verschwanden, ging Clara noch einmal zu dem Mädchen, aber an deren Zustand hatte sich noch nichts geändert.

Vorsichtig richtete sie das Kopfkissen und zog die Decke zurecht. Fast liebevoll und voller Dankbarkeit streichelte sie das Gesicht der fremden Frau. Maria, wie sie aus den Papieren entnommen hatte. Wie konnte sie ihr weiter helfen? Bestimmt mit einer Anstellung und da würde sich sicherlich etwas finden lassen.

Ein paar Augenblicke später lief sie in die Bibliothek, holte sich ihren liebsten Gedichtband und setzte sich damit zu der schlafenden Magd. Leise las sie die Zeilen vor. Irgendwann wurde es zu dunkel zum Lesen und Cornelia kam in den Raum, um die Fensterläden zu schließen. Noch einmal strich sie über die Wange der jungen Frau, dann nickte sie Cornelia zu und verließ die Stube.

Langsam stieg Clara die Treppe hinauf und ging auf ihr Zimmer. Eine der Mägde half ihr aus dem Kleid und schließlich legte sich Clara in ihr Bett. In der Ruhe der beginnenden Nacht kamen jetzt die Bilder der Kutsche in aller Deutlichkeit zu ihr zurück. Erneut dachte sie daran, was hätte passieren können und dadurch konnte sie nicht einschlafen. Ihre Gedanken gingen auf die Reise zu dem Mädchen, welches sie gerettet hatte. Grübelnd dachte sie über diesen Tag nach.

In der Stille der Nacht hörte sie ihren Bruder herauf kommen. Seine schweren Schritte waren unüberhörbar auf der Treppe, dann fiel die Tür des Nachbarzimmers laut ins Schloss. Wenig später vernahm sie die trippelnden Schritte einer Frau, dann schloss sich leise die Nebentür. Den Schritten nach war es sicher Cornelia gewesen, die zu Gregor in das Zimmer geschlüpfte war.

Nun gingen Claras Gedanken in das Nachbarzimmer hinüber. Gregor war schon ein schöner Mann und manchmal hörte sie, wie er Cornelia erlaubte, dass sie ihn nachts besuchte. Eine neue Gedankenreise setzte ein. Die anstehende Hochzeit schob das Bild des Unglücks davon. Wie würde wohl ihr Ehemann sein? Und wie Gregors Frau? Vielleicht würde die Hochzeit an ihrem achtzehnten Geburtstag stattfinden. Nur wen würde der Vater für sie aussuchen? Kannte sie ihn vielleicht sogar schon?

Oft waren Bälle, wo man sich traf. Vor ihrem Auge rauschten die Bilder aller jungen, unverheirateten Männer vorbei. Wer würde es sein? Der Vater hatte noch nicht mal eine Andeutung gemacht. Sie hörte Geräusche aus dem Nachbarzimmer. Die Neugier packte sie! Zu gern hätte sie da mal Mäuschen gespielt und zugesehen. Angestrengt lauschte sie in die Nacht. Das Fenster stand einen Spalt weit offen und sicher auch das von Gregors Zimmer, aber außer Schnaufen war nichts zu hören und zu verstehen. Sie stellte fest, dass sie von dem, was da gerade im Nachbarzimmer passierte, noch gar keine Ahnung hatte. Niemand hatte mit ihr darüber gesprochen. Sie hatte noch nicht mal einen Mann nackt gesehen! Das war alles „Nichts für Mädchenohren!" wie ihr die Mutter mal gesagt hatte. Vielleicht sollte sie Cornelia mal fragen. Clara schloss die Augen und begann von ihrem zukünftigen Mann zu träumen.

6. Kapitel

Apfelkuchenträume

S ie schlug die Augen auf und sah eine kunstvoll verzierte Stuckdecke über sich. Maria versuchte sich zu orientieren und stöhnte auf. Ein älterer Mann beugte sich über sie. „Hallo Fräulein, willkommen zurück!", sagte er. Der Mann hatte eine Flasche mit einem übelriechenden Inhalt in der Hand, welche er gerade von ihrer Nase wegzog. Die junge Frau folgte der Flasche mit ihrem Blick und stellte fest, dass sie vollständig entkleidet in einem Bett lag. Der Mann begann ihre nackte Brust abzutasten und fragte „Tut ihnen hier etwas weh?" „Nein", antwortete Maria, denn das war im Moment die einzige Stelle, die ihr nicht wehtat. Irgendwie war ihr diese Behandlung peinlich. Ihre Seite drückte immer noch und sie griff sich dort hin. Unter ihren Fingerspitzen spürte sie einen dicken Verband an der anderen Brust.

„Ja. Sie haben großes Glück gehabt. Nur ein paar geprellte Rippen", stellte der Mann fest und ließ von ihr ab. Viel zu lange, für ihren Geschmack, hatte er ihre Brust geknetet. „Wo bin ich hier?", fragte Maria und der Mann antwortete, während er irgendwelche Dinge in eine Tasche packte, „In der Villa Gerfersheim. Mademoiselle Clara hat sie hier in diesem Hause aufgenommen." „Wer ist Mademoiselle Clara?", fragte Maria nach.

„Die junge Frau, der sie wahrscheinlich das Leben gerettet haben", antwortete der Mann und verschloss lautstark die Tasche. Erneut beugte er sich über sie und bedeckte Marias Körper bis zum Hals mit einer dünnen Decke. Der Mann, der offensichtlich ein Medicus war, nahm seine Tasche und im selben Moment öffnete sich die Tür. Die junge Frau kam in einem anderen Kleid herein und redete kurz mit dem Mann, der danach das Zimmer verließ.

34

„Danke", sagte Maria zu der jungen Frau. „Dasselbe wollte ich auch gerade sagen", stellte Clara mit einem Lachen fest. „Willst du irgendetwas?", fragte sie und Maria entgegnete, „Wie lange liege ich schon hier?" „Zwei Tage." „Um Himmels willen! Zwei Tage!", entfuhr es Maria und sie versuchte das Bett zu verlassen, doch Clara drückte sie zurück. „Aber meine Herrschaft!", erwiderte Maria besorgt, denn so lange durfte sie ja nicht fehlen. „Die weiß Bescheid. Ruhe dich aus!", sagte Clara und setzte sich auf einen Stuhl am Kopfende des Bettes, den sie sich geräuschvoll zu ihr zog.

„Du warst bestimmt wegen der Arbeit hier? Oder?", fragte Clara und Maria musste gerade daran denken, dass sie die andere sicher durch ihr Fernbleiben schon verloren hatte. Sie stöhnte auf und nickte. „Also die Anstellung als Köchin ist schon vergeben, aber wenn du als Küchenhilfe hier arbeiten möchtest, dann rede ich mal mit der Hausdame", sagte Clara und Maria entgegnete schnell „Ja! Wenn sie das für mich tun würden?" „Gern", sagte Clara und erhob sich. Wenig später war Maria alleine und versuchte sich aufzurichten, aber durch die Schmerzen in der Seite gelang ihr das nicht so richtig. Nach mehreren vergeblichen Versuchen fiel sie zurück auf das Bett.

Sie blickte zur Tür. Wer war nur diese Frau? Clara gehörte auf alle Fälle nicht zum Personal, wenn sie der Hausdame etwas sagen konnte, den diese stand ja dem Personal vor. Die Tür öffnete sich und eine Magd erschien. „Ich bin Cornelia. Du hast doch bestimmt Durst?", fragte die Magd, die sicher auch erst in Marias Alter war. „Ja. Wenn du mir hilfst", sagte Maria schnell, denn ihre Lippen fühlten sich ganz rau an. Geschickt hatte Cornelia sie hochgedrückt, ihr das Kissen in den Rücken geschoben und ihr den Becher an den Mund gehalten.

Gierig trank Maria zwei Becher leer, dann erschien Clara wieder und Cornelia machte einen tiefen Knicks. Also gehörte Clara zur Herrschaft! „Du kannst als Küchenhilfe anfangen", sagte die junge Frau und Maria sagte „Danke, junge Herrin!" Dann wollte sie das Bett verlassen, um zu ihrer Arbeit zu eilen, doch wieder drückte Clara sie zurück. „Nicht so schnell. Vielleicht morgen", erklärte sie.

„Meine Sachen?", fragte Maria. „Die holt Cornelia für dich", sagte die junge Herrin und Cornelia machte einen erneuten Knicks. Sie sagte „Gern" und war auch schon draußen. „Kann ich noch was für dich machen?", fragte Clara, doch Maria war es irgendwie peinlich, sich von der Herrin bedienen zu lassen. „Nein. Danke", sagte sie daher schnell. „Keinen Hunger?", fragte Clara nach. „Ein bisschen schon", entfuhr es Maria, denn das Essen würde ja sicher eine Magd holen und bringen, doch es war Clara, die wenig später mit etwas Suppe in einer Schüssel zurückkam und diese ihr hinhielt.

Löffel um Löffel verschwand eine kräftige Brühe in Marias knurrenden Magen. „Die ist gut", sagte sie dann zum Schluss anerkennend. Das Haus hatte eine gute Köchin gefunden. Und auch eine gute Küchenhilfe? Das würde sich zeigen!

„Wo sind eigentlich meine Sachen, die ich getragen hatte?" fragte Maria, da sie ja unbekleidet unter der Decke lag. „Also, dein Kleid und dein Unterkleid haben den Zusammenprall mit der Kutsche nicht überstanden. Und dein Mieder ...", antwortete Clara, dann drehte sie sich um und holte etwas, was sie danach in Marias Blickfeld hielt. „Ich glaube, der hat dir dein Leben gerettet", setzte die junge Herrin hinzu.

Maria sah die zerbrochenen Fischbeinstäbe auf der einen Seite aus dem Stoff herausragen. „Ich habe dafür ein paar Monate lang jede Münze gespart. An dem Tage, vorgestern, habe ich ihn das erste Mal getragen." „Und auch das letzte Mal. Ich schenke dir einen Neuen", sagte Clara und ließ das zerbrochene Wäschestück achtlos zu Boden fallen. „Lust auf etwas Kuchen?", fragte die Herrin, als sie die leere Schüssel aufnahm. „Herrin! Sie können mich doch nicht bedienen!", sagte Maria entsetzt. „Doch. Das geht. Wenn du nicht gewesen wärst, dann läge ich jetzt dort, wo du liegst. Also? Etwas leckeren Apfelkuchen?" „Gern", gab Maria ihrem immer noch knurrenden Magen nach und die Herrin verschwand aus dem Raum.

Wenige Augenblicke später erschien die Herrin mit einem Teller. Der Kuchen war genauso lecker, wie die Suppe zuvor und Maria freute sich schon darauf, diese Frau kennenzulernen, die diesen Kuchen gezaubert hatte. Mit dem Geschmack von Äpfeln auf ihren Lippen schlief sie ein und träumte von dem Kuchen, den ihre Großmutter immer gebacken hatte. Der schmeckte diesem hier sehr ähnlich.

Aus diesem Apfeltraum riss Cornelia sie wieder heraus, die an Marias Bett stand. „Deine Sachen", sagte sie und hielt ein Unterhemd hoch. „Hilfst du mir beim Anziehen?", fragte Maria und Cornelia ging sofort an ihr Werk. „Dein Hintern hat auch was abbekommen", stellte die Frau fest, doch Maria schüttelte den Kopf. „Das war meine alte Herrschaft", erklärte sie nur und hob die Arme unter Schmerzen, damit Cornelia ihr das Hemd über den Kopf ziehen konnte. „Kann ich auf mein Zimmer?", fragte Maria danach, denn sie wollte lieber im Mägdezimmer bleiben und nicht hier unten im Gästezimmer. Auf Cornelia gestützt wechselte sie danach, barfuß und im Unterhemd, die Etage und schlief wenig später im Dachgeschoss weiter.

7. Kapitel

Hassliebe

---

r liebte und hasste diese Manufaktur. Er liebte sie, weil sie ihm die Möglichkeit für ein sorgenfreies Leben bot. Und er hasste sie, weil es eben nur eine „Tuchmanufaktur" war. Nur Stoff, kein Eisen, Silber oder irgendetwas anderes männliches. Nur weiches Tuch und keine Waffen. An den ohrenbetäubenden Lärm hatte sich Gregor schon lange gewöhnt und nahm ihn kaum noch wahr. Wie jeden Tag saß er in der Meisterstube, die etwas erhöht lag und ein großes Fenster zur Produktionshalle hatte. Von hier aus hatte er alles im Blick. Der Saal war durch große Fenster beleuchtet, aber die waren nicht zum Wohl der Belegschaft da, sondern weil nur so die Muster korrekt in das Tuch hinein gewebt und kontrolliert werden konnten. Vier Webstühle standen nebeneinander und einige Dutzend jeweils hintereinander. Von oben trieben riesige Transmissionsriemen die Stühle an, die an der Seite auf einer Welle liefen, welche wiederum von der kleinen Dampfmaschine angetrieben wurde, die hinter der Halle im Maschinenraum stand. Die Männer konnte man hier an zwei Händen abzählen. Einige hundert Frauen waren fleißig in der Halle beschäftigt. Manchmal allerdings nicht fleißig genug, wie er gerade wieder feststellen musste.

Er sah, wie eine Frau in der zweiten Reihe sich aufrichtete und sich den Rücken hielt. Wer für so etwas Zeit hatte, der brauchte mal wieder eine Kontrolle. Geräuschvoll erhob er sich und verließ den Raum. Zielsicher ging er auf die Frau zu, dabei nahm er allerdings in Kauf, dass er die anderen Frauen nun nicht mehr kontrollieren konnte.

Nach ein paar schnellen Schritten war er neben ihr. „Mach dich wieder an dein Werk!", blaffte er sie an und sah die erschrockenen Augen. „Was trödelst du hier so rum?", fragte er so laut, dass es trotz des Lärms sicher noch zwei Reihen entfernt zu hören war. Die Frau zuckte zusammen, als hätte sie eine Peitsche getroffen. Sie machte eine schnelle Verbeugung und arbeitete weiter.

Aufmerksam beobachtete er sie. Sicherlich war sie noch nicht lange achtzehn und doch waren ihre Wangen eingefallen, der Blick leer. Wie bei den anderen auch. Nun begann er den Stoff der Frau ausführlich zu kontrollieren und wurde schnell fündig. Ein gerissener Faden hatte im Stoff ein falsches Muster erzeugt. Triumphierend zeigte er darauf und nun flackerte Angst in den leeren Augen der jungen Frau. „Dafür ziehe ich dir einen Tageslohn ab!", sagte er und wendete sich zu der Tafel am Rande des Ganges. Er nahm die Kreide und machte hinter dem Namen der Frau einen Strich.

Jede hier wusste, was das bedeutete. Ein Strich, ein Tageslohn. Zwei Striche, ein Wochenlohn. Drei Striche, Entlassung! Gregor wusste, dass die Frauen auf diese Arbeit angewiesen waren und daher war die Angst vor diesem Kreidezeichen bei ihnen so groß. Größer, als wenn er ihr eine Ohrfeige gegeben hätte. Mit großen Schritten ging wieder zurück zur Meisterbude. Zwei kleine Mädchen schleppten einen Korb an ihm vorbei. Sie mochten noch keine zehn Jahre alt sein, aber arbeiteten als Hilfskräfte für die Mütter hier mit.

Die Kinder holten volle Garnspindeln im Lager und brachen die leeren Spindeln dorthin zurück. Ständig waren sie unterwegs, damit keiner der Webstühle pausieren musste. Direkt neben ihm fiel eine der Spindeln zu Boden und rollte vor seine Füße. Gregor trat dagegen, fuhr eines der Mädchen an „Hole es!" und die Kleine rannte hinter dem davonrollenden Holzzylinder her.

Schließlich war er wieder in der Kammer und ließ vom Fenster aus seinen Blick aufmerksam durch die Reihen gehen. Sicherlich hatte mehr wie eine dieser Frauen den Moment seiner Abwesenheit zum Verschnaufen genutzt, aber vielleicht hatte diese Demonstration seiner Macht ja auch geholfen. Der Meister kam herein und brachte eine Stoffprobe, die sie sich zusammen ansahen.

Dies sollte ein neues Muster für den sächsischen Königshof werden und ein bisschen machte es ihn schon Stolz, dass der König Stoffe aus ihrer Manufaktur haben wollte. Zusammen verließen sie die Stube und gingen zur Seite, wo auf einem separaten Webstuhl nur dieser edle Stoff produziert wurde. Natürlich von einem Mann. Einer Frau würde er nie diese Verantwortung übergeben.

Wenig später klapperte der Webstuhl los und das Schiffchen zog den edlen Faden durch das dadurch entstehende Tuch. Die beiden Männer nickten sich zu. Das würde ein exzellenter Stoff werden. Er strich mit der Hand darüber und prüfte ihn, während der Stoff langsam entstand. Nach einer ganzen Weile hörte er die Sirene der Dampfmaschine und die Riemen wurden langsamer. Feierabend für heute. Die Webstühle wurden ebenfalls langsamer und blieben schließlich stehen. Eine Ruhe setzte ein, die von dem Geräusch der Holzschuhe unterbrochen wurde, mit denen die Frauen über den hölzernen Dielenboden zum Ausgang liefen. Der Meister begann eine letzte Kontrolle und einige Männer schafften den hergestellten Stoff zum Lager.

Gregor setzte sich in den Meisterraum mit der Stoffprobe und sah sie sich noch einmal genauer an. Da durfte man sich nicht den geringsten Fehler erlauben, denn der König war sehr wählerisch und sein Hofstaat auch. Es klopfte und er sah auf. Die unaufmerksame Frau stand in der offenen Tür und nahm gerade ihr Kopftuch ab. „Was willst du?", fragte er. „Herr. Es tut mir leid", antwortete sie und drehte das Kopftuch in den Händen. „Davon, dass es dir leidtut, kann ich mir nichts kaufen. Durch deine Unachtsamkeit ist der Stoff beschädigt worden", sagte er zurück und wendete sich wieder dem Stoff zu.

„Herr! Bitte!", flehte die Frau ihn erneut an. Gregor drehte sich noch einmal zu ihr um und betrachtete sie nun ausführlicher. Die Frau war eigentlich recht hübsch. Jetzt ohne das Tuch, mit den langen Haaren und auch die Figur der Frau war genau nach seinem Geschmack. Bei ihrem Anblick spannte plötzlich seine Hose. Zu gern hätte er sie hier auf diesen Tisch geworfen und …, aber er musste vorsichtig sein. In dem Elendsviertel grassierten diverse Krankheiten, weil die Arbeiter sich dort wild untereinander paarten.

„Was willst du denn noch?", fragte er lauernd und stand auf. „Ich kann nicht auf einen Tageslohn verzichten. Mein Kind ist krank", erklärte sie und versuchte ihn mit ein paar Tränen zu beeinflussen, doch das würde er nicht zulassen. Er würde da hart bleiben und noch etwas wurde gerade deutlich härter. Eine neue Idee hatte sich in seinem Kopf breit gemacht.

„Wie gedenkst du deinen Fehler wieder gutzumachen?", fragte er und er sah, wie sie schluckte. Ihr Blick lag auf der sicherlich deutlich sichtbaren Beule in seiner Hose. Vermutlich hatte sie ihn schon verstanden.

Um letzte Zweifel zu zerstreuen, zog er sich den Stuhl nach vorn und setzte sich breitbeinig vor sie hin. Die Frau zögerte und er wartete. Nach ein paar Augenblicken fragte er „Nun?" und sie kam einen ersten Schritt näher. Noch ein zaghafter Schritt, dann stand sie direkt vor ihm. Er sah von unten in ihr Gesicht und die Tränen wurden mehr.

Schließlich wischte sie sich die Tränen mit dem Kopftuch ab und kniete sich vor ihm hin. „Gut so", sagte er und wartete weiter, was sie wohl machen würde. Sie öffnete seine Hose und vergrub ihr Gesicht in seinem Schoß. Gregor lehnte sich zurück und genoss seine Macht.

Eine ganze Weile später ging er fröhlich pfeifend aus der Kammer. Unterwegs zum Ausgang der Halle wischte er die Kreidemarkierung wieder fort. Manchmal liebte er diese Manufaktur.

8. Kapitel

Mägdezeit

Das Zimmer war sehr schön, aber eben eine typische Mägdekammer. Bett, Schrank, Stuhl und ein kleiner Tisch, der nachts zum Nachttisch wurde. In der Morgendämmerung, die gerade durch das Dachfenster hereinfiel, hörte sie draußen das Geräusch vieler Füße. Hatte sie verschlafen? Warum hatte keiner sie geweckt! Maria sprang aus dem Bett und schnappte nach Luft, denn deswegen lag sie noch hier! Sie hielt sich die schmerzende Seite und setzte sich zurück in ihr Bett. Verzweifelt versuchte sie zu Luft zu kommen, wie ein Karpfen auf dem Trockenen. Nach einer Weile sah Cornelia zur Tür herein und fragte „Kann ich dir was bringen?" Doch Maria winkte ab. „Du hast doch deine Arbeiten. Ich gehe dann runter in die Küche." „Aber langsam!", sagte Cornelia mit sichtlich gespielten Ernst und hob drohend ihren Zeigefinger. Dann war die Tür zu und Maria kam endlich auf die Füße.

Eine Mägdeuniform hing im Schrank und Maria zog sie sich an. Es dauerte ewig, bis die letzte Schleife endlich geschlossen war. Langsam und Schritt für Schritt ging sie aus dem Zimmer und stieg die Treppe hinab. „Wer bist den du?", fragte eine ältere Frau und Maria machte einen Knicks, dann nannte sie ihren Namen. „Ich bin Dorothea, die Hausdame. Und du bist die Küchenhilfe?", fragte die Frau und Maria machte einen erneuten Knicks vor ihrer Vorgesetzten. „Dann bringe ich dich mal zu deiner Arbeit", sagte Dorothea und nun stiegen sie auf der Mägdetreppe gemeinsam bis zum Erdgeschoss hinab.

Wenig später standen sie in einer großen, großzügig eingerichteten, Küche. Eine ältere Frau arbeitete darin an einem Herd. „Das

ist Martha, unsere neue Köchin", sagte Dorothea, die Köchin drehte sich bei der Nennung ihres Namens um und Dorothea sagte weiter „Maria. Deine neue Küchenhilfe." Dann war die Hausdame fort
und Martha winkte das Mädchen zu sich.

„Lass dich mal ansehen", sagte sie und Maria musste eine dre-
hende Bewegung machen, was ihr noch nicht so gut gelang. „Mä-
del! Du bist ja dünn wie ein Strich! Da nimmt dir doch niemand
ab, dass dein Essen schmeckt!", erklärte die Köchin und klopfte
auf ihren runden Leib. „Na gut! Nun zu uns", setzte sie fort, „In
der Küche machst du genau dass, was ich dir sage. Du wäschst dir
die Hände, wenn du den Raum betrittst und jedes Haar, was unter
deiner Haube hervorsteht, das schneide ich dir persönlich und ohne
Vorwarnung ab!" Dabei sah sie Maria tief in die Augen. „Ja. Mache ich", sagte sie und Martha zeigte zur Seite. „Gut. Jetzt kannst
du Äpfel für den Kuchen schälen und in kleine Stücken schnei-
den", ordnete die Köchin an.

Eine Schüssel mit Äpfeln wartete dort schon darauf, zu einem
leckeren Kuchen gemacht zu werden. Maria begann und arbeitete
so, wie sie es bei der Großmutter gelernt hatte. Die Schale recht
dünn, die Stücken gleichmäßig. Martha betrachtete den ersten Apfel und nickte wohlwollend, dann schob sie das Blech mit dem
schon darauf liegenden Teig herüber und Maria legte die ersten
Stücke in Spiralen darauf.

Ein Apfel nach dem anderen bedeckte schon bald den Teig.
Bei dieser Arbeit dachte sie an das Stück zurück, dass sie am Vortag gegessen hatte und sagte „Dein Kuchen ist fast so gut, wie der
meiner Großmutter." „Nur fast so gut?", hörte sie Martha hinter
sich laut werden und ein hölzerner Löffel fiel zu Boden. „Wieso

nur fast?", fragte die Köchin und es lag etwas Drohendes in ihrer Stimme.

Maria zuckte zusammen und sie hielt sich die schmerzende Seite. War sie gerade zu weit gegangen, indem sie am ersten Arbeitstag die Fähigkeiten ihrer neuen Vorgesetzten in Zweifel zog? „Los, raus mit der Sprache! Was fehlt?", fragte Martha, die nun neben ihr stand. „Meine Großmutter gibt noch einen Hauch Muskatnuss über die Äpfel", erklärte Maria schnell. „Soso. Muskatnuss! Aha. Aber ist die nicht viel zu teuer für einen Kuchen?", fragte Martha mehr sich selbst, als ihre Küchenhilfe. „Na gut! Wir probieren das einmal", sagte sie schließlich und holte die kleine silberne Schachtel mit der kostbaren Nuss. „Nur einen Hauch!", sagte Maria und Martha drückte ihr den Gegenwert eines Jahreslohnes in die Hand. Nur ein paar kleine Stücken rieb sie über die Äpfel und gab danach die Nuss zurück.

„Wir schauen dann mal, wie er wird. Nun muss er noch gebacken werden", sagte Martha und schob den Kuchen in den Backofen. „Was soll ich nun machen?", fragte Maria und Martha entgegnete, „Wasch dir die Hände, ordne deine Kleidung. Du trägst dann mit Cornelia das Essen für die Herrschaften auf."

Wenig später kontrollierte die Köchin akribisch die Hände und Fingernägel des Mädchens. Cornelia erschien und auch ihre Hände wurden gewissenhaft kontrolliert. „Gut so!", sagte Martha und schmeckte noch einmal etwas ab. Dann läutete ein Glöckchen und eifrige Geschäftigkeit kam in die dicke Frau. Kurz darauf waren die ersten zwei Teller auf dem Weg. Für den Hausherrn und seine Frau. Schnell stellte Maria den Teller vor die gnädige Frau, machte einen Knicks und eilte hinaus, um den Teller für Clara zu holen.

„Ich danke dir", sagte die junge Herrin und nach einem Knicks war Maria wieder draußen.

„Der junge Herr ist Gregor. Claras Bruder", flüsterte Cornelia wenige Schritte später in der Küche. Ein neues Glockensignal ertönte und danach wurde der Gang gewechselt. Leeres Geschirr holen, volle Teller nach draußen! Alles ging gut und die Seite schmerzte nicht. Vermutlich wegen der Aufregung. Schließlich wollte sie ja nichts falsch machen.

Nach dem Essen kam Clara in die Küche und fragte „Wie gefällt es dir?" „Gut!", antwortete sie mit einem Knicks und Clara verschwand mit einem Lachen. Gregor erschien an der Küchentür und winkte Cornelia zu sich. Die Magd eilte zu ihm und machte einen Knicks. „Du darfst mich heute Abend auf meinem Zimmer besuchen", sagte er und Cornelia machte einen weiteren Knicks. Dann waren sie alleine. „Es sagt immer, ich darf. Aber so ein Wunsch ist da mehr ein Befehl", erklärte Cornelia mit einem wehmütigen Gesichtszug. „Du, ich und Gisela, die Putzmagd, wir sind genau nach seinem Geschmack. Die anderen Frauen sind alle älter. Also wird es auch auf dich zukommen, dürfen zu müssen!", schloss Cornelia und verschwand aus der Küche.

„Apfelzeit!", rief Martha vom Ofen her und zog das Blech heraus. „Wir probieren!", sagte sie und schnitt ein kleines Stück heraus, dann gab sie es Maria. Genüsslich biss sie in den warmen Kuchen. „Jetzt ist er richtig!", sagte sie und Martha stimmte ihr kauend zu. Erst jetzt fiel ihr ein, dass sie noch gar nichts gegessen hatte. Martha zeigte mit dem Löffel auf einen der Töpfe. „Die Reste für uns!", erklärte sie und Maria holte zwei Teller aus dem Schrank.

9. Kapitel

Doppelschichten

E r war zwar einer der besten Schmiede der Fabrik, doch für die Arbeit in der neuen Halle, und damit für den Bau der immer noch geheimnisvollen Lokomotiven, brauchte er ein paar Fähigkeiten mehr. Und daher musste Heinrich auch die Drehmaschine bedienen können. Er würde Bohren und Fräsen müssen. Schon seit ein paar Jahren baute das Unternehmen Maschinen und er war bisher immer nur damit beschäftigt gewesen, die Metallteile zu schmieden, doch nun wollte er sehen, wie sich diese Dampfmaschinen bewegten. Da er weder Frau noch Kinder hatte, beschloss er, sich an Kurt, den alten, weißhaarigen Mechaniker zu halten, der ihm sicher noch vieles beibringen konnte.

Sie beide waren schon lange befreundet. Einst war auch Kurt Schmied gewesen, doch mit dem Alter hatte seine Kraft nachgelassen, weswegen er in die Montagehalle der Dampfmaschinen gewechselt war und nun einer der besten Mechaniker der Firma war. Der alte Mann konnte das Metall ebenfalls „lesen". Da Heinrich aber seine Arbeit trotzdem machen musste, entschied er sich, von nun an zusätzlich zur Arbeit an seinem Dampfhammer, anschließend noch ein paar Stunden in der Montagehalle bei Kurt in die Lehre zu gehen.

Diese Halle war nicht so groß, wie die neu gebaute, aber viel größer als ihre Schmiede, die ja noch aus den Anfangsjahren des Unternehmens stammte. An den Wänden liefen die Wellen entlang, von denen aus, mittels Transmissionsriemen, die einzelnen Maschinen angetrieben wurden. Hier war es nicht ganz so laut, wie in der Halle mit den Dampfhämmern. Man konnte sich sogar bei der Arbeit unterhalten und Heinrich sah dem erfahrenen Monteur auf die Finger. Natürlich war es nicht ganz so einfach, nach zwölf Stunden Arbeit noch konzentriert bei der Sache zu sein und manchmal zeigte sich Kurt da auch etwas nachsichtig mit ihm, aber Heinrich lernte viel.

Jeden Tag hängte er zwei oder drei Stunden an seine Schicht an, was natürlich auch dem Meister in der Montagehalle nicht verborgen blieb. Eines Tages kamen sie so in ein Gespräch, als er die Halle gerade verlassen wollte. „Ich sehen dich oft hier", sagte der Mann und Heinrich versuchte eine Entschuldigung, doch der Meister winkte ab „Nein. Du darfst natürlich hierher zu mir in die Halle kommen. Aber ich werde bald in die neue Halle wechseln und da suche ich gerade die Leute dafür aus. Hättest du etwas dagegen, auch dort zu arbeiten?", fragte der Mann.

Bot sich ihm hier gerade die ersehnte Gelegenheit? Schnell sagte er zu und der Meister nahm ihm einfach mit hinüber in die geheimnisvolle Halle. Die Maschinen standen schon da und in der Mitte lag ein großer Haufen von Metallteilen. Das größte Stück davon schien ein Dampfkessel zu sein. Der Mann begann zu erzählen „Seit vier Jahren versucht der Ingenieur Carl August Rabenstein eine Lok nach dem Vorbild der britischen Lokomotive Columbus zu konstruieren. Hier siehst du die Teile, die bisher entstanden sind." Dabei zeigte er auf die überall herum liegenden Stücke. „Unser Direktor will diese Lok noch in diesem Jahr hier fertigstellen." „Das ist aber nicht mehr viel Zeit", entgegnete Heinrich und der Meister legte ihm die Hand auf die Schulter. „Da hast du sicher Recht, aber mit solch tüchtigen Leuten, wie mit dir, ist das doch sicher zu schaffen. Oder was meinst du?" Daraufhin konnte er natürlich nur zustimmen. Gemeinsam verließen sie die Halle wieder und der Meister sagte „Ich rede mit dem Ingenieur und dem Direktor und vielleicht kannst du schon in der nächsten Woche hier bei uns beginnen."

Heinrich warf noch einen letzten, fast sehnsüchtigen Blick auf den abgedeckten großen Kessel. Sollte sein Traum wirklich so schnell in Erfüllung gehen können? Nun machte er sich daran, noch schneller zu lernen.

Praktisch kam er die nächsten Tage gar nicht mehr aus der Fabrik heraus. Am Tage arbeitete er in der Schmiedehalle und Nachts in der Montagehalle, bis ihn der Meister dort wieder zu Seite nahm und erklärte, dass Direktor Hartmann zugestimmt hatte und Heinrich schon ab dem nächsten Tag in der neuen Halle arbeiten würde. Nun fiel eine große Last von ihm und gleichzeitig fielen ihm auch die Augen zu. Er setzte sich in die Schmiedehalle an die Seite und schlief trotz des Lärms sofort ein.

Sein Freund Fritz weckte ihn am nächsten Morgen, als er ihn an der Schulter berührte und sagte „Du arbeitest zu viel mein Freund." Heinrich stand auf und sagte „Ab heute bin ich in der Lokomotivenhalle!" „Du hast es also endlich geschafft?", fragte sein Freund und gab ihm die Hand. „Vielleicht kommst du ja auch noch nach. Soll ich den Meister fragen?", entgegnete Heinrich und nahm die hingehaltenen Hand gern an. Fritz nickte und Heinrich wechselte in die andere Halle hinüber.

Die Stille der Nacht war einem geschäftigen Treiben gewichen. Noch war es ein ziemliches Durcheinander in dieser Montagehalle, aber für den ersten Tag war es eigentlich ganz normal. Der Direktor und der Ingenieur standen in der Mitte und betrachteten den Kessel, von dem sie jetzt die schützende Plane abgezogen hatten. An diesem Kessel hing das ganze Projekt. Er durfte nicht zu schwer sein und auch nicht zu leicht. Wäre er zu schwer, so würde sich die Lok nicht mehr schnell genug bewegen können. War er zu leicht, so würde er den Druck sicher nicht standhalten können. Alle anderen Teile waren dann kein Problem mehr.

Der Meister empfing Heinrich und brachte ihn zur Mitte, wo er ihn den beiden Männern vorstellte. Er hörte ihnen zu „Wir haben das Problem, dass der Kessel keine zehn Atmosphären Druck aushält", sagte der Ingenieur und der Direktor nickte. „Wenn wir das Material aber dicker machen, damit er standhält, dann wird er zu schwer", bemerkte Herr Hartmann und der Ingenieur vertiefte sich wieder in die Zeichnung. „Wie machen das nur die Engländer?", fragte der Mann laut vor sich hin und studierte die Konstruktion.

Heinrich wechselte an eine der Maschinen an der Seite der Halle und begann damit, Teile für das Antriebsrad zu fräsen. Immer wieder sah er zu den beiden Männern hinüber, die keine zehn Schritte von ihm entfernt immer noch an dem Kessel grübelten. Plötzlich fiel ihm etwas ein, was er bei Regina in der Unterkunft gehört hatte. Vor ein paar Tagen hatte sie die Mädchen mit einem Eimer zum Wasser holen schicken wollen, aber der Eimer hatte ein Loch gehabt. Ein zweiter Eimer hatte auch ein Loch. Kurzerhand hatte sie die beiden Eimer ineinander gestellt und die Mädchen damit losgeschickt. Konnte das die Lösung sein? Zwei Kessel ineinander? Er stellte die Maschine ab und ging zu dem Ingenieur hinüber, um ihm seine Idee mitzuteilen.

10. Kapitel

Lohn des Schweißes

---

it wiegenden Schritten ging der kleine Mann zu dem Hammer hinüber. Schon lange war er hier in dieser Halle beschäftigt. Praktisch schon so lange, wie es diese Halle gab. Friedrich, oder kurz Fritz, wie ihn hier alle nur nannten, war eigentlich Kunstschmied. Von klein auf hatte er das Handwerk bei seinem Großvater und Vater gelernt und wenn die Zeiten nicht so schlecht für die Handwerker gewesen wären, so wäre er sicherlich immer noch in dem kleinen Dorf bei Dresden und würde kunstvolle Tore schmieden. Doch auch die reichen Herren hatten nicht mehr so viel Geld, dass sie sich den Luxus immer leisten konnten. Es waren ärmliche Zeiten geworden. Der Mann war achtundzwanzig und schon seit fünf Jahren hier in Chemnitz. Mittlerweile waren die großen Fabriken und Manufakturen die einzigen, die noch relativ kostendeckend arbeiten konnten. So konnte Fritz wenigstens weiter schmieden und damit auch noch Geld verdienen. Zwar nicht viel, aber es reichte zum Leben.

Zu seiner Familie hatte er kaum noch Kontakt. Nur seinem Bruder Siegfried, der in Dresden lebte, schrieb er oft und erhielt auch von ihm ab und zu einen Brief zurück. Der Bruder war Zimmermann und in seiner Freizeit in einem Turnverein. Freizeit hatte Fritz eigentlich nie, und das Schmieden war sein Sport. Und im Gegensatz zu den anderen, die hier nur waren, um Geld zu verdienen, liebte er diese Tätigkeit. Die paar Münzen, die er für seine Arbeit als Lohn erhielt, waren praktisch nur noch eine zusätzliche Belohnung. Ein wichtiger Teil zwar, damit er weiter arbeiten konnte, aber eben nur als Bestätigung seiner guten Arbeit von ihm so gesehen.

Er dachte wieder an Siegfried. Diese Turnvereine waren oft keine Vereine, wo man Sport machte, sondern sie hießen nur seit vielen Jahren so. Eigentlich waren es Gruppen von Männer, die der Tradition der Befreiungskriege von Napoleon folgten. Diskussionsrunden und Gruppen von Kämpfern, die sich mit Sport stählten. Er hingegen stählte sich bei seiner Arbeit und die Diskussionen hatte er oft in der Schänke mitverfolgt. Die brachten doch sowieso nichts ein, auch wenn Einigkeit wichtig wäre, aber das war nicht seine Welt. Er wollte etwas mit den Händen erschaffen, sein Bruder vielleicht mit den Worten.

Wie jeden Tag im Sommer war es drückend heiß in der Schmiedehalle. Das Feuer an der Seite der Halle sorgte dafür, dass man schon beim Betreten des flachen Hauses sofort schweißgebadet war. Im Winter war es dann schon eher erträglich. Aber er hatte sich an die Hitze gewöhnt. Die schwere Arbeit hatte ihn schnell kräftig werden lassen, auch wenn er im Vergleich zu den anderen Männern nicht allzu groß war. Er hängte seine Jacke an den Haken an der Wand, wo auch seine Kollegen ihre Jacke aufhingen und dabei ließ er seinen Blick über die stillstehenden Dampfhämmer gleiten. Noch war Ruhe, aber das würde sich gleich ändern. Der Meister verteilte die Arbeit und dann ging es los. Für die nächsten Stunden würde man sich mit Brüllen oder Handzeichen verständigen müssen.

Ihre Fabrik fertigte Teile für Dampfmaschinen und für Webstühle. Trotz seiner großen Hände schmiedete Fritz die filigranen Teile für die Webstühle mit solch einer Präzision, dass sie kaum noch nachgearbeitet werden mussten. Jeder Schlag des Hammers traf genau an der richtigen Stelle. Obwohl er ja schon etwas älter war, war er aber immer noch alleine. Zu tief war er in seine Arbeit eingetaucht, wodurch kein Platz für Frau und Kinder geblieben war. Seinem Freund Heinrich schien es da genauso zu gehen. In

Zwölf Stunden Schichten schmiedeten sie alle die Teile, die dann in der Montagehalle zu den Maschinen zusammengesetzt wurden. In dieser Fabrik arbeiten jetzt fast fünfhundert Männer. Ein halbes tausend Beschäftigte. Die meisten davon am Tag, nur einige in der Nacht, damit die Gießöfen nicht erkalteten. Doch auch Schmiedearbeiten wurden nachts gemacht, um Teile zu fertigen, die man dann am folgenden Tag zu Maschinen montierte.

Seit ein paar Tagen arbeitete sein Freund Heinrich nun schon in der anderen Halle. Es war irgendwie komisch, den Freund nicht mehr an der Seite zu haben und sie trafen sich nun nur noch, wenn sie die Fabrik betraten oder verließen. Vielleicht sollte er dem Freund in die Lokomotivmontage folgen, aber noch hatte er sich nicht entschieden. Das Schmieden machte ihm mehr Spaß, als das Zusammenschrauben irgendwelcher Teile zu Maschinen. Natürlich wusste er, dass alle seine Teile in Maschinen landen würden, aber er war nicht so wild auf diese Lokomotiven wie sein Freund. Hier an den Schmiedeöfen war er zufrieden mit dem, was er tat.

Während er schmiedete, da kam ihm der Brief des Bruders wieder in den Sinn, den dieser ihm in der letzten Woche geschrieben hatte. In Dresden gab es wohl einige Tumulte, denn der Hunger und die Not waren bis zur Hauptstadt gelangt. Ein Aufstand gegen die Herren, um den Hunger zu bekämpfen?

Die Not auf dem Lande war groß und jeder wollte in die Stadt! Nur hier gab es die großen Fabriken, einige wenige, viel kleinere waren außerhalb von Chemnitz zu finden. In dieser Stadt gab es damit viele Arbeiter und es gab hier noch mehr, die gern hier arbeiten würden, aber es nicht konnten. Der Direktor hätte sicher die zehnfache Menge an Arbeitern einstellen können, so viele gab es, die das hier machen wollten. Hatte es da Sinn, sich gegen die hohen Herren zu vereinigen? Seine Arbeit konnte schnell jemand anderes übernehmen. Dazu kam auch noch, dass es ihnen hier in dieser Fabrik noch gut ging. Wenn er in der Schänke hörte, wie es da anderen Arbeitern ging, dann konnte er schon verstehen, dass diese sich dagegen auflehnen wollten. Doch allen war der Kampf gegen den Hunger gemeinsam. Aber wer Arbeit hatte, der wollte sie auch behalten.

Die Not und der Hunger, welche viele hierher getrieben hatten, hatte sie auch hier empfangen. Einzig durch seiner Hände Arbeit und viel Schweiß konnte man dem entkommen. Wenn auch nur solange, wie man Arbeit hatte. Große Reichtümer erwarb man nicht durch den täglichen Schweiß. Nur die Herren wurden reich!

Allerdings konnte man wenigstens nicht verhungern und musste nicht betteln, wie es viele der Arbeitslosen machen mussten. Daher gab es jetzt auch Räuberbanden hier in der Stadt. Die Not war auch gefährlich!

11. Kapitel

Michelangelos David

---

aria ging es wieder gut und sie schien glücklich mit ihrer neuen Arbeit zu sein, daher hatte Clara nun die Gelegenheit, sich der Frage zu widmen, wie ein Mann aussah! Und der Frage, warum man sie eigentlich von jeglichen diesbezüglichen Informationen fernhielt? Nur, weil sie eine Frau war? Das konnte es ja nicht sein, denn die Mägde wussten ja anscheinend auch Bescheid und die waren viel jünger als sie. Die Mutter hatte ihr einmal gesagt, sie solle rein, unschuldig und unberührt in die Ehe gehen. Was immer das auch heißen sollte. Doch diese Frage brannte ihr nun mal auf den Nägeln.

Grübelnd ging Clara durch das Haus. Wo konnte man etwas erfahren? Vielleicht in der Bibliothek! Sie lenkte ihre Schritte zu dem großen Raum im Erdgeschoss, betrat das Zimmer, in dem sie schon so oft gewesen war und sah die großen Regale an. Sorgsam strich sie mit den Fingern über die kostbaren Einbände. Hier standen Werke von Goethe, Schiller und auch viele französische Schriftsteller, aber die meisten davon hatte sie bereits gelesen. Da war die gesuchte Information nicht zu finden! Die Gedichtbände fielen auch aus, denn da waren keine Bilder drin.

Am ehesten konnte man noch in den Kunstbänden der Mutter etwas Diesbezügliches finden. Clara wechselte zur anderen Seite, zog den ersten Band heraus und klappte diesen auf. Die Zeichnungen von Frauen, nackt oder angezogen, waren darin zu sehen, aber kein Mann. Missmutig schob sie den Band zurück. Ein dicker Wälzer stand daneben und mit diesem Buch ging sie zu dem Sofa am Fenster. In Gedanken versunken begann sie darin zu blättern. Seite um Seite, eine Zeichnung nach der anderen, aber wiederum nur Frauen oder Tiere! Wieder kein einziger nackter Mann! Seufzend erhob sie sich und holte den nächsten Band. Da waren auch nackte Männer drin, aber immer mit einem großen Feigenblatt an der entscheidenden Stelle.

Das war doch nicht normal! Jede Menge Frauen, aber wie die aussahen, das wusste sie ja. Cornelia kam in die Bibliothek und fragte „Herrin, brauchen sie etwas?" „Einen Kaffee bitte", sagte sie und die Magd entfernte sich nach einem Knicks aus dem Raum. Clara folgte der jungen Frau mit dem Blick und dachte an die Geräusche in der Nacht. Vielleicht konnte sie Cornelia fragen, wenn sie wieder zurückkam, dabei war es ihr eigentlich peinlich, dass sie das noch nicht wusste.

Als die Magd mit der Tasse den Raum betrat, da klappte Clara das dicke Buch geräuschvoll zu. „Was suchen sie?", fragte das Mädchen und sah die ganzen Bände an, die kreuz und quer auf dem Tisch lagen. Clara druckste herum, bevor sie mit der Frage herausrückte. Mit schnellen Schritten ging Cornelia zum Bücherregal und glitt mit dem Finger über die Bände, die noch darin standen. Dann tippte sie auf eines davon und sagte „Michelangelo!" Schnell zog sie es heraus. „Das ist mir mal beim Aufräumen heruntergefallen. Ich glaube sie finden dort etwas, was ihnen weiter hilft", erklärte die Magd, dann übergab sie das Buch und begann die Anderen wieder wegzuräumen.

Immer noch lag das Buch geschlossen vor ihr auf dem Tischchen, obwohl es Clara vor Neugierde kaum noch aushielt. Tat sie hier etwas Verbotenes? Eigentlich nicht! Sie nahm einen Schluck Kaffee, doch ihre Hand zitterte so sehr, dass sie das Getränk fast auf das Buch verschüttet hätte. Cornelia sagte noch „In der Mitte" und verließ den Raum. Die kluge Magd schloss sogar noch die Tür hinter sich.

Nun erst klappte sie das Buch auf. In der Mitte war eine Zeichnung des David mit vielen Detailzeichnungen auf den folgenden Seiten und darunter auch das gesuchte Bild. „Aha!", entfuhr es Clara, aber nun war sie immer noch so schlau, wie zuvor. Dass sollte das Geheimnis sein, das sie nicht erfahren durfte? Da musste es doch noch mehr geben! Nur wo? Clara legte den Finger in das Buch und klappte es zu, dann rief sie „Cornelia!" und fast sofort öffnete sich die Tür.

Die Magd musste unmittelbar vor der Tür gestanden haben. Sie sagte „Herrin?" und machte einen Knicks. „Erkläre es mir!", sagte Clara, doch die junge Magd riss nur die Augen auf. „Nein junge Herrin! Die Herrin schlägt mich, wenn ich es euch verrate!" „Lass meine Mutter aus dem Spiel. Ich werde es tun, wenn du es mir nicht verrätst!", entgegnete Clara, die auf die Angst der Magd keine Rücksicht nehmen wollte, so kurz vor dem Ziel.

Cornelia schloss die Tür und drehte zur Sicherheit den Schlüssel im Schloss. Dann kam sie um den kleinen Tisch herum und Clara klappte das Buch an der bewussten Stelle wieder auf. Die Magd begann mit roten Ohren eine unglaubliche Geschichte zu erzählen, die niemals stimmen konnte. Zweifelnd sah sie das Mädchen an „Du lügst mich doch an, um deinen Schlägen zu entgehen!", sagte Clara, doch die Magd antwortete ihr erschrocken „Nein Herrin! Ich schwöre, das ist die Wahrheit." „Na gut. Ich will dir mal glauben. Bringe mir noch ein Stück Apfelkuchen", antwortete Clara und die junge Magd war sichtlich froh, aus dieser Befragung ohne Schlag zu entkommen. Sie nahm die nun leere Tasse und eilte davon. Fast wäre sie an die von ihr zuvor verschlossene

Tür geprallt. Schnell klappte Clara das Buch wieder zu, damit niemand das Bild sah, dass sie sich gerade angeschaut hatte.

Bei dem leckeren Kuchen träumte sie sich in das vor ihr liegende, geschlossene Buch hinein. So wie dieser David konnte vielleicht auch ihr zukünftiger Mann sein. Groß, muskulös und gut aussehend. Die andere Geschichte würde sie der Magd erst mal glauben müssen. Schließlich hatte sie ja keine Möglichkeit, die Wahrheit herauszufinden und eventuell noch jemand anderes zu fragen, das traute sie sich nicht. Schon jetzt war sie nahe dran, dass der Vater sie übers Knie legte und ihr ein paar Schläge auf den Hintern gab, wie er es mal vor Jahren gemacht hatte, als sie die kostbare Vase in der Eingangshalle beim Fangen spielen mit ihrer Freundin Constanze zerstört hatte. Es musste ja einen Grund dafür geben, dass der Vater diese Geschichte vor ihr geheim hielt.

Waren es die Worte der Mutter gewesen? Rein, unschuldig und unberührt? Unwissend traf es wohl eher. Oder hieß in diesem Falle unschuldig unwissend? Sie stellte den Teller zur Seite und zog das Buch auf ihren Schoß. Nun begann sie es von Anfang an durchzublättern. Es waren schöne, teils bunte Zeichnungen. Die Frauen waren anatomisch korrekt dargestellt, also würde dies bestimmt auch auf den David zutreffen. Clara klappte das Buch zu und brachte es zu der Lücke im Regal.

Nun war sie etwas schlauer, aber die ganze Wahrheit würde sie wohl erst nach der Hochzeit erfahren. Sie musste sich also noch ein paar Monate gedulden. Langsam verließ sie den Raum und ging auf ihr Zimmer. Immer noch grübelte sie über das Bild und die Geschichte der Magd.

12. Kapitel

Drei Mädchen

un konnte Maria zeigen, was sie am Herd schon konnte. Martha hatte ihr die Kritik an ihrem Kuchen schnell vergeben. „Wenn es schmeckt, dann ist es richtig", sagte die dicke Köchin immer. Mit Cornelia hatte Maria vom ersten Moment des Zusammentreffens eine Freundin gefunden. Hier im Haus gab es viel Personal, aber darunter waren nur drei junge Frauen, wie Cornelia schon festgestellt hatte. Es gefiel ihr hier ganz gut und die ersten Tage waren wie im Flug dahingegangen. Seit heute war auch endlich der Verband ab und jetzt konnte sie wieder frei atmen. Eines allerdings war schade: dass sie mit Cornelia nie einen gemeinsamen freien Tag haben würde, denn eine von ihnen musste ja immer die Herrschaft bedienen. Im Speiseraum stehend beobachtete sie dabei die herrschaftliche Familie. Der ältere Herr hatte schon graue Haare, aber war noch sehr kräftig. Er erinnerte sie viel zu sehr an ihren alten Herrn und daher hielt sie lieber von ihm Abstand.

Die alte Herrin achtete sehr auf Etikette. Sie prüfte jedes Detail und hatte alles immer fest im Blick. Der junge Herr war wirklich sehr hübsch und Clara alberte meist beim Essen am Tisch herum. Maria musste sich bei den Sprüchen der jungen Herrin manchmal das Lachen verkneifen, aber sie stand ja immer im Blick der Herrin, die bisweilen auch die Tochter zurechtwies, was aber nur kurz wirkte.

In den letzten Tagen hatte ihr die junge Herrin öfters ihre eigenen Sachen zum Auftragen gegeben. Da sie beide dieselbe Größe und Statur hatten, ging das und Maria war auch flink mit der Nadel, was die Herrin freute. Brauchte sie doch nun keine Schneiderin mehr. Am Abend änderte Maria daher nun oft Kleider von ihr oder Clara.

Der Sonntag kam immer näher und es wurde für den Abend davor ein großer Ball vorbereitet. Zu dritt wirbelten sie den ganzen Tag in der Küche umher. Martha für den Hauptgang, Maria für die Vorspeise und Cornelia für die süße Nachspeise. Obwohl die Freundin auch sehr dünn war, schien sie doch ein echtes Leckermaul zu sein. Ständig probierte und naschte sie irgendwo herum. Maria wäre da schon lange aus dem Mieder geplatzt. An diesem Abend würde dann auch Gisela, die sonst nur putzen durfte, die Gäste bedienen, wodurch sie dann drei hübsche, junge Frauen waren. Dorothea hatte alles im Blick und brachte das dritte Mädchen in die Küche, dort kontrollierte sie noch einmal, wie jede von ihnen aussah. Zufrieden nickte sie und dann ging es auch schon los.

Ab dem Eintreffen der ersten Gäste bis zum letzten Glas am Abend lief Maria herum und bot Getränke oder Happen an. Erst spät war im Saal Ruhe, aber es sah wie ein Schlachtfeld aus. Sie sah Giselas verzweifelten Blick und bot an, ihr zu helfen, doch der junge Herr trat an sie heran und sagte zu Maria „Du darfst mich dann gleich besuchen." Ohne ihre Antwort abzuwarten, drehte er sich um und verließ den Saal. Pfeifend stieg er die Treppe hinauf.

Einen Moment sah sie dem Mann nach. Von Cornelia wusste sie, wenn er „gleich" sagte, dann meinte er sofort! Und bei „dürfen" meinte er müssen! Schließlich wollte sie ja auch diese gute Anstellung nicht riskieren und daher lief sie schnell auf ihr Zimmer, machte sich in der Schüssel frisch und schlüpfte in ihr Nachtgewand. Bedächtig stieg sie hinab und folgte dem Herrn die Treppe hinauf. Sie klopfte und der Mann bat sie lautstark herein.

Er saß in einem Sessel und hatte seine Jacke schon ausgezogen. Maria trat vor ihn hin, machte einen Knicks und der junge Herr sagte „Ausziehen!" Schnell entledigte sie sich des Unterhemdes und der Haube, die sie auf einen Stuhl neben der Tür ablegte. „Zeig dich!", sagte er und sie drehte sich vor ihm. „Der Zopf!", sagte er nur und sie löste das lange, schwarze Haar, das ihr nach vorn bis über die Brust fiel. Mit einer Handbewegung forderte er sie auf, die Haare nach hinten zu werfen und die Drehung fortzusetzen. „Bist du noch Jungfrau?", fragte er und sie verneinte dies. „Schade. Du darfst dich auf das Bett legen", bestimmte er und stand aus seinem Sessel auf.

Während sie an ihm vorbei nach hinten eilte, entledigte er sich schon seiner Hose. Dann kam er zu ihr und sie sah ihm etwas ängstlich entgegen. Würde es wieder so wehtun, wie bei dem alten Herrn? Sie dachte an Cornelias Instruktionen und in Erwartung des Schmerzes biss sie sich auf die Unterlippe. Der Mann warf das Unterhemd zur Seite, teilte ihre Schenkel mit den Händen und legte sich auf sie. Wortlos stieß er zu und begann sich schnaufend in ihrem Schoß zu bewegen. Der Schmerz dabei hielt sich in erträglichen Grenzen und bereits ein paar Minuten später durfte sie das Zimmer auch schon wieder verlassen, während er hinter ihr zu schnarchen begann.

Als sie durch den Saal eilte, sah sie schon die Freundinnen mit dem Wischlappen die Spuren des Balles beseitigen. Nun rannte sie nach oben, zog sich wieder um und sauste hinab, um den Beiden doch noch helfen zu können. Es war weit nach Mitternacht, als alle Spuren beseitigt waren und drei müde, nicht mehr ganz so hübsche Mädchen auf ihre Zimmer schlichen.

Der nächste Morgen kam schneller, als erwartet und zusätzlich zum Essen war auch noch Gottesdienst, wodurch alles etwas flinker von der Hand gehen musste. Und das auch noch völlig übermüdet. „Du hättest doch bei dem jungen Herren bleiben können", sagte Cornelia mit einem Gähnen, als sie in der Küche erschien, doch das hätte sich für Maria falsch angefühlt. Schließlich war es ja ihre gemeinsame Arbeit gewesen.

Nach dem Frühstück brachen sie zur Kirche auf und Maria musste der neben ihr sitzenden Freundin immer mal wieder mit dem Ellenbogen in die Rippen stoßen, wenn Cornelia zu schnarchen begann.

Noch vor dem Ende des Gottesdienstes mussten sie losrennen, denn danach wollte ja die Herrschaft mit dem Mittag bewirtet werden. Auch Martha traf mit ihnen zusammen im Haus ein. Pünktlich stand das Essen auf dem Tisch und auch für das Personal gab es heute mal Fleisch. Worauf sich alle schon die ganze Woche gefreut hatten. Nach dem letzten Essen fielen die Mädchen nun endgültig in ihre Betten. Sie schliefen bis zum Abend durch. An diesem Abend erhielt Cornelia die „Ehre", bei dem jungen Herrn zu weilen und Maria wartete, dass die Freundin von dort zurückkam.

Sie setzte sich in deren Zimmer, wechselte dann zum Bett und schlief schließlich ein. Als sie erwachte lagen sie beide nebeneinander. Maria wollte sich hinter der Freundin hervor bewegen, weckte diese aber damit auf. „Und? Wie war es?", fragte Maria und die Freundin winkte ab. „Wie immer", sagte sie nur. Die beiden Freundinnen begannen flüsternd zu erzählen, denn schließlich war es Nacht und die Wände hier oben sehr dünn.

Der Montag begann und von draußen fiel der erste Lichtstrahl herein. Die drei Mädchen starteten in einen neuen, arbeitsreichen Tag.

13. Kapitel

Am Hungertuch

𝕬m Tisch sitzend stützte Regina ihren Kopf in die Hände. Sich fragend sah sie zu ihren beiden Kindern hinüber, die auf dem Bett saßen. Wieder begann ein langer Abend in dem stickigen Raum. Draußen, vor dem verschmutzten Fenster, wurde es langsam dunkel und der Wechsel bei den Übernachtungsgästen setzte ein. Der Lärm der Männer riss sie aus ihren Überlegungen. Ein Teil von ihnen, der am Tage geschlafen hatte, stand nun auf und kam zum Tisch. Dadurch machten sie die Betten frei für die, die nun aus den Fabriken und Manufakturen kamen, um die Nacht in den Betten zu schlafen.

Der Raum war allerdings nicht so groß, dass das ganz ohne Probleme ablief. Am Rande war ein kleiner Streit ausgebrochen, weil einer der Männer seine Schuhe nicht sofort fand. Doch noch vor dem Beginn von Handgreiflichkeiten hatte einer der Schmiede schlichtend eingegriffen, wodurch sie sitzen bleiben konnte. Eine der Töchter rief nach ihr und wieder überlegte sie, wie sie wohl die beiden Kinder heute Abend sattbekommen würde. Die beiden Mädchen waren sechs und sieben Jahre alt und damit eigentlich alt genug, um in eine der Manufakturen zu gehen. Dort konnten sie ein paar Münzen dazu verdienen. Allerdings würde es für die beiden sicher besser sein, noch ein oder zwei Jahre in die Schule zu gehen. Was tun?

Regina erhob sich ächzend und rührte noch einmal den Kessel mit der Suppe um, der auf dem Ofen stand. Zweifelnd prüfte sie die Menge. Es war gerade genug, dass sie die zahlenden Gäste damit beköstigen konnte, für die Töchter blieb nichts. Bereits im letzten Jahr war die Versorgung immer schlimmer geworden. Im

Lande war eine der schlimmsten Missernten eingetreten, an die sich Regina erinnern konnte. Zwar hatte es immer mal welche gegeben, aber die von 1846 war so schlimm gewesen, dass aus den Dörfern viele der Bauern aus Hunger in die Stadt abgewandert waren, um hier ihr Glück zu versuchen. Das hatte wiederum die Gutsherren gegen die übrig gebliebenen Menschen aufgebracht.

Von ihrer Familie aus dem Erzgebirge hatte sie erfahren, dass durch die kleinen Webstühle kaum noch etwas zu verdienen war. Der Preis für Tuch war ins Bodenlose gefallen, und wer konnte, der floh in die Stadt. Damit gab es aber auch immer weniger Menschen dort, die auf den Äckern arbeiten konnten. Das verstärkte nur noch weiter die Not. Die Preise für die Lebensmittel waren so stark gestiegen, dass am Ende des Monats nicht mehr viel übrig blieb. Nur für das Nötigste reichte es. Gerade mal für das Essen. Neue Kleider für die Kinder waren vollkommen unerschwinglich und damit konnten wiederum die gewebten Stoffe der kleinen Hausarbeiterinnen nicht mehr verkauft werden. Ein Kreis der Not setzte ein, der sich immer schneller drehte und zu einer Schlinge wurde, die sich immer fester um sie herum zusammenzog. Die Menschen vom Land fanden hier keine Arbeit und mussten sich mit Gelegenheitsarbeiten durch das kärgliche Leben schlagen.

Und nun war dieses Frühjahr in vielen Gegenden auch noch verregnet gewesen. Die nächste Missernte stand damit unmittelbar bevor. Wie sollte das nur weiter gehen? Sie begann die Schüsseln zu füllen und an die Männer zu übergeben. Die, die hier am Tisch saßen, die hatten zumindest Arbeit. Sonst hätten sie sich die Unterkunft und das Essen nicht leisten können. Doch auch sie begannen nun, während sie die Suppe auslöffelten, darüber zu diskutieren, was der nächste Winter ihnen bringen würde.

Aber es half alles nichts! Regina musste die Preise für die Übernachtungen anheben. Mit einem verzweifelten Blick zu ihren Töchtern versuchte sie sich bei den Männern Gehör zu verschaffen, um dann zu verkünden, dass das Geld einfach nicht mehr reichte. Das Murren der Männer nahm sie wohl wahr, aber sie mussten zähneknirschend zahlen. Daraufhin entbrannte eine hitzige Debatte am Tisch darum, dass man hier Arbeitete um zu Leben und das, was man dabei verdiente, gerade Mal so reichte. Viele hatten ihre Familien in den Dörfern zurückgelassen, um sie mit den Münzen zu versorgen, die sie in den Fabriken für die schwere Arbeit erhielten. Aber es reichte einfach nicht.

Ein älterer Mann begann darüber zu reden, dass die Fabrikbesitzer ihnen mehr Lohn geben müssten, was andere wieder mit einem hämischen Lachen quittierten. Einer der Schmiede hieb mit der Faust auf den Tisch und rief „Du glaubst doch selbst nicht, dass du mehr Lohn bekommst! Da draußen stehen hunderte rum, die für die Hälfte deines Lohnes jede Arbeit sofort übernehmen würden!"

Ein anderer begann zu erzählen „Ich war damals dabei, als wir in Schlesien im Juni 1844 so große Not hatten, dass uns gar nichts anderes übrig geblieben war, als dass sich die Weber aus Langenbielau und Peterswaldau gegen ihre Herren erhoben haben. Schon nach wenigen Tagen hat uns das preußische Militär niedergeknüppelt. Die großen Herren sind sich da immer ganz schnell gegen uns einig." „Und wenn wir uns alle vereinigen? Gegen alle können sie nicht kämpfen. Wer sollte denn dann die Arbeit machen?", fragte ein junger Mann an der Stirnseite des Tisches. „Da findet sich immer jemand, der das macht!", stöhnte der Arbeiter aus Schlesien.

Regina sah zum Fenster. Draußen versank gerade die Sonne und löschte damit den Anblick dieses Viertels aus. Sie dachte zurück an ihr Dorf, aus dem sie vor zehn Jahren hierhergekommen war. Damals hatte sie das Glück gehabt, diesen Raum mieten zu können und nun damit ihr Geld zu verdienen.

Doch die Gegend war wirklich schlimm. Die Menschen nannten sich selbst Lumpenproletarier. Die Meisten von ihnen lebten in diesem Ghetto am Rande der Stadt und sie vegetierten am Existenzminimum oder oft auch darunter. Aus den Gesprächsfetzen hörte Regine, dass sie ständig von dem Verlust ihrer Arbeit bedroht waren und ohne jegliche soziale Absicherung waren. So wie auch sie, wenn sie diesen Raum irgendwann mal nicht mehr bezahlen konnte. Schweren Herzens würde sie die beiden Töchter doch in die Tuchmanufaktur schicken müssen. Nur dort konnten die beiden Mädchen noch etwas dazuverdienen. Regina füllte eine Schüssel mit Suppe und gab sie den beiden Kleinen. Auch heute Nacht würde sie hungrig in das Bett gehen. Hauptsache den Mädchen ging es gut. Aber wie lange noch? Die Männer gingen, andere kamen.

Eine neue Diskussion fand am Tisch statt. Die Beteiligten änderten sich, die Not blieb dieselbe. Sie alle hier nagten, mehr oder weniger, ständig am Hungertuch und es gab nur wenige, die davon profitierten, dass sie so in Not waren. Aber vielleicht war das ja Absicht, sie so in der Not zu lassen. Was würde das nächste Jahr bringen? Sicher nicht viel bessere Zustände. Regina seufzte und füllte die Schüsseln für die Männer, die jetzt hungrig von der Arbeit kamen.

14. Kapitel

Unter Druck

---

inter der Halle war eine Grube ausgehoben worden, in der schon so mancher Kessel unter dem Druck zerplatzt war. Noch keiner hatte bisher den zehnfachen atmosphärischen Druck standhalten können, doch nun stand der neue Kessel, der die neue Lokomotive mit Dampf versorgen sollte, dort in dieser Grube. Er war nur unwesentlich schwerere, als sein Vorgängermodell, dessen geborstene Reste noch in Sichtweite neben der Halle lagen. Wochenlang hatten sie an dem Konzept gegrübelt und nur das beste Eisen verwendet. Da Heinrich maßgeblich daran mitgearbeitet hatte, durfte er auch zu dem Test beitragen. Ganz nah vorn dran würde er sein. Mit einem Pferdewagen wurden die Kohlen zu der Grube geschafft und dort abgeladen.

Der Ingenieur kontrollierte noch einmal, ob alles richtig montiert und bereit war, dann sagte er „Drück die Daumen und wir beginnen." Er warf etwas Holz in die Feuerluke und Heinrich begann langsam die Kohle hinterherzuwerfen. Schaufel um Schaufel fanden die schwarzen Stücke den Weg in die Flammen.

Nach einer Weile erschien auch der Direktor und zusammen mit dem Ingenieur prüfte er die Anzeige. Für diesen Test hatten sie ein ganz neues Manometer an den Kessel angebracht. Die Rohrfederanzeige des Druckmessers hatte eine schwarze Nadel, die auf der weißen Skala zu sehen war. Der Druck würde von der 1 bis zur 20 gehen können. Ab der 10 war die Skala allerdings in rot gefärbt. Irgendwann sollte solch ein Manometer in jeder Lokomotive eingebaut werden, damit die Heizer den Druck ermitteln konnten und nicht nur, wie bisher noch üblich, schätzen mussten.

Solche Neuerungen hatte der Herr Direktor schon viele im Sinne gehabt und da er auch schon von klein auf die Lokomotive als seine Leidenschaft ansah, setzte er jetzt alles daran, dass diese hier endlich fuhr. Noch stand die Nadel nur wenig über der „1". Der dunkle Qualm des Kohlefeuers wurde mit einem Blech von ihnen fern gehalten. Glühende Hitze schlug Heinrich aus der Öffnung entgegen. Langsam begann die Nadel zitternd ihren Weg über die Skala zu nehmen. Mit jeder Schaufel Kohle stieg der Druck in dem Kessel. Die Öffnungen, durch die später mal der Dampf zu den Kolben gehen würde, waren noch verschlossen und das Notventil, das sich oben am Kessel befand, war mit einer Schnur gesichert.

Es würde bei dem zwanzigfachen Druck automatisch auslösen, oder eben wenn der Ingenieur an dieser Schur zog. Noch hing das Seil über dem Manometer und würde hoffentlich nicht benötigt werden. Die drei Männer standen direkt vor dem Kessel und manchmal, wenn Heinrich wieder eine Schaufel Kohle vom Berg nahm, da fiel sein sorgenvoller Blick auf den geborstenen Kessel. Im Notfall würden sie rennen müssen. Sein Blick folgte dem möglichen Fluchtweg und dabei sah er auch, dass neben der Halle einige der Arbeiter stehen geblieben waren. Auch den Meister konnte er dort sehen. Der Ingenieur begann den Druck nun laut zu rufen, damit die anderen Männer auch wussten, was nun gerade hier bei ihnen passierte. „Fünf" rief der Ingenieur und nach einer Weile rief er schon „Sieben ein halb!"

Als der Mann „Neun!" rief, da konnte Heinrich das aufgeregte zittern in seiner Stimme hören. Weiter schaufelte er die Kohle in das Feuer. Der Kessel war unmittelbar neben seinem Kopf und er konnte das Wasser darin rauschen hören. Nun rief der Direktor „Zehn!" Es klang fast triumphierend. Der Kessel hatte diesen Druck standgehalten. Aus dem Augenwinkel sah Heinrich, wie der

Herr Direktor zur Schnur griff. Gebannt starrten die beiden Männer auf die zitternde Nadel. „Ab jetzt keine Kohle mehr!", sagte der Direktor und Heinrich stellte die Schaufel beiseite. Nun stand auch er am Manometer und sah den Zeiger, der immer weiter nach rechts ausschlug. Immer lauter rief der Herr Hartmann die Zahlen. Der Zeiger näherte sich immer mehr dem dunkelroten Bereich am Ende der Scala.

Angespannt lauschte Heinrich, ob sich an dem Geräusch des Kessels etwas änderte. Das Rauschen des Wasserdampfes wurde in der Eisenhülle immer lauter. „Neunzehn!", schrie der Herr Direktor und schon waren sie fast auf der Flucht. Mit einem Knall öffnete sich das Sicherheitsventile und donnernd schoss der Dampf nach oben. Sie waren alle zusammen gezuckt.

In einer weißen Dampffontäne jagte der heiße Wasserdampf in den Himmel. Es dauerte eine Weile, bis die Männer an der Halle bemerkt hatten, dass der Kessel noch intakt war und nur das Notventil geöffnet hatte. Dann jubelten sie alle und auch die drei Männer am Kessel lagen sich vor Freude in den Armen. „Ich wusste es!", rief der Direktor. Fast wären sie zu dritt um den Kessel getanzt.

Schließlich gingen sie zu den anderen Männern hinüber. Nun war das Herzstück er Lokomotive fertig. Lange hatte es gedauert, doch nun war das Ende absehbar. Das Donnern des Dampfes wurde leiser und verstummte schließlich ganz. Ab jetzt ging es darum, die Lok zusammenzusetzen, doch der erfolgreiche Test musste erst einmal ausgiebig gefeiert werden. Zusammen mit dem Ingenieur ließ der Herr Direktor Bier und Würstchen für alle Männer in die Halle bringen. Dort stießen sie an und feierten den Erfolg des Kessels ausgiebig.

Als Heinrich am Abend die Halle verließ, da war es in der Fabrik schon rum, dass der Kessel funktioniert hatte. Auch Fritz, den er am Tor traf, gratulierte Heinrich zum Erfolg. „Eigentlich war es ja Regina", sagte Heinrich mit einem Augenzwinkern und erzählte seinem Freund von der Idee. „Dann sollten wir ihr auch etwas dafür geben", entgegnete Fritz mit einem Lachen. Heinrich griff in seine Tasche und zog ein paar Münzen heraus. „Da hast du Recht", pflichtete er ihm bei und zählt nach, was er da gerade in der Hand hatte. Es waren nur ein paar Groschen, aber er würde sie der Frau trotzdem geben.

„Aber vorher gehen wir auf ein Bier in die Schänke!", sagte Fritz und zog den Freund in die Richtung, in die schon einige der Männer liefen. Auch in dem finsteren und verrauchten Raum war die Neuigkeit schon angekommen. Jeder der Männer wollte nun genau wissen, was passiert war und da Heinrich am nächsten an dem Kessel dran gestanden hatte, musste er auch immer wieder erzählen, wie die Nadel in den roten Bereich gegangen war.

Dabei verschwieg er natürlich, dass er sich bei dem Knall des Notventils fast in die Hosen gemacht hatte. Wenn der Kessel bei zwanzig Atmosphären Druck auseinander geflogen wäre, dann wäre weder er noch der Direktor jetzt noch am Leben. Erst allmählich hatte sich am Nachmittag diese Erkenntnis bei ihm eingestellt. Er dankte Gott dafür, dass es nicht so weit gekommen war.

15. Kapitel

Engelsgleich

Es kam, was kommen musste. Die von Marias Seite eher unfreiwilligen Treffen des nächtens zwischen Gregor und ihr blieben nicht ohne Folgen. Als die Blutung eines Monats ausblieb, ging sie am Abend zu dem Zimmer des jungen Herrn, klopfte und schilderte ihm danach ihr Dilemma. Gregor ging zu einem Kästchen, das auf dem Tisch stand, entnahm daraus ein paar Münzen und drückte sie ihr in die Hand. Dann sagte er noch „Kümmere dich!" was so viel wie „Lass es wegmachen!" hieß, und sie war wieder draußen auf dem Gang. Die erschreckenden Geschichten um die Kurpfuscherinnen kamen ihr wieder in den Sinn. Oft hatte sie davon erzählen hören und selten war etwas Gutes dabei gewesen.

Grübelnd stieg sie die Treppe zum Erdgeschoss hinab. Was sollte sie tun? Maria öffnete ihre Faust und sah sich die funkelnden Münzen in ihrer Hand an. So viel Geld hatte sie noch nie besessen! Aber wie nun weiter? Wo, wer, wann und was? Vor allem: wen sollte sie fragen? Langsam ging sie zu ihrer Stube hinauf und bog dann zu Cornelias Zimmer ab. Als sie den Raum betrat, sah die Freundin die Münzen und sagte nur „Du also auch!"

Wenig später waren alle Fragen geklärt und sie hatte eine Anschrift auf einem Zettel. „Elfriede" stand da und die Adresse, die wenig verlockend schien. Am anderen Ende der Stadt, im Arbeiterviertel, wo Maria eigentlich nie hin gewollt hatte. Am nächsten Tag war ihr freier Tag und so würde sie da schon morgen hingehen müssen, denn Gregor würde auf keinen Fall erlauben, dass sie das Kind behielt. Seine Worte waren eindeutig gewesen! Wohl war ihr bei dem Gedanken an die fremde Frau nicht. Elfriede sollte ihr helfen können, zumindest hatte das Cornelia gesagt und würde die Freundin sie anlügen? Seufzend legte sich Maria in ihr Bett und schlief nach vielen Grübeleien endlich ein.

Maria hatte lange geschlafen und es war fast Mittag, bevor sie das Haus dann doch endlich verließ. Wie die Freundin es ihr geraten hatte, trug sie kein Kleid, sondern eine Jacke und einen Rock. Auch ein Unterkleid trug sie nicht, sondern nur ein kurzes Unterhemd unter dem geschnürten Mieder. Sie hatte nicht zu Fragen gewagt, aber Cornelia würde schon wissen, warum. Nach ihrer Aussage war Elfriede die Beste, was ziemlich tief blicken ließ, wenn dies ein siebzehnjähriges Mädchen sagte. Der Weg war weit. Nach Cornelias Beschreibung mehr als eine Stunde und Maria lief auch noch betont langsam dorthin, so, als wolle sie das Unvermeidbare weiter hinausschieben.

Irgendwann erreichte sie den dunklen Stadtteil. Rußgeschwärzte Hausfassaden an dreigeschossigen großen Klötzern. Die Kasernen der Arbeiter und deren Familien! Sie suchte die auf dem Zettel stehende Nummer und es dauerte ewig, bis sie das verworrene Zahlensystem verstanden hatte. Vor dem besagten Haus standen schon fünf Mädchen, also musste es richtig sein. Zur Sicherheit fragte sie „Elfriede?" und eines der Mädchen nickte stumm.

Das Warten begann. Eine nach der Anderen betrat das Haus und kam viel später, meist sichtbar erleichtert, wieder heraus. Nach unendlicher Zeit war Maria vorn an der Tür.

Der Eingang öffnete sich und eine grauhaarige Frau nickte ihr zu. Sie hielt die Hand auf und Maria ließ die Münzen hineinfallen. Ohne sie nachzuzählen, verstaute Elfriede diese in ihrer Tasche und gab den Weg frei. Eine dreckige Waschküche bot sich Maria dar. Einige Frauen wuschen in der Ecke an einem Trog und ein paar halbwüchsige Kinder spielten in dem Raum verstecken. „Zieh deinen Rock aus und setzt dich dort rauf", sagte die Frau und zeigte auf einen Waschplatz, auf welchem eine Decke lag. Maria öffnete den Rock, hängte diesen an einen Haken an der Wand und kletterte auf den steinernen Trog. „Deine Füße hier her!", erklärte Elfriede und zeigte auf eine metallene Kante, hinter welche Maria nun die Absätze der Schuhe klemmte.

„Gut so!", sagte die alte Frau und schob Marias Unterleib in die Position, die sie brauchte. Eine ausgiebige Inspektion aller unteren Körperöffnungen folgte, was ihr irgendwie peinlich war, während spielende Kinder an ihr vorbei liefen. Aber niemanden schien es zu interessieren, also versuchte sich Maria zu entspannen. Nach einer Weile des Betastens ging Elfriede zur Seite und kam mit einem Stück Holz zurück. „Zum darauf Beißen", sagte sie und Maria sah die Spuren von hunderten Zähnen auf dem Holzstück.

Kaum hatte sie es quer im Mund, schob die Frau ihr ein anderes Holz ohne Vorwarnung tief in den Unterleib. Marias Kiefer schlossen sich um das Beißholz und sie hätte schwören können, dabei das Knacken zu hören. Elfriede rührte eine Weile in ihr, als ob man einen Kessel Suppe umrührte, dann schabte sie in ihr herum und Marias Zähne gruben sich vor Schmerz immer tiefer in das Holz. Tränen liefen ihr die Wange herab, dann war Elfriede fertig, zog das Holz heraus und nahm ihr das Beißholz ab. „Den schmerzhaften Teil hast du nun hinter dir", stellte sie lächelnd fest und ging wieder zur Seite.

Nach einem Augenblick des Verschnaufens kam sie mit einem seltsam gebogenen Rohr zurück, an dessen einen Ende eine Kautschukmanschette saß. Diese fettete sie, vor Maria stehend, ein. Marias Augen fixierten das Rohr. Was hatte Elfriede damit vor?

„Nun zum unangenehmen Teil", erklärte sie, aber noch bevor Maria fragen konnte, hatte die ältere Frau das mehr als daumendicke Rohrstück mit Schwung sicher eine Elle tief in Marias Unterkörper geschoben, wobei ihr die Luft wegblieb. „Gundel!", rief Elfriede zur Seite und ein etwa zwölfjähriges Mädchen erschien. „Halte mal!", sagte die Frau, verschwand und kam mit einem Trichter und einem Krug mit einer dampfenden Flüssigkeit zurück. Gundel befestigte den Trichter oben am Rohr. Offensichtlich hatte das Mädchen schon Übung und auch bei Elfriede saß jeder Handgriff. Die sicherlich mehr als tausend Abtreibungen hatten ihre Hand sicher werden lassen.

Die alte Frau legte ihre Hand auf Marias Bauch und goss dann einen Krug nach dem anderen durch den Trichter. Schließlich nickte sie und zog das Rohr wieder heraus. Etwas Wasser plätscherte zu Boden, bevor ein Pfropfen den Eingang verschloss. „Presse deine Beine zusammen. Das Zeug muss eine Weile in dir wirken!", sagte sie und Maria machte, was ihr geheißen wurde.

Gundel verschwand wieder und Maria fragte „Was ist das?" Dabei zeigte sie auf ihren Bauch. „Schätzchen, das willst du gar nicht wissen. Glaube mir. Aber es macht alles in deinem Bauch engelsgleich, was da nicht hingehört!", erklärte ihr die alte Frau. Maria nickte und blieb weiter sitzen.

Allerdings wurde mit der Zeit das volle Gefühl in ihrem Bauch unangenehm und sie rutschte mit dem Hintern hin und her. „Warte noch!", sagte Elfriede, die von der Säuberung ihrer Instrumente zu ihr herübersah.

„Wie lange noch?", quengelte Maria, denn das volle Gefühl wurde nun von einem Brennen abgelöst. Die Frau sah zur Seite, wo ein Stundenglas stand, an dem noch nicht viel Sand hindurchgefallen war. Sie hob es an und zeigte es Maria. Die junge Magd stöhnte daraufhin auf, warf ihren Kopf zurück und schloss die Augen.

Verzweifelt versuchte sie, an etwas Schönes zu denken, doch das war gar nicht so einfach mit dem dicken Bauch. Die Zeit dehnte sich unendlich lang dahin.

„Jetzt!", sagte Elfriede nach einer Weile und zeigte auf einen hölzernen Eimer. Maria sprang erlöst zu Boden, hockte sich über das Gefäß und zog den Stöpsel aus ihrem Schoß. Ein dicker Strahl der Flüssigkeit schoss nach unten, gemischt mit einem dünnen Strahl aus ihrer Blase, welche die ganze Zeit von dem dicken Bauch zusammengedrückt worden war. Es dauerte eine ganz schöne Weile, bis die Strahlen versiegten, erst der eine, dann der andere. Elfriede reichte ihr den Rock, gab ihr die Hand, sagte noch „Deine Blutungen sollten dann bald wieder kommen." Und schon war Maria wieder vor dem Haus.

Nun standen ärmlich gekleidete Mädchen vor ihr. Sicher waren es Arbeiterinnen, oder Bewohnerinnen des Viertels. Es brach gerade die Dämmerung herein und dunkle Gestalten liefen überall umher. Schwarz vom Ruß. Maria eilte den Weg zurück, den sie gekommen war. Der Mond hatte es schwer, sein silbernes Licht durch den Rauch der Gießereien nach unten zu schicken.

Immer schneller wurden ihr Füße, dann bog sie um eine Ecke und stieß mit einem Mann zusammen. Maria zuckte zurück, doch noch bevor sie etwas sagten konnte, hatte er ihr den Mund zugehalten. Voller Angst blickte sie den dunklen Mann an. Erstarrt stand sie in der Gasse. Zu keiner Regung fähig hoffte sie auf ein Missverständnis.

Doch seine zweite Hand schloss sich um ihren Hals und riss sie von den Füßen. Keinen Wimpernschlag später zog der Mann sie mit zwei Kumpanen in eine noch dunklere Seitengasse. Maria hörte Stoff zerreißen und landete auf dem Rücken. Durch eine Wolkenlücke schickte der Mond ein paar silberne Strahlen in die Gasse und sie sah den Mann, der sich über sie beäugte. Er schien zu grinsen.

Einer der anderen Männer zog ihre Arme nach hinten, drückte auf ihre Schultern und hielt sie so fest auf die buckeligen Steine gepresst, die sich schmerzhaft in ihren Rücken drückten. Der vor ihr stehende zweite Mann entledigte sich seiner Hose und Maria hielt die Luft an. Entsetzt starrte sie auf den teilweise entblößten Mann. Der wollte doch nicht etwa?

Noch bevor sie zu einer Reaktion fähig war, ließ der Mann sich auf sie fallen, drückte ihr die Beine auseinander und versuchte sich in sie zu schieben. Maria wollte ihm ausweichen, doch damit öffnete sie dem nur Mann den Weg. Er packte sie bei den Hüften, stieß zu und drang in das von Elfriedes Behandlung immer noch wunde Fleisch. Ein Schmerzensschrei entfuhr ihr, dann spürte sie eine Klinge an ihrem Hals und verstummte.

16. Kapitel

Rosen aus Stahl

Wie jeden Tag war Fritz früh aufgestanden und hatte Regina, seiner Vermieterin, die Münzen für die folgende Woche auf den Tisch gelegt. Die Frau vermietete die Betten und sorgte auch für das Essen. Eine warme und eine kalte Mahlzeit waren damit für jeden Tag gesichert. Die warme Mahlzeit war meist eine kräftige Suppe. Die Kalte eine Bemme auf die Hand. Während er seine kauend am Tisch verzehrte, ging ein anderer Mann schon in das Bett, das er gerade verlassen hatte. Regina konnte es sich nicht leisten, ein Bett leer zu lassen. Sie hatte ihm einmal erzählt, dass sie diesen Raum gepachtet hatte und am Ende des Monats für sie nicht viel hängen blieb. Das war vermutlich so, wie bei ihm. Von den schwer erschufteten Münzen blieb am Ende kaum mal eine übrig. Reich wurden in der Stadt nur andere: die Besitzer der Häuser und der Fabriken.

Er trank den Becher Malzkaffee aus, zog seine Jacke an, nickte der Frau zu, die gerade mit ihren beiden Kindern beschäftigt war, und verließ den stickigen Raum. Draußen setzte die Morgendämmerung ein und Unmengen von Männern und Frauen waren auf dem Weg. Die einen gingen, die anderen kamen. Er ließ sich mit dem Strom treiben. Fritz zog die Schultern hoch, schob die Hände in die Hosentaschen und ließ seine Gedanken fliegen. Schritt für Schritt näherte er sich dem Tor der Fabrik.

Vor fünf Jahren, als er in die Stadt gekommen war, da hatte er sich das anders vorgestellt. Damals wollte er schnell etwas Geld verdienen, zurück in das Dorf gehen und von den Münzen eine eigene Schmiede kaufen. Bei diesem Traum war es geblieben. Er war immer noch so arm wie damals. Das Geld reichte gerade so und wenn doch mal eine Münze übrig blieb, so trug er sie in die Schänke oder in das Freudenhaus, wo er ein gern gesehener Gast war. Er war nicht so brutal und abgestumpft wie die anderen Männer, wie ihm eines der Mädchen mal erzählt hatte.

Vielleicht lag das daran, dass er seinen Traum noch hatte. Nicht wie die anderen Männer, deren leere Augen er bei der Arbeit immer sah. Die lebten nur noch. Irgendwie. Fritz glaubte daran, dass der Lohn extra so niedrig war, damit sie alle bleiben mussten. Einmal in den Sog der Fabrik geraten, ließ diese einen nicht mehr los. Zum Glück liebte er diese Arbeit. Das Werkeln mit Stahl und Eisen gab ihm die Kraft, weiter an seinen Traum zu glauben. Irgendwann klappte das mal. Wie, das wusste er noch nicht.

Er schritt durch das Tor und sein Freund Heinrich, der Nachtschicht gehabt hatte, gab ihm die Hand. Ein kurzer Gruß, dann ging er an die Arbeit und sein Freund in sein Bett. Am Abend würde es anders herum gehen, doch nun folgten erst einmal zwölf Stunden schwere Arbeit. Mit nur einer Bemme im Bauch! Erst in ein paar Stunden würde es eine Pause mit Suppe geben.

Diese Mahlzeit bezahlte der Firmenchef und die war richtig gut. Aber sie hatten sich diese Pause und die Stärkung schwer erkämpfen müssen. Mühsam waren die Verhandlungen damals gewesen. Fritz betrat die kleine Halle und der Schmiedeofen wärmte ihn sofort durch. Der Morgen war kühl gewesen, da tat die Gluthitze gut. An der Seite hängte Fritz seine Jacke auf und der Meister kam zu ihm. Da noch niemand arbeitete, konnten sie sich kurz unterhalten. „Du musst dieses Tor fertig machen", sagte der Mann und hielt ihm eine Zeichnung hin. Blüten, Blätter und Ranken aus Stahl. „Das Tor hat Kurt gestern geschmiedet", brüllte der Mann gegen den ersten Lärm der beginnenden Schicht an und zeigte zur

Seite, wo das Gitter an der Wand lehnte. Fritz nickte und begann sich in die Zeichnung zu vertiefen.

Das war keine Arbeit für den Dampfhammer. Da waren Hammer, Amboss und kräftige Muskeln gefordert. Handarbeit von einem Könner. Er suchte sich alles zusammen und winkte einen der jugendlichen Handlanger als Vorschläger zu sich. Von da an war an Reden nicht mehr zu denken. Nur noch Zeichensprache funktionierte in dem Getöse der Dampfhämmer. Er reichte dem Jungen den kleinen Hammer und griff sich den großen.

Zuerst fertigten sie die Blätter. Schlag für Schlag begannen sie ihr Werk. Blatt für Blatt landete zischend im Eimer zum Abkühlen. Dann begannen zwei andere Männer, die Blätter an das Tor zu schweißen und zu den Ranken zu kombinieren, die sich der Kunde gewünscht hatte.

Schließlich kamen die Blumen an die Reihe. Der Junge legte seinen Hammer zur Seite und holte die Zange, auf die Fritz gezeigt hatte. Mit einem kleineren Hammer begann er eine Rose zu gestalten. Sieben davon würde er brauchen. Filigran und doch stark sollte sie sein. Rosen aus Stahl!

Seine Gedanken schweiften ab. Für Fritz waren eigentlich die Frauen hier die stählernen Rosen. Frauen wie Regina, die neben der Arbeit und den Kindern, den Mut und das Lachen nicht vergessen hatten. Oder die Mädchen in den Freudenhäusern. Ihnen allen widmete er diese Blumen. Vor ihnen hatte er Respekt, denn sie hielten hier alles am Leben. Er dachte nicht so, wie die anderen Männer, die sie nur als nützliches Übel und Zeitvertreib sahen.

Die erste Rose fiel in den Eimer und es war Pause. Fritz schaffte zwei Schüsseln der kräftigen Suppe und der Meister gab ihnen beiden je eine Scheibe Brot mit Speck, vermutlich aus seiner eigenen Brotdose.

Frisch gestärkt ging es an die restlichen Blüten. Eine nach der anderen fand ihren Platz an dem Tor und der Meister schlug ihm nach der Letzten anerkennend auf die Schulter. Der Kunde würde sicher zufrieden sein. Fritz trat an das Tor und kontrollierte noch einmal die Blätter und Ranken, dann nickte er den beiden anderen Männern zu und sie gaben sich die Hand.

Die Sirene ertönte. Feierabend! Am Tor traf er Heinrich wieder, mit dem er kurz über die Arbeit sprach, bevor die Dampfsirene den Freund in die Halle rief.

Es war ein kalter Abend und der Mond hatte alle Mühe, durch den Qualm der Schornsteine bis zum Boden zu scheinen. Fritz war durch das Gespräch aufgehalten worden und nun fast alleine in der beginnenden Dämmerung unterwegs, die mit jedem Schritt immer dunkler wurde. Unvermittelt hörte er einen erstickten Schrei von der Seite. Da war jemand in Not! Eine Frau sicherlich. Er nahm die Hände aus den Hosentaschen und lief in die Richtung, aus welcher der Schrei gekommen war. Hier musste er helfen! Einige andere Männer schlurften teilnahmslos an ihm vorbei.

17. Kapitel

Ein Gefühl puren Glücks

ier lag sie nun und japste nach Luft. Maria sah dem Mann in die Augen, der sich über ihr schnaufend bewegte. Etwas Kaltes lag in seinem Blick. Verzweifelt hatte sie versucht, ihre Schenkel zusammenzupressen, doch der Körper des Mannes steckte da dazwischen. Der Schmerz war unbeschreiblich und er machte einfach weiter. Ohne Unterlass stieß er in sie, während das Messer in ihren Hals schnitt. Noch bevor er mit ihr fertig war, gab es einen Tumult und der Mann wurde von ihr heruntergerissen. Die Wolken schoben sich vor den Mond und hüllten die Szene in Dunkelheit.

Am Boden liegend sah sie nur schemenhaft, wie ein kleiner Mann die drei Angreifer in die Flucht schlug und sich danach zu ihr herab beugte. „Fräulein. Das ist nicht der richtige Platz für so eine so schöne Frau", sagte er, dann gab er ihr eine Hand und zog sie auf die Füße. Voller Angst sah sie die Gasse entlang. Sollte sie schnell verschwinden? Bevor sie zu einer Entscheidung gekommen war, rutschte der Rock herab, fesselte damit ihre Füße und gab Marias untere Hälfte für seinen Blick frei. Schnell bückte sie sich und zog das Kleidungsstück hoch. Dabei fasste Maria in den schlammigen und nassen Stoff, doch da der Mann sich nicht sofort auf sie stürzte, fasste sie wieder etwas Mut und verdrängte die Angst. „Danke", stammelte Maria, die gerade noch mit ihrem Leben abgeschlossen hatte.

Nur raus aus dieser Finsternis! „Kann ich mich hier irgendwo waschen und den Rock reparieren?", fragte sie mit noch zitternder Stimme und der Mann nickte ihr zu. Im nun wieder einsetzenden Mondlicht sah sie den Mann an. Er war genauso groß wie sie, was für einen Mann nicht wirklich groß war, aber er war bestimmt doppelt so breit wie die Frau. Er hatte riesige Hände und seine entblößten Unterarme hatten den Umfang von Marias Oberschenkel. Sein Alter war schwer zu schätzen, aber sicher war er noch keine dreißig.

Sie folgte ihm und bei jedem Schritt schmerzte es in ihrem Unterleib. Nach ein paar hundert Schritten waren sie an einem Hauseingang. Eine Waschküche, wie die von Elfriede, tat sich vor ihr auf. Maria begann ihren Rock in einem Trog zu säubern und danach wieder zusammenzunähen. Dass der Mann dabei ihren nackten Hintern ansah, musste sie so hinnehmen, denn schließlich hatte sie ja auf den Unterrock verzichtet. So richtig wohl war ihr aber immer noch nicht, allerdings klangen die Schmerzen nun wieder ab. Und mit dem verschwindenden Schmerz kam das Vertrauen zu ihr zurück. Wenn er gewollt hätte, dann hätte der Mann sicherlich schon was auch immer mit ihr gemacht. Aber er stand nur mit verschränkten Armen an der Tür des Raumes.

„Sie sollten nicht solch teure Schuhe hier tragen. Man hört sie sehr weit damit", sagte der Mann nach einer Weile und zeigte auf die kurzen Schnürstiefel mit den Absätzen, die ihr Clara geschenkt hatte. „Für solch feine Sachen wird hier getötet!", setzte der Mann hinzu und Maria musste ihm da nun leider zustimmen. Sie versuchte den Riss im Rock zu verbergen, was ihr auch gut gelang. „Sie sind sehr geschickt", stellte der Mann anerkennend fest, als sie den Rock wieder anzog.

Schließlich ging sie zur Tür und schob diese auf. Der Mann trat neben sie und Maria sah in die Nacht hinaus. Mittlerweile war es draußen vollkommen Finster. Der Mond war nun vollständig verschwunden und sicherlich würde sie niemals lebend aus diesem

Viertel wieder heraus kommen. Neue Angst machte sich in ihr breit. Sie brauchte einen Unterschlupf für diese Nacht. Konnte der Mann ihr helfen? Sicherlich war dies das kleinere Übel! Maria faste all ihren Mut zusammen und fragte den Mann über die Schulter „Kann ich für diese Nacht bei dir bleiben?" Ihre Augen suchten seinen Blick im Scheine einer Talgfunzel. „Dann musst du das Lager mit mir teilen", sagte er und sie willigte ein. Sie wusste ja von Gregor, was diese Redewendung bedeutete. Das Ziehen im Unterleib war plötzlich wieder da. Sie presste eine Hand auf ihren Schoß und so würde sie sowieso nicht weit kommen.

Zweifelnd sah sie in seine Augen und hielt den Kopf schief. „Friedrich, oder kurz Fritz", sagte der Mann und hielt ihr die große Hand hin. „Maria", antwortete sie und legte die ihrige in seine Hand. Diese Berührung weckte das Vertrauen wieder in ihr. Gemeinsam gingen sie zu einer Treppe, die durch ein paar Talglichter nur schummrig beleuchtet war. Darüber stiegen sie drei Stockwerke hinauf, also musste es das Oberste des Hauses sein. Der Mann öffnete eine Tür und das Geräusch von vielen Menschen und der Geruch deren Ausdünstungen schlugen Maria entgegen.

Im Schein von ein paar Lichtern auf einem langen Tisch sah sie mehr als zwanzig Betten, die zum Teil auch dreifach übereinander waren. Trotz der späten Stunde rannten zwei kleine Kinder um den Tisch, bis eine Frau, vermutlich deren Mutter, sie entnervt nach oben auf eines der höheren Betten warf. Die Anwesenheit von Frauen und Kindern beruhigte sie weiter. Hier konnte ihr nichts mehr passieren. Hier war sie bis zum Morgen in Sicherheit!

Ihr Blick schweifte weiter über die Anwesenden in dem Raume. „Willst du noch etwas essen?", unterbrach Fritz ihre Beobachtungen und zeigte auf den Tisch, doch Maria schüttelte den Kopf.

Der Mann zog sie an der Hand nach hinten und zeigte auf ein unteres Bett an der Wand. „Unser Lager für die Nacht", erklärte er ihr.

Maria musste Schlucken. Sollte sie das wirklich? Im Moment schien ihr Unterleib zu brennen und was nun kommen würde, das würde die Sache sicher auch nicht viel besser machen. Doch sie streifte den Rock ab und hängte ihn sauber gefaltet über das Bettgestell. Dabei ließ sie sich besonders viel Zeit, auch wenn sie nun mit nacktem Unterkörper zwischen den Männern stand. Die Jacke folgte, dann die Schuhe und Strümpfe. Zum Schluss öffnete sie das Mieder und dieses gab das Unterhemd frei, das über ihre Hüften rutschte und auf die Oberschenkel fiel. Somit war wenigstens ihr Hintern für einen Moment bedeckt.

Noch einmal tief durchatmen, dann schlüpfte sie in die Bettstatt, die angenehm weich war. Fritz stand noch vor dem Bett. Sicherlich hatte er ihr beim Entkleiden zugesehen. Langsam, fast bedächtig, knöpfte er seine Jacke auf. Achtlos warf er sie über ihre säuberlich zusammen gelegten Sachen. Schuhe und Hose folgten und unter seinem Unterhemd kam etwas zum Vorschein, was einem Glockenschlägel glich. Maria erschrak und drückte sich gegen die Wand. War diese Entscheidung richtig gewesen?

Sie zweifelte noch, aber sie konnte auch nicht mehr fort! Hier der Mann oder draußen der Tod. Marias Blick fixierte das große Gemächt, das über seinen behaarten Oberschenkeln hing. Ihr geschundener Schoß brannte wieder und sie presste erneut kurz die Hand dagegen. Die Angst vor der Gewalt sauste erneut durch ihren Kopf. Dann sah sie die Kinder oben im Bett liegen und entspannte sich.

Schließlich schlüpfte der Mann zu ihr und zog die Decke über sie beide. Einen Moment später sagte Fritz „Gute Nacht" und Maria war etwas verwirrt. Sie lagen Seite an Seite und Maria hatte geglaubt, dass der Mann sich sofort auf sie stürzen würde, um seinen Lohn für die Übernachtung einzufordern. Doch nichts dergleichen passierte. „Das Lager teilen", das hieß für ihn offensichtlich wirklich nur schlafen. Maria entspannte sich und das Brennen in ihrem geschundenen Schoß verschwand fast sofort.

Nun wollte sie schlafen, doch in der Enge des Bettes rieben ihre Körper bei jedem Atemzug aneinander. An Schlaf war damit nicht zu denken und auch die Erlebnisse dieses Tages sausten noch durch ihren Kopf. Im Umdrehen fiel seine Hand auf ihren Bauch und da das Hemd hochgerutscht war, berührte Fritz dabei zufällig das schwarze Flaumhaar über ihrem Schoß. Langsam, tastend, schoben sich seine Finger nach unten und zwischen ihre Beine. Maria hielt den Atem an. Was geschah hier? Sofort zog sich seine Hand wieder zurück, doch Maria spürte etwas Hartes gegen ihre Hüfte drücken. Sie konnte gar nicht anders und nun tasteten sich ihre Finger vorwärts.

Marias Hände gingen auf Entdeckungstour und ein Kribbeln machte sich in ihrem Unterleib bemerkbar. So etwas hatte sie noch nie gefühlt. War das eine Folge der Behandlung von Elfriede? Es fühlte sich gut an. „Mehr!", schrie ihr Bauch und trotzdem zog sie ihre Hände wieder zurück.

Im Gegenzug glitten dafür nun seine Finger zu ihrem Schoß und berührten ihn wieder wie zufällig. Nun wollte auch ihr Kopf mehr! „Du darfst in mich dringen", flüsterte Maria in sein Ohr. Hastig schob der Mann ihr das Unterhemd nach oben und zog es ihr über den Kopf. Doch der erwartete Ansturm blieb erneut aus, stattdessen erkundeten seine Finger nun die Stellen ihrer Haut, die das Hemd bisher verdeckt hatte. Er streifte ihre Brust, streichelte ihren Bauch und betupfte die Innenseiten ihrer Oberschenkel. Das alles mit einer Bedacht und Zärtlichkeit, die sie den großen Händen nie zugetraut hätte. Dann ruhte seine Hand wieder auf ihren Löckchen und teilten sie langsam.

Das Kribbeln in ihrem Unterleib verstärkte sich immer mehr. Sie spürte eine seltsame Feuchte an ihrem Schoß. Vielleicht war das noch ein Teil von Elfriedes Engelswasser, was nun aus ihr floss, doch es fühlte sich sehr gut an. Jeder Schmerz war durch eine angenehme Wärme ersetzt worden. Um ihn zum Weitermachen aufzufordern, zog sie die Knie an, spreizte ihre Schenkel und gab ihm somit den Weg frei, doch wieder erkundete Fritz nur sämtliche Hautfältchen. Langsam schob er sich über sie und küsste sie leidenschaftlich.

Maria spürte erst, dass er schon in sie eingedrungen war, als er sich langsam tief in ihrem Schoss zu bewegen begann. Immer wieder küsste er sie dabei und seine Bewegungen waren langsam. Da war keine Hast zu spüren und jeder Stoß schob eine Welle an, die ein Glücksgefühl nach dem anderen freisetzte. Welle um Welle lief zu ihrem Kopf, bis es über ihr zusammen stürzte. Die Lichter auf dem Tisch wurden zu Sternen und ein Gefühl des vollkommenen Glücks hüllte sie ein. Sie schnappte nach Luft und spürte kaum, wie er sich in ihr ergoss. Schnaufend lagen sie danach nebeneinander, bevor seine Finger erneut auf Wanderschaft gingen.

Noch zweimal hatte sie in der Nacht dieses nie gekannte Glücksgefühl gehabt, dann berührte er ihre Schulter. Sanft küsste er ihren Hals und sagte „Wir müssen aufstehen." „Schade", dachte sie. Maria hatte schon auf ein viertes Mal gehofft, doch er schob sich aus dem Bett und reichte ihr das Unterhemd, dass sie sich, noch im Bett sitzend, schnell überstreifte. Gemeinsam zogen sie sich an und saßen kurz darauf am Tisch. Es gab ein seltsam schmeckendes Heißgetränk und für jeden eine Scheibe Brot mit Butter und Wurst. Die typische Bemme, wie sie auch Marias Großmutter damals jeden früh für sie gemacht hatte. Herzhaft bissen sie hinein und brachen wenig später auch schon wieder auf.

Die Morgendämmerung setzte ein und viele Menschen waren auf dem Weg zu den Toren der Fabriken. Auch Fritz und Maria. Vor dem Eingang blieben sie lange stehen. Sie hielten ihre Hände und keiner konnte sich von dem anderen losreißen. Dann ertönte die Dampfsirene und Maria zuckte zusammen. „Ich muss!", sagte Fritz. „In einer Woche habe ich wieder meinen freien Tag", entgegnete Maria und er antwortete „Ich werde hier sein!"

Es folgte ein Abschiedskuss, der mehr erwarten ließ, dann lief er los. Noch einen Augenblick sah sie ihm nach, wie er in der Menschenmenge verschwand, dann begann auch Maria zu rennen, denn schließlich war es noch ein weiter Weg!

Mit einer Hand hielt sie den Rock hoch und sie rannte, so schnell sie nur konnte. Am Tage zuvor hatte sie mehr wie eine Stunde für die Strecke gebraucht, jetzt schaffte sie es in der Hälfte der Zeit! Dabei waren ihre Gedanken bei Fritz und sie spürte, wie sie trotz der Anstrengung lächelte.

Völlig außer Atem kam sie gerade noch pünktlich zum Morgenappell der Hausdame, die missbilligend die Augenbraue hochzog. Was für eine Nacht! Nicht einen Augenblick hatte sie geschlafen und doch strömte das Glück in ihren Adern.

18. Kapitel

Gefunden ohne zu suchen

---

igentlich hatte er nie nach einer Frau gesucht. Es war einfach keine Zeit dafür da gewesen und wenn ihn ein Bedürfnis gedrängt hatte, so hatte er es mit einer der vielen Huren im Viertel befriedigt. Doch eine Nacht hatte alles geändert. Sie hatte alles geändert! „Maria!" Dieser Name ging ihm schon die ganze Zeit durch den Kopf. Eigentlich sollte er ja konzentriert an seinem Hammer arbeiten und nicht ständig an die Frau denken, die er vor gar nicht so langer Zeit vor dem Fabriktor verabschiedet hatte. Zwei Bolzen hatte er in dieser kurzen Zeit schon ruiniert, aber zum Glück hatte es keiner bemerkt. Dann wurden eben Schrauben daraus!

Immer wieder flogen seine Gedanken zu der Frau. Schließlich stellte er sicherheitshalber den Hammer ab und suchte sich etwas, wobei er weniger aufpassen musste. Es war viel zu gefährlich, nicht mit allen Gedanken bei der Arbeit zu sein. Zu schnell konnte da ein Unglück geschehen.

Den Rest des Tages verbrachte er damit, Schraubenrohlinge zu sortieren und in die Lokhalle zu seinem Freund Heinrich zu bringen. Dabei musste er sich nicht so konzentrieren und es fiel dann auch noch ein Gespräch mit dem Freund ab, das ihn etwas von Maria ablenken konnte.

Trotzdem sauste immer wieder das Bild der Frau kurz vor seinem inneren Auge vorbei und immer wieder zog ein Lächeln um seinen Mund, worauf ihn der Freund aufmerksam machte und er begann, zuerst zögerlich, von der Frau zu erzählen. Solch eine

Schüchternheit war er von sich selbst kaum gewohnt. Hier in der Halle musste man schnell mit dem Mund sein, oder man verlor. Aber das hier war wohl etwas ganz anderes und Heinrich schien ihn zu verstehen.

Innerlich war Fritz nun zerrissen. Er konnte es nicht erwarten, dass der Tag enden würde und doch würde er sie erst in einer Woche wiedersehen können. Was sollte er in der ganzen Zeit machen? Auch darüber hatte er sich noch nie Gedanken gemacht, weil es ja bisher auch niemanden gegeben hatte, der ihn zu solchen Gedanken veranlasst hätte.

Eine Nacht hatte alles geändert! Was für eine Nacht!

Plötzlich ertappte er sich, wie er sagte „Noch sechs Tage!" Aber er konnte nur warten, denn sie hatte ihm noch nicht einmal gesagt, wo sie lebte. Bei einer reichen Familie in einer Villa. Das war ihm schon klar gewesen, nach der Kleidung die sich getragen hatte. Aber wo? Er konnte ja auch schlecht, als dreckiger Arbeiter, von Villa zu Villa gehen, dort klopfen und fragen „Wohnt hier eine Magd mit Namen Maria?" Da gab es sicher hunderte und wer würde ihm schon eine Auskunft geben!

Der Abend kam und er lief unstet durch die Gegend. Erwartete er, sie irgendwo zu sehen? Sie hatte ja nur den einen freien Tag und er musste sich einfach zwingen, zu warten. Aber die Zeit mit dem Warten verging so unendlich langsam.

Wo sollte er hin? Zur Schänke? Zu den Huren? Das kam ihm irgendwie seltsam vor. So, als ob er sie damit betrügen würde. In sein Bett konnte er allerdings auch noch nicht gehen. Die Gedanken an sie würden ihn nicht schlafen lassen. Also doch die Schänke! Trinken, bis er müde genug war. In seiner Tasche klimperten ein paar kleine Münzen.

Fritz betrat den verqualmten Raum und merkte sofort, dass an diesem Abend etwas anders war, als an den anderen Tagen. Nach hinten hinaus gab es einen Saal, dessen Türen sonst immer geschlossen waren. Heute waren sie weit geöffnet und im letzten Licht des Tages konnte er eine Unmenge von Männern dort sehen, die alle wild durcheinander diskutierten. Sicher waren es Anhänger der Turnerbewegung, wie sein Bruder in Dresden einer war. Bisher hatte es ihn noch nie sonderlich interessiert, was die da so diskutierten, aber da er sich ja sowieso von Maria ablenken wollte, ging er zu Tür hinüber und lehnte sich an den Rahmen. Nun hörte er zu, wie die Diskussion hin und her ging.

Arbeiter waren dort, aber auch kleine Handwerker. Vorn sah er auch ein paar besser gekleidete Männer sitzen, die offensichtlich die Wortführer der jeweiligen Gruppen waren. Es dauerte eine ganze Weile, bis Fritz verstanden hatte, wer zu wem gehörte und wer welchen Standpunkt vertrat. Diese Diskussion hielt ihn mit einem Male gefangen und nun hörte er doch interessiert zu.

Der Wirt brachte ihm ein Bier, das er gern entgegen nahm. Stehend zwischen den beiden Türhälften trank er es. Die eine Hälfte der Männer forderte einen Zusammenschluss aller deutschen Königreiche zu einem Land, nach dem Vorbild von Frankreich oder England. Die Anderen forderten eine Bekämpfung der Not, des Hungers und der Krankheiten.

Nach einer Weile bildete sich eine dritte Gruppe, die beides erreichen wollte und damit war auf einmal das Hauptproblem geworden, in welcher Reihenfolge man diese Ziele erreichen wollte. Zuerst den Hunger bekämpfen und dann den Zusammenschluss? Oder umgekehrt? Mit jedem Bier, das getrunken wurde, wurde die Stimmung hitziger.

Fritz wusste, dass solch eine Auseinandersetzung häufig mit purer Gewalt und den Fäusten beendet wurde, doch diesmal unterbrach einer der vornehmen Redner von vorn die Diskussion, bevor die Gewalt eskalieren konnte. „Wir müssen zuerst dafür sorgen, dass jeder Mann von seiner Arbeit leben kann. Und danach, dass auch alle Arbeit haben. Dann ist der Hunger beendet. Damit das aber wirklich funktioniert, brauchen wir dafür einheitliche Gesetze und das geht nur in einem Land!" Es begann ein Murren der Männer „Also zuerst der Zusammenschluss!", brüllte einer von hinten und schon ging es wieder los.

Der Redner versuchte sich wieder Gehör zu verschaffen, brauchte dafür aber ein paar Anläufe. „Was nutzt es euch denn, wenn wir hier in Sachsen den Hunger bekämpfen und in Preußen bleibt alles beim Alten? Dann kommen die hier her und wir haben dasselbe Problem wieder!", schrie er ungeduldig in den Raum. Trotz des Bieres verstand das jeder der Männer. Auch Fritz musste dazu nicken. So hatte es ihm bisher noch keiner erklärt. Vielleicht war ja auch diese Zerrissenheit der Länder das ursächliche Problem bei dem Hunger.

Erneut ergriff der Redner das Wort „Der Deutsche Bund mit seinen mehr als fünfzig Königreiche, dem Kaisertum Österreich, seinen Fürstentümern, Herzogtümer, Grafschaften und freien Städten ist das Problem. Wer soll das den unter einen Hut bringen? Da macht doch jeder Herrscher sein eigenes Recht!" Wieder gab es nur zustimmendes Gemurmel.

Nun hatte Fritz etwas zum Nachdenken und damit würde er vielleicht ein bisschen ruhiger schlafen. Er zahlte sein Bier, verließ die verrauchte Schänke und dachte für einen Moment an seinen Bruder, der ihm das noch nie so beschrieben oder erklärt hatte.

Grübelnd schritt er durch die Nacht und erreichte das Haus. An der Tür gingen seine Gedanken doch wieder zu Maria zurück. Seufzend stieg er die Treppe hinauf. Warum konnte sie nicht hier sein und ihn erwarten? „Noch sechs Tage!", dachte er sich, als er die Tür zu Reginas Raum aufschob. Mit einem wehmütigen Sehnen fiel er in sein Bett und als er die Augen schloss, da sah er die Frau wieder vor sich. Fast meinte er, ihren Duft noch zu riechen.

19. Kapitel

Frauenseelen

Seit ein paar Wochen verbrachte sie nun schon jeden freien Tag mit Fritz. Manchmal erst, nachdem sie bei Elfriede gewesen war, aber das tat der Sache keinen Abbruch. Sie freute sich die ganze Woche darauf und das Kribbeln im Bauch stellte sich schon ein, wenn sie nur an ihn dachte. Am Anfang waren sie immer bei Regina im gemieteten Bett gelandet, aber sie waren auch oft zusammen unterwegs. Manchmal spendierte er ihr ein Stück Kuchen oder einen Kaffee in einem kleinen Café, das an einem Park lag. Danach spazierten sie oft durch diesen Park und es war schon seltsam, wie dieser Mann mit den riesigen Händen vorsichtig die Blätter und Blüten berührte. Es schien eine Frauenseele in diesem Mann zu stecken.

Mit einer fast kindlichen Begeisterung fuhr er den Strukturen der Blätter nach. Mit einer Zärtlichkeit schloss sich seine Faust um eine Blüte, ohne diese zu beschädigen. Er staunte über jeden Käfer und jeden Schmetterling, den er sah. Vielleicht sah er in ihr auch einen Schmetterling, denn er berührte sie genauso zärtlich, wie er diese hauchzarten Luftwesen berührte. Gleichzeitig hatte Maria aber auch Angst, den Geliebten zu verlieren. Sie war eine Magd und die Herrin hatte sie gefragt, ob sie nach der Hochzeit als ihre Zofe mitkommen wolle. Das „Wollen" in dem Satz war das gleiche, wie das „Dürfen" in den Sätzen ihres Bruders Gregor. Aber was wäre, wenn der Bräutigam aus einer anderen Stadt war? Was sollte sie dann tun?

Bleiben und ihre Stellung kündigen? Oder mitgehen und Fritz vielleicht nie wieder sehen? Da konnten einem schon die Tränen kommen, aber Fritz wusste sie immer zu trösten. Auch wenn sie ihm nicht sagte, warum sie weinte. Hin- und Hergerissen rang sie täglich mit einer Entscheidung, aber wer konnte es Wissen? Vielleicht sollte sie Cornelia fragen, denn die Freundin würde ja in jedem Falle im Hause bleiben und darum würden sie sich zwangsläufig trennen.

Nun saßen die beiden Freundinnen oft bis tief in die Nacht in Marias Kammer und erzählten, was sie als Traum hatten. Bei Maria war es immer noch das Kochen und ein Leben mit Fritz. Bei Cornelia waren es die Blumen. Sie sparte jede Münze des schmalen Lohnes, um später vielleicht mal ein kleines Blumengeschäft zu eröffnen. Ihre Augen strahlten dann immer so, wenn sie vom Binden der Sträuße erzählte. Sie hatte es bei ihrer Großmutter einst gelernt. Vermutlich ähnlich wie Maria das Kochen von der ihrigen. Auch ihre beiden Frauenseelen waren sich sehr nah gekommen in den paar Monaten, die Maria hier nun schon in dem Hause lebte. Doch die Zeit des Abschiedes kam unausweichlich auf die beiden Freundinnen zu. Nur würde sie auch die beiden Geliebten auseinander reißen?

Eine Frage, die warten musste, bis der Vater der Herrin endlich das sorgsam gehegte Geheimnis lüften würde. Lange konnte es ja nicht mehr dauern, denn es waren nur noch zwei Wochen bis zum Geburtstag der Herrin. Vermutlich würde er es am folgenden Sonntag, auf den allabendlichen Ball verkünden, und da sie da immer bedienen mussten, würde sie es fast zeitgleich mit der Herrin erfahren. Danach konnte sie dann immer noch überlegen, was zu tun sei.

Es war fast so, als würde Maria dem großen Moment der Enthüllung auf dem Ball mehr entgegenfiebern, als die Herrin, deren Leben sich ja dadurch viel entscheidender verändern würde, als das der Zofe. Sie würde immer noch Dienstmagd sein und vermutlich nur Gregor gegen den neuen Herrn tauschen, das war nun mal das Los des Personals. Doch für die Tochter aus gutem Hause änderte sich gewaltig viel. Clara wäre dann nicht mehr ein Mädchen, dem die Eltern so manches durchgehen ließen, nein, sie wäre dann Ehefrau mit klaren Pflichten und nur noch ganz wenigen Rechten. Hatte die junge Herrin das schon begriffen? Manchmal zweifelte Maria daran.

Allerdings hatte die Herrin nun schon zum zweiten Male gefragt, ob Maria sie begleiten würde, und so sagte sie dies mit einem schlechten Gewissen, Fritz gegenüber, zu. Der Abend des Sonntages kam und der Ball begann. Dutzende Gäste trafen ein, aber die meisten kannte sie schon. Dann erschien ein schmucker Offizier und alles war für Maria klar. Hier waren noch nie Soldaten gewesen und der alte Herr begrüßte den jungen Mann fast überschwänglich. Das konnte nur der zukünftige Schwiegersohn sein.

Vor Schreck hätte Maria fast das Tablett fallen lassen. Ein Soldat! Das unstete Leben der Soldaten war doch hinreichend bekannt. Jedes Jahr eine neue Stadt. Maria schob sich ganz nah an ihn heran, wurde dann aber von ein paar anderen Gästen abgelenkt und dann hob der alte Herr auch schon zur Verkündung der Nachricht an.

„Meine Damen und Herren. Darf ich ihnen Graf von Kletterwitz vorstellen. Er dient in der Garnison und er war so frei, mich um die Hand meiner Tochter zu bitten. Clara, kommst du bitte zu mir", sagte der alte Herr und Maria sah die Überraschung im Gesicht der jungen Herrin. Mit einem Offizier hatte sie wohl nicht gerechnet. Die Frau schob sich durch die Menschen nach vorn. Die beiden gaben sich die Hand und im allgemeinen Jubel ging fast unter, dass Gregor ebenfalls seine Braut vorgestellt wurde. Eine Freundin der Herrin, die schon oft zu Besuch in diesem Haus gewesen war, in deren Gesicht Maria aber auch die Überraschung lesen konnte.

Weiter ging der Ball und nun tanzte die Herrin mit dem Offizier. Er war sehr groß und auch sehr hübsch. Wenn er nun auch noch das Herz auf der richtigen Stelle hatte, dann würde die Herrin mit ihm wohl das große Glück finden können. Für sie und Fritz hatten sich da gerade die dunklen Wolken über ihr zusammen gezogen. Hätte es nicht auch der Sohn eines Fabrikanten aus der Stadt sein können? Am nächsten Tag war wieder ihr freier Tag. Was würde sie Fritz sagen? Noch zwei Mal? Vielleicht blieb der Offizier ja auch länger in der Stadt. Vom Stab der Garnison ging man ja hoffentlich nicht so schnell wieder weg. Dies war ein dünner Schein von Hoffnung an einem dunklen Horizont. Doch vor dem ersehnten Treffen mit Fritz lud Gregor sie nach dem Ball in sein Zimmer ein.

20. Kapitel

Zwei Bräute

Nun war die Katze aus dem Sack! Ein Offizier! Clara war ziemlich überrascht, wegen dieser Wahl ihres Vaters. Aber vermutlich hatte die Tatsache der adligen Geburt dort mit hineingespielt. Ein bisschen sah er auch wie der David aus dem Buch aus. Konnte es sein, dass ihr unausgesprochener Wunsch nach genau solch einem Manne in Erfüllung gegangen war? Sie tanzten und er war wirklich gut. Er bewegte sich perfekt und wusste sie zu führen. Der Mann war mehr als einen Kopf größer als sie, wodurch sie zu ihm aufsehen musste und auch das gefiel ihr. Er war sehr schlank, schien aber sehr kräftig zu sein. Das spürte sie an seinem Händedruck. Ein Mann, der sie beschützen konnte! Irgendwie gefiel ihn nach einer Weile dieser Gedanke.

Erst langsam realisierte sie, dass ihr Bruder neben ihr mit Greta, ihrer ältesten Freundin, tanzte und diese wohl für ihn die vom Vater auserwählte Braut war. Der Abend ging viel zu schnell vorüber und sie konnte mit ihrem zukünftigen Mann nur ein paar Sätze wechseln. Er hieß Peter und sein Vaterschloss stand in der Nähe von Dresden. Da er aber noch drei ältere Brüder hatte, war wohl der Titel das Einzige, was er besaß. Und schon bald würde er ihre Mitgift erhalten. Clara hoffte, dass das Geld nicht der einzige Grund für diese Verbindung war.

Nun würde es wieder eine Woche dauern, bis sie sich zu den letzten Absprachen treffen würden. In der Woche darauf waren ihr Geburtstag und damit auch der Hochzeitstermin. Wieder am Sonntag. Bis dahin konnte sie sich mit Greta treffen und sie verabredeten sich nach dem Ball schon für den nächsten Tag. Es war zwar unüblich, dass die Braut das Haus des Ehemannes vor der Hochzeit betrat, aber in diesem Falle besuchte Greta ja nur eine Freundin. Es gab ja noch so viel zu besprechen. Feier, Kleid und das Essen auch. Dazu kam dann auch noch, dass Greta nach der Trauung in Claras Zimmer ziehen würde. Das Zimmer, das sie schon so oft besucht hatte.

Es blieb ihr also noch etwas Zeit für die Vorbereitungen und damit diese Zeit schneller verging, räumten sie das Zimmer, mit Cornelias Hilfe, schon mal so um, wie es Greta gefiel. Die Möbel würde Clara ja nicht mit in die neue Wohnung nehmen, denn auch das wusste sie schon: Der Herr Graf wohnte nicht in einer Villa oder einem Schloss, sondern er wohnte in der Etage einer Stadtwohnung. Völlig möbliert!

Da er, außer seinem Leibdiener, kein Dienstpersonal besaß, würde sie Maria einfach mit in ihr neues Leben nehmen. Greta konnte sich dann selbst eine Zofe wählen, oder sie behielt einfach Cornelia.

Die Zeit raste nur so dahin.

Pünktlich waren die Kleider fertig, der Saal war mit Blumen festlich geschmückt und alles konnte beginnen. Wie üblich trafen sich die Brautleute im Gottesdienst, an dessen Ende die Verbindung vom Pfarrer gesegnet wurde. Damit war Clara beim Verlassen der Kirche schon die Ehefrau von Peter und ging an seinem Arm, so wie Greta an Gregors Arm, nur ein paar Schritte vor ihr, zur väterlichen Villa zurück. Peter hatte zugestimmt, dass die Feier in der Villa stattfand und er hatte ein paar seiner Offizierskameraden dazu eingeladen. Diese stellten sich im Spalier auf der Treppe nach oben auf und überkreuzten ihre Säbel über ihnen. Das sollte wohl Glück bringen, doch Clara war es nicht ganz geheuer unter den tödlichen Waffen hindurch zu gehen. Sie versuchte aber, keine Angst zu zeigen. Dann begann der Ball mit dem Hochzeitstanz der beiden Paare.

Es wurde eine sehr lange Feier, bis dann irgendwann mal die Kutsche vor der Tür vorfuhr. Clara verabschiedete sich von ihrer Familie und dem Personal. Die anderen Offiziere ließen diesmal ihre Säbel stecken und Peter führte sie zu der Kutsche hinab. Dort, auf der Straße, half er ihr beim Einsteigen und als sich dann endlich die Kutsche in Bewegung setzte, da dachte sie daran, dass ja nun auch der Moment langsam auf sie zukam, auf den sie seit Wochen fragend gewartet hatte: die Hochzeitsnacht! Würde die Geschichte von Cornelia stimmen? Oder hatte die Zofe sie angelogen?

Die Kutsche fuhr sehr langsam und es war weit. Einmal quer durch die Stadt. Maria hatte während des ganzen Tages ihre Sachen dorthin gebracht und nun versuchte Clara ihre Aufregung und Anspannung in einer eher aufgesetzten Fröhlichkeit loszuwerden. Das ging aber nicht so richtig und sie sah in Peters Gesicht, dass ihm das nicht gefiel. Sie verhielt sich kindisch und er wollte eine Frau haben. Kichernd saß sie in den Polstern und Clara konnte nicht mehr aufhören! Es war wie ein Zwang zur Fröhlichkeit.

Immer weiter zuckelte die Kutsche und draußen setzte schon die Abenddämmerung ein. Es wurde kühl in dem Gefährt. Das Kleid war tief ausgeschnitten, ließ die Schultern und die Arme frei und für einen Septemberabend war es auch noch ziemlich dünner Stoff. Nun begann sie auch noch zu frieren, doch Peter schien es nicht zu bemerken. Sie versuchte sich abzulenken und dachte an ihre Freundin. Aber Greta hatte jetzt auch ihre Hochzeitsnacht.

Wieder entfuhr ihr ein komisches Kichern und Peters Laune verfinsterte sich immer mehr.

Sie musste unbedingt damit aufhören, wenn er sie nicht noch am Abend übers Knie legen sollte! Nun zwang sie sich zur Ruhe. Das Gefährt stoppt und er hielt ihr die Kutschentür auf. Gemeinsam betraten sie das Haus und stiegen schweigend, Hand in Hand, die Treppe hinauf. Wenig später öffnete ein Diener die Tür und auch Maria war dort. Das war nun ihr Reich. Zumindest für ein paar Jahre. Die Fröhlichkeit kam zurück und nun wollte sie es endlich Wissen! Sie zog ihren Mann hinter sich her zu einer Tür, die zum Flur offen stand. Vermutlich sein Zimmer, das der Diener oder Maria für sie als Wegweiser offen gelassen hatten.

Als die Zimmertür zugefallen war, sagte er nur leise „Das war das letzte Mal, dass du dich so kindisch benommen hast!" Die Drohung war unüberhörbar in seiner Stimme. Dann zog er sich die Jacke aus und warf diese auf einen Sessel. Das Hemd folgte und Clara konnte sehen, dass auch sein Oberkörper dem von David glich. Sie drehte sich mit dem Rücken zu ihm um und er öffnete die Schnüre an ihrem Kleid. Der Stoff rauschte zu Boden. Peter löste die Verschnürung des Mieders und schob die Träger des Unterkleides zur Seite. Beide Stoffstücke folgten dem Kleid. Clara drehte sich zu ihm zurück und stand nun nackt, bis auf Strümpfe und Schuhe, vor ihm. Und nun?

Seine Augen zogen sich zu Schlitzen zusammen und er musterte sie von oben bis unten. Einen Schritt wich sie vor diesem Blick zurück.

21. Kapitel

Das Schicksal eines Rappen

un war die Hochzeit also vollzogen, aber von der Feier hatte Maria so gut wie nichts mitbekommen. Sie war fast die ganze Zeit damit beschäftigt gewesen, den gesamten Besitz von ihrer Herrin Clara, und natürlich den wenigen von sich selbst, in die Wohnung des Grafen zu transportieren. Beim Einräumen hatte ihr dann Johann, der schon grauhaarige Diener des Grafen geholfen. Das Zimmer der Herrin, oder jetzt Gräfin, lag neben dem des Grafen und ihre kleine Kammer nur eine Tür weiter. Es war für sie noch etwas gewöhnungsbedürftig, auf derselben Etage wie die Herrschaft zu wohnen, aber es ging nun mal nicht anders, denn der Herr Graf hatte nur diese eine Etage angemietet.

Auch ihre Küche hatte sie schon gesehen. Diese sah reichlich unbenutzt aus und Johann hatte ihr erzählt, dass der Herr bisher immer zum Essen ausgegangen war. Das sollte sich ja nun ändern, aber dafür musste sie wiederum einkaufen gehen. Das Geld dafür gab ihr Johann. Am Abend würde es noch nichts geben, da die beiden Brautleute sicher satt von der Feier kommen würden. Als dann alles fertig eingeräumt war, kam Johann mit der Nachricht in die Küche, dass die Kutsche gerade vorfuhr. Noch ein prüfender Blick in den Spiegel, das Kleid gerichtet und dann stellte sie sich neben Johann in den Flur und wartete.

Die Tür wurde durch Johann geöffnet und Maria machte einen tiefen Knicks. Die Herrin lief lachend an ihr vorbei, geführt von dem Grafen, den Maria erst ein paar Mal kurz gesehen hatte. Er war wirklich hübsch, aber er hatte nicht den Gesichtsausdruck, den ein glücklich verheirateter Mann an seinem Hochzeitstag haben sollte. Er musterte sie von oben herab, dann schloss Johann die Tür

102

und die beiden Eheleute verschwanden im Zimmer des Grafen. Johann ging ebenfalls in sein Zimmer und Maria blieb alleine im Flur zurück.

Was sollte sie nun tun? Untätigkeit war wohl nicht dass, was der Herr von ihr erwartete. Also suchte sie sich eine Arbeit und wurde bei der Uniformjacke des Grafen fündig. Am Ärmel musste etwas ausgebessert und zwei lose Knöpfe angenäht werden. Während sich die Herrin den Freuden des Ehelebens hingab, setzte sich die Zofe an den Tisch und nähte die defekte Stelle. Es sollte ja besonders ordentlich werden und darum dauerte es auch besonders lange.

Erst spät in der Nacht war sie in ihr Bett gekommen und ziemlich früh wurde sie von Johann wieder geweckt. Der Graf kam in Hose und Unterhemd aus dem Zimmer. Johann half ihm mit den Stiefeln und sie hielt dem Herrn die Jacke hin, ohne zu vergessen, ihn auf die Reparatur anzusprechen, die er mit einem Nicken quittierte. Er legte sich das Schwert um, griff sich Hut und Handschuhe und sagte dann, die Türklinke schon in der Hand, „Du darfst heute Abend in mein Zimmer kommen." Maria nickte verstehend und der Graf verschwand, ohne ein Frühstück, dass sie nun nur für die Gräfin auf ein Tablett stellte. Mit diesem eilte sie in das Zimmer und die Gräfin kam ihr schon entgegen. „Zu mir!", sagte sie und Maria folgte ihr in das andere Zimmer. Danach machte sie den Raum des Grafen ordentlich, denn Putzmagd war sie ja nun auch geworden.

In der Anstrengung der drei Tätigkeiten flog der Tag nur so an ihr vorbei. Zofe, Köchin und Putzmagd. Zwar nur in einer kleinen Wohnung, aber es gab dennoch viel zu tun und kaum eine Pause. Pünktlich zur Rückkehr des Grafen war das Essen fertig und stand auch schon wenig später dampfend auf dem Tisch. Maria zog sich in ihre Küche zurück und wartete, dass sie abräumen durfte, doch das machte Johann, der die leeren Teller in die Küche brachte und sagte „Es hat den Herrschaften geschmeckt." Sie war froh über dieses Lob und räumte schnell die Küche auf, bevor sie sich, zusammen mit Johann, die Reste des Essens teilten. Damit war der Tag praktisch zu Ende, aber für sie blieb ja noch der Wunsch des Herrn vom Vormittag.

Wie sie es bei Gregor gewohnt war, lief sie in ihre Kammer und machte sich frisch. Die Herrin ging nebenan in ihr Bett und sie half ihr schnell mit dem Kleid, bevor sie auch ihr eigenes abstreifen konnte und im Unterkleid zur Tür des Grafen eilte. Was würde sie hinter dieser Tür erwarten? Maria warf einen Blick in den großen Spiegel. Für ein paar Augenblicke verweilte sie dort, bis ihr Atem wieder ruhig geworden war. Dann klopfte sie und wurde in das Zimmer gerufen.

Der Graf stand aus seinem Sessel auf und streifte sein Hemd ab. Er war wirklich sehr gut gebaut und muskulös. „Du musst wissen, ich war bei den Husaren, bevor ich hierher zum Infanterie gekommen bin", begann er und kam auf sie zu. „Ausziehen!", setzte er befehlend fort und Maria streifte schnell das Unterkleid über den Kopf, wusste aber nicht wohin damit, also behielt sie den Stoff vor dem Körper in der Hand. Der Mann riss es ihr ziemlich unsanft aus den Händen und warf es zu seinem Hemd, dann begann er sie zu umrunden und setzte seine Rede fort. „Wir Husaren sind es gewohnt, dass wir ein Pferd erst ausgiebig begutachten und zureiten, bevor wir es kaufen."

Er blieb hinter ihr stehen und löste langsam ihren Zopf auf. „Eine schöne Mähne hat mein Rappe", sagte er weiter und strich ihr durch die langen, schwarzen Haare, die bis weit in ihren Rücken fielen. Der Mann setzte seine Runde fort und ließ vor ihr seine Hose fallen. Auch unten rum war er sehr gut gebaut. „Dein Essen und deine Gestalt gefallen mir", setzte er fort und blieb seitlich neben ihr stehen. Sie konnte sehen, wie sich seine Erregung bei ihrem Anblick immer mehr steigerte. Aus dem Augenwinkel sah sie, wie seine straff gereckte Männlichkeit auf sie zeigte. Bei diesem Anblick musste sich schlucken. Der Herr Graf stand neben ihr und wartete noch ein paar Augenblicke, wobei er sie betrachtete.

Der Herr hob seine Hand ließ diese schwer auf ihrer Brust ruhen. Maria spürte, wie ihr Herz raste. Schließlich sagte er weiter „Kommen wir nun zum Zureiten. Knie dich vor das Bett, den Oberkörper flach darauf!" An dem deutlichen Befehlston hatte Maria sofort erkannt, dass diese Anweisung keinen Widerspruch und auch keinen Verzug duldete. Seine Hand gab ihre Brust und damit den Weg frei. Ein Klaps auf ihren Hintern beschleunigte sie noch zusätzlich.

Schnell war sie die drei Schritte gelaufen und hatte sich in die von ihm gewünschte Position gebracht. Der Mann trat langsam an sie heran und strich über ihre Seiten, so als ob sie wirklich ein Pferd war. Wollte er wirklich auf ihr reiten? Dann griff er ihr in die „Mähne" und kniete sich hinter sie. Maria spürte, wie seine Erregung gegen ihren Hintern drückte. Wollte er wirklich ihren Hintern und nicht ihren Schoß? Doch sein Ziel schien eindeutig zu sein. Er missachtete ihren Schoß! Sie sagte schnell „Nein Herr! Das dürfen sie nicht. Das ist verboten!" und dabei versuchte sie ihm seitlich auszuweichen, doch er ließ ihre Haare los und packte sie an den Hüften.

„Sei still, du dummes Ding! Oder glaubst du wirklich, dass ich dir jeden Monat eine Abtreibung bezahlen werde?", fragte er gepresst. Sie verkrampfte sich und spürte die Schmerzen in ihrem Hinterteil. Jetzt wünschte sie sich Elfriedes Beißholz zurück. Während er hinter ihr vor Anstrengung zu schnaufen begann, streckte sie die Hand aus, griff sich das Kissen vom Bett und schlug ihre Zähne dort hinein. Ohne das Kissen hätte sie das Haus zusammengeschrien.

Vor Schmerzen wimmerte sie, doch der Mann nahm keine Rücksicht auf sie, brach mit Gewalt ihren Widerstand und ihre Tränen durchtränkten das Kissen. Zitternd verharrte er für einen Augenblick, bevor er sich schnaufend immer tiefer schob. Die Schmerzen wurden unerträglich und sie betet, dass es schnell zu Ende sein möge.

Er drückte sie nach vorn gegen das Bett und rammte sich immer wieder in sie hinein. Fast schien er sie zerreißen zu wollen. Endlich krallten sich seine Finger in ihre Hüften, er kam zuckend tief in ihrem Körper, zog sich danach aus ihrem Hintern zurück, ließ von ihr ab, legte sich zufrieden grinsend auf das Bett und sagte dann „Du bist ein guter Rappe. Du darfst in meinem Hause bleiben. Und jetzt geh!"

Maria erhob sich schwankend, nahm ihr Unterkleid und ging mit unsicherem Schritt zur Tür des Zimmers. Während der Graf nackt auf dem Bett zu schnarchen begann, warf sie einen Blick auf ihn zurück. Wie hatte sie sich auf diese Stelle gefreut und nun das. Fast sehnte sie sich Gregor zurück, da war sie zwar auch nur „benutzt" worden, aber es hatte wenigstens nicht so schrecklich wehgetan! Maria zog sich das Kleid über, wischte sich die Tränen mit der Hand ab und verließ das Zimmer.

22. Kapitel

Die Lüge einer Dienstmagd

ornelia hatte gelogen! Nicht bei allem, aber es war nicht so gewesen, wie sie erzählt hatte! Es war schnell, brutal und sehr schmerzhaft gewesen. Peter hatte sich noch nicht mal die Mühe gemacht, seine Hose auszuziehen. Er hatte sie gepackt, in das Bett geworfen, sich auf sie gelegt und dann ohne Vorwarnung zugestoßen. Jetzt schnarchte er neben ihr und ihr ganzer Unterleib schien in Flammen zu stehen. Vielleicht war das der Ärger über ihr kindisches Benehmen gewesen. Doch jetzt lag sie hier und kämpfte mit den Tränen.

Beim nächsten Mal würde es besser sein. Es musste einfach besser sein! Clara wollte die Decke über sich ziehen und merkte erst jetzt, dass sie die Schuhe und Strümpfe immer noch anhatte. Mühsam richtete sie sich auf, setzte sich auf den Rand des Bettes und schnürte die kleinen Stiefel auf, dann stellte sie diese neben das Bett, erhob sich und legte ihre Strümpfe auf den Sessel. Da sie ja nun Mal schon stand, zog sie sich das Nachthemd über, das ihr Maria sicherlich bereit gelegt hatte. Danach schlüpfte sie wieder in das Bett. Auf dem Nachttisch brannte eine dieser neumodischen Petroleumlampen und sie brauchte eine ganze Weile, bis sie begriffen hatte, wie man das Licht dimmen konnte. In ihrem Elternhaus hatten sie nur Gaslaternen, die zwar fest montiert waren, aber nicht so streng rochen.

Sie zog die Decke über sich und auch über ihren Mann, denn bei dem offenen Fenster, dass sie wegen des Geruchs des verbrannten Petroleums auch nicht schließen konnte, würde es bestimmt kalt werden. Dabei vermied sie es aber, ihn zu berühren oder zu wecken. Danach presste sie sich eine Hand auf ihren

Schoß, damit der Schmerz etwas nachlassen würde, und weinte sich leise in den Schlaf.

Es wurde eine kurze und unruhige Nacht für sie und Peter weckte sie schließlich, als er sich aus dem Bett erhob. Er sah sie an und sagte nur „Wenn du aufhörst, dich wie ein ungezogenes Kind zu verhalten, so kann ich auch aufhören, dich so zu behandeln." Dann zog er sich an und verließ ohne einen weiteren Gruß das Zimmer. Sie setzte sich in dem Bett auf und ließ die Beine vom Bett hängen. Was meint er damit? Ihr Lachen am Abend zuvor war ja nur der Nervosität geschuldet gewesen. Nun überlegte sie, alles so zu machen, wie sie es bei der Mutter gesehen hatte, aber das war ein ganz schöner Wandel an nur einem Tag.

Sie stand auf und raffte ihre Sachen zusammen, die immer noch mitten im Raum lagen. Danach ging sie aus dem Zimmer und wäre dabei fast mit Maria zusammen geprallt. Clara schickte die Magd schnell in ihr eigenes Zimmer, wo sie sich zum Frühstück an einen kleinen Tisch setzte. Dieses Zimmer war recht geschmackvoll eingerichtet, wie sie fand. Sicherlich hatte Maria da ihre Hand mit im Spiel gehabt.

Nach dem Anziehen beschloss Clara zu Greta zu gehen, um mit der Freundin die Ereignisse der letzten Nacht auszutauschen. Dabei würde sie aber die Schmerzen verschweigen.

Da der Weg zu Fuß fast eine Stunde dauern würde, beschloss sie sich von Johann eine Kutsche rufen zu lassen. Wenig später saß sie in dem Gefährt. Das Gespann fuhr los und es ging diesmal viel schneller, als am Abend zuvor.

Keine dreißig Minuten später betrat sie die elterliche Villa, musste nun aber, da sie ja hier nicht mehr wohnte, sondern nur zu Besuch war, im Eingangsbereich Platz nehmen, bis Greta sie dort in Empfang nahm. Zusammen stiegen sie nach oben und setzten sich dann in das Zimmer, das bis zum Vortag noch ihres gewesen war.

Sie fingen ein langes Gespräch über Mode und Männer an und wie sie es geplant hatte, verschwieg Clara die Schmerzen. Greta schien es aber in der Nacht gefallen zu haben, zumindest deutete Clara die Worte der Freundin in diese Richtung. Also lag es wirklich nur an der Wut des Mannes, dass diese Nacht so gründlich schiefgegangen war. Der Tag ging in lustigen Gesprächen dahin und fast hätte sie es versäumt, wieder nach Hause zu fahren, doch der Weg war ja noch weit.

Es dauerte eine ganze Weile, bis Clara eine Kutsche für den Rückweg organisiert hatte und so traf sie nur eine halbe Stunde vor ihrem Mann wieder in der Wohnung ein. Schnell zog sie sich um und wartete auf die Rückkehr von Peter. Der Mann begrüßte sie und sie setzten sich zusammen zum Essen in den Speisesaal. Es entstand ein kleines Gespräch und danach wurde das Essen serviert. Das Mahl schmeckte ihnen beiden sehr gut und so ließ Peter dies auch durch den Diener, der die ganze Zeit hinter ihnen gestanden hatte, in der Küche bei Maria ausrichten.

Danach zogen sie sich jeweils in ihre Zimmer zurück, aber es dauerte nicht lange, da erschien Peter in ihrem Zimmer und schloss die Tür hinter sich. Er kam zu ihr und sie sah an seinem Gesichtsausdruck, dass ihm irgendetwas störte. Er beugte sich zu ihr herunter und sagte zischend „Hatte ich dir heute Morgen nicht gesagt, dass du dieses kindische Verhalten ablegen sollst?" „Was habe ich den getan?", fragte sie zurück und duckte sich schon zusammen. Sie war doch den ganzen Tag nicht im Haus gewesen, da konnte sie doch aber nichts falsch machen. „Ich habe gerade erfahren, dass du den ganzen Tag außer Haus warst!", sagte er. „Ja. Ich war bei Greta." „Habe ich dir das erlaubt?", entgegnete er. „Nein", antwortete sie kleinlaut. Ohne ein weiteres Wort ging Peter aus dem Zimmer und kam kurz darauf mit seiner Reitgerte zu ihr zurück.

„Ich hatte es dir ja angedroht", sagte er nur und setzte sich auf den Sessel neben sie. Noch bevor sie etwas erwidern konnte, hatte er sie gepackt, über sein Knie gelegt und sie zwischen seinen Beinen eingeklemmt, wogegen sie sich nicht wehren konnte. „Du tust mir weh!", sagte sie und wollte sich befreien, doch das war vollkommen unmöglich. „Ein ungezogenes Kind muss bestraft werden!", sagte er zynisch und schon sauste die Reitgerte auf ihren Hintern herab.

Zehn Schläge erhielt sie, die zwar durch Kleid, Unterkleid und Höschen abgefedert wurden, und damit nicht wirklich wehtaten, aber die ihre Seele kränkten. Wer war sie denn, dass sie sich von jemanden den Hintern versohlen ließ? Endlich ließ er sie los und sagte drohend, im Aufstehen, „Und nun gehst du in dein Bett, wie sich das für ein ungezogenes Kind gehört! Keine Widerworte!"

Noch ein drohender Blick folgte, danach verließ Peter das Zimmer. Diese Schmach trieb ihr die Tränen in die Augen. Aus Trotz würde sie, nun erst recht, am nächsten Tag zu Greta fahren.

110

23. Kapitel

Ordnung im Chaos

Ein gezeichneter Plan hing an der Wand der Halle. Fast in Originalgröße war darauf die Lok abgebildet, mit allen Schrauben und Bolzen und den Plätzen, an denen diese dann befestigt werden sollten. Noch lagen alle Teile, fein säuberlich nummeriert, in der gesamten Halle herum. Solange es nur eine Lok war, war das schon in Ordnung, aber wenn man dann mal mehrere gleichzeitig bauen wollte, dann musste das irgendwie organisierter von sich gehen. Der Direktor hatte die Idee, von diesem Typ der Lok große Stückzahlen zu bauen. Bei einem Besuch in England hatte er gesehen, wie dort die Lokomotiven gebaut wurden. Er hatte ihnen erzählt, dass bis zu zehn Lokomotiven gleichzeitig in gewaltigen Hallen zusammengesetzt wurden. Davon waren sie hier noch weit entfernt. Die Halle war nicht so groß. Das Gleis reichte von einem Tor zum Anderen, aber davor war Schluss. Unmittelbar vor dem Hallentor endete das Gleisstück und damit waren auch keine Probefahrten möglich. Sie mussten einfach ihrer Technik vertrauen.

Da sich der Direktor von anderen Fabriken unabhängig machen wollte, und sicher auch, damit keiner seine Fortschritte beim Bau der Lokomotive kontrollieren konnte, hatte er beschlossen, dass jedes Teil in diesen vier Wänden gefertigt werden sollte. Jeder Bolzen, jede Schraube und jeder Splint wurde nun hier hergestellt. Das sorgte nun nicht für weniger Chaos, sondern eher noch für ein größeres Durcheinander. Irgendwann sah selbst Heinrich nicht mehr in dieser Unordnung durch, wo sich welche Schraube gerade befand. Zusammen mit dem Meister musste er sich etwas überlegen, wie sie hier wieder die Kontrolle zurückerhielten.

Auch der Meister hatte schon bemerkt, dass die Arbeiter nun schon mehr Zeit damit verbrachten, die richtigen Teile zu suchen. Bisher war es immer so gewesen, dass die Teile immer erst dann gefertigt wurden, wenn sie verbaut wurden. Sollten sie das auch hier so machen? Sie gingen zum Direktor, um mit ihm diesen Ablauf der Konstruktion abzusprechen. „Ich habe in England gesehen, dass die dort alle Teile gleichzeitig fertigen und dann erst später verbauen. Dort gibt es einen Raum, den sie Magazin nennen. Dort verwaltet einer alle Teile und gibt sie dann aus. Vielleicht sollten wir das ähnlich machen?", sagte der Herr Hartmann und sie gingen zu dritt zurück zur Halle.

Sie sahen sich um, aber in der neuen Halle war einfach kein Platz für einen solchen Raum vorgesehen. Wenn sie später mal eine neue Halle bauen sollten, dann würden sie auch die neu gesammelten Erfahrungen mit einbeziehen, doch nun brauchten sie eine praktische Lösung, die sie ohne Hallenumbau schnell realisieren konnten.

Am Abend, nachdem alle Arbeiter schon nach Hause gegangen waren, sortierten Heinrich und der alte Meister die Teile. Danach kennzeichneten sie die Bereiche in der Halle mit Farbe. Sie schieben „Bolzen", „Schrauben" und „Räder" an die Wand und legten die Teile einfach davor ab. Die kleinen Teile verpackten sie in flache Kisten, wodurch keine Schraube mehr verloren gehen konnte. Nun sollte es etwas geordneter zugehen.

Bereits am nächsten Tag bewährte sich das neue System auch schon. Die hergestellten Teile wurden an der Stelle abgelegt, wo die Monteure sie auch schnell finden konnten. Stück für Stück nahm die Lok Gestalt an.

Gegen Mittag waren die Räder und Achsen montiert. Nach der Zeichnung war der Antrieb außen angebracht. Damit konnte der Kessel niedriger liegen und der Schwerpunkt der Lok würde damit auch tiefer sein. Das würde, besonders bei hohen Geschwindigkeiten, für größere Stabilität auf dem Gleis sorgen. Heinrich betrachtete das schon montierte Fahrgestell. Vorn waren zwei kleine Räder auf die Achse montiert und dahinter vier größere, die auch für den Antrieb zu sorgen hatten. Die beiden hinteren waren mit einer Stange miteinander verbunden und das vordere davon würde mit einem Gestänge am Kolben des Dampfzylinders befestigt werden. Diese großen Räder waren genauso groß wie Fritz, wen der sich danebenstellte.

Als nächstes montierten sie die Blattfedern über die Achse und danach hoben sie bis zum Abend im Schweiße Ihrer Anstrengung zu zehnt den Rahmen oben darauf. Die ganze Konstruktion war jetzt schon länger als zehn Schritte, aber da der Kessel ja so lang war, musste natürlich auch die Lok diese Länge haben. Das schwierigste würde werden, diesen Dampfkessel auf den Rahmen zu setzen. Im Moment ruhte der Behälter auf zwei Holzträgern in der Ecke der Halle und wurde dort fertig montiert. Die Verkleidung des Dampfkessels, die nach oben herausragte, wurde angebracht und die Sicherheitsventile mit dem Gestänge verbunden, womit es der Heizer im Notfall schnell von seiner Position aus bedienen konnte.

Auf dem Rahmen würden für Lokführer und Heizer zwei offene Plätze, geschützt durch eine Abdeckung nach außen, angebracht werden. Von dort aus sollte es auch möglich sein, auf einer schmalen Plattform den Kessel vollständig zu umrunden. Noch war das aber alles Utopie. Die Plattform musste als nächstes erst gefertigt werden. Sie musste stabil sein, durfte aber nicht zu schwer werden.

Jedes Pfund mehr Gewicht würde die Geschwindigkeit der Lok beeinträchtigen.

Tagelang grübelten und probierten sie, wie dick das Blech sein musste, damit es sich nicht beim Betreten verformte. Sie machten Versuche mit dem schwersten Arbeiter, den sie in der Fabrik finden konnten und legten verschieden dicke Bleche über Holzträger. Aus demselben Blech fertigten sie dann auch den Schornstein, den Fritz aus dem Blech zu einer Röhre bog, die sie dann auch noch entsprechend verstärkten. Da sie sich nicht auf die richtige Länge einigen konnten, fertigte Fritz diese einfach nach seinem Körpermaß. Und viel größer hätte sie nach einem Nachmessen der Hallendecke auch nicht sein dürfen, denn wenn beide Teile mal aufeinander standen, wollten sie ja nicht das Dach einreißen müssen.

Im Laufe der Zeit wurden immer mehr Teile verbaut und immer leerer wurde damit die Halle.

Zum Schluss bestand nur noch das Problem darin, den gewaltigen Kessel auf dem Rahmen zu montieren. Vorsichtig setzten sie den Dampfkessel auf ein Gestell, an dem ein paar kleine Rollen angebracht waren. Damit rollten sie den länglichen Zylinder direkt neben die Lok. Doch nun mussten sie überlegen, wie sie weiter vorgehen konnten. Grübelnd standen alle Arbeiter rund um die Lokomotive. Zum nach oben heben war der Kessel einfach viel zu schwer. Selbst das Anheben war schon kompliziert gewesen.

Schließlich beschlossen sie, als nächstes erst einmal eine Halterung an der Hallendecke anzubringen, an der sie einen Flaschenzug befestigen konnten. Dafür mussten sie aber erst mal einen Querträger fertigen, der diese Last dann auch halten konnte. Das würde die Fertigstellung der Lok aber sicher noch einmal etwas länger verzögern, denn sie durften ja nicht die bereits darunter stehende Lok beschädigen.

Auch diese Änderungen würden sie für die nächste Halle mit berücksichtigen müssen. Wer schwere Lasten bewältigen wollte, der brauchte einen Kran oder eben einen Flaschenzug. Den würden sie nun erst mal bauen müssen, bevor es mit der Lok weiter gehen würde. All dies würde aber die Fertigstellung noch mehr verzögern und eine Übergabe der Lok noch in diesem Jahr rückte in weite Ferne.

24. Kapitel

Trotzkopf und Raufbold

Es war der pure Trotz gewesen und wenig demgemäß, was eine Frau so tun sollte. Wollte sie ihn damit herausfordern? Nachdem Peter am Morgen wieder zu seiner Einheit gegangen war, verließ auch sie das Haus und traf sich mit Greta. Vielleicht wollte sie ihm damit zeigen, dass sie nicht alles mit sich machen lassen würde, denn so ein kleiner Trotzkopf steckte schon noch in ihr. Natürlich musste ihr auch klar gewesen sein, dass Peter diese Provokation nicht ungesühnt im Raum stehen lassen konnte. Kurz nach seiner Rückkehr kam er wieder in ihr Zimmer, diesmal hatte er die Reitgerte schon dabei und baute sich demonstrativ vor ihr auf. Dabei war er seltsam ruhig und sie hatte gedacht, dass er sie anschreien würde, doch das tat er nicht. Peter stand vor ihr und hielt die Hände, und damit die Gerte, hinter sich.

Ihr Mann begann sehr leise zu erzählen „Du hast meine Anweisung gestern Abend offensichtlich nicht verstanden. Wir Soldaten sind es gewohnt, dass man gehorcht. Einen ungehorsamen Soldat würde ich jetzt auspeitschen lassen." Clara zuckte zusammen, denn nun lief alles vermutlich auf eine schmerzhaftere Konfrontation hinaus. Langsam erhob sie sich aus ihrem Sessel und versuchte sich nach hinten zu schieben, doch er folgte ihr und die Fluchtmöglichkeiten waren, mit der Wand im Rücken, auch relativ gering.

Schließlich stand Clara direkt in der Ecke und er baute sich vor ihr auf. Seine Augen funkelten sie zornig an. Der Mann griff in seine Tasche und sie zuckte schon zusammen. Was würde er machen? Fast andächtig zog Peter die Hand hervor und öffnete die Faust. Ein Beißholz lag in seiner Hand, die er ihr hinhielt. „Ich möchte nicht, dass du das ganze Haus und die Dienerschaft mit deinen Schreien auf dich aufmerksam machst. Diese Schande möchte ich dir ersparen", sagte er sehr leise und schob die Hand noch weiter zu ihr hin. Clara griff sich das Holz und versuchte schnell seitlich zu entwischen, doch er packte sie am Arm und hielt sie fest. In seinen Augen sah sie, das da keine Gnade zu erwarten wäre, egal was sie nun auch sagen oder tun würde, daher sagte sie kein Wort.

Für einen Moment sahen sie sich in die Augen, dann zog der Mann sie zu sich und schleuderte sie herum, wodurch sie nun direkt vor der Lehne des Sessels stand, der ihre Bewegung abrupt stoppte, und über den er sie sofort zog. Er drückte mit der einen Hand ihren Oberkörper nach vorn, wobei sie das Gleichgewicht vollends verlor und die Beine nach oben warf. Fast hätte sie einen Überschlag über das Möbelstück gemacht. So hing sie für einen Augenblick in der Luft. Rock und Unterrock rutschten herunter, bedeckten nun ihren Rücken, und Peter drückte sofort ihre Beine wieder zur Erde zurück.

Damit stand sie gebeugt über den Sessel und ihr Hintern war noch durch das kurze, aber dicke Höschen, bedeckt. Das Kleidungsstück würde sicher die Wucht der Schläge abdämpfen, aber das wusste auch Peter und so war es kein Wunder, dass er ihr mit der freien Hand dieses letzte, schützende Kleidungsstück bis zu den Knien herunterzog. Clara hatte gerade noch Zeit, sich das Beißholz quer in den Mund zu stecken, da sauste auch schon die Gerte auf ihren nackten Hintern.

Ihre Zähne gruben sich in das Holz und ohne dieses hätte sie wirklich geschrien, so weh taten die Schläge. Der Mann zählte langsam bis fünfzehn und jedes Mal schlug er danach mit der

Reitgerte zu. Bei jedem Schlag zuckte sie zusammen und die Tränen des Schmerzes rollten über ihre Wange. Danach ließ er von ihr ab und sagte ruhig „Du solltest die Hose auslassen, sonst schmerzt das viel zu sehr. Und nun darfst du wieder in dein Bett." Er ging zur Tür und sie richtete sich auf. „Merke dir dies alles gut. Frage mich, wenn du etwas tun willst. Sonst …", sagte er leise von der Tür aus und hob die blutige Gerte an. Unter Tränen konnte sie nur noch sagen „Ja. Das verspreche ich." Dann war er aus dem Zimmer.

Clara fasste sich unter das Kleid an ihren schmerzenden Hintern und hatte Blut an den Fingern, als sie die Hand wieder hervorzog. Es brannte auf ihrer Haut und sie zog sich ohne die Zofe aus. Kurz betrachtete sie ihre Rückseite in dem Spiegel. Blutige Striemen zogen sich kreuz und quer über ihr Hinterteil. Noch nie hatte sie eine Reitgerte gesehen, die solche Verletzungen verursachte. Vermutlich war es eine Sonderanfertigung für Peter. Clara wollte Maria diesen Anblick und sich selbst die Fragen der Zofe ersparen, darum ging sie im Nachthemd in ihr Bett, aber sie musste sich auf den Bauch legen.

Weinend beschloss sie, am nächsten Tag zu Hause zu bleiben. Nicht nur, weil sie es Peter versprochen hatte, sondern auch, weil sie ja sowieso nicht sitzen konnte. Wie hätte sie dies ihrer Freundin, mit der sie sich wieder zum Kaffee verabredet hatte, erklären sollen?

Vorsichtig zog sie die Decke über sich und drehte die Lampe aus, damit Maria, falls sie noch einmal in das Zimmer kommen würde, denken musste, dass sie schon schlief.

Mit dem Gesicht zum Fenster und immer noch Tränen vergießend, dachte sie nach. Warum hatte sie an diesen Mann kommen müssen? Als sie sich den David vorgestellt hatte, da hatte sie sich einen richtigen Mann gewünscht. Bekommen hatte sie einen Raufbold, der Frauen schlug. Einen Mann, der das Herz des David hatte. Ein Herz aus Marmor! Warum nur? Waren vielleicht alle Soldaten so?

Die zweite Nacht in Folge, oder war es schon die dritte, weinte sie sich in den Schlaf. Diese Ehe war erst drei Tage alt und alles, was sie bisher damit verband, waren Schläge und Schmerzen. War das Verhalten von ihr wirklich der Grund? Oder konnte er gar nicht anders? Ihre Gedanken zogen auch im Traum ihre Kreise. Als Offizier war der Mann sicher Gehorsam gewöhnt, aber sie war keine seiner Soldaten. Sie war seine Frau! Am liebsten hätte sie darüber nun mit der Mutter gesprochen, doch wenn sie das Haus verlassen würde, um sie zu fragen, so würde sie wieder die Strafe des Mannes treffen. Oder traf diese sie nur, wenn sie nicht vorher fragte? Hatte er nicht so etwas gesagt?

Der Mann wollte es ihr erlauben und sie nahm sich vor, die nächsten Tage wie ein kleines Lamm zu leben. Mit dem zerschlagene Hintern musste sie sowieso erst einmal ein paar Tage im Hause bleiben. Damit hätte sie sich noch nicht mal in eine Kutsche setzen können, denn das Ruckeln des Gefährtes würde nur viel zu wehtun. Und den nächsten Tag würde sie dann einfach verschlafen. Da brauchte sie dann auch nicht Maria unter die Augen zu treten. Viel zu sehr schämte sie sich dafür, was ihr Mann mit ihr angestellt hatte.

25. Kapitel

Ohne Rücksicht auf Verluste!

Was hatte ihn eigentlich zu dieser Heirat bewegt? Peter wusste es selbst nicht. Waren es die vielen Münzen, die der Vater der Braut ihm versprochen hatte? Sicherlich! Doch wie war der alte Herr eigentlich auf ihn gekommen? So richtig konnte er das nicht begreifen, aber vielleicht hatte sein Oberst da ja seine Finger im Spiele gehabt. Jetzt, da Peter im Stab war, sollte er vielleicht etwas sittsamer werden. Nicht mehr der Husar sein, der den Säbel schwingend gegen den Feind ritt. Ohne Rücksicht auf sich oder andere. Vielleicht war das der Gedanke des Obersten gewesen. Wenn er eine Familie hätte, mit Kindern vielleicht auch noch, so würde er mehr mit Bedacht handeln und sein hitziges Gemüt ablegen. Doch wollte er das eigentlich? Er war nun fünfunddreißig Jahre alt und immer noch nicht wirklich bereit, sich zurückzulehnen und am Sonntag im Park spazieren zu gehen. Er wollte etwas bewirken, kämpfen, Siegreich bleiben!

Sein Vater hatte einst in vielen Schlachten erst mit Napoleon und dann gegen ihn gekämpft. Die Schilderungen von diesen Kämpfen der Vergangenheit hatten ihn als Jungen immer fasziniert und da er ja sowieso das Schloss und das Land des Vaters nicht übernehmen würde, und ein geistliches Amt auch nicht in Erwägung gezogen hatte, war es ihm nicht schwergefallen, in den Dienst der Armee zu treten. Hier hatte er die Macht, die er brauchte. Schnell war er in den Diensten aufgestiegen und nun war er schon Major. Der jüngste Major, den er kannte.

Als junger Soldat hatte er im Jahre 1831 mitgeholfen, den Aufstand in Sachsen niederzuschlagen. Dabei hatte er aber nicht begriffen, warum der König dann doch Zugeständnisse gemacht hatte, obwohl sie doch siegreich geblieben waren. Seit den darauf folgenden Reformen, und dem Erlass der ersten Verfassung Sachsens im September 1831, war das Land nun eine konstitutionelle Monarchie und kein Königreich mehr. Auch das hatte er nicht verstanden und nun war er auch noch mit einer Bürgerlichen verheiratet. Einer von denen, die praktisch mit Schuld daran waren, dass der König entmachtet war und dass damit sein oberster Dienstherr keine richtige Macht mehr besaß. Irgendwie fühlte sich das auch für ihn falsch an. Doch die Frau war recht hübsch und hatte auch noch Geld. Was sollte anderes zählen? Die Anerkennung seiner Kameraden konnte sie nicht beeinflussen. Oder doch?

Manchmal sah er in ihr eine dieser Revolutionäre, die den König gestürzt hatten. Da konnte er einfach nicht anders, als sie dafür zu bestrafen. Dazu kam noch, dass sich Clara auch noch unmöglich verhielt. Sie tat, was sie wollte! Und das durfte er nicht durchgehen lassen. Er war Gehorsam gewohnt! Und er war es gewohnt, sein Recht auch mit Prügel zu bekommen. Bisher hatte das bei seinen Soldaten immer funktioniert. Warum sollte das bei seiner Frau nicht klappen? Es würde sicher noch eine Weile dauern, bis sie sich in den ihm gebührenden Gehorsam begab. Aber er hatte ja Zeit.

Jeden Morgen machte er sich auf den Weg zur Kaserne. Es war nicht so weit und die Garnison war nicht so groß, wie sie vielleicht hätte sein sollen. Immer wieder dachte er daran, vielleicht irgendwann nach Dresden in das Kriegsministerium zu wechseln, doch dafür musste er sich erst hier entsprechend bewähren. Dafür war natürlich auch wichtig, dass sich die Frau und sein ganzes Personal entsprechend Benehmen konnten. Beim Personal sah er da die wenigsten Probleme. Die Magd kuschte vor ihm, wenn er sie nur ansah und Johann, sein treuer Diener, war schon seit Kindestagen immer an seiner Seite gewesen. Ihm vertraute er fast blind.

Auch an diesem Tage passierte Peter das Tor der Hauptwache am Neumarkt und traf auf einen anderen Offizier. Sie grüßten sich, doch eigentlich konnte er diesen Mann nicht leiden. Er war kein Adliger, denn seit 1835 konnten auch Bürgerliche in den Offiziersstand aufgenommen werden. Fast wehmütig dachte Graf Peter dann immer an die Zeiten zurück, in denen sein Vater gedient hatte. Da waren sie unter sich gewesen. Fast wie Ritter! Nun gab es, mit dem Gesetz über die Einführung der Militärpflicht vom 26. Oktober 1834, in Sachsen auch noch die allgemeine Wehrpflicht. Jeder männliche Sachse ab dem 20. Lebensjahr wurden gemustert und konnte zu sechs Jahren Wehrdienst eingezogen werden.

Mit diesem Gesetz waren zwar auch die körperlichen Züchtigungen, wie das Spießrutenlaufen, abgeschafft, aber er hielt es immer noch so, dass die Peitsche die Soldaten gefügig machen sollte. So wie die Gerte das bei seiner Frau tun würde!

Ein neuer Tag begann in der Kaserne und damit hatte er auch viel zu tun. Nicht mehr direkt mit den Soldaten, sondern eher mit den Vorgesetzten. Mitunter war er auch als Verbindungsoffizier nach Dresden unterwegs. Das machte er besonders gern, denn da konnte man auch andere Verbindungen knüpfen, die dann vielleicht seinem weiteren Aufstieg in der Militärhierarchie dienlich sein konnten.

Auch an diesem Tag erhielt er einen Brief, den eigentlich auch ein Melder überbringen konnte, doch er wollte ihn selbst überbringen. Einerseits konnte er damit auf sich aufmerksam machen und, andererseits konnte er endlich wieder ein Pferd besteigen. Dieses nutzlose herumlaufen war nichts für einen Husaren! Er wollte den Leib eines Pferdes zwischen seinen Knien spüren.

Im gestreckten Galopp machte er sich auf den Weg und gönnte dem Pferd nicht eine Pause. Keine vier Stunden später waren sie vor dem Ministerium angekommen, wo das Pferd an einem Brunnen zuerst seinen Durst löschen musste. Dort übergab er einem Soldaten die Zügel und betrat das Haus. Nun konnte sich das Tier erholen, bis er in einer oder zwei Stunden auf den Rückweg gehen würde. Rücksicht auf Tier oder Mensch hatte er noch nie genommen. Wer mit ihm und seiner Art nicht klarkam, der sollte eben sehen, was ihm dabei übrig blieb.

Peter betrat das Vorzimmer des Ministers des Krieges des Königreiches Sachsen, Generalmajor Karl von Oppel. Ein anderer Major, den Peter schon ein paar Mal getroffen hatte, nahm ihn dort in Empfang. Wenig später konnte Peter den Brief des Garnisonskommandeurs sogar persönlich an den Minister übergeben. Er stand dabei, als der General die Antwort schrieb und der Blick des Kriegsministers schien wohlwollend auf ihm zu liegen, als er mit einer Verbeugung den Raum wieder verließ.

Auf dem Heimweg schien er nur so zu fliegen. Dieses Treffen beflügelte ihn und es war so, als ob sich an diesem Tage etwas Wichtiges in seinem Leben geändert hatte.

26. Kapitel

Angst und Mut

Eigentlich hätte Maria ja mit sich und der Entwicklung der Situation zufrieden sein können. Sie war nun Köchin und konnte genau das machen, was sie schon immer tun wollte. Zwar waren es immer nur zwei Personen, für die sie kochte, der Herr und die Herrin, aber das tat der Sache keinen Abbruch. Sie konnte aus dem reichhaltigen Repertoire der Großmutter schöpfen und doch war da etwas, was ihr gar nicht passte. Der Herr! Wenn er sich am Morgen bei ihr mit den Worten „Du darfst mich am Abend besuchen" verabschiedete, dann hatte sie den ganzen Tag etwas, worauf sie sich „Freuen" konnte.

Bisher hatte er sie jeden Abend zu sich gerufen und hatte sie geschändet. Anders konnte man es ja nicht bezeichnen. Es war Sodomie, was er mit ihr tat! Und darauf stand eigentlich Kerkerhaft. Doch sie war nur eine Magd! Selbst wenn sie jemanden gefunden hätte, der ihr zuhören würde, so würde vor Gericht Aussage gegen Aussage stehen. Die einfache Magd mit ihrem Wort, gegen das Wort ihres Herrn. Eines Grafen, eines Offiziers! Wem würde man da wohl glauben? Das Urteil würde sofort gegen sie ausgesprochen werden. Noch im Gericht würde sie wegen falscher Beschuldigungen und Verleumdung sofort in Ketten gelegt werden und vielleicht nur zu 25 Peitschenhieben verurteilt werden, wenn man sie überhaupt am Leben ließ und nicht als mahnendes Beispiel für alle anderen Mägde öffentlich exekutieren würde.

Mit Tränen im Blick dachte sie daran zurück, wie sie, gezwungenermaßen, dabei gewesen war, als eine Magd bestraft worden war. Ihr alter Herr hatte das ganze Personal auf den Platz geschickt, um dabei zu sein. Damals war sie gerade erst ein paar

Wochen in Chemnitz gewesen. Eine Frau, kaum älter als sie jetzt, hatte ihre Hand gegen ihren Herren erhoben und war dafür zu fünfzehn Peitschenhieben verurteilt worden. Maria hatte danach noch tagelang die Schreie der Frau in den Ohren gehabt. Zum Schluss hatten zwei Soldaten die halb bewusstlose Frau an den Armen vom Platz geschleift. Ein ähnliches Schicksal würde nun auch ihr bevorstehen, wenn sie etwas sagen oder tun würde, was ihrer Herrschaft missfallen würde. Die Drohung damals war offensichtlich gewesen. Sie durfte nichts tun!

Nein! Sie musste es einfach ertragen und schon nach diesen paar Tagen wünschte sie sich Gregor zurück. Da hatte es wenigstens nicht so wehgetan. Dazu kam nun aber auch noch die Überlegung, dass sie beim nächsten freien Tag mit Fritz nun sehr viel vorsichtiger sein musste. Bisher hatte Gregor ihr die Groschen für Elfriede gegeben, denn selbst konnte sie dieses Geld nicht verdienen, doch der neue Herr hatte ihr ja gesagt, dass er nicht für sie zahlen würde.

Schon dachte sie daran, aus dem Haus zu fliehen. Nur wohin sollte sie sich wenden? Zu Fritz natürlich! Aber was dann? Das Geld von Fritz reichte gerade mal für ihn selbst und Regina berechnete ihr nicht die Münzen für die gelegentlichen Übernachtungen in ihren Betten. Das würde dann aber wohl anstehen, wenn sie dort häufiger schlief. Und hatte sie nicht gerade erst diese Anstellung als Köchin erhalten? Zusätzlich gab es da auch ein gutes Verhältnis zu ihrer Herrin, welches sie nicht aufs Spiel setzen wollte.

Flucht und Pflichtgefühl, Angst und Mut, kämpften in ihr miteinander. Was würde am Ende siegen? Würden die Schmerzen irgendwann mal nachlassen? Sollte sie einfach warten? Worauf? Der Herr würde sein Interesse an ihr sicher nicht so schnell verlieren. Mit dem Zipfel der Schürze wischte sie sich die Tränen ab. Schon allein bei dem Gedanken an die alltägliche Gewalt und Demütigung liefen ihr diese die Wange herab!

Nachdem die Herrin die beiden Tage zuvor die ganze Zeit außer Hause war, war es schon seltsam, dass sie am dritten Tag ihr Bett nicht verlassen wollte. Sie wollte nichts und schien zu schlafen, als Maria das Zimmer leise betrat. Doch sie sah, dass sie sich unter der Decke bewegte, darum ging sie zum Bett hinüber und beugte sich über die Frau. „Herrin. Möchtet ihr ein Bad?", fragte sie und die Herrin schüttelte nur den Kopf. Leise zog sich Maria daraufhin wieder zurück.

Erst am Abend, kurz bevor der Herr nach Hause kam, kam die Gräfin angekleidet aus dem Zimmer und ging in den Speiseraum. Das war die Gelegenheit für Maria, schnell das Zimmer ordentlich zu machen. Dabei fand sie das blutige Nachthemd und dachte sich „Hat der Herr sie vielleicht erst gestern zur Frau gemacht? Vielleicht war sie deshalb nur im Bett gewesen?" Schnell legte sie ein neues Nachthemd bereit und warf das andere in ihre Kammer, um es später zu säubern. Als sie wieder in den Flur trat, kam gerade der Herr nach Hause, ging ohne ein Wort zum Speiseraum und setzte sich an den Tisch. Still betete sie dafür, dass er sie an diesem Abend in Ruhe lassen würde, obwohl er es am Morgen zu ihr gesagt hatte.

Nach dem Essen kam er zu ihr in die Küche und sagte „Am Sonntag kommt mein Oberst mit seiner Frau zu uns zu Besuch. Du solltest dir bei dem Essen besondere Mühe geben. Aber ich bin zuversichtlich, dass du das kannst." Sie machte einen Knicks „Sehr wohl gnädiger Herr, wenn ich es vermag", entgegnete sie und er strich ihr fast liebevoll über die Wange. Diese unverhofft zärtliche

Berührung ließ sie fast zurückzucken. „Gnädiger Herr. Kann ich morgen meinen freien Tag nehmen?", fragte sie, durch die unerwarteten Geste ermutigt und der offensichtlichen guten Laune des Herrn. „Frage die Herrin", antwortete er und wendete sich zur Tür. Dann drehte er sich noch einmal zu ihr zurück „Ach übrigens", begann er und setzte hinzu, „Du brauchst nicht in mein Zimmer zu kommen. Ich werde bei der Gräfin für die Nacht bleiben." Danach ging er und Maria bedankte sich, dass ihr Gebet so gut geholfen hatte.

Schnell machte sie zwei Teller für sich und Johann fertig und dann aßen sie die Reste, bevor von ihr die Küche sauber gemacht wurde. Wieder zurück in ihrem Zimmer weichte sie das Nachthemd der Herrin ein und ging noch einmal schnell zu ihr. Sie fragte, ob sie ihren freien Tag bekommen konnte. Da die Herrin aber unentschlossen war, sagte Maria, dass sie den Herrn schon gefragt hatte und schließlich erlaubte es die Herrin.

Als Maria den Raum verlassen wollte, trat der Herr ein und sie machte schnell einen Knicks, bevor sie sich zurückzog und in ihr Bett ging. Die Aufregung ließ sie lange nicht schlafen. Am nächsten Tag würde sie Fritz endlich wieder sehen und sie musste sich ja auch noch ein gutes Essen für die Frau Oberst ausdenken. Vielleicht half da wieder ein Rezept aus dem Buch. Sie hörte Geräusche aus dem Nachbarzimmer und verschloss schnell ihre Ohren. Es fehlte noch, dass sie ihre Herrschaft belauschen würde!

Maria zwang sich, zu schlafen, denn falls es sich der Herr noch einmal überlegte, so würde er sie vielleicht nicht wecken. Aber die Angst davor wich nur sehr langsam. Schließlich schöpfte sie neuen Mut und freute sich auf ihren Freund. Mit einem Lächeln im Gesicht schlief sie ein.

27. Kapitel

Glückauf!

Da stand sie nun mitten in der Halle. Die Lokomotive glänzte und funkelte. Tage- und nächtelang hatten sie in den letzten zwei Wochen daran geschraubt, poliert und lackiert. Selbst das Weihnachtsfest war dabei ausgefallen, doch sie hatten sich ja alle vorgenommen, mit dem neuen Jahr die Lokomotive fertigzustellen. Und sie hatten es geschafft! Morgen, am Mittwoch, dem 5. Januar 1848, sollte sie nun getauft werden. Viele Gäste wurden erwartet, denn es wäre ja die erste Lok, die dieses Werk verlassen würde. Besonders der Direktor ging schon die ganze Zeit um seine Lok herum. Fast liebevoll streichelte Herr Hartmann sie. Seit Jahren hatte er nun schon daran gebaut und jetzt war sie bereit. Auch die Ingenieure ließen keinen Blick von der Maschine. Am Abend bedeckten sie die ganze Lok mit einem großen weißen Tuch, das extra dafür angefertigt worden war.

Heinrich ließ noch einen letzten Blick durch die Halle gehen. Vor ein paar Tagen war er vom Meister zum Vorarbeiter ernannt worden. Diese große Ehre war natürlich auch mit ein paar Münzen mehr am Ende der Woche versehen. Dafür hatte er aber auch mehr Verantwortung für alles, was hier so geschah. Dementsprechend hatte er nun auch seine Augen überall zu haben. Zusammen mit dem Meister löschte er die Lichter, verschloss die Halle und ging dann alleine zu seinem Freund Fritz in die Schmiedehalle hinüber. Nun konnte er sein Versprechen wahr machen und den Freund in die Lokhalle holen. Ein langes Gespräch entstand, in dem er erst lange seinen Freund überzeugen musste. Doch schließlich sagte Fritz zu und sie gingen gemeinsam in die Schänke hinüber. Es wurde ein langer Abend und eine kurze Nacht.

Am nächsten Morgen war Heinrich einer der wenigen Arbeiter, die in die Halle durften. Die Aufregung war groß und die ersten Gäste trafen nach und nach ein. Alle Maschinen waren abgedeckt worden, damit sich die feinen Herren nicht an den Arbeitsgeräten stören konnten, sondern nur die Lokomotive in der Mitte des Raumes im Blick hatten, auch wenn sie noch unter der Abdeckung ruhte. Vermutlich war dies gemacht worden, um die Spannung vor der Enthüllung noch zu steigern.

Nachdem alle Gäste eingetroffen waren, begann Direktor Hartmann eine Rede zu halten „Als ich im Jahr 1846 die Lokomotivbauanstalt gegründet habe, da habe ich genau von diesem Moment geträumt. Nun steht sie hier vor mir: meine erste Lokomotive. Ohne die Unterstützung der sächsischen Staatsregierung, die mir auch diesen mehr als großzügigen Kredit gewährt hat, hätte ich es aber vermutlich nicht geschafft. Ich bin stolz, diese Lok auf den Namen Glückauf taufen zu können und sie in den Dienst der gerade erst gegründeten königlich Sächsischen Staatseisenbahn stellen zu dürfen." Nun zog seine Frau das Tuch an einer Schnur zur Seite und gab damit dieses Wunderwerk den Blicken der Anwesenden frei.

Den Namen „Glückauf" hatte die Regierung festgelegt und nach bewundernden Ausrufen gingen nun die Herren nach vorn, um die Lokomotive zu begutachten. Wenn die Probefahrt ein Erfolg werden würde, woran im Moment niemand in dieser Halle zweifelte, obwohl sie sich bisher noch keine Handbreit bewegt hatte, dann würde sich Direktor Richard Hartmann sicher einen guten Namen im Bau von Lokomotiven machen. Dann würde er bestimmt zum Haus- und Hoflieferant der im Vorjahr erst gegründeten Sächsischen Eisenbahnen werden. Schließlich gab es in Sachsen ja nur ihn und den Herrn Rabenstein, die Lokomotiven fertigen konnten und mit dieser neuen Dampfmaschine auf Rädern hatte er den Konkurrenten weit hinter sich gelassen.

Das ein Teil dieser Leistung auf den Konkurrenten zurückging, wie auch immer Herr Hartmann in den Besitz der Pläne gekommen war, das spielte keine Rolle, denn der wesentliche Teil der Lok, der Kessel, war ganz alleine ihre Erfindung. Er konnte dem dreifachen Druck der anderen Lokomotiven aushalten. Das hatten ihre Tests ja bewiesen. Nur gefahren war sie noch nicht.

Von allen Seiten wurde die Lokomotive bestaunt. Einige der Männer legten sich sogar unter sie, um von unten zu sehen, wie die Maschine gebaut war. Nachdem alle wieder gegangen waren, fragte Heinrich den Direktor, wie sie die Lok denn nun nach Leipzig bringen wollten, wo die Erprobung beginnen sollte. Da ja Chemnitz noch keine Eisenbahnanbindung besaß, würden sie die schwere Lokomotive nicht auf ein Gleis setzen und dorthin fahren lassen können.

Der Direktor legte Heinrich die Hand auf die Schulter und sagte ruhig „Bis es in ein paar Jahren so weit sein wird, und vielleicht sogar die Halle hier einen Eisenbahnanschluss erhält, müssen wir sie eben wieder in ihre Einzelteile zerlegen und mittels Pferdetransporten auf der Straße nach Leipzig bringen." Dabei lächelte er die Lok an und strich fast liebevoll über das lackierte Blech. Offensichtlich hatte er sich schon viele Gedanken darüber gemacht und auch wenn es irgendwie komisch war, die Lok erst zusammenzubauen, um sie dann wieder zu zerlegen, war das vermutlich der beste Weg. Er zog seine Hand über den Kessel, bevor er die Halle verließ. An diesem Stück Eisen hing nun die Zukunft dieser Fabrik und auch seine. Nur wenn sich die Lok bewähren würde, dann hätten sie Erfolg.

In den nächsten zwei Wochen zerlegten sie die Lok wieder in ihre Einzelteile und verpackten die Teile für den Transport. Das schwerste Teil war der Kessel und den konnten sie nicht einfach so zerlegen. Der musste als Ganzes und möglichst unbeschädigt sein Ziel erreichen.

Die Pferdefuhrwerke wurden zum Schluss in die Halle geschoben und anschließend beladen. Auch hier war das sichere Verladen des Kessels die komplizierteste Aufgabe. Mittels ein paar Flaschenzügen vom Hallendach aus, hoben sie das schwere Eisenstück vorsichtig an und schoben dann den Wagen unter die schwebende Last. Langsam senkte sich der Kessel auf die Polsterung, bis er sicher verschnürt befestigt war.

Ein Wagen neben dem anderen füllte nun die Halle und wartete darauf, dass die Teile auf den Weg gingen. Eine Gruppe von Monteuren würde die Lok begleiten, um sie dann in Leipzig auf dem Gleis stehend wieder zusammen zu setzen. Auch Heinrich würde die Gruppe begleiten dürfen. Bisher war er noch nie so weit nach Norden gefahren und er freute sich schon darauf, die Glückauf dort unter Dampf fahren zu sehen. Natürlich freute er sich auch auf die anderen Lokomotiven in Leipzig. Vielleicht konnte er ja bei der Erprobung sogar mit der Lok mitfahren.

28. Kapitel

Schwarzer Schnee

Das neue Jahr hatte begonnen und Maria hatte sich in der neuen Umgebung eingelebt. Zwar fehlte ihr die Freundin, aber die regelmäßigen Treffen mit Fritz entschädigten sie dafür. Zum Jahresende hatte sie von ihrer Herrin überraschend eine größere Summe an Münzen erhalten, die auch genau im rechten Moment kamen. Zusammen mit dem gesparten Geld reichte es genau für einen Besuch bei Elfriede. Die Treffen mit Fritz waren nun mal nicht ohne Folgen geblieben und wie hätte sie ihre Bitte nach dem Geld bei der Herrin, oder noch schlimmer: bei dem Herrn, begründen können? Unverheiratet schwanger! Sie hätte sofort ihre Sachen packen und gehen können. Zwar heiratete auch in dem Arbeitsviertel keiner, aber das war ja irgendwie anders. Sie war hier nur Magd. Wie hätte sie ihre Pflichten in dem Haushalt mit einem Kind erfüllen können?

Mittlerweile kannte sie sich in dem Viertel gut aus. Sie wusste, wo sie sich aufhalten konnte und wo besser nicht. Fritz hatte ihr alles genau erklärt. Ein neuer freier Tag und Maria war auf dem altbekannten Weg. Vorsichtig setzte sie die Schritte in den Schnee. Überall im Stadtgebiet hatte es geschneit. Nicht viel an jedem Tag, aber der Schnee war als dicke Decke überall liegen geblieben.

Die Kinder in den reicheren Vierteln spielten in diesem Schnee. Dick eingepackt liefen die kleinen Jungen in den Parks umher. Als Maria danach in das Armenviertel ging, wo die Arbeiter wohnten, so änderte sich auch der Schnee. Er lag auch dort, aber er war von einer dicken Rußschicht durchzogen, wodurch der Schnee dort im besten Falle schmutzig grau aussah. Im schlimmsten Falle, direkt vor den Fabriken, war er schwarz vom Ruß, der

132

sich noch in der Luft mit dem Schnee vermischte und somit in dicken schwarzen Flocken zu Boden fiel.

Es schien ihr, als wenn Maria bei ihrem Weg durch die Stadt durch einen Schleier ging, hier war der Schnee noch weiß und ein paar Schritte weiter fiel schwarzer Schnee von oben auf sie herunter. Er blieb auf ihrem Mantel liegen und jeder Versuch, ihn von dort wegzuwischen, ließ den Ruß auf ihrer Kleidung zurück. Man sah praktisch sofort, wer in dem Arbeiterviertel gewesen war, selbst wenn er danach in die reicheren Gegenden zurückging.

Dick in ihren Mantel gehüllt, ein Tuch um den Kopf geschlungen, stand Maria wenig später in der Schlange der Mädchen und wartete in der Kälte darauf, dass sie von Elfriede eingelassen wurde. In der Ecke brannte in einer Tonne etwas Holz, woran sich die Frauen die Hände aufwärmen konnten. Dort kam sie mit den anderen Mägden in ein Gespräch und rings um sie herum fiel der schwarze Schnee, so als wolle er um die vielen Kinder trauern, die hier ein frühes Ende fanden. Eines der Mädchen, die vor Maria an der Reihe waren, erzählte ihr, dass sie auch gerade erst sechzehn geworden war und vom Sohn ihres Herrn geschwängert wurde.

Nach einer Weile rief Elfriede das Mädchen herein, doch sie erschien schon wenig später und lief weinend fort. Nun war Maria an der Reihe und fragte zuerst nach, warum das Mädchen so schnell wieder herausgekommen war. „Weißt du Schätzchen", begann die alte Frau, „Sie hat einfach zu lange gewartet. Der Bauch war schon zu fühlen und ich muss mich vorsehen", setzte sie hinzu. „Warum denn das?", fragte Maria verwundert nach. „Wenn ihr zu lange wartet, so kann das vom Richter als Mord gewertet werden. Wenn mich dann jemand anzeigt, dann kann es mir schlecht ergehen. Ich möchte ja nicht am Galgen enden", beschloss sie ihre Rede und zeigte mit der Hand auf den altvertrauten Platz.

Eine Stunde später war Maria auf dem Weg zur Fabrik, wo sie ihren Freund am Tor in Empfang nehmen wollte. Immer noch fiel der Schnee rund um sie herum und sie musste an die Worte von Elfriede denken. So hatte sie das Ganze noch gar nicht gesehen. Vielleicht war das aber auch der Grund, warum bei der alten Frau, trotz des eher ruppigen Umganges, so wenige Frauen zu Schaden kamen. Andere machten sich da sicherlich keine Gedanken darum und vielleicht starben daher bei ihnen auch so viele Frauen. Cornelia hatte ihr einmal erzählt, dass es bei den anderen Frauen bei jeder zweiten Abtreibung zu Komplikationen kommen konnte. Bei ihr hatte Elfriede nun schon sieben Mal Hand angelegt und jedes Mal war alles gut gegangen.

Allerdings war nun das gesparte Geld alle. Grübelnd stapfte sie durch den Schnee. Was sollte sie beim nächsten Mal machen? Sollte sie nun enthaltsam wie eine Nonne leben? Dazu liebte sie Fritz viel zu sehr und das Gefühl, wenn sie bei ihm lag, das war einfach viel zu schön, als dass sie darauf verzichten wollte. In den nächsten Tagen war erst mal keine Gefahr, schwanger zu werden. Die Wirkung der „Behandlung" hielt bis zu zwei Wochen an, hatte Elfriede mal gesagt. Doch was war dann?

Vor dem Fabriktor angekommen, trat Maria von einem Bein auf das andere und versuchte sich irgendwie warmzuhalten. Da sie ja wieder, wegen der Behandlung, keinen Unterrock angezogen hatte, begann sie zu frieren. Sie wünschte sie sich den glühenden Behälter mit den Holzscheiten hierher, an dem sie sich die Hände wärmen konnte. Die hatte sie weit in die Ärmel geschoben und dann die Arme um den Körper gezogen. Allerdings zog die kalte

134

Luft von unten unter dem Rock nach oben. Die dicken Strümpfe halfen auch etwas und zusätzlich hatte sie von ihrer Herrin festes Schuhwerk erhalten. Die halbhohen Schnürstiefel passten perfekt und waren bequem. Fast mitleidig sah sie zu den anderen Frauen, die mit Holzschuhen und ohne Strümpfe an ihr vorbei eilten.

Mit einem Blick auf die Stiefel gingen ihre Gedanken zu ihrer Herrin, die jetzt sicher zu Hause saß. Es war irgendwie etwas Komisches passiert. Vor einigen Tagen war die Herrin auf sie zu gekommen, hatte ihr die Hand hingehalten und gesagt „Lass uns Freundinnen sein. Ich bin Clara!" Fast war Maria zurückgezuckt. Das war so eine ungeheuerliche Vorstellung gewesen. Schließlich war sie doch die Herrin! Da konnte man doch nicht befreundet sein! Nur zögerlich und erst nach zwei weiteren Aufforderungen hatte sie die Hand ergriffen. Aber ging das? Sie war doch nur die Magd!

Immer noch schüttelte sie unmerklich den Kopf bei dem Gedanken daran. Das ging einfach nicht. Wenn die Herrin es so sehen wollte, dann bitteschön, aber von ihr aus war es immer noch ganz klar: Die Gräfin war ihre Herrin und keine Freundin. Cornelia war eine Freundin gewesen. Da war es auch einfach gewesen, denn sie waren beide Mägde. Hier sah die Sache anders aus!

Endlich ertönte die Sirene und sie sah Fritz, der das Tor der Fabrik durchschritt. Die Herrin war vergessen! Maria rannte auf ihn zu und umarmte ihn. Für die nächsten Stunden war erst mal alles andere vergessen. Nun gehörte die Zeit ihrem Geliebten. Hand in Hand liefen sie zu Reginas Wohnung, wo sie sich erst mal einen warmen Malzkaffee genehmigen würde.

29. Kapitel

Dampffahnen

Am 7. Februar 1848, vier Wochen nach der Taufe, kamen die Pferde und die Dampflokomotive mit dem Namen „Glückauf" verließ dann endlich, auf mehreren mit diesen Pferden bespannten Fuhrwerken, die Werkhalle. Heinrich saß auf dem Bock des Wagens, der den Kessel transportierte. Von acht Pferden gezogen setzte sich das schwere Gefährt langsam in Bewegung. Man hätte auch ohne Probleme nebenher laufen können. Der Atem der Zugtiere zog als Dampffahnen herauf, so wie in ein paar Tagen die Lokomotive mit Dampf auf ihre Probefahrt gehen würde.

Der Weg war lang und die Wagen konnten mit ihrer schweren Last nur sehr langsam fahren. Am liebsten wäre Heinrich ausgestiegen und hätte geschoben, aber er musste sich in Geduld fassen. Auch wenn er es kaum erwarten konnte, die Lok endlich fahren zu sehen. Viel zu gespannt war er darauf.

Nach fast vier Tagen waren sie dann endlich in Leipzig angekommen. In der Nähe des bayerischen Bahnhofs, dessen Empfangshalle sie von dem Platz aus sehen konnten, hatten sie ein Abstellgleis am Lokschuppen bekommen. Auch ein Kran stand dort schon für sie bereit. Stück für Stück, nach einem ausgeklügelten Plan, wurde die Lok wieder zusammengesetzt.

Einige Tage später war sie fertig montiert und wartete auf ihren Einsatz. Schon während der Montage hatte Heinrich immer wieder zum Gleis hinübergeschaut, wo die anderen Lokomotiven mit den Wagen der Sächsisch-Bayerischen Eisenbahn-Compagnie sich auf den Weg nach Reichenbach machten, oder von dort ankamen. Prüfend gingen die Ingenieure noch einmal um die Lok herum, bis eine andere Lok sie holte und zur Befüllung zog. Nun wurde der Kessel mit Wasser befüllt und der Tender mit der Kohle angehängt. Die andere Lok wurde abgekoppelt und einer der Männer entzündete das Feuer. Die erste Schaufel übernahm Heinrich, danach übergab er die Schaufel feierlich an den Heizer der Staatsbahn. Einer der Ingenieure erklärte den Männern die Funktion und würde dann auch mit auf die erste Probefahrt gehen.

Leider durfte Heinrich da nicht mit, aber es war trotzdem ein erhebender Moment, als sich die so lange montierte Lokomotive dann endlich schnaufend und qualmend in Bewegung setzte. Immer schneller wurde sie, bis sie auf das Hauptgleis fuhr und ohne Wagen so schnell dahin sauste, dass die Männer nur noch hinterher jubeln konnten. Es war vollbracht! „Alle Zeit gute Fahrt!", schrie Heinrich der Lok hinterher und mit einem Pfiff quittierte die Lokomotive diesen Wunsch.

Einer der Arbeiter des Bahnhofes erzählte Heinrich, dass die Züge, die von dem anderen Bahnhof nach Dresden, in die Hauptstadt, fuhren, diese in nicht einmal vier Stunden erreichen konnten. Sie hatten für die genauso lange Strecke von Chemnitz bis hier her ganze vier Tage gebraucht! Das war schon ein großer Unterschied. Die Lok war aber schon nach einer Stunde zurück und wurde wieder zu ihnen an das Gleis gebracht. Nun wurden noch einmal alle Schrauben kontrolliert und alle Lager mit Fett geschmiert. Der nächste Test sollte mit einem Wagen und etwas mehr Last stattfinden. Da man die Probefahrt nicht mit Passagieren machen wollte, so wurden einfach die Montagearbeiter auf den Wagen gesetzt.

Heinrich setzte sich ganz nach vorn. So hatte er nur noch den Tender mit der Kohle zwischen sich und der Lok. Mit einem Ruck begann seine erste Bahnfahrt. Es war schon irgendwie komisch, die Arbeiter in den sonst nur von gutbetuchten Passagieren benutztem Wagen zu sehen. Die Polster der Sitze waren vorsorglich mit Tüchern bedeckt worden, damit sie durch die Arbeitskleidung nicht beschmutzt werden konnten. Zuerst fuhr die Lok mit Tender und Wagen nur langsam, doch dann beschleunigte sie auf das maximal zulässige Tempo.

Das normale Tempo, mit dem die Passagiere sonst so fuhren, war zwar immer noch langsamer als ein Pferd, das neben ihnen her ritt, aber es war schon sehr viel schneller, als die schwer beladenen Wagen gefahren waren, mit denen sie nach Leipzig gekommen waren. Da es im Fahrtwind schon wenig später ziemlich kalt auf dem offenen Wagen wurde, wickelten sich die Arbeiter in die Abdeckungen der Polster ein. Nur Heinrich war aufgestanden und sah nach vorn. Dabei hielt er sich an der Bordwand fest und schaute auf den Qualm, den der kurze Schornstein nur knapp über ihren Köpfen entließ. Er sah auch die Dampfwolken, die aus den Kolben an der Seite in die kalte Winterluft aufstiegen.

Der kurze Zug zischte in Richtung Süden davon und folgte einem Zug, der vor ihnen auf der Strecke fuhr. Die schneebedeckte Landschaft flog nur so an ihrer Seite vorbei. Schon lange hatte sich Heinrich gewünscht, eine Fahrt mit der Eisenbahn unternehmen zu können und nun tat sich ihm diese Gelegenheit auf, ohne dass er dafür bezahlen musste.

Nach einer Weile kam auf der rechten Seite ein Zug entgegen, der sie pfeifend passierte. Dies war für alle Passagiere in beiden Zügen ein Schauspiel. Der andere Zug hatte aber geschlossene

Wagen, wodurch die Reisenden dort etwas mehr vor der Kälte geschützt waren. Zehn Wagen hingen an der anderen Lok, die schnaufend und natürlich viel langsamer an ihnen vorbei zog. Dann überquerten sie eine Brücke und fuhren in den Bahnhof Altenburg ein, wo Kohle und Wasser nachgetankt wurde. In dieser Zeit konnten sich die Monteure die steif gefrorenen Glieder neben der Lok vertreten.

Danach rangierte die Lok und stand schon wenig später in der anderen Richtung wieder bereit, ihre Fahrgäste zurück nach Leipzig zu bringen. Die meisten von ihnen hatten sich jetzt zusätzliche Decken organisiert, damit sie etwas wärmer auf dem offenen Wagen saßen. Schnell hatte jeder seinen Platz eingenommen und die Lok verließ den Bahnhof wieder. Schnaufend, und dunkle Qualmwolken hinter sich lassend, jagte die Lokomotive wieder zurück nach Leipzig. Dabei schien sie nun noch schneller zu fahren, als zuvor. Diese schnellere Fahrt drückte den Dampf aus den Kolben direkt zum Boden herab und es sah nun aus, als ob der Zug auf diesem Dampf dahin schwebte. Von Ferne musste das sicher seltsam aussehen, denn die Räder waren sicherlich nicht zu sehen.

Da der kleine Zug nicht auf allen Bahnhöfen warten musste, hatte er den vor sich fahrenden Zug schon bald eingeholt und dampfte nun viel gemächlicher hinter dem Zug her. Vor dem Bahnhof Leipzig bog er vom Hauptgleis ab und dampfte nun im Schritttempo zum Lokschuppen hinüber, wo der Wagen abgekoppelt wurde und die Arbeiter ausstiegen. Die Probefahrt war erfolgreich abgeschlossen worden und die Arbeiter jubelten sich gegenseitig zu. Auch Heinrich war stolz auf ihre Arbeit. Nun würden weitere Erprobungsfahren folgen, doch die Monteure brachen wieder auf, um mit den Fuhrwerken nach Chemnitz zu fahren. Die nächste Lok musste gebaut werden.

30. Kapitel

Frauendinge

Was hatte sie sich von dieser Ehe versprochen? Sicherlich nicht das, was sie nun hatte! Clara war todunglücklich in dieser Beziehung, aber es fragte sie niemand danach. Ging es vielleicht allen Frauen so? Mitunter brachte Peter am Sonntag Offizierskameraden mit ihren Frauen zu Besuch, die dann bei ihnen zum Essen blieben. Immer wenn sie in die Gesichter der Frauen sah, dann sah sie darin nicht den Kummer, den sie selbst jeden Tag fühlte. Doch auch sie tat ja an diesen Tagen so, als ob alles in Ordnung wäre, obwohl es das ja nicht war. Es konnte ja leicht möglich sein, dass es den anderen Frauen auch so ging und sich jeder nicht gegenseitig den eigenen Kummer eingestehen wollten. Warum nur hatte sie ausgerechnet an einen Soldaten kommen müssen? Der einzige Kuss, den sie in den letzten Monaten erhalten hatte, das war der in der Kirche an ihrem Hochzeitstag gewesen. Die lieben Worte konnte sie an den Fingern einer Hand abzählen!

Dieser Mann wusste gar nicht, was er mit einer Frau sollte. Er brauchte einen Befehlsempfänger, einen Soldaten. Jemanden, der alles machte, was er sagte. Aber so jemand war Clara nun mal nicht. Sie hatte in der Zeit ihrer Kindheit einen starken Willen ausgeprägt und dieser machte ihr nun natürlich das Leben schwer. Oder war es nur die Reaktion ihres Mannes auf diesen Willen, der ihr so viele Schmerzen bereitete?

Für sie gab es nur die Wahl zwischen der Gerte, bei der Missachtung seiner Weisungen, und seiner lieblosen Zuwendungen, wenn sie ihm nachkam. Er schlug sie so, dass es auf ihrem angezogenen Körper keine Spuren hinterließ, also meist auf den Hin-

140

tern. All dies sorgte dafür, dass sie sich der einzigen Frau in diesem Haushalt, ihrer Zofe Maria, immer näher fühlte. Da entstand so etwas wie eine Freundschaft zu dieser Frau.

Manchmal saßen sie einfach am Tag in dem Empfangszimmer und unterhielten sich, während die Magd Handarbeiten machte. Es tat gut, sich einfach mal auszutauschen und Maria würde Peter sicher auch nichts von diesen Gesprächen verraten, die sie so führten. Sie war so schrecklich einsam. Nur manchmal kamen ihre Freundinnen zu Besuch und Maria versorgte sie dann immer mit dem köstlichen Apfelkuchen, den Clara schon in der elterlichen Villa so geliebt hatte.

Da sie ja ihre getragenen Sachen an die Magd weitergab, und diese die Kleidung auch gern anzog, wollte Clara eines Tages ihr auch eine ihrer Unterhose geben. Es war eine schicke Hose mit Rüschen an den Beinen und nach dem neusten Pariser Schick geschnitten. Doch Maria zuckte fast davor zurück. Sie wehrte ab und sagte „Nein gnädige Herrin! Ich bin eine Frau und Frauen dürfen keine Hosen tragen. Nur Röcke oder Kleider sind mir erlaubt." Clara wollte nicht weiter auf die Magd einreden und ließ damit von ihrem Vorhaben ab, aber die Worte der Freundin sorgten dafür, dass sie zu Überlegen begann.

Noch nie hatte sie sich Gedanken darüber gemacht, was Frauen duften und was nicht. Sie hatte einfach gemacht, was sie wollte und was ihr Spaß machte! Vielleicht war das auch ein Teil des Problems, dass sie mit Peter hatte. Sie hatte nie gelernt, sich jemanden unterzuordnen. Schon als Kind hatte sie Hosen getragen, wenn sie mit Gregor reiten gegangen war. Wie ein Junge hatte sie im Sattel gesessen und sich nichts dabei gedacht. Die Blicke der anderen Frauen hatte sie einfach ignoriert.

Und nun? Nun sollte sie sich wie eine feine Dame benehmen! Dabei hatte sie keine Ahnung, wie das ging. Auch in der Ehe hatte sie das bisher noch nicht gelernt. Wie auch! Peter hatte nur gesagt „Frage mich!" und wenn sie es nicht tat, oder es vergaß, dann setzte es Hiebe. Nachdem die Zofe das Zimmer verlassen hatte, knüllte sie das Kleidungsstück zusammen und warf es in die Zimmerecke. Vielleicht sollte sie sich Peter gegenüber so verhalten, wie es die Magd machte? Ein Knicks und „Sehr wohl, gnädiger Herr", „Natürlich, gnädiger Herr" und „Wie der gnädige Herr es wünschen." Nein! Das konnte sie nicht! Warum konnte sie nicht so bleiben, wie sie war? Warum konnte das Peter nicht einfach akzeptieren? War das nun wieder ihr Trotzkopf, der ihr schon so viele Hiebe eingebracht hatte? Peter brauchte einen Befehlsempfänger! Jemanden, der vor ihm salutierte und brüllte „Jawohl Herr Major!"

Aber sie war nun mal eine Frau. Clara sah zum offenen Schrank und schob die zweite Tür auf. Darin hingen die schönsten Kleider. Die wollten doch getragen werden! Bisher hatte sie sich, aus Angst vor der Gerte, im Haus eingeschlossen. Ein selbstgewähltes Gefängnis, wenn man so wollte. Sehnsüchtig strich sie mit den Fingern über die Kleider. Einige davon waren sogar aus Paris! Ein paar auch aus England. Kleider mit Spitze und bunt bestickte. Eine Pelerine, ein Mantel.

Sogar ein Reitkleid war darunter und sie fragte sich, wie das wohl hier in den Schrank gekommen war? Noch nie hatte sie in einem Kleid auf einem Pferd gesessen. Sicher hatte es die Mutter heimlich unter ihre Sachen geschmuggelt. Und da hing auch, ganz hinten im Schrank, die alte Reithose von Gregor. Wieder fielen ihr die Worte der Magd ein. Warum durften Frauen keine Hosen tragen? Und überhaupt! Warum war es so etwas anderes, wenn man eine Frau war? Noch nie hatte sie sich darüber solche Gedanken gemacht, wie seit ihrer Eheschließung. Was waren denn Frauendinge und was Männerdinge? Sie dachte an Johann und Maria. Beide waren Diener. Und während Maria den ganzen Tag durch die Wohnung wirbelte, sauber machte, nähte und kochte, machte Johann...? Ja was machte er überhaupt? Er verschwand früh, nachdem Peter das Haus verlassen hatte, in seinem Zimmer und kam dort erst wieder heraus, wenn der „Hausherr" die Wohnung am Abend wieder betrat.

Wenn das Maria so machen würde, dann würde Peter sie sicher verprügeln oder aus dem Haus werfen. Oder beides! Warum behandelte er einen Diener anders, als eine Magd? Warum behandelte er sie so anders, als seinen Diener? Sie nahm sich die Hose aus dem Schrank, legte den Rock ab und zog die Beinkleider an. Dann drehte sie sich vor dem Spiegel. Sie war sehr schlank und wenn der lange Zopf nicht gewesen wäre, so hätte man sie ohne weiteres, aus der Ferne, für einen Mann halten können.

Es klopfte und Maria trat ein. „Herrin! Nicht! Wenn das der Herr sieht!", sagte die Magd entsetzt. „Warum dürfen Frauen keine Hosen tragen?", antwortete ihr Clara zornig. Nun war sie fest entschlossen, zum Reiten zu gehen. In einer Hose! Und die Hiebe, die sie am Abend sicherlich dafür erhalten würde, die waren ihr im Moment völlig egal.

31. Kapitel

Eine verhängnisvolle Bitte

Und wieder kam es, wie es Maria schon lange befürchtet hatte. Sie würde sich in den nächsten Tagen wieder zu Elfriede auf den Weg machen müssen. Allerdings hatte sie in den letzten Wochen nur zwei Groschen zurücklegen können! Dafür würde die alte Frau noch nicht einmal die Hand aufhalten. In der letzten Zeit war sie oft mit Fritz ausgegangen und das hatte den Wochenlohn verschlungen, obwohl sie sonst eigentlich sehr sparsam lebte. Grübelnd sah Maria aus dem Fenster. Was sollte sie tun? Den Herrn brauchte sie nicht um die Münzen zu bitten. Zu deutlich hatte sie die Warnung noch im Ohr. Fritz war genauso reich, oder arm, wie sie selbst. Wer konnte ihr den sonst noch helfen?

Beim letzten Mal hatte das Geld, welches ihr die Herrin zum Weihnachtsfest gegeben hatte, noch genügt. Aber diesmal? Sie konnte das Kind aber auch nicht bekommen. Was sollte sonst werden? Sie hätte ihre Stellung bei der Herrin sofort verloren und würde dann schwanger auf der Straße stehen. Fritz hatte auch nicht so viel Geld, um sie und das Kind zu ernähren. Es blieb also nur der Weg zu Elfriede und dafür würde sie, wohl oder übel, die Herrin um das Geld bitten müssen, aber sie schämte sich zu sehr dafür.

Maria hob den Blick und sah durch das Fenster auf die schwarzen Wolken über den Schornsteinen. Dort irgendwo war Elfriede. Von den Mägden nahm die Frau immer einen Vereinstaler. Das waren 30 Groschen. Maria griff in ihren Schrank und zählte nach. Das war schnell erledigt, denn sie hatte nur zwei! Damit fehlten ihr also noch 28! Eine Summe, die Maria niemals in den nächsten Monaten zusammen bekommen konnte. Und in ein paar Wochen würde ihr Zustand nicht mehr zu verbergen sein. Weiter erinnerte sie sich an das Gespräch mit der Frau, in dem Elfriede ja gesagt hatte, dass sie nur helfen konnte, wenn man nicht zu lange wartete. Noch traute sie sich nicht, die Herrin zu bitten.

Es wurde Anfang März und der nächste freie Tag kam immer näher. Maria schob die Frage nach dem Geld immer weiter vor sich her, bis sie keine Chance zu weiteren Ausflüchten mehr hatte. Am nächsten Tag musste es passieren! Da sie die Herrin noch extra gnädig stimmen wollte, machte sie sich daran, einen besonders leckeren Kuchen zu backen. Eine Eierschecke nach dem Rezept ihrer Großmutter! Wer die gegessen hatte, der konnte ihr keinen Wunsch mehr abschlagen. So war zumindest der Plan der Magd. Nachdem die Herrin das fünfte Stück verspeist hatte, begann Maria herumzudrucksen.

„Gnädige Herrin. Ich brauche einen Vereinstaler. Könntet ihr mir bitte das Geld borgen?", bat sie inständig. Der Herrin wäre dabei fast die Gabel aus der Hand gefallen. „Wozu brauchst du denn so viel Geld? Habe ich dir nicht erst zu Weihnachten einen geschenkt?", fragte sie und nun musste Maria wohl oder übel mit der Sprache rausrücken. Sie begann zuerst unverfänglich von ihrem Freund zu reden und nach ein paar Erklärungen endete das Gespräch bei Elfriede, woraufhin die Herrin noch mehr entsetzt war. Worüber nun genau, das konnte Maria nicht sagen. Entweder darüber, dass sie schon wusste, wo die Frau wohnte, oder darüber, dass sie da überhaupt etwas darüber wusste. Jedenfalls dauerte es eine weitere peinliche Stunde der Erklärungen und der einsetzenden Gesichtsröte, bis die Herrin ihr die Münze dann endlich gab.

Erleichtert drehte Maria die silberne Münze in der Hand. Auf der Seite war „GOTT SEGNE SACHSEN" eingeprägt, aber war das nicht ein eher Gott nicht so gefälliges Werk, das mit dieser Münze bezahlt werden sollte? Sie bedankte sich, steckte die Münze ein und im selben Moment sagte die Herrin „Aber ich werde dich begleiten! Ich will sehen, was mit meinem Geld passiert!"

Entsetzt entgegnete Maria „Nein Herrin! Nicht! Das ist keine Gegend für euch!" Doch trotz allem Reden ließ sich die Frau Gräfin nicht umstimmen. Schließlich blieb Maria nichts anderes übrig, als einzulenken, wenn sie die Münze nicht wieder verlieren wollte. „Aber zieht euch bitte einfache Kleidung an", bat sie nur noch die Herrin, was diese, in Anbetracht der Gegend, in der ihr Ziel lag, auch zusagte.

Am nächsten Morgen, nachdem der Herr das Haus verlassen hatte, zog sich die Herrin ein schlichtes Kleid und einen einfachen Mantel an. Gemeinsam machten sie sich auf den Weg, der ihr ja schon wohlvertraut war. Je näher sie dem dunklen Stadtviertel kamen, umso verschlossener wurde die Herrin. Sie flüsterte nur etwas von „Rußchemnitz", denn so nannten die Einheimischen dieses verrußte Viertel und Maria fragte sich schon in Gedanken, woher die Herrin diesen Begriff wohl kannte. Bisher hatte sie sicherlich noch nie einen Fuß in dieses Viertel gesetzt.

Nun schien sich sogar der Himmel über ihnen zu verdunkeln. Und das, wo es doch eigentlich noch früh am Tag war. Maria war ja besonders früh losgegangen, damit sie sich hinterher noch mit Fritz treffen konnte. Ob das dann noch ging, das war fraglich, denn sie würde ja die Herrin zuerst wieder sicher nach Hause geleiten müssen. Die Magd zog sich ihren wärmenden Mantel enger um die Schultern.

Erfahren schlängelte sich Maria durch die dunklen Gassen und die Herrin rückte immer näher an sie heran. Sicherlich wollte sie nun lieber wieder zurück, doch dann würde Maria eine weitere Woche warten müssen. „Sie wollte ja unbedingt mit!", beruhigte sie sich in Gedanken für ihr fast Rücksichtloses Tun. Dann waren sie endlich bei Elfriede angekommen. Vor deren Tür wartete nur ein Mädchen vor ihnen, das auch noch gerade hineingerufen wurde. Nach ihnen kamen aber schon drei weitere junge Frauen. „Ist das immer solch ein Andrang hier?", fragte die Herrin leise. „Das geht heute noch", beschwichtigte sie Maria und wartete.

Nach der obligatorischen Stunde wurde auch sie hineingerufen und die Herrin fragte „Darf ich zusehen?" Elfriede sah sie genauso entsetzt an, wie es Maria tat. „Zusehen?", fragte sie beide fast gleichzeitig und die Herrin nickte. „Na gut. Meinetwegen", sagte Elfriede schließlich und hielt die Hand auf. Ein weiterer silberner Taler landete auf ihrer Handfläche. Die altbekannten Handgriffe folgten und doch war es Maria mehr als peinlich, so vor der Herrin zu sitzen.

Schließlich verließen sie beide wortlos die Waschküche. Erst davor fragte die Herrin, sichtbar bleich, „Ist das hier immer so?" Dabei zeigte sie auf die Schlange an jungen Frauen, die sich vor dem Haus gebildet hatte. Maria konnte nur zustimmend nicken. Von der breiten Gasse her brach auf einmal ein Tumult aus. Es wurde immer lauter, aber zum Ausweichen war kein Platz. Von der einen Seite kamen berittene Soldaten und von der anderen wütende Arbeiter auf sie zu und die beiden Gruppen würden sich ungefähr dort treffen, wo im Moment gerade die zwei Frauen standen. Im letzten Augenblick zog Maria die Herrin in eine Seitengasse, als ein Stein auf sie zu flog und die Herrin sich vor Maria schob. Getroffen brach die Frau zusammen und die Magd warf sich schützend über ihre am Boden liegende Herrin.

32. Kapitel

Dem Tode so nah!

E s war einfach nur abscheulich! Hier stand Clara nun in dieser Waschküche und sah zu, wie vor ihren Augen gerade ein Leben beendet wurde. Und draußen standen viele weitere junge Frauen, die Maria noch auf diesen Waschtisch folgen würden. Nur kurz hatte sie sich in dem Raum umgesehen. Es war ein vollkommen verdreckter Ort, aber die Frau schien wenigstens zu wissen, was sie tat. Oder tun musste. Maria hatte ihr auf dem Weg erzählt, dass sie schon ein paar Mal hier gewesen war. Bisher hatte sie die Magd nicht so eingeschätzt, doch offensichtlich ging es nicht nur Maria so, sondern auch vielen anderen Frauen. Ungewollt schwanger und keine Lösung für das Problem in Sicht. Zumindest keine andere Lösung, als hier auf diesen Waschplatz zu klettern und sich in die Hände dieser Kurpfuscherin zu begeben.

Wieder etwas, woran sie nie gedacht hatte, was aber anscheinend vielen Frauen so passierte. Immer mehr kam Clara ins Grübeln. Das Los dieser Frauen war schlimm, aber nie hätte sie gedacht, dass es auch Maria, mit der sie ja die Wohnung teilte, auch so ging. Offensichtlich hatte die Magd noch ein zweites Leben, außerhalb der Wohnung. Und von dem hatte Clara nun erst einen kleinen Teil erfahren. Nach einer langen Warterei, bei der ihr Maria nicht in die Augen sehen konnte, standen sie dann endlich wieder draußen vor dem Haus.

Noch vollkommen neben sich, von dem gerade erfahrenen, hörte Clara kaum das Toben auf der Straße. Sie spürte nur, wie die Magd sie am Ärmel zur Seite zog, dann blickte sie auf und sah Soldaten, die Säbel schwingend, auf sich zureiten. Für einen kurzen Moment war ihr so, als ob sie auch Peter bei ihnen sehen würde. Dann sah sie etwas auf sich zufliegen und warf sich vor die Magd. Ein Schlag traf sie am Kopf und es wurde dunkel um sie herum.

Als sie die Augen wieder aufschlug, sah sie die schmutzig graue Decke einer Wohnung über sich. Ein paar Männer, eine fremde Frau und Maria beugten sich über sie. Es dröhnte in ihrem Kopf und wie von fern hörte sie Gespräche. Ihr schien es so, als ob ihr jemand die Ohren zuhielt. „Herrin? Geht es euch gut?", hörte sie Maria ganz leise reden. „Ja!", sagte Clara und der Ton hallte laut in ihrem Kopf nach. Das Dröhnen wurde zu einem rhythmischen Pochen an der Seite ihres Kopfes und sie fasst mit der Hand an die Stelle. Ihre Finger berührten ein Stück Stoff und als sie sie wieder nach vorn nahm, waren sie rot vom Blut. Jemand hatte ihr einen Verband um den Kopf gemacht, aber der blutete durch. Ächzend versuchte sich Clara aufzurichten und musste dabei von Maria gestützt werden. Im Sitzen stellte sie fest, dass sie auf einem langen Tisch gelegen hatte, der sicher dreimal so lang war, wie sie groß.

Clara drehte sich zur Seite und ließ die Beine von der Tischplatte hängen. „Wo bin ich?", fragte sie und sah sich um. Es war eine verrauchte Wohnung von Arbeitern. Nicht sehr sauber, aber doch anscheinend gut gepflegt. „Bei mir!", antwortete die fremde Frau. „Was ist passiert?", fragte Clara und einer der Männer sagte „Die Revolution!" „Revolution?", fragte sie nach und der kleine Mann nickte. „Ja! Ein paar Soldaten, nicht mal fünfhundert, gegen ein paar tausend Arbeiter! Wir haben sie davon gejagt!", erklärte er. Clara erinnerte sich wieder und versuchte zu nicken, was aber, wegen des Schmerzes, nicht ging. Daher sagte sie nur „Ja. Wir waren genau mitten drin! Zweimal dem Tode so nah." „Zweimal?", fragte Maria nach. „Ja. Einmal auf der Gasse", dabei zeigte sie auf ihren Kopf, „Und einmal bei dieser seltsamen Frau", wobei sie auf Marias Bauch deutete.

„Elfriede ist nicht der Tod. Sie ist das Leben!", entgegnete die fremde Frau, die sich daraufhin mit Regina vorstellte und ihr nun vom Tisch half. Mit wackeligen Beinen, auf Maria gestützt, stand sie im Raum, bis die Magd sie beim Setzen auf die Bank unterstützte. Danach zeigte sie auf die Männer. Maria erklärte „Fritz, mein Freund, Heinrich, dessen Freund, und Karl, der Meister aus der Fabrik von Fritz." Die Männer nickten und setzten sich alle zu ihr an den Tisch. „Möchten sie etwas essen oder trinken?", fragte Regina, doch Clara lehnte ab.

Nun begann ein Gespräch rund um diesen Tisch. Von draußen kamen immer mehr Männer herein, die sich einfach mit zu ihnen setzten. Irgendwann war der Raum so voller Menschen, dass kein Platz mehr am Tisch war und sich einige auf eines der unteren Betten setzen mussten. Alle waren ziemlich aufgeregt, weil die Soldaten so schnell verschwunden waren. Dabei dachte Clara wieder an ihren Mann. Sie sah zum Fenster und erschrak. „Maria!", rief sie und zeigte auf die Scheiben, die sich in der Dämmerung langsam verdunkelten. Die Magd sah auf und sagte „Da müssen wir heute also hier bleiben. In der Dunkelheit gehe ich nicht auf die Straße! Und sie sollten das auch nicht tun!" Daraufhin konnte sie nur zähneknirschend zustimmen, aber die Magd würde schon Recht haben. Selbst am Tage war es ja gefährlich gewesen, wie der Verband an ihrem Kopf zeigte. Regina kam zu ihr und wechselte das Tuch aus.

Neben Regina erschienen nun zwei kleine Mädchen am Tisch. Die Beiden waren dreckig und hatten hungrigen Augen. Regina drückte ihnen eine Schüssel Suppe in die Hand und die Mädchen setzten sich in einer Ecke einfach auf den Fußboden. „Meine Töchter. Sie sind gerade von der Arbeit gekommen", sagte die Frau, als sie Claras fragenden Blick gesehen hatte. Clara nickte und Regina ging um den Tisch. Die Frau brachte Brote, Suppe und Becher mit irgendeinem heißen Getränk. Nun bekam auch Clara Hunger und sie winkte die Frau zu sich. „Kann ich auch so eine Scheibe Brot bekommen und so einen Becher?", fragte sie. „Bemme und Malzkaffee? Kommt sofort!", sagte die Frau lächelnd und schon wenig später stand das Gewünschte vor Clara.

Vom Tisch verschwanden nach und nach immer mehr Menschen, nachdem sie aufgegessen hatten, und verzogen sich in die Betten, die nun nur noch schemenhaft im Schein der Tranfunzeln, die Regina gerade angezündet hatte, zu sehen waren. Mit dem heißen Becher sah Clara in das flackernde Licht.

Irgendwann verschwand auch Maria, mit ihrem Freund an der Hand, nach hinten. Keine zwei Schritte hinter Clara kuschelten die beiden sich in eines der Betten und wenig später hörte sie es von dort schnaufen und stöhnen. Sie versuchte nicht hinzuhören und sich auf die gegenüberliegende Wand zu konzentrieren. Schließlich saßen nur noch Regina und Heinrich neben ihr. Die beiden Mädchen waren, die Schüssel noch in der Hand, in der Ecke eingeschlafen. Regina brachte noch eine Runde Malzkaffee, der ganz gut schmeckte, und das Gespräch setzte sich leise zwischen den Dreien am Tisch fort. Es wurde eine Unterhaltung über Leben und Tod!

33. Kapitel

Verkaufte Seelen, verkaufte Körper

egina war eine der wenigen Frauen gewesen, die sich an dem Marsch beteiligt hatten. Dabei hatte sie die beiden Frauen in der Seitengasse bemerkt und Maria erkannt. Zusammen hatten sie dann die Freundin von Maria zur Seite gezogen, wo Maria einen provisorischen Verband um den Kopf der Frau gemacht hatte. Danach hatten sie die bewusstlose Frau in ihre Wohnung getragen, die zum Glück nicht weit entfernt gewesen war. Maria an den Armen und sie an den Beinen. Erst nachdem sie die Frau mühsam auf den Tisch gehoben hatten, hatte Regina begriffen, dass es wohl die Herrin von Maria war, die sich verkleidet in das Viertel geschlichen hatte.

Nun mussten sie erst einmal die Wunde am Kopf versorgen. Ein Stein hatte für eine stark blutende Platzwunde gesorgt, aber da die Frau ja sowieso schon bewusstlos war, begann Regina, mit Nadel und Faden, und, da es die Herrin von Maria war, mit besonders kleinen Stichen, die Wunde wieder zusammenzunähen. Anschließend verbanden sie die Naht mit einem sauberen Tuch. Immer noch tobten unten die Menschen auf der Straße herum und sogar durch die geschlossenen Fenster war der Lärm der Massen zu hören. Viele riefen „Brot!" doch die meisten riefen laut „Freiheit!"

In dem Zimmer war an diesem Tag überhaupt nichts los. Im Gegensatz zu sonst schlief heute niemand in den Betten. Alle waren vermutlich unten auf der Straße. Nur die drei Frauen befanden sich in dem Raum und immer noch lag die Frau bewusstlos auf dem Tisch in der Mitte. Nach einer ganzen Weile kamen ein paar Männer in den Raum und Maria begrüßte ihren Freund. „Wir haben gesiegt. Sie sind gelaufen wie die Hasen!", sagte Fritz triumphierend und bemerkte erst danach die Frau auf dem Tisch. „Was ist mit ihr?", fragte er und Maria erklärte ihm, „Es war ein Stein, der mir gegolten hatte. Die Herrin hat sich in den Weg des Geschosses geworfen. So blieb ich unverletzt." Langsam kam die Frau wieder zu sich und der Tumult vor dem Fenster ebbte ab. Ruhe zog in das Haus, wie es hier nur sehr selten war.

Mit der Zeit kamen die Männer wieder herein und setzten sich an den Tisch, wo nun auch die Frau mit saß. Es gab Diskussionen, was der Tag nun so gebracht hatte, doch sie war mit der Ausgabe von Malzkaffee, Suppe und Brot beschäftigt.

Stunden später waren dann alle in den Betten verschwunden. Alle bis auf Heinrich, sie und die Herrin von Maria. Heinrich hatte ja eigentlich hier kein Bett, denn als Vorarbeiter hatte er ein Zimmer in dem Haus, in dem die Ingenieure und Meister der Maschinenbaufirma Hartmann wohnten. Und hier waren alle Betten belegt. Das von Fritz sogar doppelt. Es störte sie nicht, dass sich die beiden unmittelbar hinter ihr liebten.

So saßen sie leise erzählend zu dritt im Schein von einem rußenden Licht an dem Kopfende des Tisches. Unmittelbar hinter ihr waren die beiden Mädchen eingeschlafen und sie stand auf, als der Löffel scheppernd zu Boden fiel, den Carola aus der Hand verloren hatte. Keine der beiden war davon wach geworden. Mit Heinrichs Hilfe legte sie ihre beiden Töchter in das Bett nach oben und auch dabei wachten sie nicht auf. Sie waren viel zu müde durch die Arbeit in der Tuchmanufaktur.

Als sie wieder am Tisch saß, zeigte die Herrin auf die beiden schlafenden Kinder und noch bevor sie etwas fragen konnte, erzählte Regina „Ja! Ich weiß! Sie sollten zur Schule gehen. Aber ich bin auf die Münzen angewiesen, die sie in der Tuchfabrik bekommen. Vier Groschen im Monat, aber es hilft nichts!" „In welcher Fabrik?", fragte die Frau nach und Regina nannte den Namen. Betreten schwieg die Frau, dann sagte sie „Die gehört meinem Vater." Nun sah Regina sie mit anderen, strengeren Augen an.

„Und sie bekommen wirklich nur vier Groschen?", fragte die Frau, als ob sie es nicht besser wissen würde. „Ja! Aber zusammen. Nicht jede!", erwiderte Regina fast trotzig. „Das ist doch aber viel zu wenig für diese schwere Arbeit", sagte die fremde Frau und das konnte Regina nur nickend bestätigen. Dann begann sie von der Not zu erzählen, der sie hier alle ausgesetzt waren. Zum Schluss sagte sie nur noch verbittert „Und dann müssen wir uns auch noch prostituieren, damit noch eine Münze mehr rausspringt!" „Deshalb Elfriede?", fragte die Frau und Regina konnte nur noch zustimmen. „Deshalb ist sie das Leben und nicht der Tod. Ohne sie würden viele Frauen bei den Geburten sterben oder danach mit den vielen Kindern verhungern", erklärte Regina verbittert.

„Gehst du auch zu ihr?", wollte die Frau wissen und Regina konnte nur antworten, „Natürlich. Es reicht gerade mal so für die Beiden." Dabei zeigte sie nach oben auf das Bett. „Du bietest hier also nicht nur Bett, Unterkunft und Essen an?", fragte nun die Frau, aber das hatte sie ihr doch schon gesagt. So konnte sie nur noch einmal nicken. „Ich muss mich auch selbst verkaufen. Es bleibt sonst nicht genug am Ende des Monats übrig." „Und das, was du damit verdienst, das trägst du dann zu Elfriede?", fragte sie nach und Regina überschlug im Gedanken. Dann setzte sie hinzu „Etwa die Hälfte davon!"

„Das ist ungerecht!", antwortet die fremde Frau. Maria stand aus dem Bett auf, zog sich ihr Unterhemd über und setzte sich zu ihnen an den Tisch. Mit nackten Beinen und einer dünnen Decke um die Schultern saß sie bei ihrer Herrin. „Kann ich einen Malzkaffee haben?", fragte sie und sah über die Schulter zu ihrem schlafenden Freund. Regina füllte die Tassen und auch die Herrin griff nach einem der Becher. Nun herrschte betretenes Schweigen und erst sehr viel später sagte die Herrin von Maria „Ihr verkauft hier nicht nur eure Körper. Ihr verkauft auch eure Seelen!"

„Das ist das Los der Frauen!", erklärte Maria, noch bevor Regina es sagen konnte. So blieb ihr nur übrig dem Gesagten zuzustimmen. Von draußen fiel der erste helle Schein durch die verschmierten Fenster zu ihnen herein. Im Raum wurde es langsam heller und die ersten Schläfer erwachten.

Maria legte die Decke zurück, zog sich wieder an und Heinrich bot den beiden Frauen an, sie aus dem Viertel zu begleiten. Zur Verabschiedung gab die Herrin ihr die Hand und dann legte die Frau noch zwei silberne Taler in ihre Hand. Regina sah die großen Münzen staunend an. „Das kann ich nicht annehmen!", sagte sie und wollte sie zurückgeben, doch die Frau zog ihre Hand zurück. „Doch, du musst es sogar!", sagte sie und zum Dank umarmte Regina die Frau, auch wenn sie wegen der Zugehörigkeit der Frau zur Familie des Ausbeuters ihrer Kinder immer noch etwas voreingenommen ihr gegenüber war.

34. Kapitel

Frauenschicksale

ach dieser Nacht sah Clara vieles anders. Hatte sie schon zuvor gezweifelt, so hatte sie das lange Gespräch mit Regina noch viel mehr zum Nachdenken gebracht. Doch zuerst musste sie wieder nach Hause kommen. In der Morgendämmerung war sie mit Maria und Heinrich aufgebrochen und hatten das Viertel schon bald wieder verlassen. Überall hatten Steine gelegen, so wie der, den sie an den Kopf bekommen hatte. Erst jetzt dachte sie wieder an den Verband. Sie zog sich das dreckige Tuch vom Kopf und warf es in eine Tonne, die dort jemand hatte stehen lassen. Mit den Fingern fuhr sie über die raue Naht, die ihr Regina an der Schläfe gezogen hatte. Diese blutete nicht mehr und der Schmerz war auch erträglich. Allerdings wurde sie durch diesen Schmerz wieder an den Mann erinnert. An ihren Mann! Was würde Peter sagen, wenn sie erst jetzt, nach einer ganzen Nacht außer Hause, zurückkommen würde? Sicherlich würde er sie dafür wieder die Gerte spüren lassen.

Daher ging sie besonders langsam, denn vielleicht wäre er dann schon aus dem Hause. Das würde die sicher folgende Strafe aber nur um ein paar Stunden verzögern. In Gedanken versunken lief sie weiter, während sich ihre beiden Begleiter angeregt über irgendetwas unterhielten. Clara musste erneut an Regina denken und daran, was diese beiden kleinen Mädchen jeden Tag aushalten mussten. Ein bisschen hatte auch sie an dem Schicksal der Mädchen Schuld.

Ihre eigene Familie, der Vater und Gregor, beuteten die Frauen und Mädchen gnadenlos aus. Das war Ausbeutung, denn anders konnte es Clara nicht bezeichnen! Der Mann berührte sie an der

Schulter und sie zuckte zusammen. Was wollte er von ihr? Erschrocken sah sie ihn an. „Wir sind da", sagte er und hielt ihr die Hand hin, wie das Selbstverständlichste der Welt. Unschlüssig sah sie die Hand fragend an, dann gab Maria ihm die Hand und sagte „Auf Wiedersehen." Nun erst ergriff auch sie die Hand und sagte ebenfalls „Wiedersehen!" Der Mann nickte und Clara sah sich um. Sie standen vor ihrem Wohnhaus und oben am Fenster sah sie Johann stehen. Hatte er alles gesehen? Sicherlich und das würde die Strafe bestimmt nur noch verschärfen. Sie spürte schon fast die Schläge auf ihrem Hintern! Ein flaues Gefühl zog durch ihren Bauch.

Heinrich drehte sich um und ging. Nach einem letzten sorgenvollen Blick nach oben stieg sie, gemeinsam mit Maria, langsam die Treppe hinauf und wurde an der Wohnungstür von dem Diener mit den Worten begrüßt „Der Herr ist seit gestern nicht nach Hause gekommen." Besorgt sah Johann aus, aber er würde sicher dafür sorgen, dass Peter alles erfahren würde, was in seiner Abwesenheit passiert war, oder hätte passieren können.

Clara ging zum Spiegel und besah sich die Naht. Es würde eine Weile dauern, bis alles verheilt sein würde, doch nun war es erst mal Zeit, sich zu säubern und umzuziehen. Offensichtlich war auch Maria schon auf diesen Gedanken gekommen. „Herrin. Ich bereite euch ein Bad vor!", sagte die Magd von der Tür aus und Clara nickte ihr dankbar zu. Es würde sicher eine Weile dauern, bis das Wasser warm war. Daher zog sich Clara in den Empfangssalon zurück und setzte sich in den Sessel.

Mit den Fingern streifte sie die Naht und erneut musste sie an die Gespräche in der Nacht denken. Es war Unrecht, was diesen Frauen und Mädchen widerfuhr. Sie mussten für sich, ihre Männer und auch noch für ihre Kinder sorgen. Und das alles, ohne wirklich auch nur eine einzige Möglichkeit zur Mitsprache zu haben. Dabei dachte sie auch an sich und die Hochzeit zurück. Hatte sie denn ein Mitspracherecht gehabt? Ging es ihr nicht genauso, wie es Regina ging? Die Frau prostituierte sich, um die Kinder zu ernähren, und sie? Machte sie dasselbe nicht auch irgendwie! Nur um einer Strafe zu entgehen? Aus diesen düsteren Gedanken riss sie Maria heraus, die ihr mitteilte, dass das Badewasser warm war.

Clara ging zur Küche hinüber, ließ sich aus dem Kleid helfen und setzte sich in das warme Wasser, das Maria in die Wanne gefüllt hatte und das herrlich nach einer blumigen Seife roch. Von unten sah sie zu Maria auf und sagte „Wenn ich dann hier raus bin, dann steigst du in diese Wanne." „Ich habe mich doch schon in der Schüssel gewaschen", entgegnete die Magd. „Keine Widerrede!", legte Clara fest und Maria nickte. Nachdem Clara die Wanne verlassen hatte und Maria ihr beim Abtrocknen geholfen hatte, schob sie die Magd zur Wanne. „Wirklich?", fragte Maria und Clara nickte.

Sie musste die Magd regelrecht aus ihrer Kleidung schälen, dann saß Maria endlich im Wasser. „Wir werden dann noch mal aufbrechen", sagte Clara und setzte hinzu, „Die beiden Mädchen gehen mir nicht mehr aus dem Sinn." „Die Töchter von Regina?", fragte die Magd, während sie sich abseifte. „Ja! Ich muss was gegen diese Ungerechtigkeit tun!", antwortete Clara. Vor Schreck ließ Maria die Seife fallen. „Das dürfen wir nicht!", sagte sie, während sie im Wasser nach der Seife suchte. „Natürlich! Das müssen wir!" „Ich kann euch wohl nicht davon abbringen? Oder Herrin?" „Nein! Mein Entschluss steht fest!", sagte sie entschlossen und ging in ihr Zimmer, wo sie sich anzog.

Als sie wenig später mit Mantel und Haube in der Hand das Zimmer verließ, da stand Maria schon angezogen im Flur. „Wollen sie wirklich?", fragte die Magd besorgt und Clara ging gar nicht mehr darauf ein. Alles war gesagt. „Hilf mir mit der Haube", sagte sie nur und warf sich den Mantel um. Einen Augenblick später sagte sie „Bis später!" zu Johann, der die Tür hinter ihr schloss. Die beiden Frauen machten sich auf den Weg zur Manufaktur ihres Vaters, wo sie sicher auf den Bruder treffen würde. Was sollte sie zu Gregor sagen? Noch war ihr nichts eingefallen. Nur, dass es nicht richtig war, was er dort tat. Die entsprechenden Worte würden ihr dann hoffentlich noch rechtzeitig einfallen.

Der Weg war derselbe, den sie am Morgen andersherum zurückgegangen waren. Die dunkle Manufaktur kam immer näher und das Klappern der Webstühle war schon vor der Halle zu hören. Die Magd versuchte sie an der Tür zurückzuhalten, doch sie riss sich los und trat ein. Nun sah sie viel aufmerksamer hin, was die Frauen dort machten und auch die Kinder sah sie, welche die schweren Körbe mit den Spindeln schleppten.

Gregor kam aus dem Zimmer als er sie erkannt hatte. Dann brach eines der Mädchen direkt vor Clara zusammen. Es war die jüngste Tochter von Regina. Clara half ihr auf und sah, dass die Hand des Mädchens blutete. Als Gregor vor ihr stand, zeigte sie auf das blutende Kind und rief „Behandele deine Arbeiter anständig!" Er lachte nur darüber. „Dein Geld ist Blutgeld!", schrie sie ihn so laut an, dass es auch die Frauen in der Nähe hören konnten. Das Lachen in Gregors Gesicht verschwand. Der Bruder holte aus und schlug ihr mit der flachen Hand in ihr Gesicht, wodurch sie zu Boden stürzte und Maria ihr aufhelfen musste. Zornig funkelte Clara ihren Bruder an.

35. Kapitel

Im Zorn

Wütend sah er auf seine, am Boden liegende, Schwester herunter und die Magd half ihr auf. „Was erlaubst du dir!", brüllte Gregor sie an und erhob wieder die Hand, doch Clara stand einfach nur vor ihm. Er konnte den Zorn in ihren Augen funkeln sehen. „Du hast all die Jahre nichts zu diesem Geld gesagt. Du hast einfach nur die Hand aufgehalten", schrie er und wurde immer wütender. „Ich habe nie genau hingesehen. Du aber schon!", schrie sie zurück und Gregor schlug erneut zu, doch diesmal war sie vorbereitet und blieb stehen. Der Abdruck seiner Hand war rot auf der Wange der Schwester zu sehen.

„Du hast hier nichts mehr verloren! Geh zu deinem Mann", entgegnete er und drehte sich um. „Nein!", sagte Clara laut und er stoppte. Gregor fuhr herum. „Was meinst du mit Nein?", fragte er zischend. „Ich habe hier etwas zu suchen! Als Frau und Mensch!" „Raus hier!", brüllte er sie an. Clara drehte sich zu den Mädchen, nahm ihnen den Korb ab und drückte ihn ihm in die Hand. Der Korb war schwer, doch er hielt ihn einfach fest. „Und?", fragte er. „Wenn sie nicht bei mir arbeiten, dann arbeiten sie eben nirgendwo!", sagte er und warf den Korb hinter sich. „Hebt es auf!", brüllte er die beiden Mädchen an, die nach hinten rannten und die davonrollenden Spindeln zurück in den Korb sammelten.

Er trat auf Clara zu und packte sie am Kragen. „Du lebst nur noch, weil du mal meine Schwester warst!", zischte er und zog die Frau hinter sich her, dann schleuderte er sie durch das offene Hallentor auf die Straße hinaus. Die Magd lief an ihm vorbei und kümmerte sich erneut um die am Boden liegende Frau. Gregor würdigte die beiden Frauen keines Blickes mehr, drehte sich zu den Webstühlen um und sah hunderte Augen auf sich gerichtet. „Arbeitet weiter!", schrie er die Frauen an. „Oder wollt ihr hier nicht mehr arbeiten? Die Tür steht euch offen zu gehen!", brüllte er weiter und zeigte auf das Tor. Aber er wusste, dass keine der Frauen gehen würde. Nur in dieser Halle konnten sie etwas verdienen und wenn doch eine gehen würde, so würde er für jede die ging ein Dutzend andere wieder einstellen können.

Dann stand Clara erneut hinter ihm und rief in die Halle „Ihr solltet hier nicht arbeiten!" Nun reichte es ihm und er drehte sich zu ihr um. „Er ist ein Ausbeuter!", rief sie weiter und versuchte seine Arbeiterinnen aufzuwiegeln. Er musste sie zum Schweigen bringen! Nur wie? Mit Gewalt? Anders ging es wohl nicht! Mit einem Handzeichen winkte er einen der Männer zu sich und packte Clara am Arm. Zusammen mit dem Mann fesselte und knebelte er seine sich heftig dagegen wehrende Schwester. Die Magd stand nur entsetzt daneben. „Du auch?", fragte er sie laut und hielt ihr einen Strick hin. Die Magd hob abwehrend die Hände, wich zurück und er schleifte Clara in das Meisterzimmer, wo er die Schwester in den Stuhl drückte und dort daran festband.

Anschließend ging er zum Fenster und brüllte hinaus „Jetzt arbeitet endlich weiter!" Schon viel zu lange standen die Frauen untätig herum. Er drehte sich zu seiner Schwester um, die strampelnd versuchte, aus den Fesseln und vom Stuhl loszukommen. Gregor setzte sich ihr gegenüber und beobachtete sie. Was sollte er mit ihr machen? Wenn eine Arbeiterin ihm so gekommen wäre, dann hätte er sofort eine passende Antwort gehabt. Er würde sie den Arbeitern überlassen und die hatten bisher jeden Trotzkopf zur Ordnung rufen können. Aber bei ihr? Seiner Schwester? Einer Gräfin?

Trotzdem musste sie eine Lektion erhalten, sonst würde sie morgen wieder hier stehen. Ein Gedanke schoss durch seinen Kopf. Gregor erhob sich aus seinem Sessel und ging zum Fenster. Die Magd stand immer noch unschlüssig in der Halle herum. Schnell rief er einen der Arbeiter zu sich, der an das Fenster kam, dann zeigte er auf die Magd und sagte „Bring sie mir!" Der Mann nickte und lief zu ihr hinüber. Dann zog er sie hinter sich her und schob sie durch die Tür. „Hol mir die Maschinisten!", sagte Gregor zu ihm. Erneut nickte der Mann, lächelte und verschwand. „So Schwesterchen! Du musst noch eine Lektion erhalten! Ich kann es nicht dulden, dass man mir vor den Frauen widerspricht! Da haben wir sonst morgen die Revolution im Haus!", erklärte er spöttisch, lehnte sich zurück und wartete.

Die Magd stand verschüchtert neben der Schwester und rührte keine Hand. Gregors Blick ging von ihr zu seiner Schwester und wieder zurück. „Wartet nur!", dachte er und lächelte stumm. Eine Weile später kamen die Maschinisten durch die Halle. Ihre Gesichter waren schwarz vom Kohlestaub. Vor der Stube stoppten sie und er trat zu ihnen an die Tür. Gregor zeigte nur auf die beiden Frauen hinter sich und sagte „Meiner Schwester tut nichts! Lasst sie einfach zur Warnung zuschauen!" Dann stürzten sich die Männer an ihm vorbei auf die beiden Frauen, ergriffen sie und schleiften sie davon.

Einen Moment sah er den beiden strampelnden Frauen in den Händen der Maschinisten nach, dann überlegte er weiter. Er musste noch für Clara einen weiteren Denkzettel vorbereiten, denn wohl möglich verstand sie diese Warnung nicht. Das konnte dann ja ihr Mann übernehmen, daher nahm Gregor seinen Hut und verließ das Gebäude.

Vor sich hin pfeifend ging er zu den Kasernen hinüber, doch da war ziemliche Aufregung. Es dauerte eine Weile, bis er sich zu Peter durchgefragt hatte. Der Offizier stand in einem Zimmer und gab einigen Soldaten Anweisungen. Nachdem die anderen Männer gegangen waren, erzählte Gregor von dem Besuch seiner Schwester in der Manufaktur. Peter nickte. „Danke dir. Ich werde sie zur Ordnung rufen", sagte er. „Was ist denn hier los?", fragte Gregor als er sah, dass viele Soldaten bewaffnet in den Hof liefen. „Ein Teil der Männer ist schon in Dresden. Da ist Revolution. Ein weiterer Teil bricht heute auf", erklärte Peter. Einer der Soldaten betrat das Zimmer und machte Meldung, dass alle angetreten waren. Peter nickte, gab Gregor die Hand und sagte „Ich kümmere mich aber noch um Clara!" Danach verabschiedeten sich die beiden Männer und Gregor ging zurück zu seiner Manufaktur.

Unterwegs betrat er ein Café, um ein Stück Kuchen zu Essen. Wenig später brach er wieder auf. Als er die Halle erreichte, nickte ihm der Arbeiter zu. Alles war wie gewünscht abgelaufen. Blieb nur zu hoffen, dass Clara diese Warnung verstanden hatte. Aufmerksam ging er durch die Reihen der Webstühle und in den Augen der Frauen schien ebenfalls Zorn zu liegen. Peter hatte gesagt, es war Revolution in Dresden, aber das würde hier in dieser Halle nichts ändern. Kein Revolutionär würde sich hier sehen lassen. Das war so sicher wie das Amen in der Kirche, denn welcher Mann kümmerte sich schon um das Schicksal von Frauen? Zumindest keiner der noch bei Verstand war. Wenig später saß er mit einer Stoffprobe am Tisch der Meisterstube und begutachtete die Qualität des Stoffes.

36. Kapitel

Mit vertauschten Rollen

ie Männer hatten die beiden Frauen einfach hinter sich hergeschleppt. Alles Sträuben und um sich treten hatte Maria nichts geholfen. Zu stark waren die Männer gewesen. Nach ein paar Schritten waren sie in einen dreckigen Raum gekommen, in dem Kohle lag und worin die Dampfmaschine dröhnend und zischend ihre Arbeit verrichtete. Die Herrin hatten die Arbeiter, immer noch geknebelt und gefesselt, mit erhobenen Armen an einen Haken an der Wand aufgehängt. Anschließend hatten sich die Männer um Maria „gekümmert", wie es Gregor wohl nennen würde. Acht Männer gegen eine Frau! Sie hatten sie zusammengeschlagen, ihr brutal die Kleidung vom Körper gefetzt und sich dann nacheinander an ihr vergangen. Der Lärm der Maschine hatte dabei ihre Schreie überdeckt und irgendwann hatte sie das Bewusstsein verloren.

Maria erwachte in ihrem Bett und ihr ganzer Körper schien in Flammen zu stehen. Sie stöhnte auf und die Herrin beugte sich über sie. „Herrin. Ist euch etwas passiert?", fragte sie leise und angstvoll. „Nein", antwortete die Frau und wischte mit einem feuchten Tuch über Marias Stirn. Die Kühle tat gut und linderte die Schmerzen für einen Moment. „Verzeih mir! Es war meine Schuld!", sagte die Herrin mit Tränen in der Stimme, doch Maria schüttelte den Kopf. „Euch trifft keine Schuld! Wenn einer Schuld hat, dann euer Bruder!", entgegnete sie leise und versuchte sich aufzusetzen, aber es blieb bei dem Versuch.

„Wie lange liege ich schon hier und wie bin ich überhaupt hierhergekommen?", fragte Maria. „Einen Tag. Die Männer haben von dir abgelassen und sind dann zu mir gekommen. Ich habe schon gedacht, mein letztes Stündlein wäre gekommen, aber sie haben mich nur losgemacht und dann uns beide auf die Straße geworfen. Ich habe dich in meinen Mantel gehüllt, eine Kutsche gerufen und dann habe ich dich nach Hause schaffen lassen", erzählte die Herrin und strich erneut mit dem Tuch über die Stirn der Magd.

„Ich habe Durst", sagte Maria schwach und die Frau holte einen Becher mit Wasser. Es war nicht so einfach zu trinken, doch dann gelang es ihr. „Schon ein Tag! Was hat der Herr gesagt?", fragte Maria schließlich. „Gesagt hat er nicht viel und gefragt auch nichts. Gregor hat ihm wohl schon alles erzählt." „Was hat er euch angetan?", fragte Maria erschrocken und die Herrin drehte sich zur Seite. Sie schob das Kleid zurück, damit Maria die roten Striemen auf dem Rücken der Herrin sehen konnte. „Ist nicht so schlimm wie das, was dir passiert ist", sagte sie und drehte sich wieder zurück.

„Ich muss etwas gegen diese Ungerechtigkeit unternehmen!", begann die Herrin und wollte aufstehen, doch Maria ergriff ihre Hand und hielt sie mit beiden Händen so fest, dass es ihr nicht gelang, sich aus diesem Klammergriff zu befreien. „Bitte Herrin! Nicht! Das war nur eine Warnung eures Bruders gewesen. Das nächste Mal überleben wir beide vielleicht nicht!", sagte Maria flehend. „Vielleicht kann eine Frau alleine wirklich nichts ändern. Aber viele hundert Frauen könnten es", setzte ihr die Herrin nachdenklich entgegen. „Wo wollt ihr diese Frauen denn hernehmen?", fragte Maria und ließ die Hand wieder los. „Aus der Manufaktur!", antwortete die Frau.

Ächzend setzte sich Maria auf. „Das wird nichts!", antwortete die Magd. „Euer Bruder hätte kein Problem, jeden der Webstühle mit zwanzig Frauen zu besetzen. Die Arbeit für die Frauen ist nicht überall vorhanden. Auf dem Markt, bei den Bauern, als Magd oder in der Tuchmanufaktur. Sonst nirgends. Höchstens noch im Hurenhaus!", erklärte Maria und strich sich über ihren geschundenen Oberkörper.

Alles tat ihr weh und selbst ihre eigene streichelnde Berührung ließ sie wimmern. „Möchtest du ein Bad?", fragte die Herrin und Maria dachte an das warme Wasser zurück. „Gern. Wenn ich darf?", antwortete sie und wollte aufstehen, um die Wanne vorzubereiten, doch die Herrin hielt sie zurück. „Ich mache das. Du ruhst dich noch etwas aus!", sagte die Gräfin, dann war sie aus dem Raum verschwunden, allen Versuchen der Magd zum Trotz, die verhindern wollte, dass ihre Herrin eine einfache Arbeit, die nur einer Magd zustand, verrichten sollte.

Einen Moment blickte sie ihr nach, dann setzte sich Maria ächzend an den Rand des Bettes und sah an sich herunter. Sie trug nur ein Unterhemd, kein Unterkleid. Das kurze Hemd bedeckte gerade noch so ihren Schoß. Strümpfe trug sie ebenfalls nicht. Maria versuchte ihre Beine zu schließen, doch der Schmerz durchzuckte sie. Mit der Hand drückte sie auf ihren geschwollenen Schoß. Dort brannte es besonders, aber zum Glück würden von der Vergewaltigung keine Folgen bleiben, denn dafür hatte Elfriedes Behandlung schon gesorgt. Mehr als eine Woche war danach immer keine Gefahr, schwanger zu werden.

Maria sah die tiefen Kratzer an ihren Beinen. Getrocknetes Blut war darin zu sehen. Wie sah wohl ihr restlicher Körper aus? Mühsam stemmte sie sich aus dem Bett und tapste unbeholfen zum Spiegel hinüber. Mit einer unwahrscheinlichen Kraftanstrengung bekam sie das Unterkleid über den Kopf und erschrak vor dem sich bietenden Anblick. Striemen, blaue Flecken und Kratzer überzogen ihren ganzen Körper, denn schließlich hatten die Männer sie erst zusammen geschlagen, bevor sie sich an ihr vergangen hatten.

Die Tür öffnete sich, die Herrin betrat das Zimmer und erschrak. „Um Himmels willen! Wie siehst du denn aus!", entfuhr es ihr, doch Maria sagte nur „Ich lebe noch. Alles andere heilt." „Dein Wasser ist fertig!", erklärte die Herrin und führte die Magd nackt über den Flur in die Küche. „Ihr zuerst!", sagte Maria, doch die Herrin lehnte ab. „Die ist nur für dich!", sagte sie und half ihr in das herrlich warme Wasser.

Als sie im Wasser saß, da begannen auch die Kratzer wieder zu brennen und Maria hatte auf einmal kaum noch die Kraft, die Seife festzuhalten, geschweige denn, sich zu waschen. Tränen über diese Hilflosigkeit liefen über ihre Wangen. Stumm weinte sie und dann nahm die Herrin ihr die Seife aus der Hand. Fast streichelnd seifte sie die Magd ein. Sogar das Haar wusch sie ihr und alle Proteste Marias nutzten nichts. Aber sie hätte ja sowieso keine Kraft gehabt, um die Herrin davon abzubringen.

Danach half die Herrin ihr auch noch aus dem Wasser und trocknete sie vorsichtig ab. Trotzdem schmerzte jede Berührung und Maria biss die Zähne zusammen. Anschließend musste sie sich zurück in das Bett führen lassen. Sie schwankte dabei wie eine alte Frau und nicht wie eine siebzehnjährige! „Möchtest du etwas essen?", fragte die Herrin. „Ja! Aber ich kann nichts machen." „Bleib liegen! Heute bin ich mal die Magd", erklärte die Frau und eilte aus dem Zimmer.

Nach einer Weile erschien sie wieder mit einem Teller und einer Tasse. „Bemme und Malzkaffee? Wie bei Regina?", fragte

Maria und die Herrin nickte. „Ich bin keine solch gute Köchin wie du", sagte sie und hielt ihr den Teller hin. „Danke Herrin", entgegnete Maria. „Clara! Du sollst mich doch Clara nennen!", sagte sie. „Aber das geht doch nicht!", antwortete Maria mit vollem Mund. „Doch das geht! Nur nicht vor meinem Mann." „Wenn ihr darauf besteht Herrin?" „Clara!", sagte sie und Maria antwortete „Danke Clara." Die Herrin nickte, aber es fühlte sich komisch an, sie so zu nennen.

37. Kapitel

Tumult im März

Fritz war ganz vorn mitmarschiert und hatte somit an vorderster Front gegen die Soldaten gekämpft. Obwohl es ja kein Kampf gewesen war, denn die paar Soldaten hatten nur kurz versucht, die Arbeiter aufzuhalten, danach waren sie einfach geflohen. Das war jetzt schon ein paar Tage her und der Monat März neigte sich seinem Ende zu, alles ging wieder seinen Weg, so wie es auch schon zuvor gewesen war. Was hatte diese Revolution nun eigentlich bewirken sollen? Immer wieder fragte sich Fritz das, als ein Brief des Bruders bei ihm eintraf. Am Abend setzte sich Fritz an den Tisch und las im Schein einer Kerze die Zeilen des Bruders.

Er hatte geschrieben, dass auch in Dresden Revolution gewesen war, aber dass dort auch wirklich etwas bewegt worden war. Siegfried hatte geschrieben „Am 27. Februar 1848 hat die Mannheimer Volksversammlung ihre Märzforderungen aufgestellt, denen auch wir uns angeschlossen haben. So wie sie fordern auch wir von unserem Land, die Volksbewaffnung mit freien Wahlen der Offiziere, unbedingte Pressefreiheit, Schwurgerichte nach dem Vorbild Englands sowie die sofortige Herstellung eines deutschen Parlaments." Fritz überflog ein paar Zeilen und las dann weiter „Wir werden ein paar Minister ablösen lassen und dann eine Märzregierung bilden, wie sie schon in einigen anderen Ländern entstanden sind." Sein Bruder wollte in eine Regierung? „Ein Zimmermann als Minister?", fragte sich Fritz laut und studierte wieder den Zettel des Bruders. „Wir werden das ganz sicher schaffen. Ihr seid ja bei uns. Die Arbeiter und Bauern sind die Garanten des Erfolges."

So hatte das Fritz in der ganzen Zeit gar nicht gesehen. Also war ihr Kampf hier doch nicht so unnütz gewesen, wie es bis gerade eben noch gedacht hatte. Er legte das Blatt zur Seite und sah noch einmal in den Umschlag. In diesem lag noch ein zusammengefaltetes Blatt Papier. Es war ein gedrucktes Flugblatt und Fritz begann auch dieses zu lesen

„An unsere Mitbürger in Sachsen!

Die Überzeugung, dass es in ernster Zeit gilt, mutig voranzutreten und die Sprache der Überzeugung zu reden frei und wahr, hat die nachverzeichneten Männer heute zusammengeführt und zur Beratung über die Bedürfnisse der Gegenwart veranlasst. War es auch schmerzlich, so viele Freunde und Gesinnungsgenossen zu vermissen, welchen die Kürze der Zeit, die zwischen Einladung und Versammlung lag, nicht zu kommen gestattete, so konnte dies doch den Ausspruch unserer Überzeugung nicht zurückhalten, den wir hiermit unsern Mitbürgern zur Prüfung vorlegen."

Dann las, oder überflog, er die folgenden Punkte und blieb erst kurz vor dem Ende des Flugblattes wieder aufmerksamer an der Schrift hängen. Weiter las er …

„18) Eine umfassende Gewerbeordnung, Verbesserung des Gewerbewesens und Schutz der arbeitenden Klasse durch eine Gewerbeordnung.

19) Eine nationale Handelspolitik und Beseitigung der Zölle auf Nahrungsmittel.

20) Abschaffung des Schulgeldes und bessere Stellung der Volksschullehrer.

*Möchten Sachsens Freisinnige mit uns einstimmen in der ein-
mütigen Erhebung dieser Forderungen des Volkes, besonders über
die beiden ersten Punkte sich sofort erklären, damit ein Regie-
rungssystem aufhört, welches und hartnäckig verweigert, was unsere deutschen Brüder ringsum bereits errungen haben.*

Leipzig, den 13. März 1848.

*Der für die Abfassung vorstehender Forderungen ernannte
Ausschuss.*

C. Biedermann. R. Blum. W. Schaffrath. "

Langsam ließ er den Zettel sinken. Das waren genau die Punkte, über die damals in der Schänke gesprochen worden war und
vielleicht war ja einer der Unterzeichner sogar hier in Chemnitz
gewesen.

Was würde sich nun aber für Fritz ändern? Was für die anderen
Arbeiter? Er sah sich um, ein paar Männer saßen am anderen Ende
des Tisches. Schweigend tranken sie ihren Malzkaffee, den ihnen
Regina gebracht hatte. Fritz wechselte zu ihnen hinüber und gab
ihnen das Flugblatt. Auch Regina las es, über die Schulter eines
der Männer. Der Blick von Fritz hing an ihrem Gesicht und er sah
die Falten über den Augen der Frau. Für sie würde sich am wenigsten ändern und auch für Maria nicht, wie er nun gerade fest-
stellte. Die Männer lasen das Blatt und die Gedanken von Fritz
flogen zu seiner Freundin.

Lautlos stand er vom Tisch auf, ging zum Fenster und sah in
die Nacht hinaus. Was würden all diese Forderungen bewirken
können? Die Abschaffung des Schulgeldes zu Beispiel! Er sah zu
den beiden schlafenden Mädchen hinauf. Natürlich wäre es schön,

wenn alle Kinder in die Schule gehen könnten. Mit einer höheren Bildung würden sie vielleicht aus diesem Elend heraus kommen. Doch ging das einfach so? Regina war auf das Geld, welches die Töchter ihrer Mutter nach Hause brachten, angewiesen. Wie auch viele andere Mütter! Eine Abschaffung des Schulgeldes würde nichts daran ändern, dass die Kinder der armen Familien trotzdem arbeiten gehen mussten.

Und was hatte er als Arbeiter von der Änderung der Gewerbeordnung? Das würde ja nur Menschen wie seinen Bruder betreffen. Der war Handwerker und dieser Ordnung unterworfen. Einzig die Zölle auf Nahrungsmittel betrafen ihn direkt. Keine Zölle, billigeres Essen! So einfach fasste er es zusammen. Wieder sah er nach draußen. Es war ein turbulenter Monat gewesen, der sich nun seinem Ende zuneigte. Am nächsten Tag würde er sich wieder mit Maria treffen. Vielleicht kam auch die Herrin wieder mit. Beim letzten Mal war die Frau auch hier erschienen und er hatte dann die Hilfe von Heinrich gebraucht, um Maria von ihr fort und in das Bett zu bekommen.

Die Männer am Tisch diskutierten immer noch. Leise nur, da es schon spät in der Nacht war, aber er konnte sie verstehen. Sie machten sich gerade dieselben Gedanken, wie er kurz zuvor und auch Regina hatte dieselbe Auffassung zum Schulgeld, wie er sie ein paar Augenblicke zuvor gefunden hatte. In ihrer Not waren sie hier eine verschworene Gesellschaft. Würde sich an ihrem Schicksal auf absehbare Zeit etwas ändern?

Fritz ging zu seinem Bett und ließ sich dort hineinfallen. Mit offenen Augen sah er zum Bett über sich. Die Gedanken gingen wieder auf die Reise. Zu Maria und zu seinem Bruder.

Der Schlaf fand ihn nicht. Unruhig wälzte Fritz sich hin und her. Endlich kam der neue Morgen. An diesem Tag musste er nicht in die Fabrik. Er hatte den ganzen Tag frei für Maria. Vielleicht auch so eine Änderung durch die Revolution? Sie hatten nun einen freien Tag in der Woche. Zusätzlich zum Sonntag, an dem ja nur eine kleine Besatzung in der Fabrik war, die das Feuer unter den Gießöfen schüren musste.

38. Kapitel

Männer und Frauen

In den letzten Tagen hatte Clara ihren Mann nicht mehr gesehen. Er war einfach in der Kaserne geblieben! Für sie war das ein Glücksfall! Endlich keine Gewalt mehr! Maria ging es auch wieder gut. Natürlich hatte sie Recht gehabt, dass es ein Fehler gewesen war, Gregor so zu provozieren. Die Magd hatte die Strafe abbekommen, die eigentlich ihr gegolten hatte. Und wenn sie jemals wieder ihren Fuß in die Manufaktur setzen würde, so würden Gregor oder Peter sie dafür töten. Die Warnung war deutlich gewesen und bei ihr angekommen, aber sie wollte trotzdem den Frauen helfen. Nur wie? Alle paar Tage waren sie zu Regina gegangen und durch die Münzen, die Clara dann bei ihr gelassen hatte, brauchten die Mädchen nun nicht mehr zu arbeiten. Jetzt konnten sie wieder zur Schule gehen. Drei Seelen gerettet! Doch was war mit den anderen Seelen?

In dem Zimmer bei Regina redeten sie dann den ganzen Tag, wenn die Männer in der Fabrik waren, zu dritt am Tisch. Maria, Regina und sie. Mitunter kamen auch andere Frauen dazu, die in dem Haus wohnten und keine Arbeit hatten. Doch die Frauen, die arbeiten mussten, die konnten ja erst am Abend zu der Runde dazu kommen. Da waren dann aber auch die Männer schon da und damit blieb dann für die Frauen kein Platz an Reginas Tisch! Fritz hatte ihr erzählt, dass sich die Männer für ihre Versammlungen immer in der Schänke trafen, aber da waren Frauen nicht gern gesehen. Höchstens als Bedienung. Es brauchte einen anderen Platz für ihre Treffen und Regina fiel dazu nur die Waschküche im Erdgeschoss ein. Kein Mann würde sich da freiwillig hineinwagen. Es war sowieso der Platz der Frauen.

Der Vorschlag der Frau wurde einstimmig angenommen und schon am folgenden Abend trafen sie sich in dem Raum. Regina hatte ihn sogar mit ihren Mädchen zusammen sauber gemacht. Immer mehr Frauen trafen ein und Clara hörte bei Dreißig auf zu zählen. Schließlich wurde begonnen zu diskutieren und einfach nur zu reden. Den meisten Frauen tat es gut, zu erfahren, dass es anderen genauso ging, wie ihnen auch. Eine große Verbindung begann sich aufzubauen, dass konnte Clara spüren. Ihr Blick ging über die versammelte Menge, die fast den Raum zu sprengen drohte, und dabei sah sie, dass auch Heinrich, als einziger Mann, mit in dem Raum gekommen war.

Er stand hinten an der Tür und sie mochte den Mann, wegen seiner offenen Art. Schon oft hatten sie, oben bei Regina am Tisch, bis zum Morgen geredet. Heinrich lehnte an der Wand und hörte den Gesprächen der Frauen aufmerksam zu, das konnte sie an seinem Gesichtsausdruck erkennen. Es musste schon spät in der Nacht sein, als Clara schließlich zu ihm hinüberging. Die Neugier trieb sie an. Was machte ein Mann unter so vielen Frauen? Wollte er sie ausspionieren? Clara musste es genau wissen und daher begann sie ein unverfängliches Gespräch über den Raum, in dem sie sich befanden.

„Was interessiert dich an Strickmustern?", fragte Clara schließlich, als sie mitbekam, dass die Frauen sich gerade darüber austauschten. Der Mann wurde nachdenklich. Offensichtlich wusste er darauf keine Antwort und daher sagte er „Ich habe mich nie für die Belange der Frauen interessiert. Auch für Frauen nicht. Erst die Verbindung zwischen Fritz und Maria hat mir ein bisschen die Augen geöffnet. Ich wollte wissen, was euch so interessiert. Was ihr so für Probleme habt. Sind es die gleichen, die auch uns berühren? Hier", dabei zeigte er auf die Frauen vor sich und setzte fort, „Erst hier, habe ich begriffen, wie viel schwerer es doch die Frauen im Vergleich zu uns Männern haben." Clara nickte ihm zu. Dasselbe hatte auch sie schon erkannt. Sie begannen sich darüber zu unterhalten, doch immer lauter wurde die Diskussion der Frauen, denn nun ging es um die Kinder und da konnte Clara ja sowieso nicht mitreden.

Bei dem Lärm in dem Raum konnte sie sich aber auch nicht weiter mit Heinrich unterhalten. So zeigte sie schließlich zur Tür und er nickte. Wenig später saßen sie auf dem Treppenabsatz vor Reginas Wohnung und unterhielten sich leise weiter. Eine Kerze, die jemand in das Fenster vor ihnen gestellt hatte, spendete etwas zittriges Licht. Jeder Luftzug, der durch das undichte Fenster hereinkam, ließ das Licht auf der Wand des Treppenhauses tanzen.

Es wurde nun ein Gespräch über Männer und Frauen. Gemeinsamkeiten und Unterschiede. Was sie einte, das war die Not. Natürlich nicht bei Clara, aber die vielen Gespräche mit Regina hatten ihr ein Gefühl davon gegeben, wie schlimm die Lage der Frauen hier in diesem Viertel der Stadt wirklich war. Im Laufe dieses Gespräches begann Clara Heinrich mit Peter zu vergleichen. Warum hatte sie nicht solch einen verständnisvollen Mann heiraten können? Doch die Antwort kam fast sofort in ihren Sinn: niemals hätte ihr Vater eine solche Verbindung zu einem Arbeiter auch nur in Erwägung gezogen!

Jetzt begannen sie über politische Themen zu reden. Die geplante deutsche Nationalversammlung und das Wahlrecht von Frauen und Männern. Plötzlich trafen sich ihre Lippen und keiner der beiden schien zu wissen warum. Es wurde ein sehr langer Kuss im halbdunklen Treppenhaus.

Dann stand er auf, ergriff ihre Hand und zog sie in die Wohnung hinein. Clara wusste nicht, warum sie ihm folgte. Es war eine Art von innerem Zwang und wenig später lagen sie in einem Bett, zwischen lauter schnarchenden Männern. Der Mond schickte sein Licht durch ein halbblindes Fenster, und hatte ihr die Möglichkeit gegeben, den Mann anzusehen, während er sich vor ihr ausgezogen hatte. Obwohl der Mann stärker als Peter war, war er viel zärtlicher zu ihr. Eine Stunde später wusste Clara, dass Cornelia doch die Wahrheit gesagt hatte. Es hatte nicht an ihr, sondern an Peter gelegen! In Heinrichs Arm gekuschelt schlief Clara ein. Sie fühlte sich unheimlich geborgen. Nichts konnte ihr mehr passieren.

Clara wurde wach, als sie jemand an der Schulter rüttelte. Sie sah Maria in den ersten Strahlen der Sonne vor ihr stehen. Die Magd flüsterte „Um Himmels willen. Herrin! Was tut ihr?" „Zuerst einmal nicht Herrin, sondern Clara!", begann sie die Magd wiederholt zu belehren, doch die winkte ab „Clara! Das ist Ehebruch! Du kannst dafür am Galgen enden!", sagte die Magd leise und auf einmal wurde auch Clara die ganze Situation bewusst. Sie lag nackt bei einem fremden Mann im Bett! Schnell stand sie auf und zog sich das Kleid wieder an, das ihr Maria hinhielt. „Das darf niemand erfahren!", sagte Clara. Nun wurde auch Heinrich wach. Der Mann setzte sich auf und fragte „Soll ich euch Heim bringen?" Liebend gern hätte Clara angenommen, doch sie hatte Angst, dass sie sich in der Öffentlichkeit mit einem Kuss von ihm verabschieden würden, darum lehnte sie ab, gab ihm einen schnellen Kuss und brach mit Maria auf.

Im ersten Licht des neuen Tages fragte sie die Freundin „Warum landen Frauen am Galgen und für Männer ist es das Normalste der Welt?" Doch Maria zuckte mit den Achseln „Ich weiß es nicht!", sagte sie nur. „Es ist wieder ein Unrecht gegen die Frauen!", stellte Clara trotzig fest.

39. Kapitel

Sommerwind

ommer war es geworden. In der Fabrik schafften sie es nun, alle sechs Wochen eine Lok zu fertigen und Heinrich war immer noch der Vorarbeiter in der Fertigungshalle. Die Arbeit an den stählernen Rössern machte ihm Spaß. Es war jedes Mal ein schöner Moment, wenn die zuerst zusammen gesetzte und danach zerlegte Lokomotive auf den Pferdewagen die Halle verließ, um schließlich in Leipzig wieder montiert zu werden. Heinrich hatte seine Wohnung in dem Hause des Herrn Hartmann, in dem auch die Ingenieure und Meister mit ihren Familien wohnten, gegen ein Bett in der Wohnung von Regina getauscht. Damit traf er sich nun auch immer öfter mit Clara. Irgendwie gab es da so eine Art von Anziehung, der sie beide nicht widerstehen konnten.

Claras Mann war in den Krieg gezogen, denn das Königreich Sachsen war, den Gesetzen des Deutschen Bundes gemäß, in den Krieg gegen die Revolutionäre in Schleswig und gegen die Dänen eingetreten. Die Aufständischen hatten den König für abgesetzt erklärt und nun traf sie dort die vereinte Streitmacht. Wie lange konnten die Menschen dort dem Druck des Militärs etwas entgegensetzen? Ein kleines revolutionäres Heer von Arbeitern und Handwerkern, gegen Soldaten und Kanonen! Da waren sich auf einmal alle Länder und Königreiche einig, bei den wirklich wichtigen Fragen aber, da sah das schon ganz anders aus.

Im Norden war also Krieg, aber hier in Sachsen war alles weitestgehend friedlich geblieben. Der König saß immer noch auf seinem Thron, die meisten Minister waren immer noch im Amt und das eiligst gebildete Märzministerium versuchte ein paar Reformen gegen den Willen der Regierung auf den Weg zu bringen. Jedoch merkte man hier in Chemnitz nichts davon. Die meisten Forderungen betrafen die Bauern, die man von der Feudallast befreien wollte, und die Handwerker. Vielleicht würde durch die Reform bei den Bauern mehr Getreide für alle übrig bleiben und dadurch würde dann der Hunger bekämpft. Man konnte es nur hoffen, aber zeigen würde es sich erst im folgenden Winter. Nach der nächsten Ernte. Clara versuchte sich für die Arbeiterinnen einzusetzen und hatte sich dabei, wie ihm Maria gesagt hatte, auch gegen ihre eigene Familie gestellt.

Damit isolierte sie sich aber immer mehr von dem, was früher für sie mal wichtig gewesen war. In der Kirche saß sie nun ganz hinten, aber das schien ihr egal zu sein. Selbst die Freundinnen sahen nun durch sie hindurch, wie sie ihm erzählt hatte. Dafür konnte sie immer auf die Frauen hier zählen. Manchmal sprachen sie auch über die große Politik. Früher hatte er sich nie dafür interessiert. Erst sein Freund Fritz hatte ihm die großen Zusammenhänge erklärt.

In Frankfurt tagte jetzt die Nationalversammlung und versuchte, eine gesamtdeutsche Regierung zu bilden. Der Bundestag des Deutschen Bundes hatte im April ein Wahlgesetz für das ganze Land beschlossen, damit das deutsche Volk diese Nationalversammlung wählen konnte. Danach hatten alle Männer ihre Stimmen abgegeben und auch Heinrich war zur Wahl gegangen. Damit saßen nun auch aus Sachsen ein paar Männer dort in der Paulskirche. Mit einem von ihnen, mit Robert Bluhm, hatte er schon mal ein Bier in Leipzig getrunken, als er dort eine Lok zum Test abgeliefert hatte.

Heinrich erinnerte sich daran, wie der Mann ihm damals erzählt hatte, dass er in seiner Frau, Eugenie die er im Jahr 1840 geheiratet hatte und mit der er schon ein paar Kinder hatte, eine Gesprächspartnerin für seine politische Ideen gefunden hatte. Vermutlich war das Verhältnis des Herrn Bluhm zu seiner Frau ein ähnliches, wie das von Heinrich zu Clara. Herr Bluhm hatte auch in der Schänke erzählt, dass er das Ansinnen seiner Frau, dieses zersplitterte Land zu verlassen und nach Amerika auszuwandern, abgelehnt hatte, denn er wollte hier etwas bewegen und verbessern. Heinrich konnte nur hoffen, dass es ihm und den anderen Männern in Frankfurt gelang, das Land zu vereinen und unter einen Herrscher zu stellen. Vielleicht konnte da der Sommerwind durch dieses Parlament wehen und etwas durchlüften.

Allerdings waren es eben nur Männer, die dort über die Zukunft des Landes entschieden. Frauen waren da nicht gefragt und das wiederum ärgerte Clara. Er hatte ziemlich lange zu tun gehabt, um Clara damit zu beruhigen, dass ja die Ehefrauen der Abgeordneten über diese einen gewissen Einfluss auf die Entscheidung hatten. Dabei hatte er das Beispiel von Eugenie Bluhm gut nutzen können. Doch schon das Wahlgesetz empfand sie als ungerecht, da ja schon von vornherein die Hälfte aller Menschen ausgeschlossen war, denn Frauen waren noch nicht mal zur Stimmabgabe zugelassen worden. Auch er fand das ungerecht, aber vielleicht würde ja die Versammlung daran etwas ändern. Ein kleiner Funken Hoffnung blieb, doch Clara war da eher skeptisch.

Die abendlichen Treffen in der Waschküche waren mittlerweile gut besucht. Immer mehr Frauen hatten sich dort eingefunden und es war nun so weit gekommen, dass von dort Vertreterinnen in andere Gegenden gingen, um dort mit den Frauen zu reden. Eine Art von sich selbst verwirklichenden Bewegung war zustande gekommen. Die Frauen halfen sich untereinander mit guten Ratschlägen, Tipps und manchmal auch mit Kochrezepten. Nicht wirklich etwas Politisches, aber in den Augen der Frauen ein Fortschritt. Jede wusste nun, dass ihr geholfen werden konnte und dass sie mit anderen Frauen reden konnten, wann immer sie einen Rat brauchten.

Nur die Heimlichkeit ihrer Beziehung setzte ihnen beiden zu. Wirklich nah durften sie sich nur im Dunklen sein. Und gerade jetzt im Sommer hätten sie auch gern, so wie es Fritz und Maria taten, draußen die Sonne zusammen genossen. Doch sie waren ein Paar der Finsternis. Niemand durfte von ihrer Beziehung wissen und doch gab es ja mit Regina, Fritz und Maria schon drei, die das Geheimnis kannten.

Würde alles gut gehen? Wenn Peter oder Claras Familie etwas von dem Verhältnis erfahren würden, so hätten sie einen guten Grund, ihre Rache auch vor Gericht durchzuführen. Im besten Falle drohte der geliebten Frau dann Kerkerhaft für ein paar Jahre. Im schlimmsten Fall der Galgen! Sie versuchte auch die Beratung der Frauen im Verborgenen zu behalten, damit sie nicht noch mehr Ärger bekam. Aber konnte man dass, wenn hunderte Frauen auf den Treffen auftauchten? Meist hatte Clara die Kleidung ihrer Magd an, wodurch die Frauen eine ihresgleichen in ihr sahen. Nur wenige wussten wirklich, wer sie war. Die Arbeiterinnen aus der Fabrik ihres Bruders, die damals dabei gewesen waren. Sonst wohl kaum jemand.

40. Kapitel

Ängste und Gewalt

mmer noch dachte er an die Massen von Arbeitern, die im Frühjahr auf ihn zugestürzt waren. Peter hatte mit seiner Handvoll Männer keine Chance gehabt, diese Flut aufzuhalten. Der Offizier hatte die Angst in den Augen seiner Soldaten gesehen. Insgeheim musste er sich eingestehen, dass auch er Angst gehabt hatte. Diese Furcht machte Peter Angst, denn eigentlich fürchtete er sich vor nichts und niemanden, aber die Hilflosigkeit seiner Männer steckte auch Monate später immer noch in ihm. Er war ja schon immer ein entschiedener Gegner der gegen den Thron und die Armee gerichteten Bewegung gewesen, doch nun war er nur noch gewalttätiger geworden. Seine Soldaten gingen ihm daher meist aus dem Weg.

Auch seine Frau hatte er nicht mehr so oft gesehen. Peter hatte sich absichtlich von ihr zurückgezogen, denn für ihn gehörte sie einfach zur Revolution! Wann immer er sie traf, bestrafte er sie nun auch für geringfügige Vergehen. Der Mann wusste, dass es falsch war, doch er konnte nicht anders! Er war zu einem einsamen Wolf geworden. Von allen zog er sich zurück. Aber rastlos dachte er darüber nach, ob und wie diese Aufständischen niedergeschlagen werden konnten. So ging der Sommer dahin. Erst im Herbst, am 12. September 1848, traf ein großer Truppenverband in Chemnitz zu Niederschlagung des Aufruhrs ein.

Aus diesen 6.000 Soldaten wurde eine schlagkräftige Brigade gebildet und die Führung übernahm Generalmajor Albrecht Ernst Stellanus Graf von Holtzendorff, bei dem Peter im Stab eingesetzt wurde. Doch eigentlich wollte er ganz nach vorn. Er wollte kämpfen und sich in den Augen des Generals bewähren. Noch immer

steckte der Husar in ihm und nach dem halben Jahr der gezwunge-
nen Untätigkeit sollte es nun endlich vorwärtsgehen. Ein großer
Teil des sächsischen Heeres war im Norden gewesen und hatte
gegen die Aufständischen in Holstein und gegen die Dänen gekämpft. Nun, nach dem Waffenstillstand im Norden, waren die
Kräfte wieder frei, wodurch ein Teil der Männer nach Sachsen
zurückkehren konnten. Und auch hier bei ihnen gab es noch eine
Menge zu tun. In den Gebieten rund herum waren immer noch
Unruhen und Aufstände, auch wenn die in Chemnitz nur ein paar
Tage aufgeflackert waren und nun endgültig zum Verlöschen ge-
bracht worden waren.

Der General plante einen großen Feldzug, um die umliegenden
Gebiete endgültig von diesen revolutionären Umtrieben zu befrei-
en. Im Norden kämpften die preußischen Truppen und von Chemnitz aus war es nicht weit, bis zu den in Thüringen liegenden sächsischen Herzogtümern, die um Hilfe gebeten hatten. Noch vor dem
Einbruch des Winters sollte dort mit aller Härte zugeschlagen werden und Anfang Oktober zogen die Männer daher von Chemnitz
nach Altenburg.

Wann immer Peter die Gelegenheit dazu hatte, war er vorn bei
den Reitern, welche die Vorhut des Zuges bildeten. Schon im
Sommer hatten sächsische Truppen versucht, die Stadt einzuneh-
men und den Herzog zu unterstützen, aber sie waren nach heftigen
Kämpfen von den Aufständischen zurückgeschlagen worden. Das
sollte ihnen nun nicht passieren. Nach einigen Kämpfen rücken die
Truppen in der Stadt Altenburg ein.

Vier Wochen später hatten sie die Stadt so weit unter Kontrolle, dass die Brigade in Richtung Rudolstadt, Saalfeld, Kahla und
nach Leuchtenburg weiterziehen konnte. Der unterwegs nur spora-

disch aufflammende Widerstand der Aufständischen konnte immer zügig niedergeschlagen werden. Aber es war kein richtiger Kampf! Mit Wehmut dachte Peter daran, dass einige der Offiziere in Holstein im Kampf gewesen waren. Das war ein richtiger Krieg gewesen! Während er in Chemnitz, zur Untätigkeit verdammt, gesessen hatte, hatten diese Männer einen richtigen Kampf geführt. Selbst jetzt war das kein Krieg. Es war mehr eine Art von Polizeiaktion. Sie mussten nur bewaffnete Arbeiter und Bauern zusammen knüppeln. Nur selten fiel mal ein Schuss von der Gegenseite. Es war also nicht wirklich das, was er sich vorgestellt hatte.

Trotzdem war es die Gelegenheit, sich irgendwie hervorzutun, sich zu bewähren und mit unbedingter Härte gegen die Aufständischen vorzugehen, damit der General seinen Einsatz sah und honorieren würde.

Offensichtlich hatte dies auch den erwünschten Effekt gehabt, denn Ende November, nachdem alle Kampfhandlungen durch den Schnee zum Erliegen gekommen waren, durfte Peter nach Dresden, um dort eine Brigade für den im nächsten Jahr zu erwartenden neuen Kampf im Norden zusammenzustellen. Generalmajor Graf von Holtzendorff hatte durchblicken lassen, dass Peter eventuell diese Brigade im nächsten Jahr führen könne. Daran war auch eine Beförderung zum Oberst geknüpft.

Seit einiger Zeit bekam er von Johann Briefe, in denen dieser schrieb, dass Clara fast täglich aus der Wohnung verschwand und manchmal auch in der Nacht fernblieb. Sie würde dann immer bei Freundinnen bleiben, schrieb der Diener, aber so wirklich konnte er das nicht glauben. Er würde sich später um sie kümmern müssen. Zuerst war die Beförderung wichtig und wenn seine Frau ihm dabei im Wege stand, so würde er sicher eine Lösung dafür finden.

Allerdings kam eine Scheidung nicht infrage. Sein Vater würde kein Verständnis dafür haben. Auch der General war da sehr konservativ und irgendwie war auch Peter da der Meinung, dass es auch andere Lösungen gab. Schließlich wollte er ja auch das beträchtliche Vermögen von Clara nicht verlieren.

Über all den Übungen und dem Drill seiner Soldaten kam das neue Jahr. Obwohl ja im Norden ein Waffenstillstand mit den Dänen geschlossen war, war doch schon jetzt abzusehen, dass dieser im Frühjahr enden würde. Eine Seite würde nach der Schneeschmelze sicher die Kampfhandlungen fortsetzen und noch vor Ende Januar brach die Brigade auf. Allerdings durfte Peter sie dann doch nicht führen, aber er erhielt eines der Bataillone und brannte darauf, zu zeigen, wozu die Männer nun, nach seiner Ausbildung, fähig waren. Der Brigadeführer sah abschätzend auf jede seiner Handlungen. Sicher wollte er beurteilen, ob Peter schon das Zeug zum Oberst hatte.

So zogen sie gen Norden und erreichten vor Mitte Februar ihre Ruheräume, wo sie sich von den Anstrengungen des Marsches erholen sollten. Dabei war Peter so ungeduldig, dass es, durch sein voreiliges Handeln, fast zum Bruch des Waffenstillstandes gekommen wäre. Noch waren die Verbündeten aber nicht für den Kampf bereit und daher beorderte der Oberst Peter am 20. Februar zurück nach Dresden, damit er neue Kräfte ausbilden und in den Norden bringen konnte. Zwei Tage später brachen die Dänen den Waffenstillstand und Peter hatte das Nachsehen. Der Krieg begann ohne ihn! Er hätte vor Ärger und Wut brüllen können.

41. Kapitel

Hilfe in der Not

Der Winter war die schlimmste Zeit in den Elendsvierteln der Arbeiter. Clara hatte schon im Herbst mit Erschrecken gesehen, dass die meisten Kinder nicht mal Schuhe besaßen. Viele waren im Winter krank geworden und überall war das Husten und Niesen der Kinder zu hören. Dazu kam noch, dass viele Wohnungen nicht geheizt und von Ungeziefer bevölkert waren. Fast jeden Tag wurde ein Kind auf dem Friedhof beerdigt und Clara versuchte zu helfen, wo immer es ihr nur möglich war. Unter falschen Namen und meist über Maria oder Regina versorgte Clara viele der Kinder mit Lebensmitteln oder warmer Kleidung, doch es brach ihr fast das Herz, dass sie nicht allen helfen konnte. Zu Hause machte Maria schon seit Wochen jeden Tag Eintopf und mit dem dadurch gesparten Haushaltsgeld unterstützte Clara die Ärmsten und Kleinsten.

Auf diese Weise waren über die Monate mehr wie hundert Taler in die Taschen der Frauen gewandert. Eigentlich hätte Clara noch die Münzen der Mitgift gehabt, doch da kam sie ohne ihren Mann nicht heran. Nur die wöchentliche Zuteilung für den Unterhalt konnte sie daher verwenden.

Vor einem Jahr hatte sie noch keine Ahnung gehabt, wie schlimm es vielen Menschen in dieser Stadt täglich ging. Sie hatte zwar von den Frauen in der Manufaktur gewusst, aber irgendwie versucht, dieses Wissen zu verdrängen. Nun ging das nicht mehr! Immer wieder schob sich die Not der Frauen in ihr Bewusstsein. Clara wollte ihnen helfen, aber sie hatte sich von ihrem bisherigen Einsatz mehr erhofft. Es war wie ein Tropfen auf einen heißen Stein. Die Münzen verschwanden, die Not blieb! Allerdings legte sich ein Netz aus Frauenfreundschaften über die ganze Stadt und Clara war glücklich darüber, nur die Verbindung zu ihren alten Freundinnen blieb dabei auf der Strecke. Hatte sie am Anfang noch versucht, mit ihnen zu reden, so war nach ihrem Auftritt, damals in der Fabrik, das Verhältnis zu ihnen eher schwierig geworden. Eine nach der anderen hatte den Kontakt zu Clara abgebrochen.

Zum Schluss hatte nur noch ihre Freundin Greta zu ihr gehalten, doch das war seit Weihnachten nun auch vorbei, denn bei der Weihnachtsfeier, zu der Clara in ihr Elternhaus eingeladen gewesen war, war es zum Eklat und zum offenen Streit mit ihrem Bruder gekommen. Erneut hatte sie für die Arbeiterinnen Partei ergriffen und danach hatte Gregor sie aus dem Haus geworfen. Greta hielt zu ihrem Mann und nicht zu Clara.

Aber das Vertrauen, das ihre beiden Freundinnen und Unterstützerinnen, Regina und Maria, ihr entgegen brachten, das entschädigte sie für diesen Verlust. Zum Glück war Peter fern. Der Mann hätte die Veruntreuung der Taler sofort bemerkt und sie unweigerlich dafür bestraft. Doch er hatte sie nun schon eine ganze Weile in Ruhe gelassen und Clara betete jeden Tag dafür, dass es noch eine möglichst lange Zeit so weiter ging. Sonst wären ja auch die heimlichen Treffen mit Heinrich vorbei gewesen.

Dieser Mann war so ganz das Gegenteil von Peter, doch die Verbindung zu dem geliebten Mann konnte sie nicht über ihren Kummer hinweg trösten, immer noch mit dem falschen Mann verheiratet zu sein. Bei ihren Treffen hatte Heinrich ihr auch viele politische Punkte erklärt, leider stellte sich da bei Clara eine gewisse Ernüchterung ein, die Revolution betreffend, denn bisher hatte diese nichts am Schicksal der Frauen geändert. Und es war auch offensichtlich gar nicht vorgesehen gewesen. Im von Männern gewählten Parlament saßen nur Männer und diskutierten über Männerthemen.

Natürlich betraf die Einigkeit Deutschlands, nachdem diese Parlamentarier streben, auch die Frauen, aber änderte dies etwas an ihrem Los? Ihrer Not? An dem täglichen Kampf ums Überleben? Eher nicht! Zumindest bisher nicht! Die Frauen standen immer noch in den Waschküchen und redeten über ihre Frauenthemen. Immer noch standen sie unter den Männern. Rechtlos, viele arbeitslos und hoffnungslos. Clara ging es mit ihrem Mann ja auch nicht anders.

Allerdings gab es jetzt, sozusagen als Lichtblick für Clara, eine neue Solidarität zwischen den Frauen. Sie versuchten sich gegenseitig zu helfen und das hätte es vor einem Jahr noch nicht gegeben. Damals war sich in der Not noch jede selbst am nächsten gewesen und vielleicht würde es in einer geeinten Heimat für die Frauen dann doch noch leichter werden, da man dann ja nur einmal den Willen der Frauen und Mädchen durchsetzen musste. Heinrich hatte ihr da etwas Hoffnung gemacht, aber es ging schleppend langsam vorwärts. Es war nun schon fast ein Jahr seit der Revolution vergangen und noch nicht viel gewonnen.

Am schönsten waren aber die Treffen mit Heinrich. Nicht nur die körperliche Nähe, sondern eher das geistige Beisammensein gefielen ihr zunehmend. Mit ihm konnte sie die ganze Nacht reden. Er verstand sie und konnte ihr auch die Dinge so erklären, dass sie es auch verstehen konnte. Gleichzeitig half der Mann auch bei ihrer Arbeit für die Frauen mit. Das war das, was sie am wenigsten erwartet hatte. Ein Mann, der sich für Frauenfragen interessierte, und zwar für die wirklich wichtigen, und nicht nur, wie man sie am schnellsten in das Bett bekam. Zwar waren sie ja am ersten Abend genau bei dieser Frauenrunde aufeinander getroffen, doch dass dies auch so weiter ging, das hatte sie nicht erwartet.

Vielleicht war sie von dem Zusammentreffen mit den anderen Männern beeinflusst gewesen, denn weder Gregor, noch Peter und gleich gar nicht ihr Vater, hatten sich auch nur einen Deut darum gekümmert, was ihre Frauen oder sie gewollt hatten. Für diese Männer, vielleicht auch für die meisten Männer, war eine Frau nur im Haus und in der Küche was wert. Vielleicht noch als billige Arbeitskraft in der Manufaktur. Oder als Hure im Bett! Bedingungslos den Männern ausgeliefert, sie hatte ja gesehen, wie die Heizer in der Manufaktur mit Maria umgegangen waren, auf Weisung von Gregor hin.

Aber da kam sicher wieder die kleine Rebellin bei ihr durch. War es denn nicht das gottgegebene Recht der Männer, so mit den Frauen umzugehen? In der Kirche hatte der Pfarrer jeden Sonntag genau so etwas gesagt. „Die Frau sei dem Manne untertan!" Verstieß sie mit ihren Handlungen vielleicht gegen den Willen Gottes? Oder war das Ganze nur eine Täuschung der Männer? Damit sie still hielten und nicht gegen das Unrecht aufbegehrten?

Aber Gott ließ sie gewähren und war das nicht eigentlich schon ein Zeichen dafür, dass sie mit dem, was sie tat, Recht hatte? Nicht Gott hatte sie für ihre Handlungen bestraft, sondern immer nur Peter! Also tat sie wohl dem Willen Gottes genüge, wenn sie den Frauen half. Es war damit ein gottgefälliges Werk und diese Erkenntnis bestärkte Clara in ihrem Tun.

42. Kapitel

Freundinnen?

Wieder war es März und damit ein Jahr her, dass Maria nun mit Clara in dem Viertel der Arbeiter war. Mittlerweile fast täglich! Über diese Zeit war eine Freundschaft zwischen den beiden Frauen entstanden, die trotzdem noch immer für Maria undenkbar und unaussprechbar war. Clara, die Herrin und Gräfin, die in ihrem Leben noch nicht eine Minute wirklich gearbeitet hatte, und Maria, die Dienerin und Magd, die nichts anderes als Arbeit kannte, soweit sie zurückdenken konnte. Und doch war es so geworden. Regina war die Dritte in ihrem Frauenbund. Nur sie drei wussten um Claras vollen Namen, die anderen Frauen kannten meist nur Claras Vornamen oder dann noch den Namen „Clara Müller" mit dem sie sich manchmal vorstellte. Eigentlich war das ja Marias Nachnahme und es schmeichelte ihr schon etwas, das die Herrin ihren Namen dafür benutzte, ihr Tun in den Armenviertel zu verschleiern, denn es durfte ja keiner aus den alten Kreisen ihrer Verwandtschaft etwas davon erfahren.

Noch viel verschwiegener waren sie über das Verhältnis zwischen Heinrich und Clara. Das durfte niemand außerhalb ihres Dreierbundes erfahren! Zu gefährlich wäre das für Clara geworden, denn jeder Mann hätte Clara dafür anklagen und in den Kerker bringen können. Mit Ehebrecherinnen wurde nicht zimperlich umgegangen. Daher versuchte Maria die Freundin besonders zu schützen und hatte immer ein Auge auf sie. Dadurch litt natürlich ihr Beisammensein mit Fritz, doch was wäre sie ohne Clara? Sie konnte sich gar nicht mehr vorstellen, wie es früher gewesen war. Und sie wollte es auch gar nicht mehr wissen. Keinen Tag wollte Maria ohne Clara sein. Wer wusste schon, was kommen würde, wenn Maria zu einer anderen Herrschaft gehen müsste. Sicher nur neue Gewalt und Ärger.

Eigentlich hätte Maria ja Regina viel näher sein müssen, denn sie beide kamen aus dem Dorf. Das Landleben war überall gleich! Nur der Weg in diese Stadt war für sie beide unterschiedlich gewesen. Während Regina bei einem Mann gelandet war, der mittlerweile aber verstorben war, und jetzt eine Wohnung führte, war sie in einer Villa gelandet und leitete nun eine Küche. Trotzdem fühlte sie sich Clara näher, als sie es jemals zu Regina gewesen war. Woran mochte das wohl liegen? Maria konnte es nicht sagen, aber da war etwas zwischen ihnen, was diese Verbindung zu Clara so unbeschreiblich machte. So, als ob sie sich schon immer kannten. Eine Art tiefes Vertrauen lag da zwischen den beiden Frauen.

Schließlich fiel ihr ein, dass dies alles nur ging, weil der Herr Graf weit fort war. Sollte er wieder zurückkommen, so würde ihr Martyrium wieder beginnen. Mit Grausen dachte Maria an die Schmerzen und Demütigungen, die er ihr zugefügt hatte. Und in den Worten von Clara hatte Maria in den Untertönen gehört, dass er auch mit ihr nicht zimperlich umgegangen war. Außerdem hatte sie ja damals die Striemen auf dem Rücken der Freundin gesehen. Auch wenn Maria sofort ihr Leben für die Freundin gegeben hätte, so hatte sie doch Angst vor dem Mann, wenn er sie erst mal wieder in seine Finger bekam.

Sicher würde es dann auch Clara schlecht ergehen! Konnten dann die zwei Frauen ihn stoppen? Sicher nicht! Es war auch eher unwahrscheinlich, dass der Herr Graf in eine Scheidung einstimmen würde, denn damit würde er auf die Mitgift verzichten und das war wohl eher nicht zu erwarten. Viel eher war zu befürchten, dass Johann seinen Herrn bereits in alles eingeweiht hatte, was in seiner Wohnung in der Zeit seiner Abwesenheit passiert war. Der alte Diener war für Maria eher ein verschlossenes Buch. Zwar gab er sich ihr gegenüber freundlich, doch was der alte Mann in seinem Zimmer machte, oder gar in ihrer Abwesenheit dort tat, das war ihr nicht bekannt.

Nur eines wusste Maria: Johann war seinem Herren treu ergeben und bedingungslos loyal! Es wäre ein unkalkulierbares Risiko, dem Mann zu vertrauen und irgendetwas zu ihm zu sagen, was dieser in irgendeiner Form gegen sie verwenden konnte. Daher drehten sich die wenigen Gespräche zwischen Maria und Johann nur um das Wetter, den Einkauf und den Inhalt des Kochtopfes. An manchen Tagen verschwand der Diener auch für eine Stunde aus dem Haus. Das war dann der Moment, in welchem er seine gesammelten Informationen dem Boten der Post von Thurn und Taxis anvertraute. Jedes Mal schwebte dann eine noch größere Gefahr über den Frauen, denn es konnte ja auch sein, dass er auf dem Rückweg ein Schreiben des Herrn mitbrachte, das sie beide wegen ihrer angeblichen Missetaten in den Arrest brachte. Immer wartete Maria dann zitternd auf die Rückkehr des alten Dieners und atmete später erleichtert auf, wenn dieser sich wieder in seinem Zimmer befand und sie noch auf freiem Fuß war. Das Ende war deutlich abzusehen und eigentlich war es nur die Angst vor dem Unvermeidlichen, dieses Unwissen über den Zeitpunkt der Bestrafung, der sie zittern ließ.

Dass sie diese Strafe erhalten würde, und dass sie verdient war, daran hatte sie keinen Zweifel. Ein paar Jahre Kerkerhaft würde sie dafür bekommen, dass sie Clara half, den Frauen zu helfen. Was der Herr Clara antun würde, das war weniger klar. Würde er sie für den Ehebruch in den Kerker werfen lassen? Auspeitschen lassen? Oder würde Clara ein kleiner, tragischer „Unfall" im

Haushalt zustoßen? Alles war möglich. Aber wie sollte sie sich dann verhalten?

Eigentlich war es ja klar, dass sich eine Magd, bei drohender Gefahr, schützend vor ihre Herrschaft warf. Von klein auf hatte man ihr das beigebracht. Allerdings war das bei Clara nun etwas anderes! Maria würde sich zwischen Clara und deren Mann werfen müssen und nicht die geforderte Zurückhaltung üben können, die von ihr ebenfalls gefordert war, denn als Dienstpersonal hatte einen die Belange der Herrschaft nicht zu interessieren, es sei denn, die Herrschaft beauftragt sie damit! Auch das hatte sie früh lernen müssen. Seufzend dachte sie an die „gestohlene" Zeitung zurück.

Clara kam in die Küche und sagte „Wir müssen los!" Maria sah Johann im Flur stehen und die Tür zum Flur stand noch offen. Sie machte einen Knicks und sagte „Gern Herrin, wenn sie mich zum Markt begleiten wollen." Den verwirrten Blick der Herrin ignorierte sie und zeigte mit einem leichten Kopfnicken in Richtung Flur. Nun hatte es auch Clara verstanden. Schnell zogen sie sich an und eilten zu Regina, ihrer dritten Freundin.

43. Kapitel

Bankgeschäfte

Clara hatte sich entschieden. Sie würde sich von Peter trennen und was weiter kommen würde, das würde sie schon noch sehen. Dazu hatte sie nicht nur die liebevolle Beziehung zu Heinrich bewogen, sondern vor allem die Angst, die sie vor ihrem gewalttätigen Ehemann hatte. Eine Scheidung von ihm war zwar durchaus möglich, aber sie konnte darüber noch nicht mal mit ihm reden, da er ja immer noch im Krieg war. Und sicher würde sie auf die Frage wieder die Gerte zu spüren bekommen!

Damit war ja klar, dass sie nicht so lange warten wollte, bis er zurückkommen würde! Bei dem Gedanken an Peter zog sich ihr Bauch zusammen, denn Clara vermutete, dass Johann, sein treuer Diener, ihm schon alles erzählen würde und danach waren ihre Stunden sicher gezählt. Wenn ihm Johann dies alles nicht bereits geschrieben hatte und sie eigentlich nur noch am Leben war, weil er sie aus der Ferne nicht anklagen konnte, denn dazu musste er ja persönlich vor dem Richter erscheinen. Diese tägliche Angst lähmte sie und sie wollte sich davon lösen! Frei sein!

Seit mehr als einem Jahr traf sie sich nun schon heimlich mit Heinrich und da sie verheiratet war, war jedes dieser Treffen gefährlich. Wenn ein anderer Mann sie wegen Ehebruchs anzeigen würde, so wäre sie automatisch im Gefängnis, bis ihr Mann zurückkommen würde, um zu entscheiden, welche Strafe sie bekommen sollte. Auch für eine Scheidung musste er hier sein und sie wollte nur noch mit Heinrich zusammen sein, auch wenn ihre Familie dies nie verstehen würde. Er war doch nur ein Arbeiter!

194

Doch Clara war das völlig egal und diese Heimlichkeit musste endlich aufhören. Sie wollte nur noch Heinrich gehören und sich offen zu ihm bekennen dürfen. Clara widerte die Ehe mit Peter nur noch an und kein Grafentitel war es wert gewesen, diese Demütigung auf sich zu nehmen! Es war Ende April des Jahres 1849, als sie diesen Schluss für sich gezogen hatte, doch ihr Geld wollte sie Peter nicht überlassen. Das lag sicher verwahrt auf der Bank und wartete nur darauf, dass sie es abholen würde. Doch dabei hatte sie das nächste Problem: Es war zwar ihr Konto, doch da sie verheiratet war, hatte nur ihr Mann zu bestimmen, ob sie davon etwas holen konnte.

Ihre Familie tätigte schon seit der Gründung des Bankhauses Kunath & Nieritz am Rossmarkt im Jahre 1837 ihre Geldgeschäfte dort. Vor ein paar Tagen hatte sie sich mit Heinrich daraufhin verabredet, dass sie fliehen wollten, wenn sie das Geld geholt hatte. Maria würde sie dann begleiten und damit würde natürlich auch Fritz mit ihnen mitkommen. Es hatte lange gedauert, bis sie den Geliebten zu einer Zusage bewegen konnte, weil Heinrich eigentlich nicht von der Fabrik fort wollte. Der Mann wollte weiter seine Lokomotiven herstellen und erst als sie ihn vor die Wahl gestellt hatte, sie oder die Lok, da hatte er sich zum Glück für sie entschieden. Was sie anderenfalls gemacht hätte, darüber hatte sie noch nicht nachgedacht und diese Entscheidung war ihr dann auch zum Glück erspart geblieben, denn eigentlich liebte sie ihn viel zu sehr.

Und nun war Clara also auf dem Weg zur Bank. Zusammen mit Maria führten sie ihre Schritte den wohlbekannten Weg entlang. Natürlich hätten sie das Stück auch mit einer Kutsche fahren können, aber da sehr schönes Wetter war, gingen sie einfach durch das Viertel. Nachdem sie das Flüsschen Chemnitz auf der Brücke überquert hatten, waren sie auch schon wenig später auf dem Platz. Für ein paar Augenblicke blieben die beiden Frauen am Saxoniabrunnen stehen und Clara sah ein paar Tauben zu, die darin ihren Durst löschten.

Auf dem Brunnenrand sitzend überlegte sie noch einmal, ob diese Entscheidung richtig war, ihr Herz hatte sich für Heinrich entschieden und mit dem Geld wollten sie einen Neuanfang wagen. Zweifel und Ängste sausten erneut durch ihren Kopf, doch sie wischte sie fort. Schließlich nickte sie der Magd zu und wendete sich dem Gebäude zu, in dem sich die Bankfiliale befand. Schon ein paar Mal war sie mit dem Vater hier gewesen und als sie den Raum betraten, wurde ein Angestellter sofort auf sie aufmerksam. Eine Frau, nur in Begleitung einer Magd, ohne Mann! Da sie aber ihr bestes Kleid angezogen hatte, und Maria eindeutig als Magd zu erkennen war, wurde sie auch sofort in einen hinteren Raum gebeten. Ein Herr im Anzug begrüßte sie, kühl und distanziert, und fragte auch sofort, wo ihr Mann sei. „Der ist noch im Krieg und kämpft für unser Land", antwortete ihm Clara.

Der Bankangestellte nickte und fragte weiter „Was kann ich den für sie tun?" Clara nannte ihren Namen und begann zu erklären „Ich hätte gern die Hälfte meines Barbesitzes abgehoben, der auf meinem Konto bei ihnen verwahrt wird." Der Mann schlug ein Buch auf, suchte eine Weile darin und sah auf einer Seite nach, dann fuhr er mit dem Finger auf dieser Seite nach unten und sagte schließlich „Das wären dann 1.000 Taler." „Wenn sie das so sagen, dann wird es wohl auch stimmen!", gab Clara ihm zurück. „Aber ich kann solch eine große Summe nur auszahlen, wenn ihr Mann zugestimmt hat. Er ist ja nun ihr Vormund und damit der Besitzer des Kontos." „Aber es ist doch mein Geld!", sagte Clara fast aufgebracht. „Aber sie sind doch verheiratet?", fragte der Mann und Clara schluckte.

„Ja?", entgegnete sie und er setzte hinzu „Eben! Darum kann ich ihnen das Geld nur geben, wenn ihr Mann zustimmt!" „Aber wie ich schon gesagt habe, befindet er sich im Krieg!", antwortete Clara und zwang sich dabei zur Ruhe. Sie war kurz davor, alles zu verlieren. Alles riskiert hatte sie nun schon. Ein letzter Versuch: sie lächelte den Mann an. Würde das helfen? „Bitte warten sie, da muss ich den Herrn Direktor fragen", sagte der Mann und Clara antwortete mit schmeichlerischer Stimme „Bitte tun sie das."

Der Mann deutete eine Verbeugung an, denn nun hatte er ja den Wert ihres Besitzes im Buch gesehen, dann verschwand er und ließ die beiden Frauen in dem Raum alleine. Clara sah zu Maria und verdrehte die Augen. „Früher war das einfacher, ein paar Münzen zu erhalten!", sagte sie nur und musste weiter warten.

Es dauerte eine ganze Weile, bis der Mann in Begleitung eines anderen Mannes zurückkam. Dieser stellte sich als Direktor vor und setzte sich hinter den Tisch „Was kann ich den nun für sie tun?", fragte er, als ob ihm das sein Angestellter nicht zuvor be-schrieben hätte, denn sonst wäre er ja nicht hier. Nun begann Clara eine Geschichte zu erfinden und holte dazu etwas weiter aus. „Wie ihnen ihr Kollege sicher schon gesagt hat, kämpft mein Mann im Krieg. Seit wir geheiratet haben, leben wir in einer kleinen Woh-nung, weil wir bisher nichts Besseres gefunden haben", erzählte sie.

Der Mann nickte offenbar wohlwollend. Bisher hatte er ihr die Geschichte schon mal abgenommen und darum setzte Clara fort. „Nun habe ich das perfekte Haus für uns gefunden, aber ich muss es schnell anzahlen, sonst ist es vergeben. Ich kann also nicht erst noch ein paar Wochen warten, bis mein Mann zurück sein wird.

Sie verstehen mich?", fragte sie weiter und wieder nickte der Direktor.

Der Direktor sah in das Buch und fragte „Und wie viel soll es denn nun sein?" „Wie ich ihrem Kollegen schon gesagt habe: die Hälfte meines Vermögens, also 1.000 Taler!" Unschlüssig blickte der Mann zwischen ihr und dem Buch hin und her. „Es soll eine Überraschung für meinen Mann werden!", setzte Clara noch hinzu und beugte sich zu ihm vor. „Sie verstehen mich?", fragte sie lächelnd und erst damit erreichte sie wohl, dass er nun endlich zustimmte.

Wenig später lagen vier Beutel mit Münzen auf dem Tisch. In jedem davon befanden sich 250 frisch geprägte Vereinstaler. Clara hob einen der Münzsäcke an, um die Geldstücke nachzuzählen. Dabei stellte sie fest, wie schwer Geld doch war. Der Beutel mochte wohl acht Pfund wiegen. Daher hatten es wohl auch zwei Männer in den Raum getragen. Langsam formte sie kleine Münzstapel auf dem Tisch.

„Soll ich ihnen jemanden als Träger zur Verfügung stellen?", fragte der Direktor, nachdem Clara alle Münzen wieder in dem Beutel verstaut hatte. Sie zog das Band zu und sagte „Nicht nötig. Wir haben es ja nicht weit." Dabei erhob sie sich, nickte dem Mann zu und gab Maria zwei der Münzbeutel, die diese in ihren Korb legte. Dann nahm sie die anderen beiden Säcke und verabschiedete sich von den Männern in der Bank.

Ein paar Schritte später waren sie wieder auf dem Platz vor dem Brunnen. Erleichtert atmete sie auf, doch schon jetzt zerrten die beiden Beutel an ihren Armen und es war doch noch eine ganze Strecke zu gehen. „Ich hätte nie gedacht, dass Geld so schwer sein kann!", stöhnte Clara. Sollten sie sich eine Kutsche nehmen? Sie blickte sich um, beschloss dann aber, zu Fuß zu gehen. Clara nickte ihrer Freundin zu und sie machte sich auf den Rückweg.

Sie freute sich auf das kommende Leben mit Heinrich. Aber was wäre, wenn der Bankdirektor ihren Mann informieren würde? Zwar hatte sie ihm gesagt, dass es eine Überraschung für Peter sein würde, doch mit einem einfachen Wort konnte Peter sie wegen dieses Diebstahls in den Kerker bringen. Neue Ängste sausten durch ihren Kopf. Die Tragweite dieses Entschlusses kam erst langsam in ihren Kopf.

Dazu kam auch noch die Furcht, weil sie ja so viel Geld bei sich hatten. Aller paar Schritte sah sie sich auf dem Weg immer wieder vorsichtig um, ob ihnen jemand folgte. Nicht, dass sie am Ende noch überfallen und ausgeraubt wurden! Es konnte ja sein, dass jemand sie beim Verlassen der Bank beobachtet hatte!

44. Kapitel

Die treue Zofe

Sie hatte das Geld in der Hand gehabt. Schwer war es gewesen und mehr, als sie in hundert Jahren als Magd verdienen konnte, doch nicht einen einzigen Augenblick hatte sie daran gedacht, einfach damit wegzulaufen. Maria hatte in Clara eine Freundin gefunden und Freundinnen hielten doch zusammen, was auch immer passierte. Schließlich würde sie alles für die Herrin und Freundin tun. Schon einmal hatte sie ihr Leben für Clara eingesetzt und ein anderes Mal ihren Körper für sie geopfert. Keinen Moment würde sie zögern, es wieder zu tun, denn Maria war glücklich über die Art, wie Clara sie behandelte.

Jetzt war das Geld in ihrer Wohnung. 32 Pfund Silber! Ein riesiger Schatz, unter dem fast der kleine Tisch in Claras Zimmer zusammenzubrechen drohte. Es war etwas schwierig gewesen, das Geld an Johann vorbei zu bringen. Auf dem Markt hatten sie noch ein wenig Gemüse eingekauft und auf den letzten paar Schritten das ganze Geld in Marias Korb unter diesem Gemüse versteckt.

Es hatte ihr fast den Arm zu Boden gezogen und trotzdem hatte sie Johann angelächelt, als ob nur eine einzige Möhre in dem Korb gelegen hätte, denn sie durfte ja sich und die Herrin nicht verraten! Zu viel hing von ihr ab. Wenn der Diener einen Verdacht geschöpft hätte, so wäre ihre geplante Flucht schon jetzt beendet. Der Diebstahl, und ein solcher war ja das Geldabheben ohne die Zustimmung des Herrn, hätte sie beide sofort in den Kerker gebracht. Und der Beweis für diese Untat lag ja funkelnd auf dem Tisch. Leugnen wäre völlig nutzlos gewesen.

Schnell versteckten sie das Geld in Claras Schrank, den nur diesen konnten sie abschließen. Doch wie konnten sie sicher sein, dass Johann nicht in ihrer Abwesenheit diesen Schrank kontrollieren würde? Von nun an, bis zum Tage des Aufbruchs, würde immer nur eine von ihnen das Haus verlassen können und die andere musste den Diener überwachen.

Da sie das Haus bisher immer zusammen verlassen hatten, mussten sie sich nun etwas für Johann überlegen, damit dieser nicht stutzig wurde, weil nun jeweils eine von ihnen zu Hause blieb. Daher täuschte die Herrin am folgenden Morgen einen Sturz vor und humpelte dann in ihr Zimmer. Von Maria mit einem kühlenden Wickel um das Bein versehen, konnte Clara so in dem Zimmer, mit dem Schrank immer im Blick, sitzen bleiben, ohne dass der Diener argwöhnisch werden würde, und Maria würde alles weitere in die Wege leiten.

Als Nächstes musste sich Maria auf den Weg machen, um vier Pferde zu besorgen. Dazu erhielt sie von Clara einen Beutel mit fünfundzwanzig der glänzenden Münzen. Wieder verstaute sie den Beutel in ihrem Einkaufskorb und machte sich auf den Weg zum Markt. Langsam schlenderte sie dort an den Ständen der Bauern entlang. Dort gab es auch Pferde zu kaufen, doch sie brauchte zusätzlich zu den Pferden auch einen Stall, da sie die Tiere ja in ihrem Hause nicht unterbringen konnten.

An einem Gatter sprach sie auf dem Markt einen der Bauern an, der gerade ein paar Tiere verkauft hatte, und folgte ihm zu dessen Stall, um sich dessen Pferde anzusehen. „Meine Herrin braucht vier schöne Pferde für ihre Kutsche und wird sie bald bei dir abholen", hatte sie zu dem Bauern gesagt und nun standen sie in dessen

Stall. Der Bauer hatte einige Pferde und ein paar davon waren ganz passabel.

Maria kam ja aus dem Dorf und daher konnte sie auch mit Pferden umgehen, sowie den Wert der Tiere richtig einschätzen. Es dauerte eine Weile, bis sie sich handelseinig geworden waren. Der Glanz der Münzen trug dabei wesentlich zur Beschleunigung des Vorganges bei. Ohne diese Taler wäre sie vermutlich mit ein paar lahmen Ackergäulen abgezogen, doch so konnte sie schöne und schnelle Pferde erwerben, die in einen separaten Stall des Bauern untergebracht wurden. Für den Rest der Münzen versprach der Mann, auch das Futter und ein paar Sättel und Satteltaschen zu besorgen. Maria hatte etwas von Testreiten durch die Herrin gesagt, damit der Mann nicht misstrauisch wurde, warum er für Kutschpferde Sättel besorgen sollte.

Der Bauer versprach alles schon ab dem nächsten Tag bereit zu halten und daraufhin übergab sie den Beutel mit dem silbernen Inhalt. Das Transportmittel war damit erst mal gesichert und würde für sie bereit stehen. Nun machte sie sich auf den Weg zum Markt zurück, um noch etwas zu essen einzukaufen.

Als Maria wieder zu Hause ankam, wurde sie schon von Clara erwartet. „Du warst ja so lange weg!", sagte die Freundin und für einen Moment wusste Maria nicht, was Clara damit meinte. Doch dann fiel ihr ein, dass sie ja mit dem Verdienst von zwei Jahren das Haus verlassen hatte. Anscheinend hatte Clara Angst gehabt, dass sie sich mit den Münzen aus dem Staub machen würde. Fast entrüstet sagte Maria „Herrin, was denkt ihr von mir?" „Clara!", sagte die Freundin und diesmal sagte Maria trotzig, „Nein! Herrin oder Gräfin! Eine Freundin hätte mir vertraut!" Nun sagte Clara zerknirscht „Entschuldige bitte!" und es dauerte eine ganze Weile, bis Maria wieder in das Zimmer zu Clara ging, um über die gekauften Pferde zu berichten.

Das fehlende Vertrauen hatte ihr allerdings schon etwas zugesetzt. Sie würde für Clara immer noch, als treue Zofe, jederzeit ihr Leben geben. Für die Freundin ja sowieso! Aber, das sie mit so ein paar Münzen fliehen würde, diese Idee war ihr nicht gekommen und es schmerzte sie, dass Clara an so etwas überhaupt gedacht hatte.

Am folgenden Tag gab Clara ihr wieder einen Beutel mit 25 Talern und sagte „Bringe den zu Regina, damit sie und ihre Kinder versorgt sind, wenn wir dann fort sind." Maria hielt den schweren Beutel in der Hand und legte den Kopf schief. „Woher willst du wissen, dass ich nicht damit auf einem der Pferde die Flucht ergreife?", fragte sie, warf dabei den Beutel spielerisch in die Höhe und fing ihn wieder auf. Es klatschte, als das Leder ihre Handfläche berührte. „Ich vertraue dir!", sagte Clara und Maria lächelte zurück. Dann sagte Clara „Freundinnen müssen doch zusammenhalten!" „Genau!", entgegnete Maria und versteckte den Beutel unter ihrer Schürze.

Sie nickten sich zu und Maria ging zur Küche hinüber, wo sie den Beutel schnell in den Korb legte. Johann stand auf dem Flur, als sie aus der Küche kam. Wie unbeabsichtigt sah er in den Korb, konnte aber darin nichts Auffälliges entdecken. Schließlich hielt er Maria die Tür auf, wünschte ihr noch einen guten Weg und schon war sie Unterwegs. Und das sie wenig später nicht in Richtung Markt abbog, dass konnte der Diener vom Fenster aus nicht sehen.

45. Kapitel

Fünfundzwanzig Silberlinge

egina war überrascht, glücklich und bestürzt zugleich gewesen! Maria hatte ihr den Beutel in die Hand gedrückt und gesagt, dass sie es niemanden sagen solle und sparsam damit umgehen sollte. Versteckt in einer Ecke des Raumes hatte sie nachgezählt und 25 silberne Taler im Beutel gefunden. Das war eine solch unverschämt hohe Summe, das ihr dabei die Tränen gekommen waren. Damit bekam man ein Haus auf dem Land, ein Stückchen Feld und eine Kuh noch obendrauf! Die Verlockung war riesengroß, sofort mit Sack, Pack und Kindern aus der Stadt zu fliehen und irgendwo auf dem Lande zu leben, wo es schöner war, als in dieser rußhaltigen Luft, von welcher ihre jüngste Tochter manchmal starken Husten bekam. Nur wohin? In ihr altes Dorf zurück? Als gemachte und wohlhabende Frau? Das war nichts für sie. War sie nicht damals von dort hierher geflohen? Schnell versteckte sie den Beutel unter den Dielenbrettern und setzte sich an den Tisch. Sie musste nun erst einmal überlegen.

Zuerst würde sie sich selbstverständlich bei der edlen Spenderin bedanken. Und was dann? Natürlich konnte sie damit auch in der Stadt weiter bleiben und für die nächste Zeit sorgenfrei davon zehren, doch was würde dann sein? Oder sollte sie sich eine zweite Wohnung hier mieten und dann mit den doppelten Einnahmen vielleicht etwas weglegen können? Warum aber etwas sparen, wenn sie das Geld doch schon hatte? Wenn sie doch wenigstens mit jemanden darüber reden könnte, aber weder Maria noch Clara waren im Moment für sie erreichbar.

Am nächsten Tage würde der Mai beginnen und damit würde es an diesem Tage auch von den Schlafgästen die Münzen geben.

Regina stützte ihren Kopf in die Hände und stellte die Ellenbogen auf die Tischplatte. Dann würde auch wieder der Eintreiber ihres Vermieters in der Wohnung stehen, wie immer mit seinem Spazierstock spielen und erwarten, dass sie ihm die geforderte Münzmenge in die Hand drückte. Der breitschultrige Mann machte ihr Angst! Wenn er den silberbeschlagenen Stock demonstrativ in die Handfläche schlug, um seiner Forderung noch mehr Nachdruck zu verleihen, dann zuckte nicht nur sie zusammen, sondern alle anderen anwesenden ebenfalls. Wenn sie ihm ein paar dieser Taler in die Hand drückte, dann würde er in diesem Jahr nicht mehr zu ihr kommen. Allerdings würde er sicherlich fragen, wo sie so viel Geld her hatte. Und was sagte sie dann? Gefunden? Denn verdient konnte sie es ja nicht haben, so viel verdiente man hier nun mal nicht.

Nein! So groß auch die Verlockung war, den brutalen Mann für ein paar Monate loszuwerden, sie durfte sich dieser Schwäche nicht hingeben, denn sofort würde alles auffliegen! Er würde es aus ihr heraus prügeln, woher die Münzen waren, und danach würde es für die beiden Freundinnen gefährlich. Der Geldeintreiber hatte gute Verbindungen zum Gericht und ein Haftbefehl wäre schnell erwirkt. Denn das Clara das Geld nicht rechtmäßig erworben hatte, das war offensichtlich. Regina wusste, dass Clara ohne ihren Mann niemals über diese Menge an Münzen verfügen konnte.

Ihre Mädchen kamen von der Schule heim und lenkten sie mit den Erzählungen von diesen Grübeleien ab. Schließlich nahm sie ihre jüngste Tochter auf den Schoss, während die Ältere hinter ihr ein paar Blätter bemalte. Später kamen die Männer und legten die Münzen auf den Tisch, so wie es vereinbart war.

Der Abend und die Nacht kamen. Im Bett, in das sie sich mit ihren beiden Töchtern gekuschelt hatte, kam der Schlaf trotzdem nicht. Fast verfluchte sie diese Münzen, denn durch sie wurde sie genötigt, eine Entscheidung zu treffen. Was tun?

Am nächsten Morgen gingen die Mädchen zur Schule und die Männer brachen auf. Nur wenige Männer blieben nun am Tage im Bett, weil sie nachts gearbeitet hatten. Erneut kam die Zeit zum Grübeln, aber bis zum Nachmittag, bis die Mädchen zurückkamen, hatte sie keine Entscheidung getroffen. Vielleicht sollte sie die Münzen einfach irgendwo vergraben! Oder zurückgeben? Das war es! Wenn Maria oder Clara das nächste Mal hier sein würden, würde sie die Münzen einfach wieder zurück in die Hand einer der beiden Frauen drücken!

Der Entschluss stand jetzt fest und schon hörte sie die schweren Stiefel des Geldeintreibers auf der hölzernen Treppe. Offensichtlich lief der Mann extra so laut die Treppe hoch. Die Tür flog auf und er verdeckte die Türöffnung fast vollständig. Voller Angst blickte sie zu ihm hinüber. Normalerweise fürchtete sie sich vor nichts, doch das hier war anders! Wie immer ging etwas Bedrohliches von dem Mann aus. Der Blick seiner zu schmalen Schlitzen zusammengezogenen Augen ließ das Blut in ihren Adern erstarren. Geduckt, wie ein wildes Tier, bereit zum Sprung, stand er dort, den schweren Gehstock in beiden Händen quer vor der Brust haltend.

„Die fällige Miete, aber schnell!", brüllte er und Regina kramte die Münzen zusammen. Sie legte sie auf den Tisch und der Mann trat zu ihr. Sorgsam zählte er nach und verstaute dann die Münzen in seiner Tasche. Gerade wollte er gehen, als Reginas älteste Tochter einen Taler auf den Tisch legte und sagte „Damit du nicht wieder kommst!" Der Mann stoppte und sah die glänzende Münze an.

Argwöhnisch prüfte er sie und fragte dann „Wo hast du die her?" „Gefunden." „Einen prägefrischen Vereinstaler findet man nicht so einfach!", sagte er betont leise.

Regina war immer noch in einer Schockstarre. Sie wusste, wo die Tochter die Münze herhatte: aus ihrem Versteck! Der Gehstock knallte auf dem Tisch und mit einer schnellen Bewegung hatte der Mann das Mädchen am Hals gepackt. Er hielt sie hoch „Woher?", fragte er leise und drohend. Das Mädchen zeigte auf das Versteck. „Bring es mir!", befahl er der kleineren Tochter, die dorthin lief und den Sack brachte. Nun bekam der Mann noch schmalere Augen. Höher hob er die Tochter, dann zog er sein Messer und setzte es dem Mädchen an den Hals. „Woher?", fragte er nun Regina.

Aus Angst um ihr Kind verriet sie Maria. „Eine Magd kann nicht so viele Münzen haben! Also woher?", entgegnete der Mann und das Mädchen in seiner Hand begann zu röcheln. „Ich habe sie von Gräfin Clara von Kletterwitz!", erklärte Regina und der Mann ließ das Kind einfach fallen. „Aha!", sagte er, steckte Messer und Münzen ein und ging. Regina stürzte zu ihrer Tochter, die sich aber wieder erholte.

„Ich habe Clara verraten für fünfundzwanzig Silberlinge!", schluchzte Regina, am Boden hockend. Der Verlust der Münzen war nicht so schlimm, doch der Mann würde nun sicher zum Gericht gehen. Clara und Maria waren in Gefahr! Sie sah ihre jüngste Tochter an und sagte „Kümmere dich um sie!" dann lief sie los. Mit polternden Schritten rannte sie die Treppe hinab. Regina hetzt die Gasse entlang. Konnte sie die Freundinnen noch erreichen, bevor sie in den Kerker geworfen wurden? Die Angst jagte sie!

46. Kapitel

Rache oder Liebe?

Wie jeden Tag, wenn Gregor in der Manufaktur nicht so viel zu tun hatte, war er auf dem Weg zu einer Schänke, wo er sich das Bier schmecken lassen konnte. Es war zwar nicht der optimale Platz für einen Manufakturbesitzer, und das war er ja fast, sondern eher für einen des mittleren Bürgertums, aber das tat dem Spaß keinen Abbruch. Das Bier schmeckte und nur das war im Moment wichtig. Es war der erste Tag im Monat Mai und schon ein schöner, warmer Tag. Aber das interessierte ihn nicht, als er die verrauchte Schänke betrat. Im Raucherzimmer hinter dem Schankraum saß schon ein Schreiber vom Gericht, den Gregor kannte und der dort ebenfalls seinen Feierabend etwas vorzog.

Schnell kam das kühle Bier, die beiden Männer kamen in ein Gespräch und durch die offene Tür konnte Gregor die Männer in den anderen Raum eher schemenhaft stehen sehen. Der Rauch aus den Pfeifen der beiden Männer trug nur unwesentlich zu dem Nebel bei. Der meiste Qualm zog von dort hier herein.

Mitten in diesem Gespräch sah Gregor die unübersehbare Figur von Gustaf dort im Nebel stehen, der sich einen Schnaps genehmigte. Der Mann, groß wie ein Schrank, war eigentlich immer nur für das Grobe zuständig, aber genau dafür sicherte sich Gregor immer wieder seine Dienste. Er winkte dem Mann zu und Gustaf kam zu ihm herüber. Nach einer kurzen Begrüßung, ließ er sich auf die Bank fallen und danach begann der Mann zu erzählen „Mir ist heute etwas Komisches passiert! Ich habe wie immer die Mieteinnahmen kassiert, als ich in einer der Wohnungen einen blanken Taler erhalten habe." Er zog das funkelnde Geldstück aus der Tasche und ließ es auf der Tischplatte kreisen. Scheppernd fiel es um und die drei Männer sahen darauf.

„Kopf!", sagte Gregor und der breitschultrige Gustaf lächelte. „Das ist ja noch gar nicht alles!", erzählte der Geldeintreiber weiter und griff in seine Jacke. Er zog einen Beutel heraus und ließ ihn auf den Tisch prallen. Das dumpfe Geräusch ließ auf eine Menge Münzen schließen. „Fünfundzwanzig!", sagte er mit einem breiten Grinsen.

„So viele?", staunte Gregor. Das war eine immense Summe, selbst für ihn. Und in den Armenvierteln vollkommen ungewöhnlich. „Hat dir der Besitzer gesagt, wo er diese Münzen gestohlen hat?", fragte nun der Gerichtsschreiber, der einen Fall witterte. „Ja! Von einer Gräfin Clara von Kletterwitz! Aber nicht gestohlen, sondern als Geschenk!", antwortete Gustaf. Der Schreiber schüttelte den Kopf und fragte „Welche Gräfin verschenkt denn Geld?"

Gregor war bei der Nennung des Namens erstarrt. Seine Schwester verschenkte Geld? Und auch noch so viel? Wie war sie an diese Summe gekommen? Sicher war sie Teil der Mitgift! Aber da durfte sie ja nicht ohne ihren Mann heran und der war nicht da! Das wusste Gregor ganz genau. Also hatte es Clara gestohlen! Er dachte an die Schwester.

In Gedanken stellte er die kleine Schwester, die er so geliebt hatte, und die verheiratete Frau, die ihn in seiner Manufaktur angegriffen hatte, gegenüber. Zweimal dieselbe Person. Die er liebte und gleichzeitig hasste! Nur halbherzig hörte er dem Gespräch der beiden Männer zu, die weiter über die Münzen redeten und lachten. Erneut dachte er an den Auftritt der Schwester in der Manufaktur und der Hass auf sie wurde übermächtig.

„Ich kenne diese Gräfin!", kam es aus ihm heraus und die beiden anderen Männer unterbrachen ihr Gespräch, um ihm aufmerksam zuzuhören. „Sie ist die Frau meines Freundes, des Grafen Peter! Er ist schon eine ganze Weile im Krieg. Niemals hat sie diese Münzen von ihm bekommen! Sie muss sie gestohlen haben", sagte er weiter. „Aha!", gab der Schreiber von sich und setzte ein „Seid ihr euch da ganz sicher?" dazu. „Natürlich!", erwiderte Gregor und der Gerichtsschreiber stand auf. „Es ist schon eine ganze Weile her, dass hier eine Gräfin am Galgen gehangen hat!", sagte er und wendete sich dem Ausgang der Schänke zu.

Für Gregor wäre dies jetzt der letzte Moment, die Schwester vor dem Tode zu erretten, doch er ließ ihn verstreichen. Kein Wort kam über seine Lippen. „Wisst ihr, wo sie wohnt?", fragte der Schreiber von der Tür aus und Gregor gab, stockend zwar, die Adresse bekannt. „Ich werde sie sofort verhaften und in den Kerker werfen lassen!", rief der Mann von der Tür aus und deutete eine flüchtige Verbeugung an. Danach eilte er davon und ließ die anderen beiden in dem Raum zurück. Gustaf steckte die Münzen in seine Jackentasche und erhob sich ebenfalls. Dann war Gregor alleine.

Hatte er gerade eben wirklich die Schwester dem Henker übergeben? Er hatte noch nicht mal gesagt, dass sie seine Schwester war. Jetzt war sie nur noch die Frau seines Freundes! Der Hass hatte über die Liebe gesiegt! Gregor trank sein Bier aus und legte ein paar Groschen auf den Tisch, dann verließ er die Schänke. Eigentlich hätte er nun nach Hause gehen sollen, zu seiner Frau, doch für einen Moment kam die Reue bei ihm zurück. Entschlossen schüttelte er den Gedanken ab.

Er wendete sich der Manufaktur zu und ging die Straße hinab. Keine halbe Stunde später saß er in dem Meisterzimmer und begutachtete einen Stoff, den sie gerade für die Königin gewebt hatten. Wie jeden Tag, so als wäre nichts geschehen. Er sah auf den Stuhl gegenüber, auf welchen er die Schwester damals gefesselt hatte. Warum hatte sie die Münzen der Frau gegeben?

Clara war schon immer eine Weltverbesserin gewesen. Doch der Diebstahl der Münzen aus der Mitgift war zu viel gewesen. Wenn er nichts gesagt hätte, so hätte es der Schreiber wohl nur immer wieder als Anekdote beim Essen erzählt „Die Gräfin, die Geld verschenkt!", doch so wurde es nun zu einem Gerichtsfall. Sicherlich war Clara jetzt schon im Kerker. Der Gerichtsschreiber war wahrscheinlich sofort zum Amt des Stadtpolizei-Kollegiums gelaufen und die Männer dort waren bestimmt sofort tätig geworden. Dieses Amt war ja nicht weit entfernt gewesen, und auch die Wohnung der Schwester war in wenigen Minuten zu erreichen gewesen.

Hatte er falsch gehandelt? Nein! Strafe muss sein! Gregor legte den Stoff zurück und nickte dem Arbeiter zu, der den Ballen in das Lager trug. Nun war es Zeit, nach Hause zu gehen. Sollte er einen kleinen Umweg machen, und die Wohnung seines Freundes Peter besuchen? Er stand auf und entschied sich dagegen. Wenig später saß er am Tisch und ließ sich das Abendmahl schmecken.

47. Kapitel

In letzter Minute

Nun, da alles für die Abreise vorbereitet war, konnte sich Maria wieder den normalen Dingen des Tages zuwenden. Ihre Sachen waren schon in einer kleinen Tasche und standen verschnürt im Schrank. Clara hatte ihr ja noch nicht gesagt, wann sie aufbrechen wollte. Doch die treue Magd wollte vorbereitet sein. Es war Nachmittag geworden und gerade war sie vom Markt zurück, als es an der Tür klopfte. Es war mehr ein Hämmern, als ein Klopfen! Johann ging zur Tür und öffnete sie, während Maria noch, im Mantel und mit dem Korb in der Hand, im Flur stand. „Sie wünschen?", fragte Johann, doch da versuchte Regina schon, an ihm vorbei zu stürmen. „Halt!", rief der Mann und versuchte die Frau aufzuhalten, doch die Freundin schlüpfte unter seinem Arm hindurch und lief auf Maria zu. Die Magd sah die entsetzen Augen von Regina und zeigte auf die offene Küchentür. „Ist gut Johann. Ich mache das. Ich habe bestimmt auf dem Markt was vergessen", sagte Maria und folgte Regina, dann verschloss sie die Tür hinter sich und sah die Frau fragend an.

„Ich habe euch verraten!", stieß Regina aus. „Nicht so laut!", zischte Maria zurück, da der Diener sicher an der Tür lauschte. Regina kam ganz nah an ihr Ohr und flüsterte nun „Der Geldeintreiber war da. Er hatte mein Kind an der Kehle. Jetzt hat er die 25 Taler und ich habe euch verraten. Ihr müsst fliehen! Schnell!" Nun schreckte auch Maria zurück. Clara war in Gefahr! „Schnell komm mit!", sagte sie und zog Regina hinter sich her. Johann stand immer noch vor der Tür, so wie sie es vermutet hatte. „Was ist los?", fragte er neugierig, doch Maria winkte nur ab.

Gemeinsam gingen sie, betont langsam, zur Tür von Claras Zimmer hinüber und klopften. Von drin rief die Freundin „Herein!" und Maria trat ein, sie machte einen Knicks, da der Diener ja hinter ihr stand und schob dann Regina in den Raum. Sie sah in den Augen der Freundin die Furcht, denn die Frau aus dem Armenviertel hätte nie hierherkommen dürfen.

Schnell schloss die Magd hinter sich die Tür und zu zweit gingen sie die paar Schritte bis zur Gräfin. Dort wiederholte Regina ihren Satz, den Maria noch nicht richtig verstanden hatte. „Wir sind in Gefahr! Wir müssen fort!", entfuhr es der Herrin, die nun den Ernst der Lage erkannt hatte. Sie stürzte zum Schrank und zog die Beutel, die auch sie schon gepackt hatte, aus dem Schrank. „Der Diener lässt uns nie aus dem Hause!", sagte Maria und die drei Frauen sahen sich ratlos an. Johann war zwar nicht allzu stark, aber drei Frauen die Tür zuzuhalten, das würde er sicher schaffen. Er brauchte sie ja nur solange festzuhalten, bis sie abgeholt werden würden. Und das konnte ja jeden Augenblick so weit sein.

„Wie kommen wir hier raus?", fragte nun auch Clara, denn Johann stand vor der Tür, die der einzige Ausgang aus dem Zimmer war. Aus dem Fenster würden sie auf die Straße stürzen, denn schließlich befand sich die Wohnung im zweiten Stock des Hauses. „Wir brauchen eine Idee!", sagte Clara weiter und Maria sah den panischen Blick der Freundin. Zum Glück war alles gepackt und bereit, aber sie mussten noch an dem Diener vorbei! Sie überlegten zu dritt, dann sagte Regina „Ich habe es!" Sie öffnete die beiden obersten Knöpfe an ihrem Kleid und sagte „Er ist doch auch nur ein Mann! Gebt mir einfach einen Augenblick!" Dann schritt sie nach draußen. Maria folgte ihr zur Tür, legte ihr Ohr gegen das Holz und lauschte.

Wenige Augenblicke später hörte sie die Tür zum Zimmer des Dieners. „Jetzt!", sagte sie. Geschwind nahmen sie ihre Sachen auf, Maria holte die Tasche aus ihrem Schrank, und schon einen Moment später waren sie auf dem Treppenabsatz.

„Wohin?", fragte Clara, als sie schwer bepackt die Treppe hinuntereilten. „Zum Bauern, bei dem ich die Pferde untergestellt habe!", antwortete Maria. Als sie das Haus verließen, sahen sie eine Gruppe uniformierter Männer die Straße herunterkommen. Sie waren noch zu weit entfernt, um zu sehen, ob es Soldaten oder Gendarmen waren, doch die beiden Frauen wollten kein Risiko eingehen. Eigentlich hätten sie in diese Richtung gemusst, doch so schlug Maria die entgegengesetzte Richtung ein. Wenig später bogen sie in die nächste Querstraße ein und danach in die Parallelstraße. Nun war der Weg frei!

Schnell und trotzdem so unauffällig wie nur möglich waren sie unterwegs. Die Angst trieb sie davon. Sie schnauften, als sie dann endlich bei dem Bauern angekommen waren.

Der Mann stand vor dem Stall, mit der Mistgabel in der Hand. Da er nur Maria kannte, sagte die Magd „Das ist meine Herrin. Wir wollen morgen ganz früh los. Können wir in ihrem Stall übernachten?" Der Mann verbeugte sich und kratzte sich dann am Kopf. „Die Frau Gräfin kann in der Mägdekammer schlafen. Die ist gerade frei. Wenn das der Frau Gräfin genehm ist?", fragte er und Clara stimmte gern zu. Der Mann rief seine Frau, die schnell die Kammer bereiten sollte. Clara nahm Maria zur Seite und fragte „Kannst du Heinrich und Fritz hierher bringen?" Maria nickte, übergab der Freundin ihre Sachen und schon lief sie wieder los. Sie folgte der Straße, welche der kürzeste Weg war.

Maria würde dabei allerdings wieder an ihrem Wohnhaus vorbei müssen. Eigentlich konnte sie sich Zeit lassen, da die Arbeiter aus der Fabrik erst am Abend heraus kommen würden. Das wären noch drei Stunden für einen Weg, der nicht mal eine Stunde lang war, doch sie wollte ohne Umwege zu Fritz. Gleichzeitig wollte sie allerdings auch sehen, ob sie wirklich verfolgt worden waren.

Als sie die Kreuzung in der Nähe des Hauses betrat, kam ihr Regina entgegen. Sie wurde von einem Gendarmen geführt, war aber nicht gefesselt. Also würde sie bestimmt nur als Zeugin befragt werden. Ihre Blicke trafen sich, dann schaute Maria schnell zur Seite, bevor der Mann es merken konnte.

Direkt vor dem Haus standen zwei Uniformierte und einer der Männer sagte „Halt! Ihre Papiere!" Maria zog ihr Dienstbuch aus der Schürzentasche und reichte es dem Mann. Er schlug das Büchlein auf und las darin. Maria hielt den Atem an. Auf der ersten Seite, die der Mann gerade las, stand noch, völlig unverdächtig, ihre erste Herrschaft. Auch auf der nächsten Seite war es risikolos. Erst auf der dritten wurde es gefährlich, denn da stand der Name der Gräfin, die diese Männer suchten.

Der Gendarm strich sich über den Bart und blätterte um. Was nun? Noch eine Seite und die Falle schnappte zu! Warum war sie nur hierher gegangen! Maria biss sich auf die Lippe und der Mann sah sie an.

48. Kapitel

Wilde Flucht

och nie hatte Clara solch eine Angst gehabt und gerade erst hatte sich ihr Herz wieder etwas beruhigt. Jetzt stand sie in dem Stall und sah sich die Pferde an, die Maria für sie gekauft hatte, denn die Bäuerin würde noch ein paar Augenblicke brauchen, um das Zimmer vorzubereiten. Der Bauer war zu ihr getreten und erklärte ihr die Vorzüge der vier Pferde, aber sie hatte selbst schon so viel Ahnung, dass sie erkennen konnte, dass die Freundin eine hervorragende Auswahl getroffen hatte. Nun war Maria wieder unterwegs und sie damit praktisch alleine mit den beiden Bauersleuten. Um ihre Angst in den Griff zu bekommen, streichelte sie einer Schimmelstute über den Kopf. Dabei dachte sie wieder an den Moment zurück, als Regina in das Zimmer geplatzt war und sie damit zu dieser übereilten Flucht gezwungen hatte.

Clara hätte sich selbst ohrfeigen können. Es war ein Fehler gewesen, der Frau die Münzen schon so früh zu übergeben, aber das war nun eben nicht mehr rückgängig zu machen. Das Pferd schnaubte und Clara wendete sich dem Bauern zu. „Haben sie auch die Sättel und Satteltaschen besorgt?", fragte sie. „Ja Gräfin! Aber leider nur Männersattel! Einen Damensattel habe ich noch nicht bekommen", antwortete er zerknirscht, doch Clara winkte ab.

Der Mann führte sie in einen halbdunklen Raum und zeigte die dort liegenden Ausrüstungsgegenstände. Am liebsten hätte sie nun alles kontrolliert, aber sie wollte sich bei dem Manne nicht verdächtig machen. Eine Gräfin interessierte sich eventuell für die Pferde, aber niemals, wie die Nähte der Sättel waren. Das würde sie dann später Maria überlassen. Wohlwollend nickte sie dem Mann zu.

Dann hörte sie Pferde an dem Hof vorbei galoppieren und zuckte zusammen. Suchte man schon nach ihr? Natürlich! Aber hatten die Verfolger sie jetzt schon aufgespürt? War Maria gefangen genommen worden und die Verfolger standen schon vor dem Stall? Ängstliche Momente waren es, dann ritten die Reiter weiter, ohne anzuhalten. Ihre Gedanken folgten den Männern. Zum Glück konnte der Bauer in dem Dunkel vermutlich nicht ihre Angst sehen.

Clara zwang sich, ruhig zu werden. Langsam atmend stand sie in dem Raum. Sie hatte beschlossen, nach Dresden zu fliehen. Noch niemanden hatte sie bisher von ihrer Entscheidung etwas gesagt, um nicht eventuell auftretenden Verfolgern doch noch eine Spur zu geben, doch instinktiv hatte Maria den richtigen Bauern und den richtigen Platz für die Pferde gefunden.

Der Hof lag am Stadtrand von Chemnitz, direkt an der Straße, die sie für den Weg nach Dresden sowieso nehmen mussten. So würden sie am nächsten Morgen nicht noch einmal durch die Stadt reiten müssen, sondern waren praktisch schon auf dem Weg. Mit dem Blick auf diese Straße trat sie aus dem Schatten des Lagerraumes. Die Bäuerin kam auf sie zu und führte sie zu der Kammer. Der Raum war schlicht eingerichtet, aber trotzdem ganz hübsch. Clara nickte der Frau zu und gab ihr ein paar Groschen, wofür sich die Frau überschwänglich bei ihr bedankte.

Anschließend war sie alleine in dem Zimmer und die Stille stürzte auf sie ein. Was würde nun kommen? Alles hing im Moment von Maria ab. Würde die Freundin die beiden Männer erreichen und hierher bringen können? Oder würden die Verfolger sie schon eher finden? Bei jedem Geräusch zuckte Clara zusammen.

Sie schaute aus dem Fenster und kontrollierte die Fluchtwege. Es war nicht allzu hoch, aber würde eine erneute Flucht einen Sinn ergeben? Alleine? Die Männer würden sie ja verfolgen und die Zeit für eine Flucht wäre hier denkbar kurz. Das Fenster war auch noch von der Straße aus einsehbar! So konnte sie zwar sehen, wenn die Gendarmen kamen, aber bei einer Flucht würde sie den Männern nur direkt in die Arme springen. Clara versuchte sich zu beruhigen und setzte sich schließlich auf das Bett. So war das alles nicht geplant gewesen. Zum Glück hatten sie schon die Pferde! Sollte sie, wenn Maria bis zum Morgen nicht wieder zurück war, alleine fliehen? Was würde dann aber aus Heinrich? Es zog ihr Herz zu dem Mann und sie sehnte sich danach, dass er sie schützend in seine Arme nahm. Warum war er noch nicht hier? Die Minuten der Angst dehnten sich zu Jahren.

Es klopfte und sie zuckte zusammen. Würden die Verfolger klopfen? „Ja?", fragte sie und die Bäuerin schaute zur Tür herein. „Möchten sie etwas essen?", fragte die Frau und Clara stimmte gern zu. Es würde sie etwas von der Angst ablenken und damit würde auch die Zeit schneller vergehen. Die Bäuerin lief vor und Clara folgte ihr in die Küche. Auf einem Tisch aus unbehandeltem Holz stand schon ein Teller. Die Bäuerin holte ein Brathuhn aus dem Ofen, das sie vermutlich nur ihretwegen geschlachtet hatte. „Wenigstens komme ich nicht mit leerem Magen in das Gefängnis", dachte sich Clara und setzte sich auf die Bank vor dem Tisch.

Während sie das Huhn verspeiste, stand die Bäuerin in der Ecke und wartete. Sollte sie das Wort an die Frau richten? Was würde eine richtige Gräfin machen? Was für ein Gedanke! Sie war doch eine richtige Gräfin! Was sie machen würde, das wäre in Ordnung. Vielleicht hatte das Leben bei Peter schon Spuren bei ihr hinterlassen. Die Schläge mit der Gerte waren immer noch auf ihre Seele zu spüren, nur die Narben auf dem Rücken waren verheilt. „Das war köstlich", sagte sie schließlich und holte einen Taler aus der Tasche. Sie gab der alten Frau die große Münze und es folgte eine Reihe von Verbeugungen der Frau. Fast wäre die Bäuerin ihr vor Freude um den Hals gefallen.

Clara ging nach draußen und setzte sich auf die Bank im Hof. Es duftete nicht wirklich gut hier, da sich der Misthaufen direkt hinter ihr befand, aber sie hatte den Himmel über sich und einen freien Blick auf die Straße aus der Stadt. Erneut wartete sie. Ängstlich, zitternd, betend!

Langsam senkte sich die Sonne dem Horizont entgegen und schien ihr damit direkt ins Gesicht, aber Clara konnte den Blick nicht von der Straße abwenden. Von dort her mussten entweder die Verfolger oder ihre Freunde kommen. Manchmal zwang sie sich regelrecht dort sitzen zu bleiben, wenn sich ein Reiter näherte. Die Furcht hielt sie hier fest, aber war es nicht eigentlich viel gefährlicher, hier zu sitzen? Praktisch saß sie im Mist, mit dem Kleid einer reichen Frau und das konnte einen aufmerksamen Beobachter auf sie aufmerksam machen.

Eine Frage würde dann die Nächste geben und das würde es dann den Verfolgern leichter machen. Und doch konnte sie sich nicht von der Bank erheben. Es wurde immer dunkler und die Angst kroch in ihr hoch, lähmte sie. Nicht nur die Kälte des Abends ließ sie zittern.

49. Kapitel

Entwischt?

Der Mann blätterte eine Seite weiter und ließ ein triumphierendes „Aha!" hören. „Alles aus!", dachte Maria. „Sie sind also die Magd der Gräfin von Kletterwitz? Wo befindet sich ihre Herrin?", fragte der Mann und Maria sagte leise „Ich weiß es nicht!" „Aha! Und wo kommen sie jetzt her?" „Ich war einkaufen", antwortete sie. Der Mann zog die Augenbrauen hoch und musterte sie „Ohne Korb?" „Den habe ich auf dem Markt stehen lassen. Ich muss noch mal zurück!", stammelte sie, doch der Mann sah sie an, legte den Kopf schräg und begann zu lächeln. Es war so ein „Ich hab dich!" Lächeln. „Der Markt ist aber in der anderen Richtung!", sagte er und zeigte mit dem Daumen hinter sich. Maria spürte, wie sich die Schlinge schon um ihren Hals zusammenzog.

Der Mann steckte das Buch ein, ergriff ihren Arm und sagte „Sie werden mich auf die Wache begleiten!" Sie nickte nur und ließ sich widerspruchslos von dem Mann abführen. Seine Hand drückte ihren Oberarm schmerzhaft zusammen und ließ ihr keine Möglichkeit zur Flucht. Er brachte sie denselben Weg zurück, den sie gerade erst gekommen war. Eigentlich folgte sie damit auch Regina, der sie ja erst vor ein paar Minuten begegnet war.

Immer weiter führte, schob und zerrte sie der Mann und schon bald konnte Maria das Gebäude der Wache sehen. Direkt davor standen ein paar Männer und Frauen und für einen Moment stockte Maria, denn wenn sie dort hineinging, so wäre sie wirklich in Gefahr. Zwar würde man sie ja nur als Zeugin vernehmen, aber sie wollte die Herrin nicht verraten und damit würde sie dort auch nicht wieder herauskommen. Der Weg von dort ging direkt in den Kerker!

Der Gendarm zog sie am Arm und Maria stolperte. Daraufhin ließ der Mann kurz los und Maria war frei! Sie schubste den vor ihr stehenden Mann, drehte sich um und lief los. Die verzweifelte Magd zog den Rock vorn hoch und rannte so schnell sie konnte. „Halt! Stehen bleiben!", schrie der Mann, doch sie dachte gar nicht daran. „Haltet sie auf!", brüllte er hinter ihr her und ein paar Männer versuchten, sich ihr in den Weg zu stellen, doch sie konnte ihnen ausweichen.

Nach ein paar dutzend Schritten verschwand sie in einem dunklen Hauseingang, an dem die Tür offen gestanden hatte. Gejagt lief sie durch das Haus bis in den Hof und hörte hinter sich das Geräusch von Schritten. Gehetzt blickte sie sich um und suchte einen Ausweg. Es war nur ein kleiner Hof, von dem anderen Haus durch einen mannshohen Zaun getrennt. Wie konnte sie von hier weiter entkommen? An einer Seite stand eine Kiste an einem Schuppen und Maria kletterte hinauf, was mit dem Rock nicht so einfach war. Auf allen vieren überquerte sie das Dach.

Wenig später sah sie vom Schuppendach in den anderen Hof. Es war ziemlich hoch, doch von den Schritten getrieben sprang sie in ihrer Verzweiflung hinab, rutschte aus und landete auf ihrem Hinterteil. Den Schrei verkniff sie sich, stand auf und rieb sich ihr schmerzendes Gesäß. Einen Augenblick später lief sie weiter, so schnell ihr das im Moment gerade möglich war.

Von dem Hof aus betrat sie einen anderen dunklen Flur und horchte nach hinten. Die Schritte hinter ihr waren verstummt, doch vorn musste sie wieder aus dem Haus. Dort war auch nur eine

Straße, wie die, auf der sie hierher gelangt war. Wie konnte sie dort unerkannt entkommen? Der Gendarm hatte ja ihre Papiere! Als Magd ohne dieses Dokument würde jede Polizeistreife sie sofort in den Kerker bringen, denn der Gendarm würde sicher schon jedem gesagt haben, das er ihre Papiere hatte.

Mit dem Rücken gegen die Hauswand gepresst, dachte Maria daran, dass sie ja ein altes Kleid von Clara trug. Nur die Schürze und die Haube machten sie gerade als Magd kenntlich. Wenn sie diese beiden verräterischen Kleidungsstücke verschwinden ließ, so war sie ja auch keine Magd mehr! Schnell entledigte sie sich der Schürze und steckte sie in einen Eimer, der dort im Flur stand. Die Haube folgte und dann richtete sie ihr Haar. Einen Moment verharrte sie noch, bis sich ihr Herz wieder beruhigt hatte. Stolz erhoben Hauptes betrat sie langsam die Straße und schlenderte einfach davon.

An einer Straßenecke sah sie die schwarz-graue Uniform eines Landgendarmen, doch der Mann suchte ja nach einer Magd. Und sie trug im Moment die Kleidung einer wohlhabenden Bürgerin. Zum Glück hatte der andere Gendarm nicht gesehen, was sie unter der Schürze für eine Kleidung angehabt hatte. Maria zwang sich zur Ruhe und ging auf ihn zu. Unbehelligt stolzierte sie an ihm vorbei, ohne dass er sie beachtete.

Eine halbe Stunde später erreichte Maria den Park, in dem sie oft mit Fritz gewesen war und setzte sich auf eine Bank. Nun wartete sie, bis die Zeit für das Arbeitsende in der Fabrik näher gekommen war, denn in dem feinen Kleid konnte sie nun nicht mehr in das Arbeiterviertel. Sie dachte an ihren ersten Ausflug, als schon Claras Stiefel ihr ein Messer an den Hals gebracht hatten. Maria zwang sich weiter zur Ruhe, aber es wurde die unruhigste

Stunde, die Maria jemals erlebt hatte. Bei jedem Geräusch zuckte sie zusammen. Immer wenn sich ihr Schritte näherten, dann spannte sich alles in ihr an. Bereit zur Flucht in eines der Gebüsche. Wenn sie es schaffen würde!

Schließlich erhob sie sich und ging in das Arbeiterviertel. Dort war sie ziemlich sicher vor den Gendarmen. Hier würden die sich hoffentlich nicht hineintrauen! Allerdings lief sie nun Gefahr, einem Räuber in die Hände zu fallen!

Als die Dampfsirene das Arbeitsende verkündete, da stand sie mit klopfendem Herzen am Tor und wartete auf Fritz oder Heinrich. Unmengen von Männern strömten an ihr vorbei in den Abend. Schließlich war es Fritz, der sie erkannte und auf sie zulief. Er umarmte sie und sie sagte schnell „Wir müssen heute fliehen!" Der Mann nickte und dann warteten sie zusammen auf Heinrich, der wenig später durch das Tor kam, fast als einer der letzten Arbeiter.

Nur führte sie ihr Weg wieder zurück. Allerdings durften sie dabei nicht direkt durch die Stadt gehen, denn mit den beiden Arbeitern war ihre Verkleidung nutzlos und die Arbeiter würden in der Innenstadt auch sofort auffallen. Also liefen sie am Stadtrand über Wiesen, Felder und Gärten. Dabei halfen sie sich gegenseitig über die kleinen Hindernisse und über ein paar Wassergräben. Dadurch kamen sie allerdings nur so langsam vorwärts, dass es schon bald Dunkel war und nur der etwas mehr als halbvolle Mond ihren Weg erleuchtete.

Schon bald hatte Maria die Orientierung verloren, wodurch sie erst wieder auf den richtigen Weg kamen, als Heinrich sagte „Das ist die Straße nach Dresden!" Dabei zeigte er auf das graue Band der Pflastersteine, welches sich vor ihnen von links nach rechts dahinzog. „Der Bauernhof liegt an dieser Straße!", erklärte Maria erfreut und ging nun darauf zurück zur Stadt. Nach ein paar Schritten sahen sie ein Licht vor sich und sie zeigte darauf. „Das muss das Bauernhaus sein!", sagte Maria. Nun gingen sie schneller und wenig später bogen sie auf den Hof ein.

Im Mondlicht sah Maria eine Gestalt auf einer Bank sitzen, die zur Straße sah, aber sie nicht sehen konnte, da sie von der anderen Richtung auf den Hof kamen. „Clara?", fragte sie leise und die Gestalt sprang erschrocken auf. Dann erkannten sich die beiden Frauen und fielen sich erleichtert um den Hals. Auch Heinrich umarmte sie, dann gingen sie auf Abstand. „Die Bauersleute sollen nicht sehen, wie ich euch begrüße", flüsterte die Freundin.

50. Kapitel

Liebesnot und Freiheitsdrang

D a standen sie nun in dem dunklen Hof. Direkt vor dem Misthaufen und der Mond beleuchtete diese seltsame Szenerie. Am liebsten wäre Clara ihnen allen um den Hals gefallen, doch da die Bäuerin sicher hinter ihr irgendwo am Fenster stand, getraute sie sich das nicht. Schließlich war sie eine Gräfin und die drei anderen ihre Untergeben. Leise begann sie zu erklären „Wir werden morgen früh aufbrechen und uns nach Dresden begeben. Dort werden wir alle neu beginnen. Es wird ein großer Wandel sein. Hier reite ich als Gräfin los und dort werden ich als Frau eines Arbeiters ankommen." Alle vier steckten die Köpfe näher zusammen, damit jeder alles verstand.

„Ich schlafe im Haus, für euch ist im Stall vom Bauern Platz gemacht worden", sagte sie, hörte das Seufzen von Heinrich und wäre sicher darin eingestimmt, doch noch mussten sie den Schein wahren. Auch wenn es sie in der Brust schmerzte, sie durfte nicht in den Stall und er nicht in das Haus. Während sich Fritz und Maria schnell in den Stall bewegten, blieb sie mit Heinrich noch ein paar Augenblicke vor dem Haus. Sie setzten sich auf den Bank und warteten. Worauf sie warteten, das wussten sie beide nicht. Vielleicht darauf, dass das Licht aus dem Fenster der Bäuerin endlich erlosch.

Doch sie musste ja noch in ihr Bett! Nur unwillig riss sie sich von ihm los und da das Licht noch brannte, konnte sie Heinrich noch nicht mal einen Kuss geben, auch wenn sich ihre Lippen so sehr danach sehnten. Aber es würde der letzte Tag sein, an dem sie ihre Liebe so heimlich leben mussten, denn ab dem nächsten Tag, ja praktisch ab dem Aufbruch am nächsten Morgen, war alles anders. Clara ging in das Haus und an der Bäuerin vorbei, die wirklich in dem Flur gestanden hatte und damit praktisch auf sie hinaus gesehen hatte. Doch sie hatte offensichtlich nicht viel gesehen.

„Meine Bediensteten sind nun endlich eingetroffen. Könnten sie ihnen noch etwas zu essen geben?", fragte sie die Frau und drückte ihr noch ein paar Groschen in die Hand. Die Bäuerin machte einen höflichen Knicks und eilte in die Küche. Wenig später lief sie mit Brot, Butter und Wurst an ihr vorbei zur Tür. Erst im letzten Moment dachte Clara daran, ob das so eine gute Idee gewesen war, denn es hätte ja sein können, dass Fritz und Maria vielleicht gerade im Stroh waren. „Stopp!", rief sie der Bäuerin hinterher und griff sich das Brett mit den Speisen von der verdutzten Frau, die schon mit einem Bein auf dem Hof stand. „Ich mache es selbst!", sagte sie. „Da kann ich noch einmal nach meinen Pferden sehen!", setzte Clara hinzu und die Bäuerin überließ ihr nur widerwillig das Speisebrett.

Wenig später schob Clara die Schuppentür auf und hörte an den Geräuschen, dass ihre Vermutung richtig gewesen war. In einem anderen Abteil saß Heinrich, mit dem Rücken zur Wand. Sie setzte sich zu ihm in das Stroh und reichte ihm das Brett, dass dieser neben sich abstellte. Nun war aber die Gelegenheit für einen langen Kuss gekommen. Nur schwer konnte sie ihre Lippen wieder von ihm trennen. Danach unterhielten sie sich leise über den Tag und über das, was der Nächste bringen würde. Nach einer Weile war es für sie noch schwerer, sich von Heinrich loszureißen, doch die Bäuerin würde sicher an der Tür auf sie warten und vielleicht hier hereinkommen, wenn Clara zu lange fern bleiben würde.

Trotz des Sehnens und schweren Herzens stand sie auf, strich sich das Stroh vom Rock und beugte sich zu einem letzten Kuss zu ihm herunter. Dann eilte sie zum Haus zurück und wäre fast mit der Bäuerin im dunklen Hof zusammen geprallt. „Das Brett bekommen sie morgen wieder", sagte Clara schnell und huschte durch die Tür in ihr Zimmer.

Dort ließ sie sich in das Bett fallen, doch an Schlaf war nicht zu denken. Claras Gedanken reisten zurück, wie dieser Tag begonnen hatte. So viele Dinge jagten durch ihren Kopf. Noch ein paar Stunden, und dann wäre sie frei! Frei für Heinrich! Sie spürte noch seinen Kuss auf ihren Lippen. Clara wälzte sich hin und her. An Ruhe war nicht zu denken! Der Mann fehlte ihr!

Nachdem der Mond nicht mehr in das Zimmer schien wurde es stockdunkel in dem Raum und mit der einsetzenden Finsternis kamen auch die sorgsam verdrängten Ängste zurück. Sie war zwar geflohen, doch wenn die Gendarmen am nächsten Morgen vor dem Haus standen, dann wäre ihre Flucht schon hier zu Ende. Unruhig wälzte sie sich erneut hin und her. Sie lauschte auf jedes Geräusch, auch wenn es unwahrscheinlich war, dass die Gendarmen in der Nacht kamen, um sie zu holen.

Verzweifelt und voller Furcht versuchte sie, die tief sitzende Angst mit den Gedanken an die schönen Dinge zu vertreiben, die nun kommen würden. Mit der Flucht konnte sie sich offen zu Heinrich bekennen. Sie konnten sich in Dresden niederlassen, ein kleines Haus kaufen und zusammen leben. Als Mann und Frau! Aus der Angst wurde ein Sehnen nach dem geliebten Mann, der praktisch Wand an Wand mit ihr schlief. Zu gern wäre sie nun zu ihm geschlichen, doch das würde sie in den Kerker bringen. Ein Wort des Bauern würde reichen und alles wäre vorbei!

Clara dachte an die Erzählung Marias von der Flucht und von den Gendarmen, die sie fast in Gewahrsam genommen hatten. Es war zu gefährlich. Doch woher kannten die Gendarmen eigentlich ihre Adresse? Von Johann? Oder Regina? Sicherlich! Sie musste an die Freundin denken, die sie verraten und zugleich gerettet hatte. Die Frau hatte sich geopfert, um den Diener abzulenken und saß nun vermutlich im Kerker. Was würde aus den beiden Mädchen werden? Schwere Schuldgefühle sausten durch Claras Kopf, doch sie konnte rein gar nichts für die Mädchen machen! Wenn sie sich den Landgendarmen stellte, so saß sie selbst im Kerker! Und ob Regina dann frei kommen würde, das war auch nicht gewiss. Sicher würde sie als Komplizin neben ihr in einer Kerkerzelle landen. Mit Maria auf der anderen Seite!

Sie setzte sich im Bett auf. So schmerzlich es war, es war logischer, die Freundin zurückzulassen, als das Leben von Dreien zu opfern! Es war ja auch nicht gewiss, dass Regina wirklich in den Kerker kam. Was hatte sie schon gemacht? Sie hatte nur das Geld genommen, das sie ihr geschenkt hatte. Eigentlich kein Verbrechen.

Clara wartete nun, dass es endlich draußen hell wurde. Sehnsüchtig zog sie die Sonne zu sich. Noch war es dunkel, als sie draußen ein Pferd wiehern hörte. Waren sie ertappt worden? Vor Schreck war sie wie erstarrt.

51. Kapitel

Wilde Pferde

Auf den Hals des Pferdes herab gebeugt jagte er dahin. Es sah sicher nicht so gut aus, aber Heinrich brauchte den Halt des Tieres, denn er war der einzige in der kleinen Gruppe, der von Pferden keine Ahnung hatte. Bis zum Morgen hatte er noch nie auf einem gesessen. Neben ihm ritt Clara und immer noch war es ihm peinlich, dass er sie am Morgen fast zu Tode erschreckt hatte, als er in der Dunkelheit versucht hatte, das Pferd zu satteln. Der geliebten Frau war bei dem Geräusch des Pferdes beinahe das Herz stehen geblieben. Nun waren sie schon über eine Stunde unterwegs. Fritz und Maria trabten vornweg und er versuchte auf dem Pferd zu bleiben. Stählerne Rösser waren ihm irgendwie lieber, aber was tat man nicht alles aus Liebe!

In der Nacht hatte er lange nachgedacht. Nach Dresden wollte Clara! Aber was machte er dann dort? Fabriken für Lokomotiven gab es da nicht! Erst später war ihm eingefallen, dass es dort die Eisenbahn gab und damit sicher auch Arbeit für einen, oder zwei, versierte Monteure. Entweder direkt als Maschinist, oder bei der Wartung. Für beides waren sowohl er als auch Fritz qualifiziert und die Gefahr, dort einen ehemaligen Kollegen zu treffen, der einen dann auch wieder erkannte, war in Dresden wesentlich geringer, als in Leipzig, wohin sie ihre Lokomotiven lieferten. Nach einem ausgiebigen Frühstück waren sie aufgebrochen und nun schüttelte das Reittier unter ihm die Nahrung wieder nach oben. Wenn er gekonnt hätte, so wäre er lieber neben Clara hergerannt.

Zwar hatte Fritz ihm das zahmste Pferd gegeben, aber das war ihm immer noch zu wild! Erst ein Viertel der Strecke war geschafft und Heinrich war schon vollkommen fertig! Offensichtlich hatte das auch Fritz bemerkt, denn er ließ an einem kleinen Bach rasten. Die Pferde tranken und Heinrich saß mit dem Rücken an einem Baum. Dort versuchte er, sich zu erholen. Clara setze sich neben ihn in das Gras. Sie hatte sich Hosen unter den langen Rock gezogen, so brauchte sie nicht mit nackten Oberschenkeln gegen das Pferd drücken, wie es Maria gemacht hatte. Maria stand mit hochgezogenem Rock in dem Bach und erfrischte sich. Fritz hielt die vier Pferde an den Zügeln und es sah so aus, als ob es für ihn nur Schoßhündchen wären. Seinen kräftigen Armen würden sie nicht entkommen.

Clara versuchte ihn abzulenken, aber mit den Tieren im Blick ging das nicht so gut. Noch drei Stunden würden sie reiten müssen! Schon jetzt tat ihm alles weh, aber er versuchte zu lächeln und es wie ein Mann zu nehmen. Was die Frauen konnten, das konnte er doch auch! Oder etwa nicht? „Jetzt sind wir erst einmal vor den Verfolgern sicher! Die Ortspolizei ist in Chemnitz geblieben und die Landgendarmen werden sich hoffentlich nicht für die 25 Taler interessieren", sagte Clara und lächelte ihn an. „Für die 25 nicht. Aber für die restlichen neunhundert schon!", entgegnete Heinrich. „Das müssten die erst einmal wissen! Auf mein Konto kann ja nur Peter schauen. Und der ist zum Glück weit weg!", sagte Clara lachend. An jedem Pferd steckte ein Beutel mit Talern in einer der Satteltaschen. Am Morgen hatte Clara jedem 250 Taler übergeben. So viele Münzen hatte Heinrich noch nie auf einmal gesehen und er hatte hineinsehen müssen.

Noch wusste er nicht, ob Maria und Fritz in Dresden bei ihnen bleiben würden, oder ob sie weiter zogen. Das würde sich dann noch ergeben, wenn sie endlich dort sein würden. Irgendwann! Heinrich stemmte sich hoch und schwankte, als ob er auf einem Boot stand. Hinter ihm lachte Clara und er drehte sich um. „Ich bin nun mal nicht mit Pferden aufgewachsen. Beschlagen ja, reiten nein!", sagte er und versuchte dabei möglichst lässig zu bleiben. Aber das gelang ihm nicht, da er ja an den Weiterritt denken musste. „Noch drei Stunden!", sauste es durch seinen Kopf. Hinter ihm rief Fritz „Weiter geht es!" Heinrich drehte sich um und sah, wie Maria Katzenartig auf das Pferd sprang. Den Rock vorn hochgezogen war sie die Erste im Sattel. Clara folgte ihr und dann half Fritz ihm auf den Pferderücken. „Immer schön ruhig Brauner!", sagte Heinrich leise zu seinem Pferd und laut zu den anderen „Können wir nun etwas langsamer weiterreiten?"

„Da brauchen wir aber länger!", entgegnete Clara und sah ihn fragend an. Er nickte und sie begannen im Schritt zu gehen. Fritz schloss sich ihnen schnell wieder an. Schließlich hatten sie ihre Marschformation wieder eingenommen und nun ging es vorwärts. Der langsamere Gang war irgendwie besser für Heinrich.

So ritten sie an Wiesen entlang, durch kleine Waldstücke und durch Dörfer, die manchmal nur aus einer Handvoll ärmlicher Hütten bestanden. Auf ihrem Weg mieden sie die größeren Städte, auch wenn das etwas mehr Zeit brauchte, aber sie konnten es sich nicht leisten, dass jemand Fragen stellen würde. Mit dem Schatz in den Satteltaschen wären sie sonst sofort festgesetzt gewesen.

Durch das langsamere Tempo waren sie dann auch erst acht Stunden nach dem Aufbruch in Dresden angekommen. Vor der Stadt saßen sie ab. Clara zog sich, im Gras sitzend, die verräterischen Hosen aus und sie führten die Pferde an den Zügeln zu einem Bauernhof, wo sie die Tiere und Sättel gegen ein paar Münzen verkauften.

Mit den Taschen auf den Schultern machten sie sich zu Fuß auf den Weg in die Innenstadt. Am Neumarkt lag eine Herberge, die

Clara offensichtlich schon kannte, obwohl sie noch nie in Dresden gewesen war. Ein älterer Mann musterte sie ausgiebig und Heinrich stellte Clara als seine Frau vor. Dasselbe machte Fritz mit Maria. Mit zwei funkelnden Talern machten sie sich den Wirt gewogen und so bekamen sie zwei Zimmer, die sie auf seinen Namen und den von Fritz eintrugen. So würde niemand wissen, dass Clara und Maria hier waren, denn sie wohnten ja nun als Frauen bei ihren Männern.

Die Pension hieß „Stadt Rom" und war Heinrich eigentlich viel zu nobel, denn es war mehr ein Hotel für gehobene Gäste, wie ihm Clara im Zimmer stehend erklärte. Aber wollten sie nicht eigentlich hier in Dresden untertauchen und ihre Spuren verwischen? Er hoffte, dass die Frau wusste, was sie da tat. Nach einem ausgiebigen Abendessen stiegen sie auf ihre Zimmer, aber die Anstrengung des Tages führte dazu, dass Heinrich schnell einschlief.

52. Kapitel

Noch eine Revolution?

𝕮lara hatte sich ihre erste Nacht in Freiheit wirklich anders vorgestellt, aber es würden ja noch so viele folgen. Eigentlich war es ja auch schon die zweite Nacht. Sie hatte sich ganz eng an den schnarchenden Heinrich gekuschelt und nun war er ihr Mann. Peter war weit fort und schon fast aus ihrem Gedächtnis gelöscht. Die Schmerzen auf ihrer Seele würden heilen, so wie die Narben auf ihrer Haut geheilt waren. Gähnend dachte sie zurück an Chemnitz, dass sie nun endgültig hinter sich gelassen hatte. Eigentlich hatte sie die Revolution im März des vergangenen Jahres von ihm erlöst, denn danach hatte sie Peter nur noch ein paar Mal gesehen. Glücklich blickte sie zu dem Mann neben sich, nun würde alles gut! Im Bett liegend fielen ihr langsam die Augen zu, denn auch Clara war durch den Ritt müde geworden und so schlief sie schnell und fest neben Heinrich ein.

Gegen Morgen wurde sie von einem Lärm geweckt, der immer lauter wurde und direkt vor der Herberge entlangzuziehen schien. Clara sprang aus dem Bett, stürzte im Unterkleid zum offenen Fenster und sah auf eine gewaltige Menge von Menschen herab. Der Platz vor der Herberge, der gesamte Neumarkt, war praktisch von Menschen bedeckt. Dicht an dicht standen sie. Es wimmelte wie in einem Ameisenhaufen und es schienen hauptsächlich Männer zu sein. Bürgerliche und Handwerker. Ein paar einzelne Frauen waren auch darunter. „Heinrich! Schau!", rief sie nach hinten, wo der Mann gerade schlaftrunken aus dem Bett aufstand.

Er eilte zu ihr. „Das ist wieder eine Revolution!", sagte er, als er nach unten sah. Am Nachbarfenster standen Fritz und Maria und schauten ebenfalls hinab. Kurze Zeit später waren in fast allen

Häusern rings um den Platz Menschen zu sehen, so wie auch die anderen Gäste der Herberge, die, durch den Lärm der tausend Menschen geweckt, in Nachtkleidung an den Fenstern standen. „Ich gehe mal fragen, was los ist!", rief Fritz und verschwand vom Fenster. Clara sah noch eine Weile nach unten, bis sie zu Maria hinüberschaute und dann fragte „Wollen wir nicht erst einmal Frühstück machen?"

Die Freundin sah sie etwas entgeistert an, wohl aus dem Grund, wie man Angesichts der tausenden Männern unter ihnen an das Essen denken konnte, doch Clara hatte einfach Hunger und trotz der schon wärmeren Maitage war es am Fenster im Nachthemd doch etwas kühl geworden. Schließlich nickte die Freundin ihr zu und beide verschwanden wieder in ihre Zimmer. Der Lärm und das Jubeln der Männer unter ihrem Fenster waren trotzdem nicht zu überhören. Schnell wusch sich Clara und zog sich an, dabei ging ihr Blick immer wieder zum Fenster.

Dass selbst hier in der Hauptstadt so viele Männer an dieser Revolution teilnahmen, das hatte Clara überrascht, denn hier waren doch gar nicht so viele Arbeiter, wie in Chemnitz. Offensichtlich waren es hier andere Männer, als bei ihnen zu Hause. Und vermutlich waren auch ihre Ziele andere, aber da würde ihnen sicher Fritz etwas dazu sagen können, wenn er endlich wieder zurück war.

Es dauerte fast bis zum Mittag, bevor der Freund wieder bei ihnen in der Herberge eingetroffen war.

Die ganze Zeit hatten sich die Frauen nicht aus dem Hause getraut, denn es waren einfach zu viele Menschen auf den Straßen und Clara hatte vor ihnen Angst. Auch Maria hatte sie nicht dazu bewegen können, einen Fuß auf die Straße zu setzen. Gerade als sie sich zum Mittag an den Tisch setzen wollten, erschien endlich auch der Freund wieder und erzählte „Am 28. März 1849 wurde nach langen Verhandlungen in der Frankfurter Paulskirche eine Reichsverfassung verabschiedet. Die meisten Länder wollen sie übernehmen, doch unser König Friedrich August II. von Sachsen hat sie abgelehnt. Die Männer dort draußen versuchen den König zu stürzen, um eine neue sächsische Republik zu gründen."

Clara erschrak. „Den König stürzen?", fragte sie und Fritz nickte. Mit beiden Händen auf den Tisch gestützt erzählte er stehend weiter „Ja! Da draußen sind etwa 12.000 Aufständische. Männer, Frauen, Handwerker und Angehörige der Turnbewegung. Ich habe gehört, dass unter ihnen auch der Hofkapellmeister Richard Wagner sein soll und ich habe bei ihnen auch meinen Bruder getroffen. Er hat mir gesagt, dass diese Männer nur die Reichsverfassung durchsetzen wollen! Egal ob mit oder ohne König! Geleitet werden sie von ein paar Anarchisten." „Anarchisten?", entfuhr es Maria. Clara erinnerte sich daran, dass sie mal über diese Männer geredet hatten, die mit Anarchie Chaos in das Leben bringen wollten.

Erneut nickte Fritz und setzte dann fort „In der Stadt befinden sich, wegen des Krieges, nicht mal zweitausend Soldaten mit nur ein paar Geschützen. Sie konnten der Übermacht, so wie damals in Chemnitz, nichts entgegensetzen und sind in ihren Kasernen geblieben. Das Zeughaus ist gestürmt worden. Die Aufständischen haben sich bewaffnet und danach das Landtagsgebäude besetzt. Die Regierung ist aufgelöst!"

Nach diesen Worten setzte er sich an den Tisch. „Und wer regiert uns denn jetzt?", fragte Clara. „Eine revolutionäre Übergangsregierung!", erklärte Fritz und biss in ein gebratenes Hühnerbein, welches er sich von Marias Teller geangelt hatte. „Dann hat die Revolution also gesiegt?", fragte Heinrich. „Es scheint so!", antwortete Fritz mit vollem Mund. Dann winkte er mit dem Knochen zur Tür. Dort stand ein bewaffneter Mann mit einer schwarz rot goldenen Kokarde an der Jacke. „Das ist mein Bruder Siegfried!", sagte Fritz, als der Mann zu ihnen an den Tisch kam. Er lehnte sein Gewehr an den Tisch und gab allen die Hand.

Der Wirt brachte noch zwei Teller und stellte diese auf den Tisch. Misstrauisch wich er der Waffe aus, die dort stand. „Wir haben den ganzen Norden Dresdens unter unserer Kontrolle", begann Siegfried zu erzählen. „Die Soldaten und der König sind im Süden praktisch isoliert. Sie stehen damit unter Hausarrest. Die trauen sich da sicher nicht heraus!", setzte er lachend hinzu. „Wollt ihr nicht mitkommen? Ich zeige euch alles!", sagte Siegfried, nachdem alle ihre Teller leergegessen hatten. Clara sah Maria und Heinrich fragend an. Die Angst war immer noch da, aber wenn die Freunde mitkommen würden, dann würde sie es wagen. Was hatte sie eigentlich zu verlieren? Sie dachte an den Stein, der sie damals in Chemnitz getroffen hatte und mit dem sie auch Heinrich begegnet war. „Warum nicht?", fragte Maria und stand auf. Alleine wollte sich Clara nicht in ihrem Zimmer verkriechen!

Gemeinsam bahnten sie sich einen Weg durch die jubelnden Menschen bis zum Gebäude des Landtages. Dort war die Führung der Aufständischen versammelt und versuchte das Chaos zu organisieren. Ein Mann war der lautstarke Wortführer. Offensichtlich einer der Anarchisten. Ein Anarchist sorgt für Ordnung! Es waren schon verrückte Zeiten!

53. Kapitel

Schaufelräder und Dampfsäulen

un war er also in Dresden. Blieb nur noch die Frage, was er hier machen sollte. Schmieden und metallurgische Fabriken gab es hier nicht! Das einzige, was er hier tun konnte, war Dampfmaschinen warten oder reparieren. Da gab es die Möglichkeit, auf einem Schiff zu arbeiten, oder bei der Eisenbahn. Eigentlich zog es ihn mehr zur Bahn, doch er versuchte zuerst sein Glück bei einem der rauchenden Schiffe, die nur wenige hundert Schritte hinter der Herberge am Elbufer festgemacht hatten. Einer der Gäste des Hotels hatte ihm am Morgen von der Fahrt mit dem Schiff erzählt, mit dem er erst am Tage zuvor aus Prag hier in Dresden angekommen war. Es schien ebenfalls etwas Neues zu sein und Heinrich brannte darauf, wenigstens das Schiff und seine Maschine zu sehen, wenn er da vielleicht auch nicht arbeiten würde.

Während die halbe Stadt im Aufruhr war, zog er sich seine Sachen an und da Clara, mit Fritz und Maria, auf dem Weg zum Landtagsgebäude war, konnte er sich frohen Mutes auf den Weg machen. Es war wirklich nicht weit und schon bald konnte er den Fluss vor sich sehen.

Direkt an dessen Ufer hatte ein großes, weißes Schiff festgemacht. Es hatte riesige Räder an der Seite, die wie Mühlräder aussahen und vermutlich auch dieselbe Funktion hatten, nur dass diese hier das Wasser antrieben und nicht vom Wasser angetrieben wurden. Am Heck stand „Germania" und es war mehr wie hundert Fuß lang. Nur etwas weißer Dampf stieg von dem Schiff auf, nicht der schwarze Qualm der Kohle, wie er aus den Dampflokomotiven immer aufstieg. Etwas Friedliches schien von diesem Riesen der

Flüsse auszugehen. An einem Steg, der von dem Schiff zum Ufer gezogen war, standen zwei Männer, die durch ihre Uniform als Matrosen zu erkennen waren. Heinrich trat auf die Beiden zu und begann ein Gespräch mit den Männern, die in seinem Alter waren. Einer der beiden, der sich mit Pavel vorstellte, sprach ein gebrochenes deutsch und begann zu erzählen, dass das Schiff erst vor drei Jahren in den Dienst gestellt worden war. Der Matrose schien sehr stolz auf dieses Schiff zu sein, denn er erzählte wie ein Wasserfall und mehr als einmal musste Heinrich nachfragen, weil er etwas nicht richtig verstanden hatte.

Das Schiff, unter der Leitung eines Kapitäns Josef Ruston, gehört der „Böhmischen Dampfschifffahrtsgesellschaft", die dieser Kapitän offensichtlich mit ein paar anderen Geschäftsleuten gegründet hatte. Ein weiteres Schiff gehörte ebenfalls zu dieser Gesellschaft. Die „Bohemia". Heinrich erfuhr von dem Mann, dass das Schiff zwischen Mai und November zweimal in der Woche, mit maximal 160 Passagieren, die Strecke von Obříství nach Dresden und zurück fuhr. Obříství war der Endpunkt der Reise, da die bei Melnik mündende Moldau noch nicht schiffbar war. Die Reisenden nach Prag fuhren von dort mit der Kutsche weiter.

Sein Blick ging wieder über das stolze Schiff. Ein mit Kohlestaub verschmierter Mann tauchte aus dem Schiffsbauch auf, trat an den Steg und spukte in den Fluss. Er schob seine Mütze nach hinten, die damit einen hellen Streifen Haut über dem schwarzen Gesicht freigab. Suchend schaute er den Anleger entlang und er schien auf jemanden zu warten, daher sprach ihn Heinrich an. „Was ist denn los?" „Die Maschine macht mir Probleme", sagte der Mann nur kurz. „Kann ich vielleicht helfen?", fragte Heinrich zurück und wurde von dem Mann gemustert.

„Kennst du dich mit Dampfmaschinen aus?", fragte der Mann und Heinrich nickte. „Na dann komm an Bord", lud ihn der Mechaniker ein, der sich mit Heinz vorstellte und einen kräftigen Händedruck hatte. Ebenso wie Heinrich und daran erkannten sich die beiden Männer als Mechaniker. Schnell zog Heinrich seine Jacke aus, die von Pavel weggebracht wurde und dann verschwand er mit Heinz unter dem Deck.

Wenig später standen sie vor der Maschine und Heinz zeigte auf den glänzenden Kessel. „Das ist eine Niederdruck-Zweizylinder-Zwillings-Dampfmaschine mit Einspritzkondensation und einer Leistung von 110 Pferdestärken. Damit erreicht unser Schiff eine Höchstgeschwindigkeit von 10 Knoten", erklärte er stolz. Heinrich umrundete die Maschine und fragte „Und was ist nun das Problem?" Heinz zeigte auf ein Rohr und antwortete „Die Dampfleitung ist undicht." „Aber das kriegen wir doch zu zweit hin!", entgegnete Heinrich. Er begann sofort das Rohr zu entfernen und zu kontrollieren. Offensichtlich schien eine Dichtung defekt zu sein. „Das Rohr hat zu viel Hitze bekommen und hat sich dadurch verformt", stellte Heinz fest und zeigte auf eine Stelle, die sich durch die Wärme verfärbt hatte. Heinrich nickte und rieb sich am Kinn. Sollten sie auf ein neues Rohr warten, wie es Heinz wohl vorgehabt hatte?

Er sah sich um und kontrollierte das Werkzeug, was ihm hier zur Verfügung stand. Es war natürlich nicht so zahlreich, wie das, welches ihm in der Fabrik in Chemnitz zur Hand gewesen wäre. Doch schon ein paar Augenblicke später hatte er das erforderliche Material zusammen. Doch noch bevor er mit der Reparatur beginnen konnte, traf ein Mann ein und brachte das erforderliche Ersatzteil. Nun begann Heinrich, zusammen mit Heinz, das Rohr einzubauen und abzudichten. Trotz dessen, das es erst Anfang Mai und der Kessel noch kalt waren, kamen sie beide richtig ins Schwitzen.

Es war nicht so einfach wie erwartet, in der Enge des Kesselraums das Rohr zu montieren. Bei einer Lokomotive war ja rund herum Platz zum Handhaben des Werkzeuges. Hier war der Kesselraum um sie herum und die Wand des Maschinenraumes genau an der Stelle ziemlich nah an der Dampfmaschinen, an der genau das defekte Rohr angebracht war. Vielleicht war ja auch das der Grund für den Defekt gewesen?

Zwei Stunden später betrachteten die beiden Männer ihr Werk. „Da muss eine Ummantelung dran. Sonst passiert das wieder", erklärte Heinrich und zeigte auf das verfärbte Rohr, das neben der Maschine lag. Heinz kratzte sich am Kopf. Mittlerweile waren sie beide schwarz im Gesicht und nur die Zähne strahlten noch weiß. „Nur womit?", fragte Heinz nach ein paar Minuten. „Und wenn wir das Rohr etwas von dem Kessel wegbiegen? Dann wäre der Abstand größer!", sagte Heinrich, nachdem er auch nichts gefunden hatte. Zu zweit bogen sie die Dampfleitung weiter weg und nach ein paar Minuten waren sie beide mit ihrem Werk zufrieden. Sie nickten sich zu und Heinz brachte Heinrich nach oben.

Gemeinsam wuschen sie sich am Bug des Schiffes in einer Wanne mit Flusswasser. „Meinetwegen kannst du bei uns anfangen. Aber entscheiden muss das der Kapitän", sagte Heinz und zeigte mit dem Finger auf die Brücke. Heinrich nickte. „Ich überlege es mir", entgegnete er und verabschiedete sich von dem Maschinisten. Langsam und in Gedanken schritt Heinrich zur Herberge zurück. Hinter ihm stieg die dunkle Rauchsäule in den Himmel. War das Schiff etwas für ihn? Immer unterwegs? Was würde Clara wohl dazu sagen? Oder war die Eisenbahn doch besser für ihn?

54. Kapitel

Ein schneller Ritt

Konnte diese Rebellion nicht einfach mal zu Ende sein? Peter sträubte sich mit allem gegen die Entscheidung seiner Regierung. Sie waren geflohen! Mitten in der Nacht! Der König war nun auf der Festung Königsstein und die Reste der nun führerlosen Regierung hatten einfach aufgegeben und die Amtsgeschäfte an ein paar Anarchisten und Arbeiter übergeben. Schon wieder fühlte er sich hilflos und dabei hatte das Heer doch die Macht zu haben! Die Arbeiter hatten das gesicherte Zeughaus gestürmt und überall liefen nun bewaffnete Zivilisten herum. Das musste Enden! Doch wie sollten sie die Waffen zurückbekommen? Das Bataillon, das Peter gerade in Dresden für den Krieg in Holstein ausbildete, war fast der letzte Rest der sächsischen Armee, über die der König noch hier verfügen konnte. Der größte Teil der Soldaten war im Norden im Kampf! Unerreichbar fern! Wer konnte helfen? Doch eigentlich nur Teile von anderen Armeen!

Da blieben nur die Preußen und die Österreicher. Näher waren die Preußen und zu Pferd sicher schnell zu erreichen! Und so machte sich Peter am 4. Mai zusammen mit dem Kurieroffizier von Abendroth auf den Weg zur preußischen Garnison in Görlitz. Dort wollten sie ein Hilfeersuchen um Unterstützung für die Niederschlagung des Aufstandes in Dresden übergeben, das sie zuvor beim König geholt hatten.

Wieder nahm Peter keine Rücksicht auf seinen Begleiter und die Pferde. So wie die sächsische Armee die preußische in Holstein unterstützte, so sollte nun die preußische Armee die sächsische hier im Heimatland unterstützen. In der Stadt eingetroffen gelangten sie schnell zum Befehlshaber der Garnison, dem Generalleutnant Heinrich von Holleben. Der General las das Schreiben und sagte seine Hilfe auch sofort zu. Er würde mit Teilen seiner Division in die sächsische Hauptstadt marschieren. Am liebsten wäre Peter sofort zurückgeritten, doch die späte Stunde verhinderte seinen Aufbruch. Es wurde eine unruhige Nacht für ihn und er konnte kaum die Morgendämmerung abwarten.

Kaum war am Horizont der erste helle Streifen zu sehen, da war er auch schon wieder im Sattel und eilte, diesmal alleine, zurück zu seiner Einheit in Dresden. Sein Begleiter des Vortages blieb bei den preußischen Truppen und würde diese dann führen. Wieder jagte er auf seinem Pferd dahin und mit einem Umweg über Königsstein, wo er den König vom Erfolg der Mission informierte, traf er am Abend des 5. Mai wieder in der Hauptstadt ein.

Am Zustand seines Bataillons hatte sich nicht viel geändert, immer noch waren sie in der Defensive, doch die Nachricht vom Entsatzheer ließ die Soldaten frischen Mut schöpfen. Zusammen mit ihm waren auch ein paar der Minister wieder in der Stadt eingetroffen und hatten eine Proklamation des Königs verlesen, welche die Aufständischen zur Aufgabe und zur Niederlegung der Waffen aufforderte. Allerdings zeigten die Arbeiter darauf keine Reaktion und daher ließ er seine Männer so postieren, dass sie bis zum Eintreffen der preußischen Truppen die Stellungen halten konnten.

In der Nacht zum nächsten Tag waren die ersten Soldaten bereits mit der Eisenbahn aus Görlitz eingetroffen. Was den Aufständischen offensichtlich nicht verborgen geblieben war, denn vor dem ersten Morgenrot läuteten alle Glocken der Stadt Sturm und von den Barrikaden aus versuchten die Aufständischen die sächsischen Soldaten zu vertreiben, was mit heftigen Feuer aus allen Rohren verhindert wurde.

Schon bald ging den Soldaten dabei aber das Pulver aus und auch die ersten Verwundeten und Toten waren auf Peters Seite aufgetreten. Die Schützen der Aufständischen waren sehr gut. Gerade noch rechtzeitig traf die preußische Verstärkung ein und übernahm die Stellung. Die Zündnadelgewehre der Preußen waren viel besser und zielsicherer, als die sächsischen Gewehre. Offenbar aus Wut über den Rückschlag begannen die Aufständischen Teile der Stadt anzuzünden. Schwarzer Rauch zog über die Stadt und machte das Atmen schwer.

Als dann auch noch der Zwinger Feuer fing, mussten Soldaten abgestellt werden, damit sie die Löscharbeiten beschützen sollten, denn immer wieder versuchten die Aufständischen durch das Feuer ihrer Gewehre das Löschen des Schlosses zu unterbinden. Mit ein paar Geschützen nahmen die Preußen schließlich die Turner unter Feuer und vertrieben sie so von ihren Positionen. Aber um die feindlichen Kräfte endgültig aus der Stadt zu werfen, da musste man sie im Zentrum, am Neumarkt, schlagen.

Auf diesem Platz hatten die Aufständischen ein paar Barrikaden errichtet, die den ganzen Markt abriegeln konnten. Und diese konnten nur aus erhöhten Positionen unter Feuer genommen werden. Nur aus den Fenstern der beiden Hotels war dies möglich, doch offensichtlich wussten das auch die feindlichen Truppen. Ab Mittag versuchten sächsische und preußische Truppen immer wieder die beiden Häuser zu stürmen und immer wieder wurden sie zurückgeschlagen. Blutige Nahkämpfe tobten um diese beiden Hotels.

Bis zum Abend hatten sie die Hotels „Stadt Rom" und „Hotel de Saxe", die hartnäckig verteidigt worden waren, im Kampf Mann gegen Mann und meist nur auf Armlänge Kampfentfernung besetzt. Durch das nun einsetzende Feuer der Soldaten aus den Fenstern wurden die Aufständischen auf dem Platz gezwungen Teile der Barrikade zu räumen und sich in die auf den Platz führenden Straßen zurückzuziehen. Bei Einbruch der Dunkelheit setzte wieder dieselbe Ruhe ein, die in der Nacht zuvor gewesen war. Jede Seite versorgte ihre Kämpfer mit Verpflegung und Munition.

Peter schloss sich einer Reiterabteilung an, die durch die Stadt patrouillierte und alle Brücken, den Bahnhof und die Anlegestellen der Schiffe sicherten. Das Gerücht war aufgekommen, dass die Aufständischen, so wie die preußischen Truppen auch, Nachschub über die Eisenbahn erhalten würden, doch alles blieb friedlich. Schließlich wurde ein Tagesbefehl des Kriegsministeriums herumgereicht, den auch Peter, im Sattel sitzend, las

„Soldaten!

Während der größere Teil der Königlich Sächsischen Truppen in Schleswig vor dem Feinde steht, hat hier die Anarchie ihr Haupt erhoben und bringt den Staat an den Rand des Verderbens! Schnell seid Ihr gekommen zu unserem Beistande und habt gekämpft, würdig des Ruhmes, der die Preußische Armee in den ernstesten Tagen geziert. Waffenbrüder! Kämpfen wir jetzt vereint! Es gilt nicht Sachsen allein, es gilt Deutschland!

Dresden, den 6. Mai 1849.

Königlich Sächsisches Kriegsministerium. Rabenhorst."

Peter ließ den Zettel sinken und reichte sie an einen preußischen Reiter, der neben ihm stand, weiter.

244

Immer mehr preußische Truppen trafen ein und das Kriegs-glück hatte sich an diesem Tage sehr zugunsten der Armee und des Königs verschoben. Nicht mehr lange und die Aufstände wären sicher niedergeschlagen.

Doch während alle seine Soldaten sich ausruhten, ritt Peter rastlos umher. Der Kampf des Tages ließ ihn nicht los. Was suchte er? Den Tod? Von überall her konnte ihn nun die tödliche Kugel treffen, denn die Aufständischen schossen zum Teil auch in der Nacht. An manchen Straßenecken hatten sie Feuer entzündet, in dessen Schein er nun manchmal ritt. Nur die Schnelligkeit seines Pferdes rettete ihn in dieser Nacht mehrfach vor der Verdammnis.

55. Kapitel

Barrikadenkämpfe

---

erade noch rechtzeitig waren sie zu viert aus dem Hotel verschwunden, bevor die Soldaten das Haus besetzt hatten. Schon ein paar Tage war Fritz, mit dem Gewehr auf der Schulter, immer in der Nähe seines Bruders gewesen. Dabei hatte er Maria und die Freunde etwas vernachlässigt. Im letzten Moment hatte er sie erreicht und warnen können. Nur mit dem Nötigten waren sie geflüchtet und unter dem Beschuss der Gewehre hatten sie sich in eine Seitenstraße zurückgezogen. Auf Schleichwegen hatten sie danach den Zwinger umgangen, an dem die heftigsten Gefechte stattfanden. Dann hatten sie eine Barrikade in der Ostra-Allee gefunden, neben der die Frauen in einem Keller Schutz finden konnten. Allerdings blieben sie nur kurz darin, denn wenig später waren Maria und Clara wieder an ihrer Seite. Die beiden Frauen versorgten Verwundete und luden Gewehre, während sie hinter der Barrikade in Deckung waren.

Heinrich stand neben ihm und auch sein Bruder war hier. Einige der Kämpfer ruhten sich in den Häusern aus. Irgendwann senkte sich langsam die Nacht auf die umkämpfte Stadt herab und die Kampfhandlungen ebbten ab, da in der Dunkelheit Freund und Feind kaum auseinander zu halten war. Es war die Nacht vom Sonntag, dem 6. Mai, zu Montag, dem siebenten. Immer mehr Soldaten waren in der Stadt eingetroffen und bei den Kämpfern hatte sich schon lange die Gewissheit durchgesetzt, dass eigentlich nichts mehr zu gewinnen war. Trotzdem kämpften sie verbissen darum, den König, oder seine Minister, an den Verhandlungstisch zu zwingen.

Am Vortag hatten die Anarchisten begonnen, Teile der Stadt in Flammen zu setzen. Der Rauch waberte in den Straßen der Stadt dahin und manchmal verhinderte er auch, das sich die beiden Seiten sehen konnten, selbst wenn es nur ein paar Schritte Entfernung waren, welche die Kämpfer voneinander trennten.

Der Kampf in der Stadt und auf den Barrikaden wurde auf die kürzesten Entfernungen geführt. Manchmal schienen sich die Mündungen der Gewehre fast zu berühren. Vor der Barrikade hatten sie Holz in Brand gesetzt, damit das Vorfeld beleuchtet war und sich keiner der Soldaten unbemerkt an sie heran schleichen konnte. Im flackernden Schein der Brände starrten sie in die Nacht hinein. Gedeckt durch die schnell zusammengetragenen Tische, Stühle, Schränke und Karren, die quer über der Straße als Hindernis standen, hielten die Kämpfer stand. Immer wieder waren vereinzelte Schüsse aus der ganzen Stadt zu hören, die sie nicht zur Ruhe kommen ließen.

Als die Kirchturmuhr vier Uhr schlug und der erste Streifen der Morgendämmerung zu sehen war, setzte das Feuer der Soldaten wieder ein. Gleichzeitig begannen nun auch vier schwere Geschütze die Barrikade zu beschießen. Auch das Turmhaus, das am anderen Ende der Straße deutlich zu sehen war, und in dem sich einige Kämpfer in den oberen Stockwerken verschanzt hatten, erhielt viele Treffer und ein Teil der Fassade stürzte ein. Immer mehr Geschosse trafen die Holzkonstruktion und ließen die Balken und Teile der Barrikade umherfliegen. Als tödliche Geschosse sausten die Holzsplitter durch die Luft. Schließlich gaben sie diese Stellung auf.

An den Hauswänden entlang, im Schutz der Gebäude, zogen sich die Kämpfer nach Westen zurück. Nur einige wenige blieben zurück und erwiderten das Feuer, aber das war völlig nutzlos. Die Geschütze standen viel zu weit entfernt, als dass die Gewehre sie hätten treffen können. Fritz und Heinrich liefen hinter den beiden Frauen her. Immer wieder mussten sie sich vor herabfallenden Hausteilen, die durch die Kanonenschüsse heraus gesprengt wurden, an die Häuserwand drücken.

So liefen sie mit der aufgehenden Sonne im Rücken die Straße entlang. Für die Strecke bis zur nächsten Kreuzung, die keine fünfhundert Schritte entfernt war, brauchten sie mehr wie eine halbe Stunde. Schon bald zeigte heftiges Gewehrfeuer, dass die Soldaten die Barrikade hinter ihnen stürmten und das trieb sie nun noch mehr an. Von der Ecke der Straße sahen sie eine weitere Barrikade in der Kleinen Packhofs-Straße, hinter der sie sich nun verschanzten. Völlig außer Atem ließen sie sich im Schutz des Holzwalles an einem der Häuser nieder.

Fritz sah sich von dort um. Hier waren sie praktisch zwischen zwei Straßen gefangen. Nach Norden und Süden führte die Straße durch Dresden. Im Norden war schon die Elbe zu sehen, die gar nicht weit entfernt war. Und im Süden befand sich die Allee, die ja unter dem Beschuss der Kanonen vom Zwinger aus lag. Dort waren nun auch schon die Soldaten zu erkennen, die ihnen offensichtlich gefolgt waren, und diese schossen nun von der Straßenecke zu ihnen herüber.

Ihre Lage wurde nun immer hoffnungsloser. Nur noch ein Weg schien ihnen zu bleiben. Siegfried zeigte nach Westen und sagte „Dort ist ein kleines Flüsschen. Die Weisseritz. Über eine Brücke könnte man von dort zur Friedrichstadt gelangen." „Und dann?", fragte Fritz und alle sahen Siegfried fragen an. Der Bruder zuckte nur mit den Schultern.

Offensichtlich war die Lage wirklich aussichtslos und jeder Widerstand zog das Unausweichliche nur weiter hinaus. Immer stärker wurde der Druck durch die Soldaten. Preußische und sächsische Uniformen waren deutlich in der Ostra-Allee zu sehen. Zumindest konnten die Kanonen sie hier nicht beschießen, da die Häuser eine direkte Sicht vom Zwinger verhinderten. Doch es würde sicher kein Problem für die Soldaten sein, eine der Kanonen hierher nachzuziehen und dann auf diese kurze Entfernung den Beschuss wieder aufzunehmen.

Als es ungefähr um neun Uhr war, wurden sie auch noch von der anderen Seite heftig beschossen. Siegfried, Fritz und Heinrich schossen nach Norden, während die beiden Frauen hinter ihnen die Gewehre immer wieder neu luden. Welle um Welle der feindlichen Soldaten näherte sich und ging in Stellung. Immer mehr Kugeln trafen die Barrikade. Hinter den Holzteilen versteckt erwiderten sie das Feuer.

Mit einem Mal gerieten die ersten Kämpfer in Panik. Irgendjemand hatte eine Kanone gesehen und auf diese Entfernung würde ein einzelner Schuss reichen, um die ganze Barrikade, samt Verteidiger, in die Luft zu sprengen. Siegfried versuchte die flüchtenden Männer zurückzuhalten und wurde dabei selbst von einer Kugel in die Brust getroffen. Sterbend fiel er nach hinten und landete direkt vor Marias Füßen, die erschrocken aufschrie.

Fritz schreckte auf und drehte sich zu ihr um. Dabei zeigte er dem Feind seinen Rücken für einen unachtsamen Augenblick. Ein Schlag traf ihn und er spürte das heiße Geschoss in seiner Schulter. Er ging in die Knie und spukte Blut.

56. Kapitel

Im Pulverdampf

Von überall her schlugen die Kugeln rund um sie herum ein. Die halbe Nacht waren sie durch die Stadt geirrt. Nun saß sie neben Maria hinter einem Stapel Holzbalken und lud ein Gewehr nach dem anderen. Nur nicht nachdenken! Von oben wurden die leer geschossenen Waffen zu ihr heruntergereicht und sie gaben die Waffen wieder nach oben, wo Heinrich, Fritz und Siegfried eine Kugel nach der anderen auf die Soldaten abfeuerten. Ein kleiner Junge, er war sicher noch keine zehn Jahre alt, goss an einem Feuer Blei in eine Kugelzange. Fritz hatte ein Abflussrohr irgendwo abgerissen, das nun Stück für Stück, in Kugelform, durch die Luft flog. Das Blei würde sicher noch eine ganze Weile reichen, doch das Pulver ging schon langsam zur Neige. Es waren sicher nicht mehr wie hundert Schüsse, die ihnen noch blieben.

Am Anfang dieser verdammten Nacht hatte Fritz ihr gezeigt, wie man eine Waffe lud und in dieser Nacht hatte sie sicher mehr wie fünfhundert Waffen geladen. In der Morgendämmerung waren sie zu dieser Barrikade gehetzt, immer von Kugeln gefolgt. Das Pfeifen und Zischen der Geschosse versuchte sie zu verdrängen, aber immer wieder schlug eine der Kugeln, meist als Querschläger, unmittelbar neben ihr in die Wand oder prallte auf das Straßenpflaster. Mit der Arbeit des Ladens verdrängte sie die tödliche Gefahr, in der sie schwebte. Marias Gesicht war schwarz vom Pulverdampf und Clara sah vermutlich genauso aus. Das verbrannte Schwarzpulver brannte in den Augen und legte sich als Ruß auf die Kleidung. Sie hockten hier und wagten nicht, sich aufzurichten oder anders hinzusetzen. Claras Beine schmerzten von der ungewohnten Position.

Bei der Flucht aus dem Hotel hatten sie am Vortag die Hälfte der Münzen eingebüßt. Nur noch etwas mehr wie fünfhundert Taler besaßen sie. Maria und sie trugen jeweils 250 davon eingenäht in einem dicken Gürtel um die Hüften. Ein Panzer aus Silber. Schwer drückte der Schatz auf die Hüftknochen. Gerade hatte Clara angefangen, von hundert rückwärts zu zählen, während sie die Gewehre nach oben reichte, als ein Tumult bei den Männern hinter der Barrikade ausbrach. Noch bevor sie wusste was passiert war, lag Siegfried tot zu ihren Füßen. Fritz kniete vor ihr und hustete Blut. Maria war zu ihm gestürzt und Clara sah dem Ganzen wie versteinert zu. Ihre Finger krallten sich in das Holz des Gewehrschaftes.

Sie sah den Blutfleck auf dem Rücken des Freundes, der immer größer wurde. Bisher war ihr zwar die tödliche Wirkung der Kugeln bewusst gewesen, aber sie hatte sie verdrängt. Heinrich kniete noch hinter der Barrikade und war der letzte, der noch den Kampf führte. Der Mann zog an dem Gewehr und hatte von dem, was sich hinter ihm abspielte, noch nichts mitbekommen. Als sie die Waffe nicht hergab, sprang er zu Clara, Maria und Fritz herab. „Ich bin getroffen!", keuchte Fritz und spuckte weiter Blut. „Bringt euch in Sicherheit. Mit mir geht es zu Ende!", sagte er weiter und stemmte sich mit aller Kraft hoch. Er riss Clara das Gewehr aus den Händen und sprang damit auf die Barrikade. Während er schoss, wurde er von einigen Kugeln getroffen und fiel herab. „Nein!", schrie Maria und warf sich über ihn. Doch für Fritz kam jede Hilfe zu spät.

Immer mehr Männer liefen, zum Teil unter Zurücklassung ihrer Waffen, nach Westen davon und nur wenige Aufständische schossen verzweifelt weiter. „Wir müssen hier fort!", drängte nun auch Heinrich und zusammen zogen sie Maria von dem getöteten Freund fort. Gebückt liefen sie einen schmalen Pfad zwischen zwei Häusern hindurch, bis Heinrich entschied, den fliehenden Männern nicht weiter zu folgen, sondern nach Norden zu gehen. Sie sprangen in einen kleinen Bach und liefen an seiner Böschung weiter. Nach ein paar Schritten wuschen sie sich hinter einem Gebüsch, welches sie gegen die Blicke der Soldaten beschützte. Erfrischt hasteten sie wenige Augenblicke später weiter. „Wir müssen zum Schiff! Das kann uns nach Prag, nach Österreich, bringen!", rief Heinrich von vorn. Clara dachte wieder an die Erzählungen von Heinrich über das weiße Schiff.

Einige hundert Schritte später mündete der Bach in die Elbe und sie sahen sich um. Der Dampfer war am anderen Ufer und es schienen Soldaten darauf zu sein. Clara zeigte mit dem Finger dort hin. „Verdammt!", entfuhr es Heinrich. Sollten sie an der Elbe entlang laufen? Nach links machte der Fluss eine Biegung und würde ihnen damit den Weg abschneiden. Und nach rechts ging es ebenfalls nicht, denn da waren die Soldaten. Würden diese aber zwei Frauen anhalten? Vielleicht nicht, aber Heinrich bestimmt! Und sie alle drei rochen viel zu sehr nach Pulver, wie vermutlich die ganze Stadt. Hinter ihnen war plötzlich wieder Gewehrfeuer, das sie aufschreckte und aus ihrer Deckung zwang. Es blieb nur ein Weg: nach vorn!

Allerdings war dort das Wasser. Und die halbfertige Marienbrücke! „Zur Brücke!", rief Clara und lief sofort los. Die zwei anderen zögerten einen Moment, denn zu offensichtlich war der Zustand dieses Bauwerkes. Nur die ersten Bögen waren fertig gemauert. In der Mitte schien ein gewaltiges Stück zu fehlen, und wenn sie dort nicht weiter kamen, dann steckten sie ohne Ausweg in der Klemme.

Schon hatte Clara rennend den ersten Pfeiler erreicht und kletterte über ein Gerüst nach oben. Mehrmals rutschte sie dabei ab, konnte sich aber immer wieder an einer der Stangen festhalten. Dann war Heinrich hinter ihr und half ihr nach oben. Zu dritt standen sie wenig später auf einer Laufplanke, welche die Maurer oben für sich angebracht hatten. Kurz verschnauften sie und balancierten dann langsam über das schwankende Brett, das ziemlich schmal und für einen fast zu schwach war. Immer wieder knarrte das Holz bedenklich. Das Silber zog sie zusätzlich nach unten, doch da war der Fluss.

„Nicht nach unten sehen!", sagte Clara immer wieder laut vor sich hin, denn wenn sie dort hineinfiel, so würde das Gewicht der Münzen sie sofort unter Wasser ziehen, wenn sie sich nicht schon beim Sturz das Genick gebrochen hätte. Nach einer Weile stand sie auf einem der Pfeiler und hier war Schluss! Es fehlte das Brett! Die nächsten drei Pfeiler vor dem rettenden anderen Ufer standen einfach nur so im Wasser. Zum Springen war es viel zu weit und immer noch waren sie hoch über dem Fluss. Einen Moment später standen Maria und Heinrich neben ihr und sahen nach unten. Sollten sie umkehren? Clara drehte sich zurück und sah ein paar Soldaten hinter ihnen vom Ufer auf die Brücke kletterten. „Wie weiter?", fragte sie verzweifelt.

Heinrich drehte sich um, zog das Brett zu sich und schob es nach vorn. Schnell gingen sie hinüber und setzten so ihren Weg fort. Als sie auf dem letzten Pfeiler standen, begannen die Soldaten hinter ihnen her zu schießen. Heinrich sprang hinunter und fing dann Maria auf, die hinter ihm her gesprungen war. Clara sah zu ihm hinab. „Spring!", rief er zu ihr hinauf. Sie spürte einen Schlag in den Rücken und stürzte hinab.

57. Kapitel

Segen und Fluch

Sie war ihm von oben in die Arme gefallen. „Ich bin getroffen!", stöhnte Clara und griff sich an den Rücken. „Ich sehe nichts", entgegnete Heinrich besorgt und sah überall nach, doch er konnte keine Verletzung finden. Ein paar Kugeln schlugen neben ihnen ein, aber gegen die feindlichen Schützen auf der Brücke waren sie durch den gemauerten Brückenpfeiler geschützt. „Die Kugel hat deinen Gürtel getroffen!", sagte Maria schließlich und zeigte auf ein kleines Loch, durch welches das Silber der Münze darunter zu sehen war. „Glück gehabt!", sagte Heinrich erleichtert und zog Clara auf die Füße. Eigentlich hatte er ja vorgehabt, mit dem Schiff die Elbe hinauf nach Prag zu fahren, doch der Dampfer war nun eine Soldatenfähre. Damit war kein Entkommen möglich. „Wohin nun?", fragte Maria. „Zu den Pferden zurück", legte Clara fest und Heinrich nickte notgedrungen. So richtig wohl war ihm nicht bei dem Gedanken an den schwankenden Pferderücken.

Am Ufer des Flusses kamen ein paar preußische Soldaten vom Dampfer her zu ihnen gelaufen. Das Gewehrfeuer hatte sie aufmerksam gemacht und es wurde Zeit, hier zu verschwinden, wenn sie nicht im Kerker landen wollten. Zu dritt eilten sie durch die Dresdener Neustadt. Vom gegenüberliegenden Ufer der Elbe war Kanonendonner zu hören und auch hier waren viele Soldaten, die suchend durch alle Straßen zogen. Immer wieder mussten sie sich die drei Fliehenden in Hauseingängen verstecken. Überall lauerte die Gefahr, geschnappt zu werden. Nach ein paar hundert Schritten sah er ein Schild „Bahnhof" und zeigte darauf. Mit dem Zug konnten sie auch fliehen.

Sie liefen in die Richtung und sahen dann, dass von der Eisenbahn gerade Soldaten und Kanonen gebracht wurden. Es waren preußische Soldaten, die den Aufstand niederschlagen sollten. Gedeckt durch einen Hauseingang beobachtete Heinrich, wie sich die Männer formierten, dann marschierten die Soldaten in Richtung des Schiffes ab. Heinrich schob sich zu einer Hausecke vorwärts und sah in eine Gasse. Dort war der Bahnhof, aber hier war der moderne Fortschritt zu einem Fluch geworden. Die Dampfmaschinen wurden vom Militär gegen die Menschen eingesetzt!

So war das nicht vorgesehen gewesen! Er hatte Lokomotiven erschaffen wollen, die für friedliche Dinge eingesetzt wurden. Um Hunger und Not zu beenden. Nun brachte der Zug Tod und Verderben. „Hier geht es nach Schlesien!", sagte Maria und zeigte auf ein Schild „Schlesischer Bahnhof" stand darauf.

„Und dort nach Leipzig!", rief Clara und zeigte auf ein anderes Schild, das zu einem anderen Bahnhof zeigte. Gedeckt durch die Häuser liefen sie zu dem anderen Gleis hinüber. Am Bahnhof standen Soldaten und kontrollierten jeden, der auch nur in die Nähe des Bahnsteiges wollte. Doch in einiger Entfernung stand an einem Lokschuppen eine einsame Lok mit einem gefüllten Tender und einem Wagen. Dorthin lief Heinrich und erkannte dann, dass es eine der neuen Lokomotiven aus Chemnitz war. „Wie kommt die den hier her?", fragte er laut und einer der beiden Männer an der Lok drehte sich zu ihm um.

„Wir sollen sie testen!", sagte ein junger Mann, der einen Topf Fett in der Hand hatte, mit dem er gerade die Lager eingeschmiert hatte. „Wollt ihr einmal sehen, was die Lok wirklich kann?", fragte Heinrich den Lokführer, der oben auf der Plattform an der Lok stand. Der Mann griff sich an sein Kinn „Warum eigentlich nicht?"

„Nehmt ihr uns mit nach Leipzig?", fragte Heinrich und der Mann nickte, dann zeigte er auf den Wagen hinter dem Tender. „Steigt ein!", rief Heinrich den beiden Frauen zu, die nun neben ihm standen, anschließend kletterte er nach oben auf den Kessel. Seine Hände schützte er dabei mit einem Teil seiner Jacke, denn der Kessel war heiß. Mit ein paar Handgriffen hatte er das Druckventil blockiert und schaufelte zusammen mit dem Heizer Kohlen in die Feuerluke unter dem Kessel.

„Weißt du, was du tust?", fragte der Lokführer und Heinrich nickte. „Ich habe die in Chemnitz mit gebaut! Ich weiß, was sie kann!", erklärte er. Immer höher stieg der Druck und plötzlich schrie Maria hinter ihnen auf. Mit der Schaufel in der Hand drehte sich Heinrich zu ihr um. Eine Abteilung Soldaten war auf sie aufmerksam geworden und kam zu ihnen herüber. Ein Reiter in sächsischer Uniform war auch dabei. Maria zeigte auf den Mann und schrie „Der Graf!" Nun schrie auch Clara panisch auf.

Der Reiter überholte die anderen Soldaten und war kurz darauf neben dem Wagen. „Clara! Steig aus!", sagte er und Clara antwortete trotzig „Nein!" Der Offizier zog eine der Pistolen, die vor dem Sattel steckte, „Steig aus!", sagte er befehlend und richtete die Pistole auf die Frau. Metallisch klickte der Hahn, als er die Waffe spannte.

Heinrich zog das Seil der Dampfpfeife und ein ohrenbetäubender Pfiff ertönte. Das Pferd scheute und der Schuss verfehlte sein Ziel. „Festhalten!", schrie Heinrich und schnappte sich den Griff der Dampfleitung. Während der Reiter immer noch versuchte, sein Pferd zu beruhigen und dabei schon nach der zweiten Pistole griff, zog Heinrich den Griff des Hebels bis zum Anschlag zurück. Der Dampf schoss in die Zylinder und hüllte die ganze Lok in eine

Wolke aus heißem Wasserdampf ein. Heinrich spürte, wie die Räder auf dem Gleis durchdrehten. Ein Lärm entstand, der das Pferd noch mehr aufregte. Schließlich griffen die Räder und die Lokomotive machte einen gewaltigen Satz nach vorn.

Wie ein Pfeil zog die Lok davon. Heinrich drehte sich um und sah den Reiter, der nun hinter dem Zug herjagte. Ein paar weitere Reiter hatten sich ihm angeschlossen, doch die Männer blieben immer mehr zurück. Die Lok war einfach viel zu schnell unterwegs. Was war mit den Frauen? Waren sie noch an Bord? Heinrich konnte sie nicht sehen, doch dann tauchte Maria im Wagen auf und hob die Hand. „Alles gut!", sollte das wohl heißen. Die Soldaten schossen nun hinter ihnen her, aber die Kugeln landeten weit hinter ihnen. Immer größer wurde der Abstand zwischen dem Wagon und den Reitern.

Nun begann Heinrich wieder Kohle in das offene Feuerloch zu schaufeln und immer schneller wurde damit die Lokomotive. „Das war ganz schön knapp!", sagte der Heizer, der zusammen mit Heinrich Schaufel um Schaufel des Brennmaterials unter den Kessel beförderte. Heinrich nickte und stützte sich für einen Moment an das Geländer. Er war erst ein paar Minuten unterwegs und schwitzte durch die schwere Arbeit schon jetzt. Wenn sie dieses Tempo beibehalten wollten, so mussten sie sich beim Schaufeln abwechseln. „Ich gehe mal nach hinten", sagte er und der Heizer nickte ihm zu.

Heinrich kletterte über den Kohlenberg und sprang zu den Frauen in den Wagen. Die Gesichter der Frauen waren sichtlich bleich. Entweder wegen der hohen Geschwindigkeit oder der gerade durchgestandenen Angst. Nun war die Eisenbahn eher ein Segen, sie ermöglichte ihnen die Flucht. Fluch und Segen lagen bei dieser modernen Technik ziemlich dicht beieinander. Heinrich nahm Clara in den Arm und drückte sie an sich. Zeit um zu verschnaufen und Zeit für einen Kuss. Die Gefahr war erst einmal gebannt, doch Clara zitterte in seinem Arm. Nur langsam beruhigte sie sich.

58. Kapitel

Ängste und Träume

So richtig hatte sie erst auf dem Zug realisiert, dass ihr Freund Fritz nicht mehr am Leben war. Als der Herr Graf mit der Pistole auf sie gezielt hatte, da hatte sie bereits mit ihrem Leben abgeschlossen und sich wieder mit ihrem Freund vereint gesehen. Der Graf hatte wirklich auf sie gezielt und mit Clara geredet. Es war schon irgendwie komisch, gleichzeitig aber auch beängstigend gewesen. Dann hatte die Lok gepfiffen, das Pferd war vorn hochgegangen und die Kugel war mit einem Abstand von sicher nicht mal Fingerbreite an ihrem Ohr vorbei geflogen. Trotz des Pfiffes der Lok hatte sie auch das Pfeifen des Geschosses gehört. Heinrich schrie von vorn und sie hatte sich instinktiv über Clara geworfen, die immer noch, wie versteinert, dort im Wagen gestanden hatte. Nur einen Augenblick später hatte der Wagen einen gewaltigen Satz gemacht und war krachend zurück auf die Gleise geprallt.

Nun blickte sie zu Boden und hatte Clara unter sich. Ohne sich richtig setzen zu können, wurde Maria nun durchgerüttelt. Die Frau hielt sich mit aller Kraft an einem Griff fest. „Nur nicht loslassen!", raste es durch ihren Kopf.

Es war ein offener Wagen und die Bordwand war gerade mal Hüfthoch. Da Maria über Clara auf dem Sitz lag, griff der Fahrtwind in ihr Kleid hinein. Er zerrte an ihr, konnte ihr aber nur die Haube vom Kopf reißen und damit flogen ihre Haare hinter ihr her. Mit aller Kraft zog sie sich nach oben und winkte nach vorn, damit Heinrich sah, dass es ihnen gut ging, danach ließ sie sich sofort wieder zurückfallen und presste die Freundin auf ihren Sitz nieder. Der Wagen ratterte dahin und es war schwierig, in dieser

Position zu bleiben, aber Maria wollte verhindern, dass der Graf eventuell die Freundin mit einer Kugel treffen würde und so versuchte sie, den Körper von Clara unter dem ihrigen zu behalten.

Eine ganze Weile später kletterte Heinrich zu ihnen in den Wagen und zusammen setzten sie sich auf eine der hölzernen Bänke. Nun erst konnte sie die Bäume sehen, die in schneller Fahrt an dem Wagen vorbei sausten. Vorsichtig drehte sie sich um, doch ihnen war niemand gefolgt. Offensichtlich waren sie einfach zu schnell gewesen und hatten die Verfolger dadurch abgeschüttelt. „Wir haben Dresden längst verlassen", erklärte Heinrich und nun erst fiel auch die Angst von Clara ab. „Wohin fahren wir?", fragte die Freundin, wobei doch eigentlich klar war, dass der Zug nach Leipzig fuhr. „Na nach Leipzig!", antwortete Maria deshalb und Heinrich stimmte ihr zu. Nach einem Augenblick wies Clara darauf hin, dass auch Leipzig noch in Sachsen lag und sie deshalb auch da vor ihren Verfolgern nicht sicher waren.

„Direkt hinter Leipzig beginnt Preußen. Da kann man praktisch zu Fuß hin", sagte Heinrich nach einer kleinen Bedenkpause, doch Clara erklärte, dass ja auch preußische Soldaten sie verfolgt hatte und deshalb waren sie auch in Preußen nicht wirklich sicher. „Vielleicht kann man ja in Riesa auf ein Schiff, die Elbe hinab, umsteigen?", fragte Heinrich, mehr sich selbst als die beiden ratlosen Frauen. Er kletterte wieder nach vorn und kam nach einer ganzen Weile zu ihnen zurück. Wieder im Wagen sitzend, erzählte er „Der Zug wird kurz vor Leipzig auf ein Gleis nach Magdeburg umschwenken. Die beiden Strecken sind dort miteinander verbunden. In Riesa werden wir noch mal Kohlen holen und dann sind wir bis zum Abend in Magdeburg." „Aber Magdeburg gehört auch zu Preußen", stellte Clara nachdenklich fest.

„Das ist aber eine selbständige Provinz in Preußen. Ich denke, wir sind dort sicher", erklärte Heinrich, als er aufstand und wieder nach vorn kletterte. Nun hatten sie Zeit und saßen in dem Wagen. Mit dem Blick nach vorn konnten sie die qualmende Lokomotive vor dem Tender sehen. Immer niedriger wurde der Kohleberg und verschwand als Qualm in den Wolken. Jetzt meldete sich auch Marias Bauch, denn seit Stunden hatte sie nichts mehr gegessen. In all der Aufregung der Nacht und des Aufbruchs in Dresden hatte sie nicht daran gedacht, etwas zu Essen mitzunehmen. Gleichzeitig schämte sie sich aber dafür, dass sie jetzt an ihr Essen dachte, wo Fritz doch nicht mehr da war. Hatte sie überhaupt schon um den Freund getrauert? Bisher hatte sie kaum Tränen für ihn vergossen.

Irgendwie hatte nun wohl auch Clara bemerkt, wie es um sie stand und nahm sie in den Arm. Diese Geste setzte den Fluss der Tränen in Gang, der den Hunger unterdrückte. Maria schluchzte und es schüttelte sie, während sie sich an die Schulter der Freundin presste. Der ganze Kummer wollte jetzt aus ihr heraus und sie konnte es nicht mehr stoppen. Maria spürte, wie die Freundin sie tröstend im Arm hielt. So hatte früher die Großmutter sie immer gehalten, wenn sie als Kind Kummer gehabt hatte. Doch konnte man diesen Kummer hier auch einfach so fort trösten? Schließlich ging es dabei ja nicht um ein aufgeschlagenes Knie, hier ging es um den Tod eines geliebten Menschen. Das würde nicht einfach so heilen. Aber es ging eben auch nicht mehr rückgängig zu machen.

Nachdem der Strom der Tränen versiegt war, wurde der Zug langsamer und fuhr neben einen Lokschuppen, an welchem Heinrich und der Heizer Kohlen auf den Wagen schaufelten. Clara stieg ab und ging zum Bahnhof, um dort nach etwas zu Essen zu fragen. Wenig später stieg sie mit einem Korb wieder ein. Darin hatte sie Brot, Wurst und Wein. Bald war der Hunger gestillt und der Wein sorgte dafür, dass auch die Sorgen verschwanden. Maria war solch starken Wein nicht gewohnt und er begann ihr in den Kopf zu steigen. Wo gerade noch die Trauer gewesen war, da waren nun ein Kichern und eine fast kindliche Freude geblieben. Fast von ihr unbemerkt setzte sich der Zug wieder in Bewegung und nun musste Clara aufpassen, dass Maria nicht über Bord ging, denn sie hatte einfach viel zu viel von dem Wein getrunken und schlief schließlich auf der Bank ein.

Im Traum erschien Fritz vor ihr und sagte „Ich werde immer bei dir sein." Maria versuchte, ihn zu erreichen, doch er wich immer weiter vor ihr zurück. Sie wollte immer schneller laufen, doch auch Fritz verschwand immer schneller. „Bleib bei mir!", schrie Maria verzweifelt und erwachte dadurch. Durch die neuen Tränen um den toten Geliebten sah sie, wie der Zug auf ein anders Gleis umgeleitet wurde. Clara legte ihren Arm um ihre Schultern und sagte „Nun sind wir in Preußen!" Damit waren sie erst einmal etwas sicherer, aber noch lange nicht in Sicherheit. Wovor flohen sie überhaupt? Vor dem Herrn Graf! Zu deutlich sah sie die kleine, schwarze Öffnung der Pistolenmündung wieder vor sich.

59. Kapitel

Die Nadel im Heuhaufen

Im Prinzip war Peter auf der falschen Seite der Elbe. Drüben tobte der Kampf und er war hier, um den Nachschub zu sichern! Irgendjemand hatte das Gerücht gestreut, dass Aufständische mit der Eisenbahn versuchen würden, in die Stadt zu kommen. Oder mit dem Schiff die Elbe herab. In der Nacht war er noch auf der anderen Seite gewesen, aber in der Morgendämmerung war er mit einer Abteilung Reiter über die einzige Brücke auf diese Seite abkommandiert worden. Nachschub sichern. Nicht gerade sehr ehrenvoll, aber er konnte sich auch nicht wirklich dagegen wehren. Auf der anderen Seite waren keine Reiter gefordert. Nur hier! Und wenn er nicht zu Fuß irgendwo gegen eine Barrikade in den Kampf ziehen wollte, so musste er auf dieser Seite der Elbe bleiben.

Am schlesischen Bahnhof kam ein Zug mit preußischen Soldaten nach dem anderen aus Görlitz an. Wenn die Soldaten zu Fuß hierher gelaufen wären, dann wäre den Aufständischen sicherlich der Kampf geglückt. Aber so riss der Strom von Soldaten nicht ab. Sie gingen über die Brücke oder mit dem Schiff, als Fähre, über die Elbe in den Kampf und es konnte sicher nicht mehr lange dauern, bis die schiere Menge an Soldaten die Unruhen endlich erstickt haben würde. Und seine Aufgabe war es nun eben, dafür zu sorgen, dass der Strom von Männern nicht abriss. Gerade wurden wieder ein paar Kanonen von einem Wagen geschoben. Die Soldaten bekamen direkt am Bahnhof die Munition für die Kanonen und schon wenig später standen die Geschütze in Position und beschossen, über die Elbe hinweg, ein paar Widerstandsnester der Aufständischen.

Es war gerade Mittag geworden und Peter war zur Abfertigungshalle des Leipziger Bahnhofes geritten, denn dort wurde Verpflegung ausgegeben und sein Pferd brauchte auch etwas Hafer. Eine Gruppe von Soldaten stand um einen rauchenden Kessel herum und wartete, dass die Suppe fertig wurde. Auf diesem Bahnhof war nun so gar nichts los. Hier kamen noch nicht mal Soldaten an. Beim Warten kam Peter in ein Gespräch mit einem preußischen Leutnant, als einer der Soldaten auf eine Lok zeigte, die abseits der Gleise an einem Schuppen stand und gerade mächtig viel Rauch ausstieß.

Eigentlich hätte es ihm ja egal sein können, was dort gerade passierte, doch etwas zog seine Aufmerksamkeit dort hin. Versuchten da eventuell ein paar der Führer des Aufstandes zu fliehen? „Lasst uns da mal nachschauen!", sagte er und schwang sich auf sein Pferd. Die Gruppe der Soldaten ging eher missmutig hinüber. Gerade hatte die Suppe gekocht, doch den Befehl des Offiziers wollten sie nicht widersprechen.

Er überholte die langsameren Soldaten und war wenige Augenblicke später neben dem Wagen. Er sah zwei Frauen auf dem Wagon stehen und zuerst erkannte er die Magd, danach seine Frau. Peter forderte sie mit gezogener Waffe auf, abzusteigen. Was machten die hier eigentlich? Johann hatte ihn nicht informiert, dass sie verschwunden waren und so einfach wollte er sie nicht entkommen lassen. Ein Offizier, dem die Frau davon läuft! Damit würde er zum Gespött des ganzen Offizierskorps werden. Langsam spannte er den Hahn und zielte auf den Kopf der Magd, da er von Johann wusste, dass Clara wohl nicht zuließ, dass der Frau etwas passieren würde.

Die Wut auf diese beiden Frauen brannte ihn ihm, denn zu sehr hatte er sich schon über die Briefe von Johann geärgert. Dann Pfiff die Lok, das Pferd scheute und der Schuss ging fehl. „Verdammt!", rief er und zog das Pferd zurecht. Nun waren auch die Soldaten da und legten ihre Gewehre an, doch im selben Moment fuhr der Zug auch schon los. „Feuer!", schrie Peter und die ersten Gewehrschüsse jagten dem Wagen hinterher.

Er trieb die Sporen in die Seite des Pferdes und versuchte den Zug einzuholen, doch der war zu schnell. Auch der Schuss seiner zweiten Pistole verfehlte sein Ziel. Eine ganze Weile noch galoppierte er hinter dem sich schnell entfernenden Wagen her, dann sah er ein, dass er sie niemals einholen würde und stoppte sein schnaufendes Pferd. „Entwischt!", zischte er durch die Zähne hindurch. Er musste sie zurückholen! Doch das konnte er erst, wenn dieser verdammte Aufstand in ein paar Tagen niedergeschlagen war. Zumindest wusste er nun, dass sie nach Leipzig geflohen waren. Dorthin würde er sich auf die Suche machen, wenn er endlich von hier fort konnte. Langsam ließ er das Pferd zurück zum Bahnhof traben und sah, dass die Soldaten schon alle wieder an dem Suppenkessel standen. Verpflegung war ihnen wohl wichtiger!

Wie konnte er nun dafür sorgen, dass es schneller ging und er damit wieder freigestellt werden würde? Sollte er einfach zum Kriegsministerium reiten und dort fragen, ob er sich in Richtung Leipzig auf die Suche nach Aufständischen machen solle? Gedacht, getan und gerade in dem Moment, in dem er dort vor dem Haus vom Pferd stieg, traf auch ein Melder aus Leipzig ein. Der Leutnant erzählte, dass auch in Leipzig, bei der Abwesenheit des Militärs, ein Aufstand ausgebrochen war. Und dass der größere Teil der dort stationierten Kommunalgarde diesem zwar kräftig entgegengetreten war, allerdings der militärischen Unterstützung dringend bedurften.

Da er ja nun mal gerade da war, wurde er damit beauftragt, zwei Kompanien der leichten Infanterie zusammenzustellen und bereitzumachen. Offensichtlich war das Kriegsministerium der Meinung, dass der Aufstand hier in der Hauptstadt sowieso in den nächsten Stunden zusammenbrechen würde. Für Peter hätte es gar nicht besser kommen können. Konnte er doch so die Verfolgung seiner Frau fortsetzen und bekam dafür auch noch Soldaten mit. Schnell machte er sich wieder auf den Weg zur anderen Elbseite, um am Bahnhof zwei Preußische Kompanien abzufangen, die gerade erst vom Zug gestiegen waren. Schnell war ein Zug organisiert und die Soldaten von dem schlesischen Bahnhof zum, in der Nähe gelegenen, Leipziger Bahnhof hinübergeführt.

Nachmittags gegen fünf Uhr setzte sich die Lok mit dem angehängten Wagen in Bewegung. Peter saß im Wagen hinter der Lok und folgte nun somit den Spuren seiner Frau. Würde er sie in Leipzig wiederfinden? Konnte sie dort einfach so untertauchen? Im Gewimmel der Stadt? Sozusagen wie eine Nadel im Heuhaufen? Peter beschloss, jeden Stein in der Stadt umzudrehen, bis er sie wiedergefunden haben würde. Noch vor dem Einsetzen der Dämmerung war der Zug mit den Soldaten in Leipzig. Dort schwärmten die Kämpfer aus und kämpften die Aufständischen nieder. Peter suchte aber nach zwei Frauen. Er hielt die Augen offen, aber er konnte sie nicht entdecken. Wo waren sie hin?

60. Kapitel

Im Rausch der Geschwindigkeit

Noch bevor die Dämmerung einsetzte, waren sie auch schon in Magdeburg gewesen. „So schnell war noch nie ein Zug!", hatte der Heizer zu Heinrich gesagt und der Lokführer hatte ihnen beiden zu schweigen geboten, denn er wollte ja nicht seine Anstellung verlieren. Keine fünf Stunden von Dresden nach Magdeburg und dabei hatten sie auch noch einmal Kohle in Riesa gebunkert. Heinrich hatte gewusst, was diese Lokomotiven so konnten. Natürlich hatte er gesehen, dass die Frauen beim Aussteigen deutlich blass um die Nasen gewesen waren. Hatten sie doch bestimmt jeden Moment damit gerechnet, in diesem Zug zu sterben. Sei es nun, dass der Wagen entgleist, sie irgendwo aufprallen würden, oder die Geschwindigkeit sie erdrücken würde.

Heinrich hatte von Ärzten gehört, die jedem, der mit dem Zug fahren würde, schlimme Krankheiten des Gehirns voraussagten. Durch den Fahrtwind würden sie eine Lungenentzündung bekommen, weil der Zug so schnell war. Oder der giftige Qualm aus dem Schornstein der Lokomotive würde sie alle vergiften. Dabei heizten doch alle mit Kohle und niemand war bisher daran gestorben. Bei ihrem Aufbruch aus Dresden hatten sie kurzfristig eine aberwitzige Geschwindigkeit von zehn Postmeilen in der Stunde gehabt. Selbst ihm war dabei angst und bange geworden. Nicht so sehr wegen der Geschwindigkeit an sich, sondern wegen dem Gleis, das eigentlich nur für die Hälfte dessen ausgelegt war. Doch sie hatten es überlebt und nur das zählte.

Hier in Magdeburg übernahm nun wieder Clara die Führung. Sie kannte die Stadt vom Hörensagen und auch eines der besseren Hotels war ihr bekannt. Hier war alles ruhig, doch das war sicher dem geschuldet, dass überall Soldaten zu sehen waren. Ihnen dreien passte das zwar irgendwie gar nicht, aber sie mussten versuchen, sich so unverdächtig wie nur möglich zu benehmen. Hier in der Stadt waren sie zumindest vor den Nachstellungen durch Claras Mann sicher. Der würde wohl noch eine Weile in Dresden bleiben müssen. Und die preußischen Soldaten konnten ja nicht wissen, dass sie aus Dresden waren. Für diese Zeit war ja kein Zug aus Dresden oder Leipzig angekündigt und die Lok hatte an einem Güterschuppen gehalten, wo sonst immer nur Waren ausgeladen wurden.

Zunächst holte sich erst einmal die vergangene, durchkämpfte Nacht ihr Recht. Clara und Maria schafften es noch nicht einmal aus ihren Kleidern. So wie sie waren, fielen die beiden Frauen einfach in das große Bett, das sie sich hier zu dritt teilen würden. Clara hatte Maria als ihre Zofe vorgestellt, was ja auch die Wahrheit war. Zwar hatte der Wirt ihn etwas seltsam angesehen, denn die Arbeit auf dem Tender war an seiner Kleidung nicht ganz spurlos geblieben. „Der Zug und der Ruß!", hatte Heinrich nur gesagt und der alte Mann hatte verstehend genickt. Gegen eine Münze holte eine der Mägde seine Sachen vom Zimmer ab, um sie danach zu säubern und am nächsten Morgen zurück zu ihm zu bringen.

Eigentlich hätte sie auch die Kleider der beiden Frauen mitnehmen können, aber diese waren einfach nicht dazu zu bewegen, sie auszuziehen. Clara murmelte etwas Unverständliches im Schlaf und Maria blinzelte nur kurz mit den Augen. Schließlich setzte sich Heinrich in den Sessel, der am Fenster stand und schlief darin ein. Die Anstrengung des Kohlenschippens holte nun auch ihn ein.

Der Gesang eines Vogels brachte ihn zurück in den Tag. Der kleine Sänger saß genau neben Heinrich auf dem Fensterbrett des offenen Fensters. Der Mann sah hinaus und ein herrlicher Morgen lag über der Stadt. Ganz anders, als jener nur einen Tag zuvor. Als sie um dieselbe Zeit noch auf der Barrikade gestanden hatten und die Soldaten abgewehrt hatten. Der Mann stand auf, drehte sich zum Zimmer um und sah die beiden Frauen, die ebenfalls gerade erwachten. Sein Blick fiel auch auf seine Sachen, welche die Magd offensichtlich zurück in das Zimmer gebracht hatte, ohne dass er es bemerkt hatte. Zu fest hatte er in dem doch ziemlich unbequemen Sessel geschlafen. Dass der Sessel doch keine so gute Schlafstätte gewesen war, das bemerkte er erst jetzt. Gähnend streckte er sich und alles tat ihm weh, aber im Gegensatz zu seinem Freund Fritz lebte er noch.

Clara stand aus dem Bett auf und kam zu ihm an das Fenster. „Wie soll es nun weiter gehen?", fragte er, obwohl eigentlich der Mann entscheiden sollte. Doch bei ihnen war das ja alles etwas anderes. Sie sah ihn nur fragend an und er setzte hinzu „Bleiben oder Gehen?" Ihr Blick ging zum Fenster hinaus und ihr Schweigen sprach dafür, dass sie sich offensichtlich darum auch noch keine Gedanken gemacht hatte. Erst einmal waren sie hier in Sicherheit, auch wenn diese nur trügerisch war. Konnten sie für die Unruhen in Dresden noch zur Rechenschaft gezogen werden? Wer wusste eigentlich, dass sie von dort gekommen waren? Eigentlich niemand. Und noch viel wichtiger war: würde Claras Mann sie hier finden?

Heinrich sah Clara an, aber er sah auch die Frage in ihrem Gesicht. Darum setzte er hinzu „Hier gibt es die Gräfliche Stolbergsche Maschinenfabrik. Da werden auch Dampfmaschinen hergestellt. Falls wir hier bleiben, so könnte ich dort arbeiten." „Lass uns noch etwas warten", entgegnete Clara und lehnte sich an Heinrichs Schulter an. Nun war auch Maria wach, stand aus dem Bett auf und hob seine Sachen von der Bank. Sie brachte sie zu ihnen an das Fenster und reichte sie ihm. Während er sich wusch und anzog, blieben die beiden Frauen am Fenster und schauten auf die erwachende Stadt. Die Elbe war nicht weit entfernt und man konnte sie von dort aus sehen, wo die beiden Frauen standen. Wo würde ihre Flucht enden? Hier? Oder würde sie der Verfolger noch weiter vor sich her treiben?

„Wollt ihr euch auch erst einmal frisch machen?", fragte er und zeigte auf die Schüssel und den Krug, die vermutlich ebenfalls die Magd am Morgen unbemerkt in das Zimmer gebracht hatte. „Danach können wir zum Frühstück gehen und dann sehen wir weiter", schloss er noch ab und ging zurück zu den beiden Frauen. Clara nickte ihm zu und Maria half ihr aus dem Kleid. Da sie ja auch keine Sachen mitgebracht hatte, so würden sie erst einmal neue Kleidung kaufen müssen. Sicherlich konnte der Herbergswirt ihnen da ein Geschäft empfehlen, in dem sie sich neu ausstatten konnten. Zum Glück hatten die beiden Frauen die Münzen noch. Clara legte ihren schweren Gürtel gerade auf das Bett.

61. Kapitel

Bittersüße Schokolade

in neuer Tag war angebrochen und nun musste in Magdeburg erst mal wieder der Bestand an Kleidung aufgefrischt werden. Durch die überhastete Abreise aus Dresden, die viel mehr einer Flucht ähnelte, als der Aufbruch in Chemnitz, hatten sie zuerst die Kleidung im Hotel zurücklassen müssen und danach hatte die Kleidung, die sie auf dem Leib trugen, auch noch im Pulverdampf gelitten. Es roch ein paar Schritte gegen den Wind noch nach Schwefel und Ruß. Clara hatte den Gürtel abgelegt und die eine Münze vor sich auf dem Tisch liegen. Ein verbeultes Stück Silber, das aber ihr Leben gerettet hatte. Eine Fingerbreite höher oder tiefer und sie wäre nicht mehr am Leben. Es war schon fast unheimlich, wie nah sich Tod und Leben in diesem Moment gewesen waren.

Auch der Schock, als Peter auf sie gezielt hatte, der saß noch tief in ihr. Nun musste sie aus dem Haus! Zwar hätte sie auch Maria mit der Kleiderwahl beauftragen können, aber das wollte sie sich dann doch selbst vornehmen. Zumal Maria und Heinrich ebenfalls neue Kleidung brauchten und alleine wollte sie nicht in dem Hotelzimmer bleiben.

So brachen sie also nach dem Frühstück, das sie im Zimmer einnahmen, zu dritt in die Stadt auf. Für einen Dienstag war auf den Straßen ganz schön was los! Überall waren Menschen unterwegs, die zum Markt gingen oder von dort zurückkamen. Die meisten schlenderten vor sich hin, als ob sie nichts anderes vorhatten. Aber sicherlich war das nur Claras Eindruck, denn die Mägde würden ja auch hier gut zu tun haben und vielleicht waren diese auch schon wieder zu Hause. Nach der Kleidung der Frauen, die ihnen entgegen kamen, waren diese sicher etwas wohlhabender.

Aufgrund ihrer Kleidung hielt sich Clara etwas mehr zurück, denn der Rock war an einer Stelle zerrissen und sie wollte damit nicht auffallen. Was hätte sie auf eine Frage danach antworten können? Bei der Wahrheit wäre sie schon mit einem Bein im Kerker und immer noch umhüllte sie der verräterische Geruch nach Schießpulver, den sie so schnell wie möglich loswerden musste.

Wenn er einem Soldaten aufgefallen wäre, dann wäre es aus! Und so schlüpften sie in den ersten Laden, in dessen Auslagen Clara Kleidung liegen sah. Es war ein Kolonialwarenladen, wie sie nun feststellen musste, aber da es darin auch ein paar Kleider gab, blieben sie einfach. Die Auswahl war allerdings nicht so groß, wie Clara erhofft hatte, doch zum Wechseln der Sachen und anschließendem Weitereinkauf mochte es wohl gehen. Ein älterer Mann sah sie seltsam an und schätzte wohl gerade ein, ob er es hier mit zahlungskräftigen Kunden zu tun hatte, oder mit Tagelöhnern, die er am besten gleich wieder vor die Türe setzen sollte. Um jeden Zweifel sofort zu zerstreuen, legte Clara ein paar der silbernen Taler auf den Tisch und die Verbeugung des Mannes wurde sehr tief.

Eiligst zeigte er ihnen, was Clara sich gewünscht hatte. Unterwäsche und Kleider. Für Heinrich war sogar ein Mantel vorrätig, der ihm auch auf Anhieb passte. Die Auswahl für Männer war deutlich größer, als die für Frauen. Trotzdem hatte Heinrich schon komplett neue Sachen an, als sie und Maria noch nicht einmal alle Kleider gesehen hatten. Und das bei der geringen Auswahl! So saß dann auch Heinrich schon mit dem Mann an einem Tisch und sie redeten, während Clara sich hinter einem Baldachin umzog. Maria reichte ihr das Kleid nach hinten und ließ die getragene Kleidung möglichst unauffällig in einem Kübel verschwinden. Dann war Clara fertig und gab den Platz für Maria frei, die sich nun hinter der Wand umzog, wobei sich Clara zu den beiden Männern setzte.

Es gab einen Kaffee, der ganz vorzüglich schmeckte. Und er wurde in solch kostbaren Tassen gereicht, dass sie vermutete, dass der Mann sie erst wegen der Silbertaler irgendwo hervorgekramt hatte. Clara nippte an der Tasse, während die beiden Männer sich über die Vorzüge amerikanischen Tabaks austauschten. Als Frau war sie nicht in das Gespräch eingebunden und erinnerte sich auch daran, dass sie nichts zu sagen hatte. Sie musste in ihrer Rolle bleiben, auch wenn es ihr schwerfiel. Mehr als einmal biss sie sich auf die Lippe, um den Männern nicht in das Wort zu fallen, denn der Händler hätte es wohl kaum verstanden. Und so lauschte sie nur und wartete auf die Freundin, die noch mit ihrem Rock kämpfte. Natürlich hätte sie Maria helfen können, doch die Schilderungen des Händlers waren so fesselnd, dass sie keinen Augenblick davon verpassen wollte.

Der alte Mann erzählte von Virginia, wo er den Tabak bezog, von Cincinnati, wo er einen Freund hatte und von Amerika, wo anscheinend in jedem Bach Gold lag, in jedem Garten eine Öl-pumpe stand und wo das Geld beinahe auf Bäumen wuchs. Er er-zählte, dass man dort für 25 Taler ein Stück Land kaufen konnte, das größer war, als so manches Fürstentum in Europa. Endlich war auch Maria am Tisch und damit wendete sich der Mann den beiden Frauen zu. „Ich habe auch Schokolade da. Möchten sie probie-ren?", fragte der Händler. Clara dachte an das letzte Mal, dass sie Schokolade probiert hatte. Bitter und widerlich war diese gewesen. Abwehrend schüttelte sie den Kopf, doch Maria sagte „Gern." Vermutlich kannte sie Schokolade noch nicht. Der Mann stand auf und holte eine Tafel, die in Papier eingepackt war. Er brach eine Ecke ab und gab sie Maria.

Die Freundin schob sich die Ecke in den Mund und Clara wartete darauf, dass sie es angewidert ausspuckte, doch Maria machte „Mmmm." und sagte dann „Das ist ja köstlich!" Clara sah den Mann fragend an und dieser erzählte „Das ist eine Milchschokolade von der Firma Jordan & Timaeus. Das ist ein sächsisches Schokoladenunternehmen mit Sitz in der Dresdener Neustadt. Etwas ganz besonderes!" Dabei schob er die braune Tafel näher zu ihr herüber und sie brach sich ein kleines Stück davon ab. Vorsichtig legte es sich Clara auf die Zunge, doch der bittere Geschmack blieb aus. Stattdessen blieb ein süßes Aroma im Munde zurück. „Ja. Lecker!", stellte nun auch Clara fest und wollte ein weiteres Stück erbeuten, doch der Mann zog die Tafel zurück „Wie viel?", fragte Clara und zog einen Taler aus dem Beutel. Der Mann steckte den Taler ein und schob die Tafel zu ihr herüber.

Dann erhob er sich und holte noch zwei weitere Tafeln, aber selbst dafür war es ein fürstlicher Preis! Während er sich mit Heinrich ein Pfeifchen mit besten Tabak aus Virginia genehmigte, verschwand die erste Tafel Stück für Stück abwechselnd im Mund von Clara und Maria. Als Kaffee, Tabak und Schokoladentafel zu Ende waren, bezahlten sie und brachen wieder auf. Der alte Mann verneigte sich tief an der Ladentür.

Für zehn Taler hatten sie Kleidung, eine Pfeife, ein Pfund Tabak und ein Pfund Schokolade erhalten. Einen Korb gab es für Maria gratis dazu. Mit der Schokolade im Bauch und den Ideen von Amerika und den vielen Möglichkeiten im Kopf gingen sie zurück zur Herberge.

62. Kapitel

Neue Träume

---

ie zweite Nacht war vorüber. Die zweite Nacht ohne ihren Freund Fritz. Wie konnte sie eigentlich weiterleben? Maria wusste es nicht, es tat nur so unendlich weh, ihn nicht mehr bei sich zu haben. Im Traum war er ihr erschienen und sie konnte ihn doch nicht erreichen, er war fort und das für immer. Maria stand aus dem Bett auf und presste die Hand auf ihr schmerzendes Herz. Das Leben musste weiter gehen! Sie warf einen Blick zu ihrer Herrin, dann ging sie zum offenen Fenster. Draußen zeigte sich der erste blasse Gruß des neuen Tages. Noch ein Blick zum Bett zurück, wo die beiden anderen noch schliefen.

Zu dritt teilten sie es sich, aber es war ja breit genug für drei. Sollte sie nun nur noch für Clara leben? Mit dem Blick auf das silbern glänzende Band der Elbe kam ein neuer Gedanke in ihr nach oben. Dieser Fluss führte direkt nach Hamburg und von dort war es gar nicht mehr weit bis Amerika. Sie hatte nur einen Teil der Unterhaltung mit dem Händler gehört und doch hatte es gereicht, in ihr einen neuen Traum zu begründen. In ihrem weißen Unterkleid und barfuß träumte sie sich in das ferne Land, wo alles aus Gold war. Wo die Hühner groß wie Esel waren. Amerika!

Wenn sie Clara um ein paar der Münzen bitten würde, so würde die Freundin ihr vielleicht diesen Wunsch nicht abschlagen. Wie viel würde wohl so eine Überfahrt kosten? Der Mann hatte gesagt, dass man mit 25 Taler so viel Land kaufen konnte, dass ein Mann an einem Tag kaum um es herum gehen konnte. Versonnen blickte Maria zum Tisch. Dort lagen fast fünfhundert der blinkenden Silbertaler! Sollte sie noch einmal zu dem Händler gehen und sich noch weiter informieren? Wenn sie so tat, als ob sie für ihre

Herrschaft einkaufen würde, dann konnte sie vielleicht wieder mit dem Mann in ein Gespräch kommen. Sollte sie das tun? Eigentlich war sie ja die Magd von Clara! Durfte sie da die Herrin und Freundin einfach so zurücklassen? „Fragen kostet nichts!", sauste es durch ihren Kopf und noch war ja nichts entschieden! Doch sie musste es wissen! Schnell zog sie sich an, nahm den Korb, den sie am Tage zuvor dort bekommen hatte und griff sich ein paar der Groschen, die sie als Wechselgeld in Dresden erhalten hatten. Dann brach sie auf und ließ die beiden anderen schlafen.

Leise schloss sie die Tür des Zimmers hinter sich. Im Flur herrschte schon geschäftiges Treiben. Die Mägde von anderen reichen Reisenden waren, genauso wie Maria, nun schon unterwegs. Zügig stieg sie die Treppe hinab. Der Weg war nicht weit und die Luft, so früh am Morgen, noch angenehm kühl. Der Wind wehte vom Fluss herüber und brachte einen Geruch von Fisch mit, der dort wohl gerade von einem Schiff entladen wurde. Wieder machte sich diese Sehnsucht nach dem weiten Meer in ihr breit und dabei hatte sie das Meer noch nie gesehen. Cornelia hatte ihr oft davon erzählt, aber die Freundin war auch nie dort gewesen. Das Schiff dort unten, von dem sie im Moment nur den schwarzen Rauch aus dem Schornstein sah, wohl schon.

Der alte Mann öffnete gerade seinen Laden, als Maria dort eintraf. Der Kolonialwarenhändler erkannte sie sofort wieder und fragte, wo die anderen beiden waren. „Meine Herrschaft schläft noch", entgegnete Maria wahrheitsgemäß und der Mann zog die Augenbrauen hoch. „Herrschaft?", fragte er, denn vermutlich hatten sie sich am Tage zuvor nicht so verhalten wie Magd und Herrin. „Ja. Die Gräfin, meine Herrin, schickt mich, um noch ein paar Dinge zu kaufen", antwortete Maria und der Mann gab den Weg frei. Maria trat in den Laden und ging zu dem Regal, in dem die Lebensmittel standen. Zwar hätte sie diese sicher auch in jedem anderen Laden erhalten, doch der Einkauf war ja irgendwie auch nur ein Vorwand.

An jedem Fach stand der Preis und Maria suchte sich die Dinge zusammen, die sie benötigen würden. Zwei Pfund Fleisch für zehn Groschen, ein Brot für vier Groschen, ein Pfund Butter für acht Groschen, ein Pfund Kaffee ebenfalls für acht Groschen, zwei Pfund Mehl für je einen Groschen und ein Stück Seife für weitere zwei Groschen fanden den Weg in Marias Korb. Damit wog der Korb genauso viel, wie die silbernen Taler, die Maria bei der Flucht um die Hüften getragen hatte. Sie wechselte zum Tisch, hinter dem der Mann schon stand und auf sie wartete. Ohne zu zögern, sagte er „34 Groschen." Sicher hatte er aus der Entfernung mitgezählt, denn im Moment war sie ja auch noch die einzige Kundin in dem Laden.

Auch Maria war auf 34 Groschen gekommen. Mehr als ein Taler und als sie den Beutel unter dem Kleid hervorzog, da dachte sie an ihre Anstellung bei dem Vater von Clara zurück. Ihr Wochenlohn hatte damals bei vier Groschen gelegen. Dabei war natürlich Kost und Unterkunft frei gewesen. „Ein Taler und vier Groschen", sagte Maria und zog die Geldstücke aus dem Beutel. Sie zählte die fünf Geldstücke auf den Tisch und der Mann schob sie in eine Schublade, die er nur kurz öffnete. Für jeden Typ Geldstücke hatte er darin ein Fach, wie Maria kurz gesehen hatte. Sie zog die Schnur wieder zu und legte den nun leeren Beutel in den Korb. Damit war der Einkauf eigentlich zu Ende, doch bevor sie den Laden wieder verlassen wollte, musste sie nun das Gespräch auf Amerika lenken. Nur wie?

Den Korb schon in der Hand stand sie unschlüssig da. „Brauchen sie noch etwas?", fragte der Mann und zeigte auf das Regal mit den teureren Waren hinter sich, an das die Kundschaft nicht so einfach heran kommen konnte. Dort lagen auch die Schokolade und der Tabak. Beides hatten sie ja erst am Vortag gekauft und der Geldbeutel war auch leer. Schließlich konnte sie hier nicht ewig herumstehen und darum fasste sie all ihren Mut zusammen. Was hatte sie schon zu verlieren?

Mit dem Blick auf den Tabak fragte sie den Händler nun einfach „Wie kommt man nach Amerika und was kostet das?" Der Mann zeigte auf den Tisch und Maria setzte sich auf einen der Stühle. Wenig später kam er mit zwei Tassen Kaffee zu ihr und setzte sich zu Maria. Offensichtlich war es ihn nun egal, dass sie eine Magd und auch noch ohne Geld war. Nachdem Maria von dem köstlichen Kaffee genippt hatte, begann der Händler zu erzählen „Eigentlich ist das ganz einfach."

Bei dem Wort „Eigentlich" horchte Maria auf und wusste damit schon, dass es wohl nicht so einfach war. „Du möchtest dort hin?", fragte er und war nun schon beim „Du" angekommen, aber schließlich war sie ja nur die Magd. Maria nickte und nahm einen neuen Schluck vom Kaffee. „Also", setzte der Mann fort, „Du fährst mit der Postkutsche oder dem Schiff bis Hamburg. Dort musst du auf ein anderes Schiff umsteigen und danach bist du dann, bei gutem Wind, vier Wochen später in Amerika. Im Hafen von New York."

Er lehnte sich zurück und trank genüsslich aus seiner Tasse, dabei lächelte er sie an. „Und wie viel würde mich das kosten?", fragte Maria drängelnd nach. „Der Weg bis Hamburg zehn Taler, die Überfahrt vierzig, Versicherung und Essen auf der Fahrt noch einmal vierzig", zählte er auf. „Neunzig Taler?", stieß Maria erschrocken aus und hätte fast die halbleere Tasse Kaffee umgestoßen. So viele Taler würde ihr Clara beim besten Willen niemals schenken. Aus der Traum!

„So ist es!", sagte der Mann und trank den Rest vom Kaffee in einem Schluck aus. Eigentlich hätte Maria nun gehen können, doch etwas hielt sie zurück. Der Mann machte eine Pause, legte dabei aber seine Hand auf ihren Arm, um sie auf dem Platz zu behalten. Schließlich setzte er hinzu „Ich könnte dir das Geld für die Fahrt geben." „Und was muss ich dafür tun?", fragte Maria vorsichtig, denn niemand würde doch ohne Sicherheiten solch eine Menge an Geld einfach so an sie vergeben. „Du unterschreibst mir einen Schuldschein und würdest dann in Amerika auf der Farm meines Freundes für das Geld arbeiten. In vier oder fünf Jahren hättest du die Fahrt abbezahlt", erklärte der Mann und sah Maria fragend an.

Grübelnd sah sie in die Augen des Mannes. Wenn dort so viel zu verdienen war, dann konnte sie es vielleicht wagen. Freiheit in fünf Jahren und eine goldene Zukunft in Amerika? Das klang viel zu gut, um wirklich wahr zu sein. Wo war der Haken? „Ich überlege es mir", sagte Maria und erhob sich von dem Stuhl. „Warte aber nicht zu lange! Das Schiff nach Hamburg fährt schon in ein paar Tagen zurück", erklärte ihr der Händler, dann stand sie auf der Straße und wieder wehte der Duft von eingelegten Hering um ihre Nase. Es roch nach Freiheit!

63. Kapitel

Das leidige Geld

---

lara sah zu ihrer Freundin hinüber. Bereits den ganzen Morgen lief diese mit sorgenvollem Gesicht im Zimmer hin und her. Seit sie mit dem Korb vom Einkauf zurückgekommen war, hatte sie kein Wort mehr gesagt. Maria zog zwischen Bett und Fenster eine Spur in die hölzernen Dielen und jedes Mal, wenn sie am Fenster stand, seufzte sie. Aber in Anbetracht des Kummers, den Maria sicher wegen Fritz haben musste, war das vermutlich auch kein Wunder. Nach unendlicher Wegstrecke stellte sich Clara der Freundin einfach in den Weg. „Was ist los?", fragte Clara und erwartete eigentlich eine lange Erklärung von Maria oder einen Fluss von Tränen, doch die Freundin sagte nur „Ich möchte nach Amerika!" Nun erst verstand Clara die Freundin. Das Gespräch am Tag zuvor hatte sie wohl auf diesen Gedanken gebracht. Und hatte sie nicht selbst darüber nachgedacht? „Und?", fragte Clara nach, weil sie das Problem noch nicht verstanden hatte.

„Ich müsste dich hier zurücklassen", setzte Maria fort, doch Clara merkte schon, dass das nicht die ganze Sorge der Freundin war. Sie wartete noch einen Moment, dann brach es aus Maria heraus. „Es ist das leidige Geld! Ich könnte mich zwar für fünf Jahre auf eine Farm verpflichten und wäre danach frei, doch ich weiß nicht, ob das richtig wäre. Der Händler würde es mir vorstrecken." Jetzt erst merkte Clara, dass sie am Tage zuvor gar nicht gefragt hatte, was das wohl kosten würde. Offensichtlich mehr, als Maria besaß. Nachdenklich setzte sich Clara auf das Bett zurück und blickte zu dem Gürtel mit den Münzen. „Soll ich dir etwas Geld schenken?", fragte sie und zeigte auf den Tisch.

„Das kann ich nicht von dir annehmen!", entgegnete Maria. „So viel?", fragte Clara erschrocken, den sie wusste, dass die Freundin nicht so reagiert hätte, wenn es ein kleiner Betrag gewesen wäre. Maria nickte. „Ja. Hundert Taler!", erklärte sie.

„Hundert Taler!", wiederholte Clara leise. Sie blickte zwischen Maria und dem Tisch hin und her, dann stand sie auf und ging zu dem Tisch hinüber. Es waren noch fast fünfhundert der silbernen Münzen da. Mehr als die Hälfte hatten sie auf der Flucht schon verloren. Grübelnd schob Clara die Münzen mit den Fingern hin und her. Sie rang mit sich selbst um eine Antwort für die Freundin. „Hundert Taler kann ich dir nicht schenken. Vielleicht die Hälfte. Fünfzig?", fragte Clara und Maria schüttelte den Kopf. „Ich kann doch kein Geld von dir nehmen", sagte sie mit Tränen in der Stimme. „Aber von dem Händler würdest du es akzeptieren?", fragte Clara fast verärgert. „Ich würde es ja abarbeiten. Auf der Tabakfarm in Amerika. Es wäre ja kein Geschenk", antwortete Maria trotzig. „Ich weiß nur nicht, ob es richtig ist", setzte sie noch hinzu.

„Du hast dir also schon viele Gedanken gemacht!", stellte Clara nachdenklich fest. Wieder nickte Maria. „Am Freitag fährt das Schiff. Es braucht nur drei Tage. Mit der Postkutsche wäre ich mehr wie eine Woche unterwegs. Und zu Fuß sicher zwei Monate", erklärte die Freundin und dabei sah sie aus dem Fenster zum Fluss hinunter. Das Schiff war von hier aus nicht zu sehen, nur eine kleine Rauchfahne zeigte den Standort des Dampfers an. „Ich muss mich allerdings bis morgen entschieden haben", sagte sie leise, vermutlich mehr zu sich.

„Morgen schon?", fragte Clara nachdenklich. Würde die Freundschaft schon am nächsten Tag zu Ende sein? Für einen

Moment sauste ein Gedanke durch Claras Kopf: Sie ist meine Magd! Ich kann es ihr verbieten! Doch dann schüttelte sie unmerklich den Kopf. Sie war doch ihre Freundin! Das ging so gar nicht. Schließlich fiel Clara doch noch etwas ein „Und wenn du mir einen Schuldschein unterschreibst und das Geld aus Amerika an mich schickst?", fragte sie.

Maria fuhr am Fenster zu ihr herum. „Wenn das geht?", fragte sie und Clara nickte nur dazu. Sie setzte sich an den Tisch und wenig später lagen zehn Stapel zu je zehn Talern auf der Tischplatte. Mit kratzender Feder setzte Clara ein Schriftstück auf, anschließend legte sie die Feder zur Seite und las vor „Hiermit verpflichte ich, Maria Müller, mich, die hundert Taler, die mir Clara geborgt hat, innerhalb von fünf Jahren zurückzuzahlen. Magdeburg, den neunten Mai des Jahres 1849" Sie sah zu Maria auf und hielt ihr die Feder hin. Schnell griff Maria zu und setzte ihre Unterschrift ungelenk unter den schwungvoll geschrieben Text. „Ein Tausch. Papier gegen Geld", sagte Clara, steckte das Schriftstück ein und zeigte auf die blanken Taler, die von Maria schnell in ihren Beutel gelegt wurden.

Dann fiel Maria ihr um den Hals und war auch schon wenig später aus dem Zimmer gelaufen. „Zum Schiff!", hatte die Freundin noch gesagt, bevor sich die Tür geschlossen hatte. „Amerika", sagte Clara versonnen. Das klang schon so spannend, aber sie wollten hier bleiben. Hier etwas bewegen und etwas aufbauen. Sonst wären doch alle Opfer in dieser Revolution umsonst gewesen. Clara sah zu Heinrich, der sich gerade eine Pfeife mit dem Tabak aus dem Lande stopfte. Er hatte zu all dem, was sich da gerade ein paar Schritte neben ihm zugetragen hatte, nichts gesagt. Für ihn war es wohl eine Sache zwischen zwei Frauen und es war ja auch nicht sein Geld, sondern ihres. Na ja, eigentlich das von Peter, das sie ihm nur gestohlen hatte.

Wieder flogen ihre Gedanken zu ihrem Mann, der sie ja praktisch ein paar Tage zuvor mit der Waffe bedroht hatte. Was wäre, wenn er sie hier finden würde? Dann würde die Kugel sicher ihr Ziel nicht verfehlen. Clara spielte mit der verbeulten Münze, die ihr auf der Brücke in Dresden das Leben gerettet hatte. Beim nächsten Mal würde sie sicher nicht so viel Glück haben.

Claras Blick fiel auf die Münzen. Mit dem Geld würde sie hier in Preußen etwa fünf Jahre gut leben können. Wenn Heinrich eine Anstellung in der Maschinenfabrik bekam, dann wohl etwas länger. Und dann? Das wäre in etwa die Zeit, die Maria zum Zurückzahlen der Schulden hatte. Dann wäre die Magd frei und Clara? Sie würde irgendwo arbeiten müssen. Vielleicht in einer Spinnerei. In einer Manufaktur, wie die, welche ihr Bruder führte. Wollte sie das wirklich? Und wollte sie die Freundin verlieren?

Eine schwere Entscheidung stand ihr bevor. Die Freundin ziehen lassen, oder mit ihr ziehen? In die Fremde, um dort etwas aufzubauen? Oder hier bleiben, um vielleicht hier etwas zu bewirken? Wen konnte sie fragen? Heinrich? Sie sah zu dem Mann hinüber, der gerade den blauen Tabakrauch zur Decke hinauf blies.

64. Kapitel

Neue Hoffnung, neue Furcht

Der Weg zum Fluss hinunter war gar nicht weit. Nur ein paar verwinkelte Gassen entlang und schon stand Maria am Ufer der Elbe. Nun musste sie nur noch schauen, wo sie auf das Schiff gelangen konnte. Weiß und dampfend lag es nur wenige hundert Schritte entfernt am Ufer. Der Händler hatte gesagt, dass die Fahrt nach Hamburg nur zehn Taler kosten sollte. Daher hatte sie auch nur zwölf von den Münzen mitgenommen, denn sie würde sich danach noch ein paar Sachen für diese Reise kaufen müssen. Die anderen hatte sie im Zimmer bei Clara gelassen, denn es war viel zu gefährlich, hier mit der ganzen Menge an silbernen Talern herumzulaufen. Ganz davon abgesehen, dass die Masse ihr den Gürtel heruntergezogen hätte. Auf der Flucht hatten sie ihr schon mächtig auf die Hüften gedrückt.

Schlendernd folgte Maria dem Wasser und sah ein paar Männer, die neben dem Schiff standen. Einen davon fragte sie „Ich möchte gern mit dem Schiff nach Hamburg fahren." „Dann brauchst du eine Fahrkarte", sagte er und zeigte auf ein kleines Gebäude an welchem „Hafenmeister" geschrieben stand. Maria lächelte ihn an, bedankte sich und lief zu dem Haus hinüber. Die Tür stand weit offen und deshalb trat sie einfach ein. Ein paar Männer unterhielten sich lautstark und keiner beachtete sie.

Wie eine verschüchterte Maus wartete sie, dass entweder der Lärm aufhörte, oder sie jemand ansprechen würde. „Elbschifffahrtskommision" stand an einer der Wände geschrieben und Maria begann ein paar der dort hängenden Blätter zu lesen, aber so richtig verstand sie nichts von alledem. Es war wohl mehr, um sich abzulenken. Die Männer verstummten und ein Mann fragte „Junge

Frau?" Damit konnte ja nur sie gemeint sein und daher drehte sie sich zu dem Fragenden um. Ein alter Mann mit einem grauen Vollbart stand hinter ihr und sah sie mit gütigen Augen an. „Ich brauche eine Fahrkarte nach Hamburg", sagte Maria und der Mann zeigte auf einen Tisch an der Seite, vor dem zwei Stühle standen.

Nachdem sie sich gesetzt hatten, fragte der Mann „Erster, zweiter oder dritter Klasse?" und da er sicher ihren fragenden Blick gesehen hatte, setzte er erklärend hinzu „Kabine oben, mit Blick auf das Wasser: erste Klasse. Kabine oben ohne Blick nach draußen: zweite Klasse. Kabine unten: dritte Klasse." Noch immer wusste sie nicht, was sie sagen sollte und darum holte sie die Taler heraus und legte sie auf den Tisch. Der Mann zählte nach und sagte dann „Dritte Klasse mit Verpflegung. Das Schiff fährt drei Tage. Freitag früh, pünktlich acht Uhr, geht es los."

Dann nahm er die Münzen, trug ihren Namen in das Bordbuch ein und gab Maria ein Schriftstück mit der Kabinenreservierung. „Sei pünktlich, sonst fährt das Schiff ohne dich. Du kannst aber auch schon am Abend zuvor auf das Schiff und dort schlafen", erklärte er noch und Maria bedankte sich. Ein paar Männer kamen in das Haus und wollten ebenfalls Karten haben, wodurch sie Maria von dem Platz am Tisch verdrängten. Gern hätte sie zwar noch etwas zur Fahrt gefragt, aber das musste nun bis Freitag warten.

Langsam ging Maria noch einmal zu dem Schiff hinüber und sah es sich genauer an. Würde sie auch mit solch einem Schiff von Hamburg weiterfahren? Oder war es dann ein anderes? Sie wusste nicht viel von Schiffen. In den Büchern hatte sie Bilder von ihnen gesehen, aber dieses hier war das erste, das sie direkt vor sich sah. Es war gewaltig groß und zwei Räder an der Seite schienen es anzutreiben. Die Männer von vorhin standen immer noch an einem Steg, der an Bord führte und unterhielten sich.

Gemächlich schlenderte Maria nach vorn und wieder zurück. Aus einem Laderaum roch es nach Fisch und ein paar Männer machten dort sauber. Vorn war ein Aufbau mit Fenstern zu sehen. Sicher die, der ersten Klasse, die noch viel teurer waren, als die zehn Taler. Wenn Maria mit der Postkutsche gefahren wäre, so hätte es, die Verpflegung für die lange Strecke mit eingerechnet, vermutlich nicht viel weniger gekostet. Nur zu Fuß wäre es billiger gewesen, aber alleine zwei Monate durch das Land laufen? Da war das hier schon besser.

Nachdem sie erneut vorn angekommen war, ging sie zurück zur Stadt. Die Verpflegung war ja inbegriffen, womit sie sich um ihr Essen also keine Sorgen machen brauchte. Nur um die Kleidung! Sie hatte ja nur dieses eine Kleid und auch nur das Unterkleid, dass sie gerade trug. Im Moment hatte sie nur noch die zwei Taler und sie wollte nicht zu dem Kolonialwarenhändler gehen, der ihr dieses Kleid verkauft hatte. Ab nun würde sie sparsam sein! Dazu brauchte sie ein Geschäft, in dem die Mägde einkauften.

Nach solch einem Laden suchend, bummelte sie die große Einkaufsstraße hinab, bis sie in einer Seitengasse ein Geschäft fand, das ihr gefiel. Die Preise waren moderat und so stattete sie sich mit drei schlichten Kleidern sowie zwei Unterkleidern aus und bezahlte dafür vierzig Groschen. Mit den eingepackten Sachen trat sie auf die Gasse hinaus und prallte zurück. Vor ihr, keine drei Schritte entfernt, stand ein Mann mit dem Rücken zu ihr, dessen Statur sie an den Grafen erinnerte.

Konnte der Mann den schon hier in Magdeburg sein? Oder spielten ihr ihre Sinne vielleicht auch nur einen Streich? Trotzdem wollte Maria kein Risiko eingehen, daher schob sie sich langsam rückwärts in die Gasse und verbarg sich dann in einen dunklen Hauseingang. Von dort aus beobachtete sie weiter den Mann. War sie zu ängstlich? Sollte sie einfach an ihm vorbei gehen? Was war, wenn er es doch war? Erst vor kurzem hatte er sie nur knapp mit seiner Kugel verfehlt. Der Graf würde sicher keinen Moment zögern und sie in seine Gewalt bringen und dann wüsste er auch bald, wo sich Clara befand. Zwar würde Maria die Freundin nicht freiwillig verraten, aber der brutale Mann wusste sicher Mittel und Wege, um es aus ihr herauszupressen.

Die Zeit dehnte sich ins unendliche. Noch immer stand der Mann dort, unbeweglich wie eine Figur. Schließlich ging er einen Schritt und drehte sich um. Maria zuckte zurück und prallte gegen die hinter ihr befindliche Häuserwand. Er war es! Kein Zweifel! Sie drückte sich in den Schatten des Einganges zurück und betete, dass er sie nicht gesehen hatte.

Unbeweglich stand sie da und wagte kaum zu atmen. So sah sie aber auch nichts und horchte in die Gasse. Waren da Schritte zu hören? Schlich er sich an sie an und würde jeden Moment vor ihr stehen? Vor Angst begann sie zu zittern und das Klappern ihrer Zähne war sicher weit zu hören. Dann zwang sie sich, nach vorn zu sehen und die Gasse war leer. Der Mann war verschwunden! Doch zweifellos war er noch in der Nähe! Vielleicht ging er auf der Straße auf und ab, um sie zu suchen. Sie musste Clara warnen, aber sie durfte nicht nach vorn gehen. Deshalb schob sich Maria nach hinten, die Gasse entlang. Fort vom Trubel der Ladenstraße, hin zum Dunkel der Armenviertel.

Nun lief sie allerdings Gefahr, überfallen und ausgeraubt zu werden. Zu teuer war das Kleid aus dem Kolonialwarenladen und zu hervorstechend die Frau, die es trug. In einem Viertel der Stadt, in dem jedes Kleidungsstück geflickt war, da fiel sie damit zu sehr auf. Die wertvolle Fahrkarte schob sie sich in das Mieder.

Maria schob sich um eine Ecke und schon war es passiert! Unvermittelt hatte sie eine Klinge am Hals und der Geldbeutel wurde ihr vom Gürtel gerissen. Um die Groschen war es nicht schade, jetzt ging es um ihr Leben! Maria sah die kalten Augen eines Mörders, die sie wieder an den Mann in Chemnitz erinnerten. Sie hielt die Luft an, doch der Mann verschwand im Dunkel und Maria atmete hörbar auf. Sollte sie das Kleid wechseln? Sie hatte ja die anderen im Arm. Nur wo konnte sie sich umziehen? Suchend sah sie sich um, denn schließlich wollte sie sich ja nicht mitten auf der Gasse ausziehen! Maria sah den Durchlass zu einem Hinterhof und schlüpfte hinein. Im Dämmerlicht des Durchganges streifte sie sich das Kleid über den Kopf und zog sich das Mägdekleid an. Dann wickelte sie das teurere Kleid in das neue. Wenig später lief sie viel weniger auffällig weiter, doch sie kannte sich hier überhaupt nicht aus.

Stundenlang irrte sie durch Gassen, über Hinterhöfe und durch schummrige Durchgänge. Es war ein unübersichtlicher Wirrwarr von Höfen und Hinterhöfen, aber auf die Straße durfte sie nicht. Schließlich stand sie mit einem Mal an der Elbe. Wie sie dort hingekommen war, dass konnte sie nicht sagen, aber sie sah das Schiff ganz klein vor sich. An die Häuserwände gedrückt folgte sie der Elbe. Dabei bewegte sie sich langsam, weil sie sich ja nicht von dem Grafen erwischen lassen wollte. Und hier würde sie ihm nicht entkommen können. Endlich war sie in der Gasse zum Hotel und schon kurz darauf vor dem Haus. Ein letzter Blick zurück, dann rannte sie die Treppe zum Zimmer hinauf.

65. Kapitel

Mausetage

Sie sah erschrocken zu der aufgerissenen Tür und zu der Freundin, die nach Luft rang und kein Wort herausbekam. Irgendetwas musste geschehen sein, das Maria so in Angst versetzt hatte. „Er ist hier!", presste die Freundin schließlich heraus. „Wer?", fragte Clara nach. „Der Graf!", entgegnete Maria und schloss die Tür. „Mein Mann?", stieß Clara panisch hervor und sprang aus dem Stuhl auf, in dem sie gerade noch gesessen hatte. Polternd fiel das Möbelstück nach hinten um. Nun schreckte auch Heinrich auf, der im Bett gedöst hatte. Verschlafen sah der Mann zu ihr und sie sah in Furcht zu Heinrich. „Nur weg hier!", rief sie und stürzte zum Schrank, doch die beiden anderen hielten sie auf. „Wohin denn?", fragte Heinrich und das brachte Clara wieder zur Besinnung. „Ja! Wohin nur?", fragte sie. „Kommt doch mit!", sagte Maria und legte ihre Sachen auf das Bett. „Amerika!", entfuhr es Clara und die beiden anderen nickten. „Wird er mich bis dorthin verfolgen?", fragte Clara leise. „Es ist ein großes Land", antwortete ihr Maria und räumte ihre Kleider in den Schrank.

„Wie kommen wir da hin?", fragte Clara und Maria antwortete ihr „Ich gehe morgen Abend auf das Schiff. Ihr könntet auch mitkommen, aber ihr braucht Fahrkarten." Dabei zeigte sie ein Stück Papier, das sie aus dem Mieder zog. „Zehn Taler pro Person. Dritte Klasse mit Verpflegung", sagte die Freundin und faltete das Papier sorgfältig zusammen, bevor sie es in den Schrank zu den restlichen Talern legte. „Aber ich gehe nicht mehr nach draußen!", setzte Maria sofort hinzu. „Ich auch nicht!", sagte Clara und sah Heinrich an. „Ich gehe. Er hat mich ja nur kurz gesehen und wird mich sicher nicht wieder erkennen", erklärte Heinrich und ließ sich von

Maria den Weg beschreiben. Mit den erforderlichen Talern machte sich der Mann kurz darauf auf den Weg.

Damit waren sie in dem Zimmer auch noch schutzlos und alleine! Bei jedem Geräusch vor dem Zimmer zuckte Clara zusammen und steckte damit auch noch Maria an. Wenig später saßen die beiden Frauen, sich eng umschlungen haltend, auf dem Bett.

Der Tag neigte sich schon seinem Ende zu und immer noch zuckten sie bei jedem Windstoß zusammen, der durch das offene Fenster hereinkam. Irgendwann öffnete sich die Tür und beide schrien auf. Aber es war nur Heinrich, der in das Zimmer trat, die Tür verschloss und mit dem Papier wedelte. „Ich habe sie! Zwei Betten, dritter Klasse, nach Hamburg", sagte er. Clara sprang auf und fiel ihm um den Hals. „Hast du ihn gesehen?", fragte sie, aber Heinrich schüttelte den Kopf. Fragend sah sie zu Maria und die sagte „Ich bin mir ganz sicher. Diesen Kerl werde ich nie wieder vergessen. Der hat auf mich geschossen!" Damit hatte die Freundin sicher Recht und so blieb ihr eben einfach nichts anders übrig, als ihr zu vertrauen.

Was sollten sie nun tun? In der beginnenden Dämmerung sah Clara aus dem Fenster. Es war der dritte Stock des Hauses und zum Herunterspringen viel zu hoch! Sie würden sich bei dem Versuch einer Flucht alle Knochen brechen. Wenn Peter sie hier finden würde, so wäre es für eine Flucht zu spät!

Aus purer Angst beschlossen sie, in Sachen zu schlafen und die Kleidung bereits jetzt bereit zu stellen. Warum sie das machte, das wusste sie nicht, denn sie hatte ja selbst zuvor festgestellt, dass eine Flucht vollkommen ausgeschlossen war. Und wenn Peter zur Gendarmerie gegangen war, so waren sie nun vielleicht schon überall in der Stadt zur Suche ausgeschrieben. Hier wohnten sie zwar unter Heinrichs Namen, aber das würde Peter sicher nur kurz aufhalten, denn er kannte ja den Tag ihrer Ankunft hier und da war es sicher für ihn ein leichtes, von Herberge zu Herberge zu gehen und zu fragen, ob am Montag drei Reisende ohne Gepäck angekommen waren, die auch noch nach Pulverdampf gerochen hatten. Der Schlaf kam erst spät und war für Clara unruhig. Immer wieder warf sie sich hin und her und weckte damit die anderen beiden.

Die Zeit bis zum nächsten Abend dehnte sich unendlich lang hin. Die Angst, doch noch entdeckt zu werden, streckte die Zeit zusätzlich. Endlich konnten sie aus dem Hause gehen, zahlten ihre Unterkunft und waren in der Dämmerung der Stadt verschwunden. Auf verschlungenen Wegen führte sie Heinrich zum Schiff, dass sie erst in der Dunkelheit erreichten. Ein Mann am Steg kontrollierte ihre Fahrkarten und brachte sie nach unten in den Bauch des Schiffes. Eine dunkle Kabine erwartete Clara. Kein Komfort, nur ein Doppelstöckiges Bett aus Holz. Weiter nichts und gerade mal so viel Platz, dass man aus dem Bett klettern konnte oder hinein. Maria schlief in einer Kabine gegenüber, zusammen mit einer anderen Frau. Nun würde es drei Tage dauern, bis sie diesen Raum wieder verlassen konnte!

Clara fühlte sich wie eine Maus in ihrem Loch. Draußen lauerte die Katze und wenn sie hinausging, so konnte sie gefressen werden. Wieder fand sie keinen Schlaf bis der neue Tag begann und ein wenig Licht durch eine etwa Handgroße, verglaste Öffnung unterhalb der Kabinendecke zu ihnen hereinfiel. Schaukelnd setzte sich das Schiff wenig später in Bewegung. Ihre Kabine schien direkt an den Maschinenraum zu grenzen, denn die Dampfmaschine war dröhnend laut zu hören. Dritte Klasse eben: Lärm, Dunkelheit und keine Luft. Zumindest für sie nicht, die anderen konnten ja an Deck gehen, doch Clara zog den Schutz ihres

Mauselochs vor. Maria versorgte sie mit Verpflegung, da Clara vorgab, seekrank zu sein. Nur Heinrich verließ die Kabine, um ab und zu frische Luft zu schnappen. Derweil verbarrikadierte sie die Tür und wartete auf das vereinbarte Klopfzeichen von Heinrich, um danach wieder aufzumachen.

Fast zwei Tage hielt es Clara unter Deck aus, dann musste sie hinaus. „Ich muss mal raus!", sagte sie zu Heinrich, der besorgt antwortete „Soll ich dich begleiten?" Clara schüttelte den Kopf. „Nein. Ich gehe nach hinten, wo mich keiner sieht. Ich brauche einfach mal frische Luft. Bin gleich wieder da", antwortete sie. Dann stand sie auf dem Gang und sah das Tageslicht am oberen Ende der Treppe wieder. Vorsichtig stieg sie hinauf und schlenderte auf dem Deck nach hinten. Kurz sah sie auf das Rad, das sich unaufhörlich drehte und das Wasser nach hinten wegschob.

Am Ende des kurzen Weges stand sie ganz hinten, wo sich auch wirklich keiner befand, so, wie sie es erwartet hatte. Zwischen ihr und den anderen Passagieren lagen der Laderaum und die Maschine, die aus dem Schornstein dunklen Rauch nach oben ausstieß. Über ihr wehte eine Fahne und sie sah auf das gekringelte Wasser, das sich hinter dem Schiff die Elbe entlang zog. Der Fluss war hier schon sehr breit und das Schiff fuhr etwas außerhalb der Mitte dahin.

Nur ein paar Augenblicke später hörte sie hinter sich eine Stimme, die sagte „Habe ich dich!" und danach folgte das metallische Klicken einer Waffe. Clara fuhr herum und erkannte Peter, der fünf Schritte hinter ihr stand und mit einer Pistole auf ihren Kopf zielte. „Ich wusste, dass ich dich hier finden würde", sagte er triumphierend und sie war wie erstarrt. Clara konnte weder etwas sagen noch tun! Einen Augenblick später erschien Heinrich hinter

Peter und schlug ihm den Arm weg. Der Schuss peitschte an Clara vorbei und riss sie aus ihrer Lethargie. Die beiden Männer kämpften vor ihr und die Waffe rutschte direkt vor ihre Füße. Clara bückte sich und hob sie auf. Es war eine seltsame Waffe. Ein runder Zylinder hatte vorn ein paar Löcher und Clara dachte daran, dass Gregor mal von solch einer Waffe erzählt hatte. Der Bruder hatte gesagt, dass es ein Colt war, eine Waffe aus Amerika. Nur wie funktionierte sie?

Auf den Barrikaden in Dresden hatte Clara hunderte Gewehre geladen, doch diese Pistole war anders. Sie hatte noch nicht mal einen Abzug. Peter hatte Heinrich niedergeschlagen und kam langsam auf sie zu. Wie weiter? Clara spannte den Hahn, der Zylinder drehte sich und der Abzug sprang hervor. Schnell legte sie an. „Bleib stehen!", rief sie, doch Peter dachte wohl gar nicht daran. Schritt für Schritt kam er näher. Sie zog den Abzug nach hinten, ein Flammenstrahl schoss aus der Waffe nach oben und riss ihr die Hand nach hinten. Für einen Moment war sie in eine Wolke aus Pulverdampf gehüllt, die sich durch den Wind verzog.

Peter stand noch aufrecht und kam auf sie zu. Nur noch zwei Schritte trennten ihn von ihr. Schnell spannte sie den Hahn erneut und schoss ein zweites Mal. Die Entfernung war so kurz, dass sie ihn einfach nicht verfehlen konnte. Der Schuss traf ihn mitten in die Brust und Peter wankte. Er versuchte sich am Geländer festzuhalten, verlor aber das Gleichgewicht und fiel in das Wasser.

Clara fuhr herum und sah zurück. Noch ein paar Mal sah sie ihn auftauchen, dann war er aus ihrem Blick verschwunden. Sie stand dort mit der Waffe in ihrer Hand. Sie war nun eine Mörderin!

66. Kapitel

Männergespräche

Er blickte zum Heck des Schiffes und sah, wie Clara den Hahn erneut spannte und den Colt gegen sich selbst richtete. Heinrich sprang auf und stürzte zu ihr. Im letzten Moment drückte er die Waffe zur Seite. Der Schuss löste sich, ging in das Wasser weit hinter ihnen und dann ließ sie den Revolver aus ihrer Hand gleiten. Mit einem klatschenden Geräusch fiel die Pistole hinter dem Schiff in die Elbe. „Ich bin eine Mörderin!", schluchzte Clara und Heinrich zog sie an seine Schulter. „Es war Notwehr", sagte er und wusste doch, dass jedes Gericht dieser Welt die Frau sofort schuldig sprechen würde. Sie hatte die Waffe gegen ihren Mann gerichtet. Schuld oder Unschuld waren damit zweitrangig. Es war Mord gewesen und wenn der Mann irgendwie die Elbe lebend verlassen konnte, dann würden die Gendarmen Clara jagen, egal wo sie sich verstecken würde. Und wenn er es nicht schaffen würde, dann war es vermutlich genauso. Irgendwer würde nach dem Grafen suchen und dann?

Heinrich zog die Frau vom Heck des Schiffes nach vorn, wo die Treppe in das Dunkel des Schiffsbauches führte. Wenig später hatte er die schluchzende Frau in das Bett gepackt und Maria geholt. Kurz hatte er ihr erklärt, was passiert war und dann hatte er die zwei Frauen in der Kabine alleine gelassen. Mit eiligen Schritten ging er nach oben und lehnte sich an das Geländer. Spätestens am nächsten Tag würde das Fehlen des Mannes festgestellt werden. Würde die Mannschaft vielleicht schon vorher nach ihm suchen und dann umkehren? Wenn der Graf niemanden gesagt hatte, dass er seine Frau suchte, dann konnte es immer noch als „Unfall" gewertet werden. Jemand ging eben einfach so über Bord! Doch so ganz sicher konnte er ja nicht sein und deshalb stieg er in die Nähe der Brücke hinauf. Von dort sah er sich um. Der Platz am Heck war von hier aus nicht einzusehen. Der Schornstein stand im Wege. Also konnte es zumindest niemand von der Mannschaft gesehen haben und Fenster gab es auch keine, die nach hinten zeigen würden.

Nun lauschte er einfach den Gesprächen und stopfte sich eine Pfeife mit dem amerikanischen Tabak. Nach ein paar Augenblicken kam einer der Offiziere auf ihn zu und fragte „Ist das Tabak aus Virginia?" und Heinrich nickte. „Der Beste, den es hier gibt", sagte er, hielt dem Mann das Päckchen hin und dieser zog eine kleine Pfeife aus der Hosentasche, die er sich schnell mit ein paar der Blätter stopfte. Genüsslich zog er den Dampf ein. Beide Männer schauten den blauen Wolken nach. „Wunderbar!", sagte der Offizier.

Alles war immer noch ruhig auf dem Schiff. Offensichtlich hatte auch niemand die Schüsse gehört. „Geht den auch oft mal jemand über Bord?", fragte Heinrich und zeigte mit der Pfeife auf das Wasser unter sich. „Gelegentlich", sagte der Offizier und zog am Mundstück der Pfeife. „Wirklich?", fragte Heinrich und der andere Mann nickte.

„Ja!", bestätigte der Offizier, „Diese Landleute können die Gefahr eines Schiffes nicht einschätzen. Manchmal stolpert abends jemand und landet im Wasser." „Holt ihr den dann wieder raus?", fragte Heinrich interessiert. „Das müssten wir eigentlich", entgegnete der Offizier und zeigte auf das nahe Land. „Aber wir fahren ja nicht weit entfernt vom Ufer. Das Wasser ist hier oft so flach, dass ein Mann darin stehen kann. Wer über Bord geht, der muss eben laufen. Bezahlt haben sie ja", setzte er lachend hinzu. Dann zeigte er auf das Rad, das sich neben ihnen drehte. „Siehst du?", fragte er und Heinrich starrte das Rad an. Was meinte der Mann damit? Der Offizier merkte wohl, dass Heinrich nicht wusste, was er ihm sagen wollte und erklärte deshalb „Der Fluss hinter dem Rad ist ganz braun. Unter dem Rad ist sicherlich nicht mal eine Handbreit Wasser. Ein Mann könnte hier stehen und dabei würde ihm noch nicht mal die Jacke nass werden." Heinrich nickte und der andere Mann klopfte den Rest des ausgebrannten Tabaks am Geländer in das Wasser, dann steckte er die Pfeife wieder ein und verabschiedete sich schnell.

Heinrich stopfte sich die Pfeife noch einmal neu und zündete sie wieder an. Sein Blick ging nach vorn. Auch die Augen der gesamten Mannschaft gingen in diese Richtung. Immer mehr kleine Boote kreuzten nun den Kurs des Dampfers. Kleine braune Segel waren zu sehen. Offenbar Fischer, denn er sah eines mit Netzen beladen neben sich in dem Fahrwasser der Schaufelräder schaukeln. Heinrich sah dem blauen Rauch, der aus der Pfeife aufstieg, nach. Erst in Magdeburg hatte er zu rauchen begonnen. Zuvor hatte er einfach kein Geld dafür gehabt. Erst Clara hatte ihm den Tabak bezahlt. Der Dampfer ließ ein Hornsignal ertönen und ein kleines Ruderboot versuchte schnell aus dem Fahrwasser zu verschwinden. Das Dampfschiff konnte nicht ausweichen, denn dazu war das Wasser einfach zu flach. Der hölzerne Kahn schrammte am Bug vorbei und Heinrich hörte einen alten Mann von unten laut schimpfen.

Die Dämmerung setzte ein und der Mann stieg nach unten. Noch eine Nacht und sie wären in Hamburg. Bisher hatte niemand den Grafen vermisst und wenn es wieder hell werden würde, dann waren sie da. Er betrat die Kabine und sah, dass Maria an Claras Bett saß. Die Geliebte schlief und er legte die Hand auf Marias Schulter. Die Frau sah zu ihm auf und er schickte sie mit einer Kopfbewegung wortlos aus dem Raum. Dann setzte er sich an das

Bett der schlafenden Clara. Er sah in ihr Gesicht. Es war schummrig in der Kabine, denn sie hatten kein Licht. Das Dämmerlicht zeichnete die Konturen des Gesichtes weich und die gerade noch sichtbaren Tränenspuren auf Claras Gesicht verschwanden. So viel hatte er ihr zu verdanken. Mit ihr hatte er die Liebe gefunden und Clara bezahlte auch noch die Fahrt nach Amerika. Was würde er dort machen? Dampfmaschinen bauen? Er konnte noch nicht mal amerikanisch.

Still lag das Schiff in der Nacht. In den Nächten zuvor war es weiter gefahren, doch hier war das wohl zu gefährlich. Schon am Tage waren die Boote nur schwer zu erkennen gewesen. Leise schlugen die Wellen an die Bordwand und Heinrich hörte die Stimmen der Männer, die zu ihm herunterdrangen. Offensichtlich standen zwei von der Besatzung direkt über ihm und unterhielten sich. Mit der dröhnenden Maschine nebenan hatte er das bisher nicht gehört und eigentlich hätte er es auch jetzt nicht hören dürfen, da kein Fenster offen war. Vielleicht standen die beiden an der Lüftung, die diese Kabine mit Frischluft versorgte.

Einer der Männer klang wie der Offizier vom Nachmittag. Der andere sagte „Einer der Männer aus der ersten Klasse ist nicht zum Abendessen gekommen." „Hast du schon in seinem Zimmer nachgesehen?", fragte der Offizier. „Ja! Das ist leer!", entgegnete der andere wieder. „Der verbringt den Abend vielleicht bei einer Frau und etwas Wein. Lass gut sein", sagte der Offizier. „Sehr wohl!", antwortete der andere Mann und Heinrich hörte Schritte über das Deck gehen. Schließlich folgte der zweite Mann. Wenn er am nächsten Tag schnell vom Schiff verschwand, bevor die Gendarmerie nach einem reichen Reisegast suchen würde, dann konnten sie entkommen. Anderenfalls hatte er sich mit seiner Frage an den Offizier verdächtig gemacht.

67. Kapitel

Ein Wald auf dem Wasser

Bereits zu Beginn der Nacht hatte Maria ihre paar Sachen gepackt und die Tasche stand nun in der Ecke der Kabine. Es hatte lange gedauert, bis sich Clara wieder beruhigt hatte und sie hatte die Freundin erst verlassen, nachdem Heinrich ihren Posten an ihrem Bett eingenommen hatte. Am Abend hatte sie sich gefragt, ob sie genauso gehandelt hätte, wie die Freundin? Lange war sie darüber nicht zur Ruhe gekommen und trotzdem war sie sich sicher, dass auch sie so gehandelt hätte, wenn sie die Waffe gehabt hätte. Dabei hatte sie wieder zurück an den Moment gedacht, als Graf Peter am Zug mit der Pistole auf sie gezielt hatte.

Bei all den Schmerzen und Demütigungen, die der Herr Graf ihr zugefügt hatte, hatte dieser Mann den Tod mehr als verdient und trotzdem zuckte sie bei dieser Feststellung merklich zusammen. Es war ungehörig, so über seine Herrschaft zu denken! Zu tief steckte da die Magd in ihr. Doch war die Tat bemerkt worden? Würden sie erneut fliehen müssen? Wenn es dann erst mal hell war, dann würde es bestimmt noch einen halben Tag dauern, bis das Schiff dann endlich in Hamburg war und trotzdem lag Maria angezogen in dem Bett. In der Dunkelheit richtete sie ihren Blick nach oben.

Die andere Frau, mit der sie sich die Kabine teilte, schnarchte schon lange im Bett über ihr. Sie war auch eine Magd und wollte in Hamburg das Geld für die Überfahrt verdienen, aber Maria wusste schon, dass sie sicher auf eines der Angebote eingehen würde. Jetzt fahren und dann zahlen, mit der Arbeit in Amerika, statt jetzt fünf oder mehr Jahre in Hamburg zu schuften, um dann irgendwann überzusetzen. Wenn es in Hamburg genauso wie in

298

Chemnitz war, dann hatte die Frau, die sich gerade im Schlaf über ihr im Bett zur Seite drehte, gar keine andere Wahl. Arbeit war hier nicht so schnell zu finden, und gut bezahlte, bei der man auch noch etwas zurücklegen konnte, gleich gar nicht. Dabei dachte Maria an ihren spärlichen Wochenlohn zurück. Mit den paar Groschen, die sie bei Claras Vater bekommen hatte, hätte sie fünfzig Jahre arbeiten müssen und es hätte trotzdem nicht gereicht. Mit dem Gedanken an Amerika fielen ihr die Augen zu und sie konnte spüren, wie ein Lächeln über ihr Gesicht zog, bei den Vorstellungen an all das, was es dort wohl gab.

Das leichte Schaukeln des Schiffes holte sie aus dem Schlaf und dann setzte dröhnend die Maschine wieder ein. In den Nächten zuvor hatte sie trotz Maschinenlärm geschlafen, doch nun ging das nicht mehr. Sie setzte sich auf und hörte dem Wasser zu, das neben ihrem Kopf an der Außenseite der Bordwand entlanggetrieben wurde. Die großen Schaufelräder waren nur wenig von der Kabine entfernt. Auch die andere Frau räkelte sich, denn der abrupte Wechsel von völliger Stille zu totalem Lärm konnte niemanden hier mehr schlafen lassen.

Gudrun, wie die Frau hieß, ließ die nackten Beine über die Kante des Bettes hängen und gähnte laut. „Guten Morgen", sagte sie danach nach unten und Maria bestätigte ihr den Gruß. „Wollen wir nach oben gehen?", fragte Maria, während Gudrun sich oben die Strümpfe überzog. Einen Augenblick später sprang die Frau auf den Kabinenboden herab. Zwei Personen, die sich gleichzeitig die Schuhe anzogen, waren eigentlich für den Platz schon zu viel und so wurde das Ganze mehr ein Tanz, als ein einfaches Binden der Schuhbänder.

Schließlich liefen sie beide lachend die Treppe nach oben und sahen nach vorn in die Mitte des Flusses. Ein anderer Dampfer kam ihnen laut tutend entgegen und die beiden Frauen winkten den anderen Passagieren zu. Ein paar Möwen waren schon zu sehen und da wusste Maria, dass es nicht mehr weit war. Sie hatte die Tiere mal in einem der Bücher in der Bibliothek von Clara gesehen. Maria schlug Gudrun vor, sie einfach zu begleiten und dann in Amerika zu arbeiten. Die andere Frau stimmte dem Vorschlag so schnell zu, dass sie sicher auch schon darüber nachgedacht hatte. Eine Glocke rief zum Essen und die reicheren Passagiere gingen nach oben zum Salon, die ärmeren stiegen hinab in den Bauch des Schiffes, wo ein kleiner Raum mit ein paar Bänken für sie vorbereitet war. Maria sah sich um, konnte aber weder Heinrich noch Clara darin sitzen sehen. So schnappte sie sich etwas von dem Essen und lief damit zur Kabine der beiden Freunde.

Nach einem Klopfen reichte sie das Essen hinein und lief zurück zu Gudrun. Beide jungen Frauen ließen es sich schmecken. Es war ein schlichtes Mahl, so wie sie es auch bei Regina bekommen hätte. Malzkaffee und Bemme oder auch Wurststulle, wie es Gudrun nannte. In den letzten Tagen hatten sie sich gut miteinander angefreundet und Gudrun hatte viel von sich erzählt. Von dem kleinen Dorf bei Magdeburg, wo sie mit der Mutter gewohnt hatte, vom Tod der Mutter und dem letzten Geld, das gerade für diese Fahrt gereicht hatte. Auch für Gudrun war dies eine Fahrt in eine erhoffte goldene Zukunft. Sie ließ die dunklen Stunden des Hungers und der Not hinter sich. Maria hatte von sich nicht viel erzählt, von Clara überhaupt nicht. Sie sagte nur „Meine Herrin", wenn sie mit Gudrun über Clara sprach. Dass diese auch in der dritten Klasse fuhr, das war der neuen Freundin nur schwer zu erklären gewesen.

Rund um sie herum saßen Männer, Frauen und Kinder, von denen man sicher sein konnte, dass auch sie alle dasselbe Ziel hatten wie sie: Amerika! Sicherlich würden nur einer oder zwei in Hamburg bleiben, um dort zu arbeiten. Die anderen würden sich auf die Überfahrt in das reiche Land machen, wo jeder so viel Gold von der Straße sammeln konnte, wie er nur brauchte. Dort hungerte sicher keiner. Eines der Kinder kam in den Raum und rief „Draußen sind schon große Häuser zu sehen." „Jetzt schon?", rief fast jeder im Raum und es hielt niemanden mehr auf der Bank. Alle drängten nach oben und schoben sich gegenseitig die Treppe hoch.

Aber noch waren die Häuser am Ufer klein. Für den Jungen mochten sie riesig sein, doch die näherkommende Stadt hatte ihre Vorboten ausgeschickt. Kleine Fischerdörfer mit kleinen Booten davor. Trotzdem wollte nun keiner mehr nach unten. Jeder musste dabei sein, wenn die ersten großen Häuser am Ufer auftauchen würden, wenn der Hafen mit den großen Schiffen in Sicht kam.

Nach den Schlägen der Schiffsglocke, waren es noch einmal drei Stunden gewesen, in denen keiner seinen Platz verlassen hatte. Alle schauten nach vorn und wollten die große Stadt mit ihren Augen zu sich ziehen. Jeder wollte der erste sein, der die Schiffe sah, die sie in ein neues Leben bringen würden, doch es war einer der Passagiere aus der ersten Klasse, der weiter oben stand, der plötzlich rief „Da sind die Masten der Segelschiffe!" Jedermann versuchte sich so groß wie möglich zu machen und dann riefen immer mehr „Da!", „Ich sehe sie!", und letztendlich konnte auch Maria die Spitzen der Masten erkennen. Wie Bäume in einem Wald zeigten sie in den Himmel. „Amerika, wir kommen!", schrie Maria und alle stimmten jubelnd mit ein.

68. Kapitel

Große und kleine Schiffe

un waren sie also zu viert. Maria hatte ihre Kabinen-freundin überredet, mit ihnen zu kommen und Clara hatte ihr das Geld für die Überfahrt vorgestreckt. Ihr Aufbruch vom Schiff war mehr eine überstürzte Flucht gewesen. Heinrich hatte Clara stützen müssen und gesagt, dass ihr die Fahrt nicht so gut bekommen war. Die Wahrheit hätte die geliebte Frau an den Galgen gebracht! Und nun saß er in dem kleinen Zimmer in der Herberge nahe beim Hafen. Sie hatten sich zwei Zimmer genommen, die nur unwesentlich größer waren, als die Kabinen auf dem Dampfer. Die Räume waren schmutzig und schäbig, aber die Preise fürstlich. Offensichtlich machten die Wirte in der Stadt reichen Gewinn mit den vielen Menschen, die von hier aus in eine neue Welt aufbrachen.

Durch das kleine Fenster konnte man nur die Mastspitzen im Hafen sehen, aber diese kleinen Zeiger waren ihre ganze Hoffnung. Erst auf dem Schiff, auf dem Meer, waren sie in Sicherheit. Aber hatten sie das nicht auch schon zuvor gedacht? In Dresden, in Magdeburg, auf dem Dampfer? Heinrich stützte seinen Kopf in die Hand und sah die schlafende Frau an. Konnte er sie einfach so hier lassen und sich nach dem Schiff erkundigen? In ihrem jetzigen Zustand wohl kaum. Er dachte wieder an den Moment zurück, in welchem sie die Waffe gegen sich gerichtet hatte. Leise stand er auf und ging zu Maria in den gegenüberliegenden Raum. Die beiden jungen Frauen, die fast gleich alt waren, saßen auf dem Bett und redeten über ihre Träume. Fast jedes zweite Wort dabei war „Amerika"

„Maria", sagte er und die Frauen unterbrachen ihr Gespräch. „Kannst du zu Clara gehen? Ich muss nach dem Schiff suchen!", setzte er fort. Maria bestätigte dies und Gudrun fragte „Kann ich mitkommen?" Heinrich nickte und die beiden Frauen standen auf. Maria setzte sich zu Clara und die beiden anderen verließen das schäbige Haus. Zusammen gingen sie die wenigen Stritte bis zum Hafen. Dieser war wohl von überall aus der Stadt zu sehen. Die hohen Masten der Segelschiffe machten ihn einfach unverkennbar. Es mussten dutzende Schiffe sein, die hier lagen. Große, mittlere und auch ein paar ganz kleine, die wohl nicht bis nach Amerika fuhren, sondern wohl nur nach England.

Unmengen von Männern, Frauen und Kindern mit Taschen, Wagen und Karren wimmelten auf dem Weg vor den Schiffen umher. Heinrich bahnte sich, mit Gudrun an der Hand, seinen Weg durch die, zum Teil sehr ärmlich gekleidete, Menschenmasse. Am Anfang des Piers lagen auch zwei große Dampfer festgemacht und natürlich schaute sich Heinrich zuerst diese Schiffe an. Sie waren gewaltig im Vergleich zu dem Dampfer, der sie von Magdeburg hierher gebracht hatte. Diese Schiffe wurden ebenfalls von Schaufelrädern angetrieben, doch diese hier waren so hoch, dass Heinrich den Kopf ins Genick legen musste, um den oberen Rand des Rades zu sehen.

Auf der anderen Seite des Weges, der sich am Wasser entlang zog, befanden sich kleine Häuser, in welchen die Karten für die Überfahrt erworben werden konnten. Große schwarze Tafeln hingen neben den Türen und darauf waren die Namen der Schiffe, die Bestimmungshäfen und die Abfahrtszeiten mit Kreide angeschrieben. Ganz klein standen unten die jeweiligen Fahrtzeiten und die Preise pro Person darauf. Zusammen gingen sie die Reihe der Tafeln ab.

Jedes Schiff hatte eine dieser Tafeln und Heinrich begann bei den beiden Dampfschiffen. Diese Schiffe würden nur zwei Wochen bis New York brauchen, aber die Preise konnten sie niemals bezahlen. Gudrun sah die Zahl mit großen Augen an, doch er schüttelte den Kopf. Das war viel zu kostspielig. Es waren Unmengen von Menschen hier unterwegs, aber vor diesen beiden Tafeln waren nur wenige stehen geblieben. Sicher waren hier nur die Reichen und Händler mit eiligen Waren, die sich dieses Ticket leisten konnten.

Heinrich zog Gudrun weiter zur nächsten Tafel. Etwas niedrigere Preis, etwas längere Fahrzeit, aber immer noch unbezahlbar für sie alle vier. Wenn Clara alleine gefahren wäre, dann hätte es gehen können, aber so? Neben fast jedem dieser Häuser befand sich ein zweites und Heinrich schaute nur kurz in eines davon hinein. Ein Tisch und ein paar Stühle standen darin. Gudrun erklärte ihm, dass sich die Ärmeren dort drin für ihre Überfahrt einen Kredit holen konnten. Sie mussten einen Schuldschein unterschreiben, der Kapitän nahm sie dann mit und sorgte dafür, dass sie in Amerika eine Arbeit erhielten und damit den Kredit wieder abzahlten. Für Heinrich klang das wie Leibeigenschaft und nicht wie Freiheit. Zum Glück hatten sie die Taler von Clara.

Ihr Weg führte sie von Tafel zu Tafel immer weiter, bis sie fast am Ende der Reihe angelangt waren. Das Schiff war nicht ganz so groß, aber der Preis war in Ordnung. Heinrich betrat die Hütte und sah, dass schon ein paar Männer darin an einem langen Tisch warteten. Ein schwitzender Mann nahm Münzen entgegen und gab Papiere aus. Dann schrieb er die Namen in ein Buch. An einer Tafel stand noch einmal „Fahrpreis pro Person: 40 Taler, Versicherung: 20 Taler, Verpflegung: 20 Taler." Machte achtzig Taler pro Person bei einer Überfahrtzeit von mehr wie acht Wochen.

„Wozu eine Versicherung?", fragte Gudrun laut, vor der Tafel stehend. Das hatte offensichtlich der schwitzende Mann gehört und erwiderte „Falls mit dem Schiff irgendetwas passiert, so könnt ihr auf ein anderes umsteigen und das bringt euch dann nach New York." Diese Erklärung schien Gudrun zu reichen, aber mit einem Blick zurück durch die Tür auf das Schiff blieb da bei Heinrich ein ungutes Gefühl im Bauch zurück.

Im Hafen mochte das ja noch gehen, aber was wäre, wenn sie auf hohen See waren? Endlich war Platz auf der Bank. „Vier Personen nach New York!", sagte Heinrich und zog die Geldbeutel aus seiner Jackentasche, die schon die ganze Zeit wie Gewichte an ihm hingen. „320 Taler", antwortete der Mann und das Strahlen in seinen Augen beim Anblick der silbernen Münzen war unübersehbar. Kleine Häufchen zu zehn Münzen türmten sich schon bald vor ihm auf. Dann schob er sie zu fünft zusammen und zählte nach, bis er bei 320 angekommen war. „Bei uns gibt es die Verpflegung mit dazu", erklärte er bei der Zählung der Münzen. „Wenn ihr in Antwerpen oder Rotterdam auf ein Schiff gegangen wärt, dann hättet ihr euer Essen selbst mitnehmen müssen. Beim selben Preis!", sagte der Mann und ließ einen Fünfzig-Taler Stapel nach dem anderen in seine Schublade fallen. Dann setzte er seinen Namen auf das Schriftstück und schlug das Buch auf.

Mit der Feder in der Hand wartete er auf die vier Namen und Heinrich begann „Heinrich und Clara Steinberg. Maria Müller und …" dabei sah er die Frau an seiner Seite fragend an und diese setzte hinzu „Gudrun Thiess!" Die Feder kratzte die vier Namen in die vier Spalten und der Mann sah auf. „Noch zehn Passagiere und wir können auslaufen", sagte er und klappte das Buch zu.

Heinrich steckte den Fahrschein ein und fragte „Wann geht es los?" Der Mann sah an ihm vorbei und sagte „So wie es aussieht noch in dieser Woche. Kommt am Freitag acht Uhr früh zum Schiff." Dann zeigte er auf den Segler, der durch die offene Tür zu sehen war. „Weiße Möwe" stand an der Seite. Heinrich bedankte sich und ging hinüber. Er sah sich das Schiff noch einmal genauer an. Es wurden gerade Fässer und Ballen verladen. Acht Wochen auf diesem Stapel von Brettern. Irgendwie war ihm mulmig zumute, doch Gudrun war nur einfach glücklich. Sie rief „Amerika" und sprang um ihn herum. Es konnte losgehen!

69. Kapitel

Rattenwege

Erst auf dem Schiff war Clara wieder so richtig zu sich gekommen. Bis dahin hatte Heinrich alles geregelt und organisiert. Von diesem Kahn hatte Clara nicht viel gesehen,
doch das, was sie wahrgenommen hatte, das hatte ihr schon gereicht. Die morsche Treppe hinab hatte mehr als deutlich gezeigt,
aus welchem Holz dieses Schiff war. Und nun waren sie hier unten
in der Dunkelheit. Es war Abend gewesen, als sie das Schiff betreten hatten und am nächsten Morgen sollten sie auslaufen. Heinrich
hatte mit Bedacht den Zeitpunkt so gewählt, dass die Gendarmerie,
falls sie nach einer jungen Gräfin suchen würde, nicht nach ihr sah.
Zusätzlich war es ein billiges Schiff! Und eines der Kleider von
Maria hatte ihr Aussehen so weit verändert, dass ein altes Kopftuch nur noch zusätzlich ihre schönen Haare verdecken musste.
Jeder Mann würde sie übersehen und als Magd auf der Suche nach
dem Glück einschätzen. Trotzdem war sie bei jeder Uniform zusammen gezuckt. Selbst ein livrierter Kutscher hatte ihr einen
Schrecken eingejagt.

Nun saß sie also hier im Dunkel und vermutlich war das auch
ganz gut so, denn so musste sie nicht sehen, wo sie untergebracht
war. Ein Mann der Mannschaft hatte sie hier heruntergeführt. Es
waren erst ein paar andere Menschen hier, wie sie an den Schlaf-
geräuschen hören konnte. Ihr Platz zu viert war so lang wie breit
und auch nur so, dass sie sich gerade mal nebeneinander ausstre-
cken konnten. In der ersten Nacht lagen sie mit etwas mehr Abstand, da ja noch Platz war, aber das würde sicher noch enger werden. Sie tastete mit der Hand nach hinten und legte sich hin. Nur
langsam gewöhnten sich ihre Augen an die Finsternis.

Clara lag mit dem Rücken auf einer Holzplatte und wenn sie den Arm hob, so konnte sie den Boden der Holzplatte über sich mit den Fingerspitzen erreichen. Dies war mehr ein Regal für Menschen, als ein Bett. Und es war noch nicht mal nur ihr Bett, sondern es war vermutlich der ganze Platz, den sie für die nächsten acht Wochen hatten.

Das monotone Glucksen des Wassers irgendwo unter ihr wiegte sie in den Schlaf, aus dem sie das Geräusch vieler Füße wieder heraus riss. Von oben schienen die ersten Sonnenstrahlen durch ein Gitterrost herein. Sicherlich würde dies das einzige Licht auf dieser Fahrt werden. Gerade noch rechtzeitig dachte sie daran, sich nicht schnell aufzusetzen, während sich Maria neben ihr schon den Kopf hielt. Sie war gegen das darüber liegende Bett geprallt.

Erst im Licht des neuen Tages konnte Clara sehen, wie eng es hier wirklich war. Ein Raum, gerade mal zwanzig Schritte lang und neun Schritte breit war mit „Menschenregalen" ausgestattet. Jedes dieser Regale hatte drei Fächer, jeweils drei Schritte tief. Dazwischen war ein freier Raum mit nichts darin. Einer der Masten ging von oben durch den Raum. „Mein Gott", stöhnte Clara, als sie an die acht Wochen dachte, die sie hier gefangen sein würden. Unter dem Bett befand sich ein kleiner Platz für die wenigen Habseligkeiten.

Vorsichtig hockte sich Clara auf die Bettkante und setzte die Füße auf die Schiffsplanken davor. Wenigstens sitzen konnte man so einigermaßen. Auch die anderen Menschen wurden langsam wach. Es mochten etwa zwanzig im Raum sein und ein kleines Mädchen von etwa fünf Jahren rannte um den Mast. Für das Kind mochte es wohl ein großes Abenteuer sein, für alle anderen war es eine Flucht vor dem Hunger und der Not. Maria zog ein Brot hervor und schnitt mit einem großen Messer ein paar Scheiben ab, die sie schnell mit Butter und Wurst belegte. „Ich dachte, es gibt Verpflegung?", fragte Gudrun und sah auf das Brot. „Erst dann, wenn wir auf See sind", ließ sich Heinrich von der Seite vernehmen. „Hoffen wir es!", murmelte Clara und nahm die Schnitte, die Maria hier herüberreichte, der Freundin ab. Von oben stiegen ein paar Menschen herab und bekamen Plätze zugewiesen. Heinrich stand auf und ging zu einem der Schiffsmänner hinüber.

Eine Münze wechselte den Besitzer und wenig später sagte Heinrich „Wir bekommen dann etwas Kaffee." Clara nickte kauend und sah weiter dem Kind zu, das zwischen den Menschen hin und her lief. Wenig später erhielt sie einen Becher mit einer dampfenden, schrillenden Flüssigkeit, die ihre Befürchtungen nur zu sehr unterstreichen wollte. Doch das Getränk schmeckte, wider Erwarten, gut. Sie sah zu all den Menschen auf, die an ihr vorbei gingen und immer mehr strömten von oben nach. Schon bald waren es mehr wie hundert und immer mehr folgten. Die Enge schien sie schon jetzt zu erdrücken. Schließlich begannen die ersten Menschen, sich auf ihre Lager zu verteilen und das Gewimmel wurde erträglicher. „Vielleicht können wir ja auch ab und zu nach oben an die frische Luft", sagte Gudrun und Maria stimmte ihr zu.

Clara ließ ihren Blick über all die Menschen hier schweifen. Die meisten waren ärmlich gekleidet. Ärmlicher als Maria und nun auch sie. Geflickte Bauernsachen und abgewetzte Kinderhosen sah sie überall. Kaum einer hatte viel Gepäck. Vermutlich hatten alle die letzten Münzen zusammen gekratzt, um einen neuen Start in die Zukunft zu wagen. Und ein Wagnis würde es sicher werden. Oben wurde die Luke geschlossen, doch die Schritte an Deck verstummten nicht. Offensichtlich gab es noch einen weiteren Raum, so wie dieser hier.

Sie begann im Kopf zu überschlagen: zweihundert Menschen waren hier drin und jeder hatte 80 Taler bezahlt. Das machte alleine für diesen Raum sechzehntausend Taler! Wenn es noch einen zweiten gab, so waren es schon doppelt so viele. Clara dachte an ihren Vater. Sein Jahreseinkommen in der Manufaktur waren 50.000 Taler gewesen. Wenn der Schiffseigner nur zwei Fahrten im Jahr machte, so war er damit schon über diesem Wert. Wenn man die Verpflegung und die Kosten für das Schiff und die Mannschaft noch abzog, dann war es immer noch ein glänzendes Geschäft.

Eine Ratte huschte durch Claras Blick und verschwand unter dem gegenüberliegenden Bett. Die Personen mussten zahlen, das Tier durfte umsonst mitreisen! Zusammengepfercht warteten die Menschen, freudig aufgeregt, dass es endlich losging. Wie viele von ihnen hatten sich wohl für diese Fahrt verschuldet? Das freudige Stimmengewirr wurde nicht leiser. Jeder lächelte und das Wort „Amerika" war jedes zweite, was an ihre Ohren drang. Heinrich hielt ihre Hand.

Irgendwann setzte sich dann das Schiff schwankend in Bewegung und ein vielstimmiges Freudengeheul ertönte. Auch Maria und Gudrun stimmten darin ein, doch Clara konnte sich nicht so über diesen Aufbruch freuen, denn sie war ja nur der Not gehorchend hier. Acht Wochen auf diesem Rattenweg, oder ein Leben lang, wegen Mordes, im Kerker. Sie hatte keine Wahl gehabt! Allerdings hatte sie sich ja zuvor schon in Magdeburg dafür entschieden.

Für sie war es immer noch eine Flucht. Würde diese jemals enden? Heinrich sah in ihre Augen und küsste sie. Vermutlich wusste er nur zu gut, wie es gerade um sie stand. Mit ihm wollte sie eine

Zukunft haben, mit ihm gemeinsam leben. Dabei war es dann auch egal, wo sie war, wenn sie nur bei Heinrich sein konnte. Das machte ihr den Aufbruch erträglicher. Ein Mann der Besatzung kam nach unten und stellte einen Eimer mit frischem Wasser an den Mast.

Alle Augen richteten sich auf ihn und er begann zu erzählen „Jeder von euch erhält täglich seinen Proviant von uns. Wir werden auf euren Fahrkarten vermerken, wer schon etwas erhalten hat. Täglich gibt es Schwarzbrot und Kartoffeln. Die Kartoffeln werden von uns gekocht. Weiterhin gibt es für jeden auch noch einige Zugaben wie Kaffee, Tee, Sirup, Zucker, Hafergrütze, Sago, Salz, Senf, Pfeffer und Essig. Es steht auch Wein, Apfelsaft und Wasser für euch bereit. Fleisch gib es nur jeden zweiten Tag. Wer erkrankt, der kann auch aus unserer Medizinkiste etwas erhalten. Der Feldscher steht euch ebenfalls zur Verfügung. Bleibt hier unten, denn oben ist es für euch zu gefährlich." Danach ging er zur Treppe und stieg nach oben.

Die Verpflegung schien zumindest in Ordnung zu sein. Wie dann die Qualität und die Größe der Portionen waren, das würde sich erst noch zeigen. Doch schon jetzt ging ein freudiges Raunen durch die Menge der Menschen, denn so reichhaltig war nicht jeder Tisch bisher gedeckt gewesen. Clara legte sich zurück und dachte an die Ratte. Wo war die wohl jetzt? Vielleicht vor den vielen Menschen geflüchtet und hoffentlich weit fort von ihr! Das Schaukeln des Schiffes wurde immer stärker.

70. Kapitel

Weite Wasser

S eit einer Woche war das Schiff nun schon unterwegs. Bisher war die Fahrt ruhig gewesen, doch das konnte sich schnell ändern. Er hatte mit einem Mann aus der Besatzung gesprochen und die Bemerkungen über die Stürme auf dem offenen Meer hatten ihm, in Anbetracht der Stabilität des Schiffes, doch schon etwas Angst gemacht. Heinrich war einer der Wenigen, die oft nach oben gehen konnten. Der Beutel mit dem Tabak hatte ihm ein paar Freunde unter der Mannschaft beschert. Auf diesem Schiff knarrte und ächzte es bei jeder Welle. Die Segel waren geflickt und auch die Taue, die diese Segel oben hielten, die waren zum Teil schon ausgebessert. Ein paar der Männer saßen jeden Tag auf dem Deck und reparierten etwas. Hinten qualmte die Küche, die genug damit zu tun hatte, die mehr als vierhundert Menschen an Bord zu verpflegen. Doch das Essen war reichlich, schmackhaft und gut.

Nur der Platz war eben nicht wirklich ausreichend für all die Menschen. Heinrich sah durch das Gitterrost nach unten. Zweihundert Männer, Frauen und Kinder auf engsten Raum. Da wurde gegessen, die Notdurft in einen Eimer verrichtet, sich geliebt und sich auch in den Eimer erbrochen. Drangvolle Enge, die oft auch zu Streit führte, der aber meist schnell geschlichtet wurde. Trotz der ruhigen Fahrt waren schon einige Seekrank geworden. Kinder liefen umher und niemand konnte sich wirklich gut waschen, daher stank es mittlerweile unter Deck. Wenn dieses Loch hier nicht gewesen wäre, dann wäre er schon unten erstickt. Doch die Mannschaft konnte auch nicht jeden hier nach oben lassen. Auch auf Deck gab es nicht genug Platz für die vielen Menschen. Immer nur

312

zehn durften nach oben und wenn einer nach unten stieg, dann durfte ein anderer Passagier herauf.

Am unteren Ende der Treppe hockte meist schon einer auf einem der umgestülpten Eimer und wartete sehnsüchtig darauf, an die frische Luft zu kommen. Heinrich sah Clara nach oben steigen und trat auf sie zu. Gemeinsam gingen sie zur Bordwand und sahen nach vorn. Ringsum war nur Wasser zu sehen. In den ersten paar Tagen hatte noch auf einer Seite ein kleiner Streifen Land davon gezeugt, dass es nicht nur Wasser gab, doch das war nun vorbei. Die offene See hatte sie aufgenommen und würde sie noch weitere sieben Wochen tragen. Hoffentlich!

Er legte seinen Arm um Clara und sie gab ihm einen Kuss. Hier oben war man wenigstens ein bisschen unter sich. Die Nähe zu den anderen Menschen war hier oben erträglich. Heinrich streichelte die Wange der Frau und dachte an die vergangene Nacht zurück. Sie hatten sich das erste Mal seit ihrer Flucht aus Chemnitz wieder geliebt. Zwischen Gudrun und Maria liegend, aber es war ja dunkel gewesen. Er fuhr mit den Fingern durch ihr Haar und sie legte den Kopf an seine Schulter.

Gedankenverloren schauten sie in die Leere vor ihnen, wenn sie doch nur das andere Ufer mit den Händen zu sich ziehen könnten. Das Segel blähte sich über ihnen und schob sie nach Westen. Es roch nach Salz in der Luft und eine einzelne Möwe kreiste kreischend um die Spitze des vorderen Mastes. Also musste es doch noch Land geben, denn der Vogel konnte ja nicht auf dem Wasser schlafen. Clara küsste ihn erneut und sagte dann „Ich werde mal nach unten gehen, Maria will auch noch nach oben. Die wartet schon auf dem Eimer!" Doch als sie sich umdrehten, sah er sie schon nach oben kommen.

Wenig später sahen sie zu dritt auf die ruhige See. Erst jetzt hatte er Zeit zum Nachdenken. Schon ein paar Tage überlegte er, was er wohl in Amerika machen konnte. Sicherlich wurden auch dort Dampfmaschinen gebaut und Lokomotiven. Er würde sich in New York eine Firma suchen, die genau dies tat und es wäre dann sicher nicht schwer, die Männer dort davon zu überzeugen, dass sie nicht auf ihn und sein Wissen verzichten konnten.

Nach einer Weile frischte unvermittelt der Wind auf und die Wellen warfen weiße Kämme auf. Die Männer der Mannschaft wurden unruhig und schickten die Passagiere sofort unter Deck. Heinrich war der letzte, der hinab stieg. Hinter ihm wurde die Luke geschlossen und auch der sonst immer offene Gitterrost wurde schnell mit einer Holzplatte verdeckt. Es wurde stockdunkel in dem Raum und das sonst eher leichte Schwanken des Schiffes verstärkte sich zunehmend.

Im Dunkel tastete er sich die Leiter hinab und hörte dann, wie Clara nach Gudrun rief und er hörte auch, wie die Freundin kläglich antwortete. Nur nach diesem Ruf konnten sie sich orientieren und noch bevor Heinrich den Platz erreicht hatte, war aus dem Schwanken ein Rollen geworden. Das Schiff bewegte sich hin und her, auf und ab und es war fast unmöglich, auf den Beinen zu bleiben. Jemand flog in seine Arme und er hielt diese Person fest. „Heinrich?", hörte er die ängstliche Stimme von Clara. „Ja", antwortete er und sie drückte sich noch engen an ihn an.

Hinter sich spürte er den Mast und drehte sich, mit der Frau im Arm, um. Dann drückte er sie mit dem Rücken gegen den Mast und umschlang die Frau und den hölzernen Träger anschließend mit den Armen. Damit waren sie wohl die Einzigen in dem Schiff, die stabil standen. Doch auch sie wurden durch das Schiff wild hin und her geschleudert. Heinrich spürte, wie schnell das Herz der Frau klopfte. „Wir werden alle sterben", flüsterte sie ängstlich und Heinrich verschloss ihren Mund mit einem Kuss. Ring um sie herum schrien Menschen und andere beteten. Ein Kind weinte laut.

In all dem Chaos standen sie am Mast und er spürte, wie Clara die Zuversicht zurückgewann. Sie löste sich aus seinem Kuss und sagte „Ich liebe dich." Es war ein Flüstern nur, direkt an seinem Ohr. Ihr Haar streifte seine Wange und er drückte sie fester gegen das Holz. Nie wieder würde er sie loslassen! „Ich liebe dich!", sagte nun auch er und küsste sie erneut. Wie mit einem Schlag stand das Schiff wieder still. Der Sturm war vorbei!

Heinrich löste sich vom Mast und hob Clara in seine Arme. „Maria?", fragte er laut und hörte ein „Hier!", ganz leise und ängstlich von links. Mit Clara auf seinen Armen schritt er auf die Stimme zu. Die Planke oben wurde wieder geöffnet, Licht und etwas Wasser fiel zu ihnen herunter und beleuchtete ein Durcheinander. Doch die beiden Menschen hatten nur Augen für sich selbst. Heinrich war vollkommen in ihrem ängstlichen Blick versunken. Gemeinsam schoben sie sich auf das Lager und störten sich nicht an den Blicken der Anderen. Sie küssten und liebten sich am hellen Tag.

71. Kapitel

Kind oder Geld

aria hatte jedes Zeitgefühl verloren. Wie lange waren sie schon in diesem hölzernen Kasten? Vier Wochen? Fünf? Sechs? Das Schlimmste war die Langeweile, die sie hier hatten, denn sie konnten nichts tun. Nur warten und nach oben sehen, dass der nächste Tag enden würde und sie bald, irgendwann, an der anderen Seite des Meeres ankommen würden. Bereits zu Beginn der Schiffsreise war ihr immer wieder schlecht geworden und sie hatte es auf die Seekrankheit geschoben, die auch die meisten der anderen Passagiere hier befallen hatte. Dabei war es doch eigentlich, mit ein paar wenigen Sturmtagen, ruhig geblieben. Erst jetzt merkte sie, dass die Übelkeit wohl eine andere Ursache hatte. Der kleine Bauch, der sich langsam unter ihrem Mieder wölbte, sprach dafür, dass Fritz ihr unwissentlich ein kleines Geschenk auf diese Reise mitgegeben hatte.

Sitzend auf der Bettkante ging ihr Blick über die Menschen, während sie sich über das Bäuchlein strich. In all der Zeit waren zwei Kinder und ein alter Mann gestorben. Sie hatten sich von ihnen hier unten verabschiedet und die Mannschaft hatte dann oben eine Seebestattung für die drei ausgerichtet. Neben ihr schlief Gudrun und direkt vor ihr stand Clara.

Gegen die ewige Langeweile hatte die Freundin angefangen, ihnen allen hier unten etwas Englisch beizubringen. Clara war so ziemlich die einzige, die es konnte. Die Lehrstunden waren eine willkommene Ablenkung für alle und an manchen Tagen rezitierte Clara aus dem Kopf die Werke von Shakespeare, die sie einst in der Villa ihres Vaters gelesen hatte. Zwar hatte einer der Männer gesagt, dass jeder zweite in Amerika deutsch sprechen würde, doch es war sicher besser, wenn man vorher lernte, wie man eine Wurst kaufen konnte, oder ein Brot. Besonders die Kinder machten mit solch einer Begeisterung mit, dass Clara immer mehr zu einer Lehrerin für sie wurde. Manchmal saßen die zwanzig Kinder vor dem Mast auf dem Boden und hörten den Geschichten zu, die Clara ihnen in der noch fremden Sprache erzählte.

Maria musste daran denken, was sie wohl in dem fremden Land machen wollte. Nun, da sie schwanger war, waren die Möglichkeiten nicht mehr ganz so groß, wie sie zuvor gehofft hatte. Aber sie wollte nicht zu der Kurpfuscherin in die andere Kabine gehen. Sie wollte dieses Kind behalten! Liebevoll strich sie sich weiter über den Bauch und hörte Claras Geschichte zu. In einem Gemisch aus Deutsch und Englisch erzählte sie die Erlebnisse eines kleinen Hasen und die Kinder kreischten dabei vor Vergnügen.

Erneut gingen Marias Gedanken voraus. Vielleicht konnte sie weiter bei ihr arbeiten. Als Magd, als Freundin, oder irgendwo als Köchin? Denn schließlich musste sie der Freundin ja auch noch die hundert Taler zurückzahlen. Oder hundert Dollar, wie das Geld in der fremden Währung hieß. Das hatte sie schon gelernt. Was würde Gudrun wohl machen? Sie hatte gehört, dass einer der Männer aus der Mannschaft für den Schiffseigner die Verwaltung der Schulden übernommen hatte. Am Tage der Ankunft würde er die Schuldner an Farmen, Geschäfte oder Manufakturen übergeben und dafür das Geld einziehen.

Vielleicht hatte der Mann auch die Möglichkeit, sie irgendwo unterzubringen. Während die Schulstunde geräuschvoll weiter ging, stieg sie deshalb mit Gudrun nach oben und lief zum hinteren Teil des Schiffes. Die Tür der Kabine stand offen und der Mann saß, über Papiere gebeugt, an einem Tisch. Gudrun klopfte an den

Türrahmen und der Mann schaute zu ihnen auf. „Was wollt ihr?“, fragte er, da er sie beide nicht kannte und damit wusste, dass sie ja eigentlich nichts mit ihm zu tun hatten. „Wir brauchen eine Arbeit in Amerika!“, sagte Maria über die Schulter der vor ihr stehenden Freundin hinweg in dem Raum hinein. „Aha!“, entgegnete der Mann und zeigte auf eine Bank, die an der gegenüberliegenden Wand angeschraubt war.

Sie setzten sich und der Mann sah sie an. „Was könnte ihr denn?“, fragte er. „Kochen“, antwortete Maria. „Putzen“, ergänzte die Freundin. „Aha“, ließ er sich wieder vernehmen und schlug ein Buch auf. Er blätterte eine Weile darin herum und sah dann zu ihnen auf. Er musterte sie beide eindringlich und sagte dann „Wollt ihr zusammen bleiben?“ „Wenn das geht?“, antwortete Gudrun und der Mann blätterte durch die Seiten.

Ein paar Blätter weiter stockte er und zeigte mit dem Finger auf einen Eintrag. „Gefunden!“, sagte er und begann sie noch einmal zu mustern. Dann stutzte er und sagte zu Maria „Steh mal auf und dreh dich zur Seite.“ Sie wusste schon, was er wohl meinte. Zaghaft erhob sie sich von der Bank und schon im zur Seite drehen sagte er „Schwanger?“ wozu sie ja nur nicken konnte. Ein paar Falten zogen sich auf seiner Stirn zusammen. „Wie soll ich dich den damit an eine reiche Familie vermitteln? Da riskiere ich ja meinen guten Ruf! Und verheiratet bis du sicher auch nicht. Oder?“, fragte er sie und Maria konnte wieder nur mit dem Kopf nicken.

Dann griff sie in den Beutel und legte zwei Taler auf den Tisch. Der Mann sah die beiden blanken Geldstücke an und fragte weiter „Willst du die nicht lieber der Ursula geben?“ Maria hatte schon gehört, dass die Kurpfuscherin in der anderen Kabine diesen

Namen trug, doch sie schüttelte den Kopf. Der Mann kratzte sich an der Stirn, strich die beiden Münzen ein und schrieb eine Adresse auf einen Zettel.

„Eine reiche Familie aus Bayern. Die suchen noch nach guten Personal. Aber ihr habt das nicht von mir", sagte er und schob den Zettel zu Maria, die immer noch vor ihm stand. „Joseph Seligman", las Maria vor. Der Mann nickte. „Vor ein paar Jahren hat er mit seinem Bruder in New York die Firma J. & W. Seligman & Co. gegründet. Eine Importfirma, die nun auch als Bank tätig ist. Die Brüder investieren seit kurzen in den Aufbau der Eisenbahnen in Amerika", erklärte er und klappte das Buch wieder zu. „Ihr könnt euch nur dort vorstellen. Alles andere liegt in eurer Hand", setzte er noch hinzu und dabei zeigte er mit der Feder auf Marias schon deutlich sichtbaren Bauch. Gudrun schnappte sich den Zettel und steckte ihn in die Schürzentasche, dann verabschiedeten sich die beiden Frauen und stürzten nach draußen, bevor es sich der Mann vielleicht noch einmal anders überlegen würde.

An der Bordwand angekommen zog Gudrun den Zettel wieder hervor. Zusammen lernten sie die Adresse auswendig. „Wenn der auch in Eisenbahnen investiert, dann ist das vielleicht auch was für Heinrich und wir vier könnten zusammen bleiben", sagte Maria nach einer Weile. Gudrun nickte und zeigte auf Marias Bauch. „Willst du es wirklich behalten?", fragte die Frau. Maria legte ihre Hände schützend darüber. „Natürlich!", entgegnete sie fast entsetzt über diesen Vorschlag der Freundin. Gudrun nickte und setzte hinzu „Wir werden sehen, was wird!" Gemeinsam stiegen sie nach unten, wo Clara gerade den Unterricht beendet hatte. Zu vier setzten sie sich in eine Ecke, wo sie heimlich, damit sie niemand hören konnte, die Details und die Adresse besprachen.

72. Kapitel

Goldene Zukunft

D as Ende der Reise kam immer näher. Einer der Männer hatte zu Beginn der Fahrt einen Besenstiel genommen und für jeden Tag eine Kerbe hineingeschnitten. Immer zu sieben Kerben gruppiert und nun fehlten in der achten Gruppe noch zwei. Clara stand auf dem Deck und hielt die Nase in den Wind. Hier oben war es erträglich, unten schon lange nicht mehr. Die Sonne knallte auf das Deck und heizte die Holzplanken auf. Die Wärme war durch die Sohlen der Schuhe zu spüren und hier gab es nirgendwo Schatten, nur der Wind von der See sorgte für etwas Abkühlung.

In den letzten Wochen hatten sie zu viert ihr neues Leben geplant. Trotzdem wusste sie nicht, ob es wirklich so kommen würde. „Wir machen jede Arbeit!", hatten sie sich gesagt, aber das klang nur so schön. Was konnte sie schon? Vielleicht suchte eine Familie eine Lehrerin für ein Kind. Das hatte ihr hier auf dem Schiff so gut gefallen. Sie sah zurück zur Luke.

„Unser Vaterland ist dort, wo die Freiheit ist!" Das hatte jemand auf dem Schiff als Parole ausgegeben und gerade jetzt sah sie zurück, wo weit hinter dem Horizont die alte Heimat gewesen war. Mit allem hinter sich hatte sie gebrochen. Selbst ihren Namen hatte sie hinter sich gelassen. Die Gräfin von Kletterwitz war schon lange Geschichte. Auf das Schiff war sie als Clara Steinberg gegangen und hatte mit Heinrich beschlossen, auch diesen Namen hier zu lassen. Clara würde auf diesem Schiff für immer verschwinden. Das Ehepaar Clare und Henry Stone würden das Schiff wieder verlassen.

Weiterhin hatte sie auch einen zweiten Entschluss gefasst. Das Zusammenleben mit den anderen Frauen auf diesem Schiff hatte ihr gezeigt, was für alle nötig war. Auch in der neuen Heimat würde sie sich für die Frauen einsetzen und vielleicht konnte sie eine Art von Anlaufstelle für die Frauen der Auswanderer eröffnen. Wieder dachte sie an die vielen Freundinnen in Chemnitz. Hier würde es für die Frauen sicher nur noch schwieriger werden, denn die wenigsten konnten Englisch und schreiben schon gleich gar nicht. Wer würde ihnen die amtlichen Dokumente übersetzen? Wer beim Ausfüllen der Formulare helfen? Sie konnte es!

Maria tauchte aus der Luke auf. Sie wischte sich mit dem Handrücken den Schweiß von der Stirn und kam zu ihr nach vorn. Auch die Freundin würde einen amerikanischen Namen annehmen. In wenigen Tagen würde sie Mary Miller heißen. Entschlossen wollten sie alle Spuren hinter sich verwischen, falls Peter nach ihnen suchen würde. Nichts würde mehr an sie erinnern. Clara hörte ein Kreischen über sich und sah nach oben. Eine Möwe flog um den Mast und zwei weitere kamen dazu. „Schau!", sagte sie zu Maria, die ebenfalls ihren Blick hob. „Wo Möwen sind ...", begann Clara den Satz mit dem Blick nach oben, als sie von einem Ruf unterbrochen wurde „Land!", rief ein Mann von vorn. Clara fuhr herum und sah den dunklen Streifen am Horizont „Amerika!", flüsterte Maria neben ihr und plötzlich nahm jeder an Bord dieses Wort auf.

Einer von der Mannschaft rannte zur Luke und brüllte nach unten „Bleibt dort. Wenn ihr es alle sehen wollt, dann kippt unser Schiff um! Dann werden wir alle sterben! Morgen früh sind wir in New York!" Dann rannte der Matrose zum Gitterrost der zweiten Kabine und wiederholte seine Ansprache. Maria und Clara umarmten sich und hörten den Jubel der Menschen aus dem Schiffsbauch.

Dann sahen sie wieder nach vorn und gingen, Hand in Hand, zur Spitze des Schiffes.

Mit neuer Zuversicht sah sie auf ein neues Leben. Heinrich trat nun auch zu ihr. Die Sonne senkte sich vorn gerade gegen den Horizont. Die letzten Strahlen des Tages tauchten den immer breiter werdenden Streifen in ein goldenes Licht. Die Zukunft wurde in Gold getaucht. „Amerika!", rief Clara laut gegen das Kreischen der Möwen.

Ende

Zeitliche Einordnung der Handlung:

5800 Steinzeit

- Anfang des Buches „**Schicha und der Clan des Bären**"

- Ende des Buches „**Schicha und der Clan des Bären**"

5500 Steinzeit

2200 Beginn der Bronzezeit

1200 Beginn der Eisenzeit

800 –

800 Beginn des allmählichen Niederganges der Bronzezeit

800 Erste Anfänge und Städtebildungen der etruskischen Kultur

750 Aufstieg der Etrusker zur Seemacht

700 –

600 –

600 Blütezeit der Bronzekunst der Etrusker im orientalischen Stil

570 Amasis wird ägyptischer Pharao

555 Anfang des Buches „**Auf Bärenspuren**"

551 Ende des Buches „**Auf Bärenspuren**"

550 Koalition der Etrusker mit Karthago gegen Griechenland

540 Sieg der Etrusker zur See gegen die Griechen bei Alalia

524 etruskische Niederlage bei Kyme gegen die Griechen

500 –

500 Blüte der etruskischen Stadt Capua

400 –

387 die Kelten fallen in Rom ein

300 –

218 der karthagische Feldherr Hannibal überquert die Alpen

200 –

100 –

73 Flucht von Spartacus aus der Gladiatorenschule in Capua

71 Tod von Spartacus und Ende des Sklavenaufstandes

55 Expedition Caesars nach Britannien

44, 15. März, Kaiser Caesar wird in Rom ermordet

0 –

0 Anfang des Buches „**Die Rache der Barbarin**"

9 Niederlage des Feldherrn Varus gegen die Cherusker unter Arminius

10 Ende des Buches „**Die Rache der Barbarin**"

34 Anfang des Buches „**Das Schwert des Gladiators**"

43 Beginn der Eroberung Südbritanniens

50 Colonia (heute Köln) wird zur Stadt erhoben

54 Nero wird römischer Kaiser

54 Anfang des Buches „**Die römische Münze**"

56 Ende des Buches „**Das Schwert des Gladiators**"

57 Anfang des Buches „**Die Tochter aus dem Wald**"

58 große Teile der Stadt Colonia brennen nieder

64 Brand Roms und daraufhin erste Christenverfolgung

68 Anfang des Buches „**Im Schatten des Feuerberges**"

68 Aufstände in Gallien und Spanien

68 Selbstmord Kaiser Neros

68 die Bataver, ein germanischer Stamm, erheben sich und belagern Colonia

69, im Herbst, erneuter Aufstand der Bataver gegen die römische Herrschaft in Niedergermanien

70, im Herbst, Niederschlagung des Bataveraufstandes

70 die Stadt Colonia erhält eine acht Meter hohe Stadtmauer

75 Ende des Buches „**Die römische Münze**"

75 Ende des Buches „**Die Tochter aus dem Wald**"

79, Herbst, Ausbruch des Vesuvs und Untergang Pompejis und Herculaneums

80 Einweihung des Kolosseums in Rom

85 wird Colonia die Hauptstadt der römischen Provinz Germania inferior

85 Ende des Buches „**Im Schatten des Feuerberges**"

98 Trajan wird römischer Kaiser

100 –

161 Marc Aurel wird römischer Kaiser

200 –

300 –

306 Konstantin der Große wird römischer Kaiser

324 Konstantin bekennt sich zum Christentum und macht diese zur Staatsreligion

375 die Hunnen unterwerfen die Alanen und die Goten oder vertreiben diese aus ihren Siedlungsräumen

376 Anfang des Buches „**Sturm über den Stämmen**"

376 Flucht der Donaugoten vor den Hunnen und teilweise Aufnahme der Goten in das römische Reich

384 Ende des Buches „**Sturm über den Stämmen**"

400 –

406 Rheinübergang der Vandalen und Einfall in das römische Reich

407 die Vandalen und andere germanische Stämme ziehen plündernd durch Gallien

409 Weiterzug der Vandalen und Alanen nach Spanien

410, Ende August, Eroberung Roms durch die Westgoten

429 die Vandalen und Alanen setzen unter Geiserich von Spanien nach Afrika über

439 die Stadt Karthago fällt an die Vandalen

451 Feldzug des Hunnen Attila nach Gallien

452 die Hunnen fallen in Italien ein, ziehen sich aber bald wieder zurück

453 nach Attilas Tod zerbricht das Hunnenreich

455 Plünderung Roms durch die Vandalen unter Geiserich

500 –

700 –

764 Anfang des Buches **„In den finsteren Wäldern Sachsens"**

772, im Sommer, Zerstörung der Irminsul

772 Anfang der Sachsenkriege Karls des Großen

782 Blutgericht von Verden (Aller)

783, im Sommer, Gefechte mit Beteiligung sächsischer Frauen

785 Taufe Widukinds in der Königspfalz Attigny

787 die ersten Überfälle der Nordmänner auf Westeuropa finden statt

790 Überfälle der Nordmänner auf Schottland und Irland

792 letzte größere Erhebungen der Sachsen gegen die Franken

792 Zwangsdeportationen der Sachsen und Neuvergabe von sächsischem Land an fränkische Siedler

793 Überfall und Plünderung des Klosters Lindisfarne durch Nordmänner

795 Überfall von Wikingern auf das Kloster Iona in Irland

799 Beginn der Wikingerüberfälle auf das Frankenreich

796 Karls Belehrung durch seinen Berater Alkuin

797 mit dem Capitulare Saxonicum wurden die Sondergesetze gegen die Sachsen gelockert

800 –

800 Kaiserkrönung Karls des Großen

800 König Godfred von Dänemark gerät im kriegerische Konflikte mit Karl dem Großen

800 erste nordische Siedler treffen auf den Färöern und auf Island ein

800 unzählige Angriffe der Nordmänner auf die sächsischen Küsten

802 das sächsische Volksrecht (Lex Saxonum) wird verabschiedet

802 Ende des Buches „**In den finsteren Wäldern Sachsens**"

804 Ende der Sachsenkriege

805 Anfang des Buches „**Westwärts auf Drachenbooten**"

810 dänische Wikinger greifen wiederholt die friesische Küste an

814 Tod Karls des Großen

825 Ende des Buches „**Westwärts auf Drachenbooten**"

840 erste Überwinterung der Wikinger im Frankenreich

840 norwegische Nordmänner überfallen Irland und gründen Dublin

844 Überfälle der Nordmänner auf Spanien

845 Plünderungen von Hamburg und Paris durch die Wikinger

858 schwedische Wikinger gründen Kiew

889 Wanzleben wird erstmals als Haufendorf erwähnt

900 –

913 Herzog Heinrich von Sachsen stellt ein ungarisches Heer bei Merseburg

926 Heinrich handelt mit den Ungarn einen zehnjährigen Waffenstillstand für Sachsen aus

937 Otto I. der Große, gründete das St.-Mauritius-Kloster in Magdeburg

938 die Ungarn ziehen erneut gegen die Sachsen

952 Anfang des Buches „**Der Gefolgsmann des Königs**"

955, 10. August, Schlacht gegen die Ungarn auf dem Lechfeld bei Augsburg

955 Otto beginnt einen großen Neubau des Doms zu Magdeburg

962, 2. Februar, Krönung Ottos zum Kaiser

968 Beginn des Baues der Burg Wanzleben

980 Ende des Buches „**Der Gefolgsmann des Königs**"

1000 –

1100 –

1142 Heinrich der Löwe wird Herzog von Sachsen

1143 Gründung Lübecks, der ersten deutschen Ostseestadt

1147 Anfang des Buches **„Im Zeichen des Löwen"**

1147 Wendenkreuzzug, dauert als Kreuzzug drei Monate

1152 Königskrönung von Friedrich Barbarossa in Aachen

1155 Kaiserkrönung Friedrich Barbarossas in Rom

1156 Besiedlungszug in Lommatzsch

1157 Gründung des deutschen Kaufmannsbundes

1159 Wiederaufbau Lübecks

1160 Anfang des Buches **„Kaperfahrt gegen die Hanse"**

1160 der slawische Burgwall Dobin, liegt am Schweriner See, wird zerstört

1160 Lübeck erhält das Soester Stadtrecht

1160 Gründung der Kaufmannshanse

1161 Vermittlung eines Handelsprivilegs an die Stadt Lübeck durch Heinrich den Löwen

1161 Gründung der Gotländischen Genossenschaft, als Vorstufe der Hanse

1162 Kloster Altzella, bei Nossen, wird gegründet

1163 Ende des Buches **„Im Zeichen des Löwen"**

1180 Heinrich verliert das Herzogtum Sachsen

1200 –

1200 Gründung des Petershofes in Novgorod als Außenstelle der Hanse

1200 Ende des Buches **„Kaperfahrt gegen die Hanse"**

1210 Anfang des Buches **„Die Sklavin des Sarazenen"**

1212 Kinderkreuzzug mit Ziel Jerusalem

1212 Friedrich II. wird König

1217 Beginn des fünften Kreuzzuges, Kreuzzug nach Damiette in Ägypten

1220 Ende des Buches **„Die Sklavin des Sarazenen"**

1221 Ende des Kreuzzuges von Damiette in Ägypten

1250 Anfang der Blütezeit der Städtehanse

1300 –

1307, 13. Oktober, Zerschlagung des Templerordens und Verhaftung aller Templer

1315 Beginn einer Hungersnot, die als „Der große Hunger" in zwei Jahren mit sintflutartigen Regenfällen, sehr kalten Wintern und vielen Überschwemmungen Millionen Menschen in Europa dahinrafft

1321 Anfang des Buches **„Frauenwege und Hexenpfade"**

1337 der hundertjährige Krieg zwischen England und Frankreich beginnt

1337 Ende des Buches **„Frauenwege und Hexenpfade"**

1340 der englische König Eduard III. fällt mit seinem Heer in Frankreich ein

1342, im Juli, das Magdalenenhochwasser, eine verheerende Überschwemmungskatastrophe, lässt in Mitteleuropa zahlreiche Flüsse über die Ufer treten

1346 in der Schlacht von Crécy schlagen 8.000 englische Langbogenschützen die verbündeten europäischen und französischen Ritter vernichtend

1347 die Beulenpest erreicht die europäischen Häfen am Mittelmeer und breitete sich schnell überall aus

1348, 7. April, Gründung der Karls-Universität in Prag, der ersten mitteleuropäischen Universität

1349, 10. Januar, die Wormser Gemeinde der Juden wird blutig ausgelöscht

1349, 1. März, Pogrom gegen die Juden in Speyer

1349 Anfang des Buches **„Der schwarze Tod"**

1349, 24. Juli, in der Frankfurter „Judenschlacht" sterben fast alle Juden in Frankfurt am Main

1349, 23. August, Die Juden von Mainz erheben sich gegen ihre Verfolger. Der Aufstand wird blutig niedergeschlagen und das Stadtviertel brennt ab. Zahlreiche Menschen kommen dabei ums Leben

1350 Ende des Buches **„Der schwarze Tod"**

1353 Giovanni Boccaccio schreibt sein Decamerone

1356 mit der goldenen Bulle wird erstmalig festgeschrieben, dass der deutsche König durch Mehrheitswahl von sieben Kurfürsten bestimmt wird

1400 –

1431, 30. Mai, Jeanne d'Arc, die Jungfrau von Orléans, stirbt in Rouen auf dem Scheiterhaufen

1440 Johannes Gutenberg erfindet den Buchdruck mit beweglichen Lettern

1452, 15. April, Leonardo da Vinci wird in Anchiano bei Vinci geboren

1479 Anfang des Buches „**Nur ein Hexenleben...**"

1482 Johann Tetzel beginnt sein Theologiestudium in Leipzig

1486 der Dominikaner Heinrich Kramer veröffentlicht sein Traktat „Der Hexenhammer", lateinisch „Malleus Maleficarum"

1487 Ende des Buches „**Nur ein Hexenleben...**"

1487 Anfang des Buches „**Rosen hinter Burgmauern**"

1492 Christoph Kolumbus erreicht die großen Antillen und entdeckt damit Amerika

1498 Vasco da Gama erreicht an Bord seiner Nau auf dem Seeweg um Afrika herum Indien

1500 –

1504 Johann Tetzel beginnt seine Tätigkeit im Ablasshandel

1509 Ende des Buches „**Rosen hinter Burgmauern**"

1517 Anfang des Buches „**Die Bruderschaft des Regenbogens**"

1517, 31. Oktober, Luther verkündet seine Thesen in Wittenberg

1518 Müntzer und Luther sind in Wittenberg

1520 Müntzer predigt in Zwickau

1522 das „Neue Testament" erscheint auf Deutsch

1523, zu Ostern, Katharina von Boras Flucht aus dem Kloster

1524 Bauern- und Handwerkeraufstände in Sachsen

1525, 15. Mai, Schlacht bei Bad Frankenhausen

1525, 27. Mai, Müntzer wird in Mühlhausen enthauptet

1525, 27. Juni, Heirat Luthers mit Katharina von Bora

1525, im Dezember, Kloster Buch wird geschlossen

1526 Niederschlagung der letzten Bauernaufstände

1527 Ende des Buches „**Die Bruderschaft des Regenbogens**"

1530 Reichstag zu Augsburg beschließt die Duldung des evangelischen Glaubens

1534 die gesamte Bibel ist nun auf Deutsch lesbar

1600 –

1612 Anfang des Buches „**Im Feuersturm**"

1617, 13. September, ein Stadtbrand verwüstet weite Teile Tangermündes

1618, 23. Mai, Fenstersturz zu Prag

1618 Anfang des dreißigjährigen Krieges

1619, 22. März, Grete Minde stirbt in Tangermünde auf dem Scheiterhaufen

1619 Ende des Buches „**Im Feuersturm**"

1620, 08. November, Schlacht am Weißen Berg bei Prag

1630 Anfang des Buches „**Im Schein der Hexenfeuer**"

1631 Eintritt Sachsens in den dreißigjährigen Krieg

1631, 10. Mai, Verwüstung der Stadt Magdeburg durch kaiserliche Truppen

1631 Anfang des Buches „**Die Räubermühle**"

1632 die Pest wütet in Sachsen

1632, 16. November, Schlacht bei Lützen

1634, 25. Februar, Albrecht von Wallenstein wird in Eger ermordet

1634 Ende des Buches „**Die Räubermühle**"

1639 schwedische Truppen brennen Dresden teilweise nieder

1641 nochmalige Zerstörung Dresdens durch die Schweden

1648 der „Westfälischer Friede" wird geschlossen

1648, 24. Oktober, Ende des dreißigjährigen Krieges

1650 Ende des Buches „**Im Schein der Hexenfeuer**"

1683, 3. Mai, die osmanische Armee erreicht Belgrad

1683, 9. Juli, Anfang des Buches „**Ein Sommer unter der Mondsichel**"

1683, 14. Juli, die Osmanen beginnen die Belagerung Wiens

1683, 12. September, Schlacht am Kahlenberg und Sieg der kaiserlichen Truppen über die Osmanen

1683, 12. September, Befreiung Wiens

1683, 1. November, Ende des Buches „**Ein Sommer unter der Mondsichel**"

1694 Friedrich August I. wird unerwartet neuer Herzog und Kurfürst von Sachsen

1697, 15. September, Friedrich August I. wird in Krakau zum polnischen König gekrönt

1700 –

1710 Anfang des Buches „**Anna und der Kurfürst**"

1712 Thomas Newcomen konstruiert die erste verwendbare Dampfmaschine

1715 Ende der „Kleinen Eiszeit", einer Periode relativ kühlen Klimas mit besonders kalten Zeitabschnitten seit 1675

1715 Ende des Buches „**Anna und der Kurfürst**"

1756 bis 1763 der Siebenjährige Krieg tobt in Mitteleuropa

1776 Gründung der Vereinigten Staaten von Amerika mit der Unabhängigkeitserklärung

1789, 14. Juli, Beginn der französischen Revolution in Paris

1793 Beginn des Interventionskriegs gegen Napoleon, an dem auch Sachsen teilnahm

1794 die Gesellen streiken in Dresden

1796 der Interventionskrieg endet mit einer Niederlage für die preußischen, österreichischen und sächsischen Verbündeten

1800 –

1800 Anfang des Buches „**Der russische Dolch**"

1806 Preußen und Russland verbünden sich gegen Napoleon. Sachsen schließt sich ihnen an

1806 Krieg der Verbündeten gegen Napoleon

1806, 14. Oktober, Schlacht bei Jena und Auerstedt, die Verbündeten werden von Napoleon vernichtend geschlagen

1806, 20. Dezember, das Kurfürstentum Sachsen tritt dem Rheinbund bei und wird durch Napoleon zum Königreich

1812 von Sachsen aus beginnt der Feldzug gegen Russland. Sachsen ist mit 21.000 Mann daran beteiligt

1812, 23. Juni, Napoleon überquert mit seinem Heer die Mehmel

1812, 17. August, Schlacht um Smolensk

1812, 7. September, Schlacht von Borodino

1812, 14. September, Napoleon rückt in Moskau ein

1812, 13. Oktober, Napoleon beschließt den Rückzug

1812, 3. November, Schlacht bei Wjasma.

1812, 26. bis 28. November, Schlacht an der Beresina

1812, 14. Dezember, Kaiser Napoleon macht, seinen Truppen auf dem Rückzug aus Russland vorauseilend, in Dresden Station

1813, 2. Mai, Schlacht bei Großgörschen, Sieg Napoleons gegen Russen und Preußen

1813, 20. und 21. Mai, Schlacht bei Bautzen, weiterer Sieg Napoleons gegen Russen und Preußen

1813, 26. und 27. August, Schlacht bei Dresden, Napoleon errang seinen letzten Sieg auf deutschem Boden

1813, 16. bis 19. Oktober, Die Völkerschlacht bei Leipzig brachte Napoleon eine verheerende Niederlage. Die sächsischen Truppen liefen zu den russischen und preußischen Truppen über

1813, 11. November, die belagerte Festungsstadt Dresden kapituliert

1815, 18. Juni, Schlacht bei Waterloo

1815 Ende des Buches **„Der russische Dolch"**

1825 die Gesellschaft „Stockton and Darlington Railway" eröffnet die erste öffentliche Eisenbahnstrecke in England

1835, im Dezember, Eröffnung der Eisenbahnstrecke Nürnberg - Fürth

1839, 7. April, Fertigstellung der ersten sächsischen Eisenbahnstrecke von Leipzig nach Dresden

1847 Anfang der Buches „**Eine sächsische Revolution**"

1848, 21. Februar, Karl Marx und Friedrich Engels veröffentlichen das Manifest der Kommunistischen Partei

1848, 22. bis 24. Februar, Februarrevolution in Frankreich

1848, 18. März, Berliner Barrikadenaufstand

1848, 31. März bis 3. April, das Frankfurter Vorparlament tritt zusammen

1848, 24. März, Beginn der Erhebung in Schleswig-Holstein

1848, 18. Mai, die deutsche Nationalversammlung tritt in der Frankfurter Paulskirche zusammen

1849, 28. März, Verabschiedung der Paulskirchenverfassung

1849, 3. bis 9. Mai, Dresdner Maiaufstand

1849, 30. Mai, Ende der Frankfurter Nationalversammlung

1849, 30. Juni, Beginn der Belagerung von Rastatt

1849, 18. Juli, Ende der Buches „**Eine sächsische Revolution**"

1849, 23. Juli, die Festung Rastatt fällt und damit Endet die Revolution

1852, 8. Mai, Ende der Schleswig - Holsteinischen Erhebung

1900 –

334

Von Uwe Goeritz ebenfalls beim Verlag BoD erschienen (BoD – Books on Demand, Norderstedt, nähere Informationen finden Sie unter www.BoD.de)

„Schicha und der Clan des Bären" die ISBN lautet 978-3-7386-0262-3
108 Seiten für 7,90 Euro

„In den finsteren Wäldern Sachsens" die ISBN lautet 978-3-7357-7982-3
108 Seiten für 7,90 Euro

„Der Gefolgsmann des Königs" die ISBN lautet: 978-3-7357-2281-2
116 Seiten für 7,90 Euro

„Im Zeichen des Löwen" die ISBN lautet: 978-3-7347-5911-6
116 Seiten für 7,90 Euro

„Kaperfahrt gegen die Hanse" die ISBN lautet: 978-3-7386-2392-5
108 Seiten für 7,90 Euro

„Die Bruderschaft des Regenbogens" die ISBN lautet: 978-3-7386-5136-2
112 Seiten für 7,90 Euro

„Im Schein der Hexenfeuer" die ISBN lautet: 978-3-7347-7925-1
112 Seiten für 7,90 Euro

„Die Räubermühle" die ISBN lautet: 978-3-8482-0893-7
112 Seiten für 7,90 Euro

„Der russische Dolch" die ISBN lautet: 978-3-7412-3828-4
116 Seiten für 7,90 Euro

„Das Schwert des Gladiators" die ISBN lautet: 978-3-7412-9042-8
116 Seiten für 7,90 Euro

„Frauenwege und Hexenpfade" die ISBN lautet: 978-3-7448-3364-6
116 Seiten für 7,90 Euro

„Die Sklavin des Sarazenen" die ISBN lautet: 978-3-7448-5151-0
308 Seiten für 9,90 Euro

„Die Tochter aus dem Wald" die ISBN lautet: 978-3-7448-9330-5
116 Seiten für 7,90 Euro

„Anna und der Kurfürst" die ISBN lautet: 978-3-7448-8200-2
312 Seiten für 9,90 Euro

„Westwärts auf Drachenbooten" die ISBN lautet: 978-3-7460-7871-7
120 Seiten für 7,90 Euro

„Nur ein Hexenleben ..." die ISBN lautet: 978-3-7460-7399-6
312 Seiten für 9,90 Euro

„Sturm über den Stämmen" die ISBN lautet: 978-3-7528-7710-6
124 Seiten für 7,90 Euro

„Die Rache der Barbarin" die ISBN lautet: 978-3-7528-4103-9
128 Seiten für 7,90 Euro

„Im Feuersturm – Grete Minde" die ISBN lautet: 978-3-7481-2078-0
312 Seiten für 9,90 Euro

„Rosen hinter Burgmauern" die ISBN lautet: 978-3-7347-0321-8
312 Seiten für 9,90 Euro

„Auf Bärenspuren" die ISBN lautet: 978-3-7412-9116-6
316 Seiten für 9,90 Euro

„Im Schatten des Feuerberges" die ISBN lautet: 978-3-7481-3800-6
120 Seiten für 7,90 Euro

„Ein Sommer unter der Mondsichel - Wien, im Jahre 1683"
die ISBN lautet: 978-3-7494-5288-0
328 Seiten für 9,90 Euro

„Der schwarze Tod - Mainz, im Jahre 1349"
die ISBN lautet: 978-3-7494-7180-5
336 Seiten für 9,90 Euro

Aktuelle Informationen und Neuerscheinungen finden sie immer im Internet unter:

www.Goeritz-Netz.de